Marina Heib
Eisblut

Zu diesem Buch

Verschnürt und in blauen Plastiksäcken werden sie gefunden, drei Leichen, mit denen die Hamburger Sonderermittler um Kommissar Christian Beyer fertig werden müssen: Die junge Studentin Uta Berger ist die erste Leiche. Erschütternd an dem Fund ist nicht zuletzt die Tatsache, dass der Mörder sein Opfer offenbar gefoltert hat. Die Spuren führen zu einer iranischen Zeugin und ans Hamburger Institut für Orientalistik. Die Zeit drängt, denn der Täter geht mit größter Akribie und Intelligenz vor. Und seine Motive zu verstehen, scheint der einzige Schlüssel zur Lösung des Falls. Die Sonderkommission zieht die Psychologin Anna Maybach hinzu, die glaubt, dass sie es hier mit einem professionellen Folterer zu tun haben. – Marina Heibs zweites Buch könnte nicht brisanter sein und wird niemanden kaltlassen.

Marina Heib, geboren 1960 in St. Ingbert im Saarland, lebt nach ihrem Philosophiestudium und journalistischer Arbeit heute als Schriftstellerin und Drehbuchautorin in Hamburg und Berlin. Nach ihrem packenden ersten Kriminalroman »Weißes Licht«, dem ersten Fall für die Hamburger Sonderermittler um Christian Beyer, erschienen »Eisblut« und zuletzt »Tödliches Ritual«.

Marina Heib
Eisblut

Thriller

Piper München Zürich

Mehr über unsere Autoren und Bücher:
www.piper.de

Von Marina Heib liegen bei Piper im Taschenbuch vor:
Weißes Licht
Eisblut
Tödliches Ritual

Für Jochen

Ungekürzte Taschenbuchausgabe
Juli 2009
© 2007 Piper Verlag GmbH, München
Umschlag: Büro Hamburg. Anja Grimm, Stefanie Levers
Bildredaktion: Büro Hamburg. Alke Bücking, Sandra Schmidtke
Umschlagfoto: Hans Neleman / Getty Images
Autorenfoto: Thomas Leidig
Satz: psb, Berlin
Papier: Munken Print von Arctic Paper Munkedals AB, Schweden
Druck und Bindung: CPI - Clausen & Bosse, Leck
Printed in Germany   ISBN 978-3-492-25403-8

Tag 1: Samstag, 28. Oktober

Schorsch hat einen guten Tag gehabt. Drei Stunden lang konnte er auf dem Jungfernstieg betteln, dann erst haben ihn die Wachmänner der Geschäftsleute vertrieben. Eine schöne Summe ist da zusammengekommen, und er hat sie gut angelegt. Nein, nicht für Essen, das hat er sich aus der Mülltonne bei Burger King in der Mönckebergstraße geholt. Die Kohle hat er in Grundnahrungsmitteln angelegt: Bier und Korn. Schorsch hat heute Abend einen feinen Zug durch die Gemeinde gemacht. Mit Hansi ist er saufen gewesen, der Hansi hält was aus.

Na ja, nicht so viel wie Schorsch, das kann keiner, und deswegen hat Hansi sich längst bei seiner Kirche verkrochen, da pennt er bis morgen Mittag und pisst sich dabei voll, denkt Schorsch kichernd. Schorsch klettert ungelenk im Offakamp über den Zaun und steigt in den Recyclinghof ein. Seit Wochen löchern ihn seine Kumpels mit der Frage, wo er übernachtet, aber er verrät es ihnen nicht. Sonst kommen sie alle, und er muss seinen Luxus mit ihnen teilen. Dann fliegen sie garantiert bald auf, und er muss verschwinden. Dabei hat er selten so einen guten Platz gehabt. Hier gibt es eine Bretterbude, wo die Leute ihre alten Möbel abstellen. Manchmal hat Schorsch ein richtiges Bettgestell zum Übernachten. Da liegt er dann wie ein heimlicher Fürst und schaut mit seiner Taschenlampe noch ein paar Pornohefte durch, die immer im Altpapier liegen, diskret verschnürt natürlich. Altkleider zum Wechseln und noch gut besohlte Schuhe liegen auch in Hülle und Fülle da. In einer anderen Bude werden Hifi-Geräte gesammelt, manche Radios funktionieren noch einwandfrei. Ein echtes Berber-Paradies. Oft nimmt Schorsch das ein oder andere mit und verkauft es an den Türken, der immer Flohmarkt macht. Dann ist Feiertag. Aber heute ist Schorsch zu müde, um noch zu wühlen. Außerdem ist er schön besoffen. Er legt sich zwischen zwei Container auf seine Pappen und schließt die Augen. Morgen wird ein guter Tag, denkt er. Schorsch denkt positiv, wenn er betrunken ist. Dann geht's ihm bestens. Er schließt die Augen und will sich schnapsduselig in Morpheus' Arme sinken lassen. Plötzlich hört er ein Geräusch, fast direkt neben ihm. Erschrocken linst er aus seinem Versteck. Ein dunkler Schatten geht an ihm vorüber, groß, unförmig. Er geht zum Sondermüll-Container und wirft einen Sack ab. Der Sack plumpst dumpf zu Boden und raschelt. Ein Plastiksack, denkt Schorsch. Nun ist der Schatten nicht mehr ganz so groß. Als er wieder an Schorsch vorbeikommt, drückt Schorsch sich in die Ecke. Die Schritte des Schattens entfernen sich. Stille kehrt ein, nur der sporadische Verkehr von der nicht allzu weit entfernten Kollaustraße ist noch zu hören. Schorsch überlegt. Das fällt ihm schwer, denn seine Gedanken lallen ein wenig. Der Schatten hat etwas abgeladen. Heimlich. Wollte keine Gebühr zahlen. Gebühr für Sondermüll. Sondermüll interessiert Schorsch nicht. Schorsch blickt zu dem Plastiksack. Der ist ziemlich groß, auch wenn er ihn kaum erkennen kann. Nur die Umrisse. Schorsch muss niesen. Er muss immer niesen, wenn er sich nicht entscheiden kann. Schorsch zögert noch eine Sekunde, dann schält er sich aus seinen Pappen. Die Neugier hat gesiegt. Er torkelt hinüber zum Container, kniet sich neben den Sack und betastet ihn. Schorsch kann nicht sehen, wo oben und unten ist. Er versucht, ihn aufzureißen. Es ist festes Plastik. Schorsch schafft es, ein Loch hineinzubohren. Mühsam vergrößert er das Loch. Mit der stumpfen Akribie eines Besoffenen konzentriert sich Schorsch auf seine Aufgabe. Er greift hinein in den Sack und berührt etwas Kaltes. Er tastet. Es ist ein Fuß. Erschrocken zieht er die

Hand zurück. Morgen ist doch kein guter Tag, Schorsch, denkt er. Weiter kommt er nicht, denn etwas Hartes donnert auf seinen Kopf und raubt ihm das Bewusstsein. Er hört nicht mehr, wie ein Mann sagt: »Du hättest nicht niesen dürfen, du Penner!« Und er spürt auch nicht mehr, wie er geschultert und weggetragen wird.

»Das ist nicht witzig«, befand Knut, der dienstälteste Müllbeseitiger vom Offakamp. Er und seine Kollegen standen in ihren orangefarbenen Overalls im Nieselregen um den Plastiksack herum und betrachteten das, was daraus hervor lugte: der Unterleib einer jungen Frau, tot, nackt und über und über mit relativ frischen Wunden übersät. Die ersten Fliegen machten sich schon an den offenen Stellen zu schaffen und legten ihre Eier ab. Kalle stand in der Ecke und kotzte. Er hatte den Sack kurz nach Dienstbeginn entdeckt und pflichtbewusst seinen Inhalt untersuchen wollen, schließlich musste er wissen, was er in den Sondermüll tat und was nicht. Ein Mensch war definitiv kein Sondermüll, eher was für die Biotonne. Als Kalle die schon vorhandene Öffnung des Sacks vergrößert hatte, um nachzuschauen, waren zwei Ratten daraus hervorgehuscht und zwischen den Containern verschwunden. Kalle war erschrocken, und seine Kollegen hatten ihn ausgelacht. Aber denen verging das Lachen, als Kalle den Sack auf den Boden entleerte. Seitdem kotzte Kalle. Er hatte erst vor einer Woche im Offakamp angefangen, und auch wenn er nicht sonderlich stolz auf die Arbeit war, so war es doch eine anständige und ehrliche Arbeit. Als nun aber einer seiner Kollegen neben ihn trat und ihm tröstend die Hand auf den Rücken legte, presste er ein entschiedenes »ich kündige« hervor. Keiner lachte ihn aus.

Hauptkommissar Martin Ganske, dem die Leiche im Sack einen genussbetonten Samstagmorgen im Bett mit seiner Geliebten verdorben hatte, verspürte keine Lust, sich mit dem nach Kotze stinkenden Kalle zu beschäftigen, der war unter seinem Niveau. Den konnten seine Leute übernehmen, die den ersten Sicherungsangriff ausführten. Das Gelände wurde weiträumig abgesperrt, Spuren nummeriert und fotografiert, die Personalien der Zeugen aufgenommen. Ganske stand leicht erhöht auf einer dreistufigen Metalltreppe vor einem Container, einem ihm unwürdigen Feldherrnhügel, und betrachtete grübelnd das geschäftige Treiben rund um den Plastiksack. Er griff zu seinem Handy.

»Hallo, Hugo, ja, ich bin's. Sorry, dass ich dich so früh störe, aber ich habe hier eine Leiche, die sieht nicht gut aus. Gar nicht gut, wenn du mich fragst. Nein, musst du nicht, aber ich denke da an was anderes...« Ganskes Miene nahm etwas Verschlagenes an. »Unsere Wunderkinder von der Soko ›Bund‹... Ja, klar, Beyer ist schon lange raus, und die Jungs aus seiner Truppe sterben vor Langeweile... Aber lange kannst du sie nicht mehr kaltstellen, du weißt, Waller will sie endlich wieder adäquat beschäftigen, damit die Steuergelder nicht verschwendet werden, der Arsch, als ob ihn das interessieren würde... Dieser Fall hier ist meiner Meinung nach verdammt adäquat... Nein, ich habe Waller noch nicht angerufen, ich wollte zuerst mit dir reden... Genau, Hugo... Noch ein Fehler, und die sind endlich weg vom Fenster... Natürlich ist es ein Risiko, aber ich schätze es nicht allzu hoch ein, ohne Beyer sind die Jungs doch nicht mal die Hälfte wert, wenn du mich fragst... Okay, dann sind wir einer Meinung. Ich gebe jetzt Waller Bescheid, schätze, er wird von selbst auf die Idee kommen, wenn ich ihm die Infos entsprechend präsentiere...«

Eine weitere Stunde später begrüßte Ganske mit falscher Freundlichkeit die Mitglieder der von Oberstaatsanwalt Waller benachrichtigten Soko. Pete Altmann, Eberhard Koch und Volker Jung ignorierten Ganske weitestgehend und nahmen schweigend ihre Arbeit auf. Die überraschende Tatsache, dass Waller ihnen den Fall zugeteilt hatte, kommentierten sie nicht, zumindest nicht vor ihrem Widersacher. Der zog sich, verlogen Glück wünschend, in sein Privatleben zurück, überließ der Soko aber immerhin einen Teil seiner Kräfte für die aufwendige Tatortarbeit.

Es war kurz vor zehn Uhr, der Nieselregen hatte zugenommen und war mittlerweile in ein veritables Schnüren übergegangen. Sie besahen sich die Leiche, untersuchten den Ereignisort, kümmerten sich um Sicherung und Schutz der Beweismittel, um die Feststellung und lückenlose Dokumentation des Tatortbefundes, soweit noch nicht geschehen, und um die erste Informationserhebung. Einige der anwesenden Beamten, die unter Ganske mit der Arbeit begonnen hatten, waren sauer, dass Pete und seine Leute ihre bisherigen Maßnahmen begutachteten und teilweise wiederholten, ganz so, als hätten sie nicht gründlich genug gearbeitet. Andere wiederum verstanden gut, dass die Kollegen sich ihr eigenes Bild machen wollten. Es hing ganz davon ab, wie die Sympathien verteilt waren: Entweder die Beamten standen auf Ganskes Seite, der seit der Einrichtung der ersten deutschen Soko mit länderübergreifenden Kompetenzen vor gut einem Jahr von Neid zerfressen wurde, weil ihm als Protegé des Hamburger Polizeipräsidenten Hugo Dorfmann nicht die Leitung übertragen worden war. Oder sie waren alte Kollegen von Christian Beyer, der die Soko zusammengestellt hatte und trotz seines bekanntermaßen schwierigen Charakters und der Fehler, die man ihm zweifellos nachsagen konnte, immer noch von vielen eine gehörige Portion Respekt, wenn nicht Bewunderung entgegengebracht bekam. Beyer war zwar von der Truppe suspendiert, dennoch war und blieb es in den Augen aller *seine* Truppe.

Pete, Eberhard und Volker kannten die Vorbehalte gegen sie zur Genüge, doch sie scherten sich nicht darum. Nur Karen, Rechtsmedizinerin und früher einmal Mitglied der IDKO, der international arbeitenden Identifizierungskommission, hatte nicht mit diesen kleingeistigen, politischen Ränkespielen zu kämpfen. Als sie mit ihrem Pathologenkoffer als Letzte im Offakamp ankam, wurde sie von allen Beamten mehr als wohlwollend begrüßt. Ihre hüftlangen, blonden Haare, das feingeschnittene Gesicht und die umwerfende Figur hoben sie auf einen Sockel des Begehrens und somit über jegliche Machtspielchen. Sie machte sich schweigend an die Arbeit. Und niemand sah ihr an, wie sehr sie der Anblick der jungen Frau, gezeichnet von Verstümmelungen durch Menschenhand und Tierfraß, erschütterte. Sie schaltete ihre berufliche Distanz ein und begann mit den ersten Untersuchungen.

Vor den Schiebetoren des Offakamp hatte sich inzwischen eine Vielzahl von Bürgern versammelt, die schimpfend hupten, weil sie ihren Garten- und Sondermüll im Kofferraum nicht loswerden konnten, bevor sie in den Supermarkt fuhren, um den Kofferraum dort wieder aufzufüllen. Es dauerte eine Weile, bis die hinterste Reihe der Wartenden von den aufgeregten Beobachtungen der ersten Reihe erfuhr. Schon war der Supermarkt vergessen, und als die Vertreter der Presse dazukamen und sich aufgeregt mit den Polizisten um den Zugang zum Fundort stritten, entwickelte sich der Vormittag für viele dann doch noch zu einem Highlight. Allen war klar, dass die junge Frau mit den entsetzlichen Verletzungen sich nicht selbst in den Plastiksack gepackt hatte.

Tag 2: Sonntag, 29. Oktober

Anna schreckte aus dem Halbschlaf hoch, als die Frau neben ihr einen spitzen Schrei ausstieß. Die Maschine war in Turbulenzen geraten, rüttelte unangenehm hin und her, ächzte und knarzte, als würde der Stahl jeden Moment bersten.

»Sie haben Flugangst«, stellte Anna mehr fest, als dass sie es fragte. »Blödsinn«, gab die Frau zur Antwort, krallte ihre Hände in die Armlehnen und hielt die Luft an. Das Flugzeug sackte kurz nach unten und stabilisierte sich wieder. Anna lehnte sich in ihrem Sitz zurück. Die barsche Reaktion ihrer Sitznachbarin zeigte deutlich, dass sie nicht zu dem Typ gehörte, der sich das Händchen halten lassen wollte, um mit seiner Panik fertig zu werden. Genau wie Christian. Ein einziges Mal war er mit ihr in ein Flugzeug gestiegen, und es war für sie beide der Horror gewesen. Anna hatte noch nie auch nur leises Unwohlsein beim Fliegen empfunden, nicht mal bei einem Trip mit einer Einmotorigen über ein Gebirge in Costa Rica, wo es so heftig zugegangen war, dass selbst hartgesottene Passagiere nach den Kotztüten gegriffen hatten. Doch nach dem gemeinsamen Flug mit Christian war sie völlig fertig gewesen. Christians Anspannung hatte sich auf sie übertragen, seine Aggression nach der Landung, mit der er den Stress abbaute, führte zum Streit. Sie war wütend auf ihn gewesen, weil er sich zwar aus beruflichen Notwendigkeiten jederzeit in ein Flugzeug setzte, sie ihn aber monatelang hatte bearbeiten müssen, bis er bereit war, mit ihr in die Provence in einen Urlaub zu fliegen, den sie beide bitter nötig hatten. Die ersten beiden Tage nach der Landung machte er ihr zur Hölle, gewissermaßen als Strafe für die

Todesangst, die sie ihm aufgezwungen hatte, und zwei Tage vor dem Rückflug sank seine Laune schon im Voraus unter den Nullpunkt. Vier beschissene Tage, die, gemessen daran, dass sie nur eine Woche unterwegs waren, den ersten gemeinsamen Urlaub komplett vergifteten. Da gab es nichts zu verklären, auch nicht im Nachhinein.

Anna stellte ihre Rückenlehne senkrecht, unter ihnen waren schon Hamburgs Lichter zu sehen. Ärgerlich verscheuchte sie ihre Gedanken an Christian. Immerhin hatte sie sich zwei Monate in die Natur von Kanada zurückgezogen, um ihn zu vergessen. Zeitweilig war es ihr sogar gelungen. Je länger sie einsam und wie besessen über die Seen in British Columbia gepaddelt war, je mehr ihre Muskeln von den ausgedehnten Touren schmerzten, desto weiter schienen die traumatischen Erlebnisse des letzten Sommers in die Ferne zu rücken und mit ihnen die frustrierende Beziehung. Als sie sich gestern von ihrer Freundin Helga in Vancouver verabschiedete, fühlte sie sich leicht und befreit. Kanadas Größe hatte ihr den inneren Frieden zurückgegeben, glaubte sie. Was für ein Irrtum! Mit jedem Meter, den die Maschine dem Hamburger Flughafen entgegensank, verspürte sie einen stärker werdenden Sog, sich Christians Gesicht ins Gedächtnis zu rufen. Seine ungekämmten dunklen Locken, die tiefen Furchen in seiner braun gebrannten Haut, diese Landkarte von Schmerz, Wut und Enttäuschung, die grünen Augen, die so wild und auch so sanft blicken konnten...

Anna riss sich los und blickte zum Fenster hinaus. Die Maschine taumelte durch ein paar Wolken, sank und sank, sie hatten die Wolken nun über sich, es war bereits dunkel, Hamburgs Straßenbeleuchtung glitzerte verheißungsvoll, lange Autoschlangen, die sich im Stop-and-go-Verkehr durch die Straßen wanden, so viele Menschen unterwegs, Rushhour, Hektik, und irgendwo da unten, mittendrin war auch Christian, bloß nicht daran denken, lieber an ein heißes Bad, hatte sie eigentlich noch Holz für den Kamin? Es goss in Strömen, es stürmte, und die Landung war alles andere als sanft.

Nach schier endlosem Herumstehen am Gepäckband verließ Anna die Sicherheitszone und drängte sich durch die Menge der Wartenden. Sie nahm die begehrlichen Blicke der Männer, die ihr folgten, nicht wahr. Plötzlich rief jemand ihren Namen. Anna reagierte nicht. Nur ihre Mutter wusste, dass sie heute wiederkommen würde, aber ihre genaue Ankunftszeit hatte Anna bewusst verschwiegen. Sie wollte nicht abgeholt werden, schon gar nicht von ihrer Mutter. Doch dann wurde sie am Arm gepackt und festgehalten. Erschrocken drehte sie sich um. Vor ihr stand ein unverschämt gutaussehender Mann Anfang dreißig, in edlem Designeranzug und mit strahlendem Lächeln.

»Pete! Was machst du hier?«, rief sie.

»Ich bin dein Chauffeur und Gepäckträger. Wenn ich bitten darf?« Pete nahm ihr den Gepäckwagen aus der Hand und wies mit einer kleinen Verbeugung in Richtung Parkhaus.

Anna schüttelte unwillig den Kopf: »Woher weißt du …?«

Pete eilte los, und Anna hatte Mühe mit ihm Schritt zu halten. Sie war müde und ausgelaugt von der langen Reise.

»Ich habe deine Mutter angerufen. Sie wusste zwar nicht, mit welcher Maschine du kommst, aber wozu bin ich Polizist?«

»Und was ist der Grund für diese Eskorte?«, fragte Anna misstrauisch. Sie fuhren im Aufzug auf Parkdeck sieben.

»Freundschaft?« Pete lächelte.

Anna sah Pete nur stumm an.

»Erklär ich dir im Auto«, fügte er hinzu.

Während Pete das Gepäck im Kofferraum seines Dienstwagens verstaute, ließ sich Anna mit bösen Vorahnungen auf dem Beifahrersitz nieder. Sie hatte Pete letzten Sommer kennengelernt und spontan eine Affäre mit ihm begonnen. Dann war alles aus dem Ruder gelaufen. Ihre Verbindung zu Pete, der damals als Profiler eines bundesweit ermittelnden Sonderkommandos Jagd auf einen Kindermörder machte, und die Tatsache, dass sie Psychologin war, führte auf verschlungenen Pfaden zu ihrer Verstrickung in den Fall. Dadurch hatte sie auch Hauptkommissar Christian Beyer kennengelernt, sich in ihn verliebt und versucht, nach Abschluss des Falls eine Beziehung mit ihm aufzubauen. Die allerdings aufgrund von äußeren Umständen und inneren Verletzungen grandios gescheitert war.

Wenn Pete nun hier auftauchte, um sie an einem Sonntagabend vom Flughafen abzuholen, war das kein gutes Zeichen. Sie hatten sich seit Monaten nicht gesehen. Sicher, ihre damalige Affäre war nach einigen Wirrungen in eine Art lockere Freundschaft übergegangen, aber allein schon aus Taktgefühl Christian gegenüber hatten sie sich trotz ihrer Verbundenheit eher distanziert verhalten. Und als die Beziehung zwischen ihr und Christian vollends in die Brüche gegangen war, gab es auch keinen Kontakt mehr zu Pete. Anna wollte Abstand gewinnen, von Christian und seiner ganzen Soko.

»Wie war es in Kanada?«, versuchte Pete Konversation zu machen, als er mit dem Wagen in den Verkehr einfädelte.

»Pete. Was ist los?«

Pete atmete ruhig durch. »Wir brauchen deine Hilfe.«

»Nein. Nein, vergiss es.« Anna schüttelte so vehement den Kopf, dass ihre Ohrringe hin und her flogen. Der Knoten, zu dem sie ihre schulterlangen brünetten Haare zusammengebunden hatte, löste sich auf und einige Strähnen fielen ihr ins Gesicht. Es stand ihr gut.

»Hör mir doch erst mal zu!«, bat Pete sie.

»Nicht mal das!«

»Es geht nur um eine Zeugenaussage. Nichts Wichtiges vermutlich, die Frau ist höchstens eine Ergänzungszeugin. Sie ist die Mutter von Mohsen und glaubt, etwas zu wissen. Das Ganze ist garantiert Blödsinn, sie kennt weder das Opfer, noch hat sie in irgendeiner Weise mit dem Fall zu tun. Nicht im Entferntesten. Aber wir würden Mohsen gern den Gefallen tun, er nervt uns, weil seine Mutter ihn nervt.«

»Wer ist Mohsen?«

Pete wechselte ruhig die Spur und überfuhr eine Ampel, just als sie auf Rot umsprang. »Ein Rechtsmediziner. Stammt aus dem Iran. Seit ein paar Monaten der Assistent von Karen. Sie hält große Stücke auf ihn.«

»Und was habe ich damit zu schaffen?«

Pete warf Anna einen kurzen Blick zu, bevor er wieder die Spur wechselte. »Keine Ahnung. Glaub mir, ich würde dich gerne raushalten, aber sie will nur mit dir reden. Schätze, Mohsen hat ihr von deiner Beteiligung am Bestatter-Fall erzählt. Er hat selbst keinen Schimmer, was seiner Mutter im Kopf herumspukt, sie sagt es ihm nicht. Vielleicht möchte sie mit dir reden, weil du Psychologin bist, vielleicht, weil du eine Frau bist, ich weiß es nicht. Vermutlich ist sie eine gelangweilte, von ihrem muslimischen Mann unterdrückte Mutti, die sich bei ihrem Sohn wichtigmachen will. Aber du würdest uns einen großen Gefallen tun. Hör dir einfach an, was sie zu sagen hat, und das war's.«

Pete bog nach rechts ab.

»Warum fährst du durchs Nedderfeld? Das ist ein Umweg«, bemerkte Anna.

»Frau Hamidi wohnt in Lokstedt«, antwortete Pete so beiläufig wie möglich.

»Wo wir in einem großen Bogen vorbeifahren werden«, meinte Anna wütend, »und zwar bis vor meine Haustür. Oder du stoppst jetzt sofort und rufst mir ein Taxi!«

»Schon gut. Ich fahre dich nach Hause.«

Obwohl Pete nachgegeben hatte, begann sie, sich für ihre Absage zu rechtfertigen: »Ich will nicht, verstehst du? Egal, ob sie was zu sagen hat oder nicht. Ich will nie wieder vor eurer Pinnwand stehen und Fotos von Leichen betrachten, ich will nie wieder einem Mörder in die Seele blicken, ich will nie wieder gefesselt und bedroht werden und einen Toten mit offener Schädeldecke auf meinem Küchenboden liegen haben. Ist das deutlich genug?« Den letzten Satz schrie sie fast.

Anna öffnete das Fenster. Sie fühlte sich beklommen und atmete abwesend die feuchte, vom am Straßenrand herumwirbelnden Herbstlaub leicht modrig riechende Luft ein.

»Klar. Sorry«, murmelte Pete.

Anna beruhigte sich ein wenig. Nach ein paar Schweigeminuten fragte sie leise: »Wie geht es Chris?«

»Wer weiß das schon? Er hat den Kontakt nach seinem Weggang komplett abgebrochen, das hast du ja noch mitbekommen. Daran hat sich nichts geändert. Nur Volker sieht ihn noch. Sie spielen sonntags immer Schach bei Chris.«

»Gardé«, sagte Christian und zog seine Dame in die entsprechende Position. Sie saßen im Wohnzimmer vor einem antiken Schachtisch mit floralen Intarsien, gekauert in zwei niedrige, etwas abgewetzte Sessel. Volker zögerte kurz, dann tauschte er ab, was für beide zusätzlich den Verlust eines Pferdes nach sich zog.

»Du spielst wie ein Metzger«, kommentierte Christian Volkers Taktik.

»Nenn mich nicht so«, sagte Volker, »das erinnert mich an unseren aktuellen Fall. Du wirst es nicht glauben, aber wir haben wieder einen.«

»Verschwundene Pfadfinder suchen oder einen kleinen Zuhälter durch die neuen Bundesländer jagen?«

Von dieser und ähnlicher Brisanz waren die Ermittlungen gewesen, mit denen der Hamburger Polizeichef sie das letzte Jahr beschäftigt hatte. Die beiden fünfzehnjährigen Pfadfinder hatten sie im Chiemgau aufgetrieben, wo sie einen Bären jagen wollten, der seit Monaten zwischen Tirol und Bayern Schafe riss und die Medien beschäftigte, den Zuhälter erwischten sie in einem Puff bei Schwerin. In beiden Fällen war keine Rede von Entführung, Mord oder sonstigen Umständen gewesen, für die sie eigentlich zuständig waren. Doch Volker überhörte die Spitze.

»Im Gegenteil. Könnte schwierig werden«, gab er ruhig zur Antwort.

»Interessiert mich alles überhaupt nicht.« Christian nahm einen Schluck aus seinem Whiskyglas und stellte es unsanft wieder ab.

»Die Leiche einer jungen Frau. Anfang zwanzig. Du wirst es morgen in der Zeitung lesen.«

»Ich lese keine Zeitung. Sind doch alles Mistblätter«, sagte Christian und machte eine große Rochade.

»Sie war grauenvoll verstümmelt. Wie von einem Metzger. Der Mörder hat ihr ...«

»Halt den Rand«, unterbrach Christian ihn unwirsch, »wenn du glaubst, mich wieder zurückzuquatschen zu dem Verein, dann hast du dich geschnitten.«

»Will ich nicht, auch wenn es schade ist. Pete holt übrigens gerade Anna vom Flughafen ab. Nur wegen des Falls, nichts Privates.« Er zog einen Bauern nach vorne.

Unwillkürlich hielt Christian, der gerade nach seinem Turm greifen wollte, in der Bewegung inne: »Wieso das denn?«

»Die Mutter von Karens neuem Assistenten will mit ihr reden.«

Christian hatte bei Annas Erwähnung kurz die Fassung verloren. Jetzt zog er seinen Turm und meinte möglichst gleichmütig: »Interessiert mich auch nicht.«

Volker grinste: »Schachmatt.«

Gleichzeitig parkte Pete den Wagen vor Annas kleiner Stadtvilla im Generalsviertel. Bis dahin hatten sie kein weiteres Wort mehr gewechselt. Er hievte Annas Gepäck aus dem Kofferraum. Dabei fiel sein Blick auf eine dunkle, quadratische Stelle am steinernen Pfosten rechts vom Gartentürchen.

»Wo ist eigentlich dein Praxisschild?«, fragte er überrascht.

»Im Müll. Ich war eine lausige Therapeutin.«

»Das stimmt nicht. Es ist bedauerlich, dass du das so siehst.«

»Ab nächster Woche arbeite ich als Dozentin an der Uni. Besser für mich, besser für meine Patienten.« Anna wollte ihr Gepäck nehmen, aber Pete kam ihr zuvor. Während Anna aufschloss, blickte er auf die Uhr und nahm sein Handy heraus.

»Frau Hamidi erwartet uns. Ich sage ihr jetzt ab und verschwinde, okay? Tut mir leid, dass ich dich damit überfallen habe.«

Anna zögerte kurz. Dann gab sie sich einen Ruck. Sie sollte ihren Gespenstern besser entgegentreten, statt sich von ihnen jagen zu lassen. »Trag das Gepäck rein, lass mich duschen und umziehen. Dann gebe ich dieser Frau eine Viertelstunde. Mehr nicht.«

Erleichtert nahm Pete ihr Gepäck auf und lächelte sie an: »Wenn du willst, schrubbe ich dir zum Dank den Rücken.«

»Lass den Quatsch.«

Pete folgte Anna stumm ins Haus. Sie bat ihn, das Gepäck nach oben ins Schlafzimmer zu tragen und öffnete das

Wohnzimmerfenster zum Lüften. Der Anrufbeantworter blinkte und zeigte 38 neue Nachrichten an. Sie ignorierte es. Auf dem Tisch standen frische Schnittblumen, mit einer Willkommenskarte von ihrer Mutter. Auch das ignorierte sie. Es ging ihr alles zu schnell. Eigentlich hatte sie heimlich und in aller Ruhe wieder eintauchen wollen in ihr Hamburger Leben. In ein neues Hamburger Leben. Aber die Zeichen standen nicht gut.

Unterwegs zu Frau Hamidi, die in einer typisch hanseatischen Rotklinkervilla im Grandweg lebte, informierte Pete Anna knapp über die Leiche der jungen Frau. Er ging nicht ins Detail. Die Leiche war gestern Morgen auf dem Recyclinghof entdeckt worden. Dabei ein extra verschnürtes Päckchen mit ihren Kleidern, Schuhen und wenigen anderen Habseligkeiten, die sie offensichtlich zum Tatzeitpunkt bei sich gehabt hatte. Karen hatte die Leiche gemeinsam mit Mohsen obduziert und entsetzliche Verstümmelungen festgestellt. Die beiden bemühten sich seit gestern um eine Identifizierung, während Eberhard, Volker und Pete mit Tatortbefundberichten, Zeugenaussagen und Spekulationen der Presse zu tun hatten. Es war ein unergiebiger Tag gewesen. Mehr wussten sie noch nicht, und mehr wollte Anna auch nicht wissen. Nur so viel wie nötig, so wenig wie möglich.

Auf ihr Klingeln öffnete ein junger Mann, der sich als Mohsen Hamidi vorstellte und Anna herzlich dankte, dass sie sich die Mühe machte, gleich nach einer so langen Reise vorbeizukommen. Er besaß ein angenehmes Äußeres, sprach sanft und völlig akzentfrei. Nach einigen einleitenden Sätzen, die die Höflichkeit verlangte, brachte er Anna zu seiner Mutter, die im Wohnzimmer wartete. Auch Frau Hamidi schien überaus sympathisch, eine Frau Ende fünfzig mit dezent-eleganter Kleidung. Nachdem ihr Sohn mit Pete das Wohnzimmer verlassen hatte, bot sie Anna Platz auf einem riesigen, von Kissen übersäten Sofa an und goss Tee in orientalische Gläser. Dabei sah sie Anna prüfend an.

»Sie werden sich bestimmt fragen, warum ich mit Ihnen reden will.«

Anna nickte: »Zumal Sie von Ihrem Sohn sicher wissen, dass ich Privatperson, also keine Polizistin bin und letztes Jahr nur durch Zufall in die Ermittlungen hineingezogen wurde.«

Frau Hamidi nippte an ihrem Tee. »Darum geht es nur am Rande. Ich habe Ihren Aufsatz gelesen: Lust an Zerstörung – über die Psychodynamik von Sadisten.«

»Der Artikel wurde von meinem Kollegen als unwissenschaftlich kritisiert«, erinnerte sich Anna mit bitterem Lächeln. Ihr war immer noch nicht klar, was diese Frau von ihr wollte.

»Mag sein. Weil die Kollegen Ihres Fachbereichs nicht wissen, wie es sich anfühlt. Aber Sie wissen es.«

Frau Hamidi schwieg bedeutungsvoll.

Heftiger als beabsichtigt reagierte Anna: »Was weiß ich?« Zu ihrer Bestürzung bekam sie plötzlich das Gefühl, dass ihr Besuch hier in eine persönliche Sphäre eindringen würde, in der niemand außer ihr etwas verloren hatte.

»Sie wissen, wie es ist, gefoltert zu werden. Ich habe gehört, Sie seien letztes Jahr von einem russischen Killer gequält worden. Sie haben den Artikel geschrieben, um sich zu diesem Erlebnis Distanz zu verschaffen, um für den Verstand erfassbar zu machen, was die Seele nicht verarbeiten kann, nicht wahr?«

Unwillig erhob sich Anna: »Falls Sie tatsächlich etwas verstanden haben, wie Sie behaupten, dann wüsste ich nicht, was Sie Ihrer Meinung nach dazu berechtigt, in meine privatesten Angelegenheiten einzudringen.«

»Ich zeige es Ihnen.« Auch Frau Hamidi erhob sich. Mit

leicht zittrigen Händen, aber den Blick fest auf Anna gerichtet, nestelte sie an ihrer schwarzen Seidenbluse. Anna begriff nicht, was da gerade vor sich ging. Als Frau Hamidi ihre Bluse öffnete und Anna ihren freien Oberkörper präsentierte, erkannte Anna immer noch keinen Zusammenhang. Aber sie verstand, dass Frau Hamidi wusste, was Lust an Zerstörung war. Sie hatte es augenscheinlich am eigenen Leib erfahren.

Zwei quälende Stunden später war Anna wieder zu Hause. Als Erstes kühlte sie sich im Bad die verweinten Augen mit Wasser. Auf der Rückfahrt hatte sie kein Wort herausgebracht, und nun saß Pete bei ihr im Wohnzimmer und wartete geduldig auf eine Erklärung. Anna kam etwas wacklig die Treppe herunter. Pete erhob sich und sah sie erwartungsvoll an. Sie ging auf ihn zu und schlug ihm mit der flachen Hand ins Gesicht. Er nahm es wortlos hin. Schwer ließ sich Anna in den Sessel fallen und befahl Pete, eine Flasche Rotwein zu öffnen. Als er ihr ein gefülltes Glas reichte, meinte er vorsichtig: »Wir machen es kurz, du bist sicher todmüde.«

»Ich bin hellwach, für mich ist jetzt mitten am Tag«, widersprach sie. »Erzähl mir von der Leiche. Was hat man der Frau angetan?«

Pete rutschte unwohl auf dem Sofa herum: »Sie hat zahlreiche, gezielt angebrachte Schnittverletzungen davongetragen. Nichts Tödliches. In jede einzelne Wunde war Salz eingerieben worden. Ganz offensichtlich wurde sie außerdem mit Elektroschocks gefoltert. Auch an den Genitalien. Vergewaltigt. Und ...«

»... und ihr wurden die Brustwarzen mit einer Schere abgeschnitten«, beendete Anna den Satz bemüht sachlich. Pete nickte verärgert: »Hat Mohsen das seiner Mutter erzählt? Der tickt wohl nicht richtig! Morgen werde ich dem ganz schön ...«

»Nichts wirst du. Beruhige dich. Der Kerl ist damit nicht klargekommen, auch wenn er schon ein knappes Jahr in der Rechtsmedizin arbeitet. Er wollte es seiner Mutter nicht erzählen, aber gestern Abend nach der Obduktion ist er bei ihr heulend zusammengebrochen.«

»Das kann er sich nicht erlauben, wenn er diesen Job machen will, das sollte er wissen. Was hat seine Mutter gesagt?«

Pete goss nach, denn Anna hatte ihr Glas in zwei kräftigen Zügen geleert.

Anna nahm einen nun etwas kontrollierteren Schluck und fuhr fort: »Frau Hamidi ist im Iran aufgewachsen als Tochter einer privilegierten, politisch links orientierten Familie. Als Studentin hat sie sich dem Untergrund angeschlossen, der den Sturz des Schahs zum Ziel hatte. Sie gehörte zur militärisch-marxistischen Fraktion der Partisanen der Volksfedajin, wenn ich das richtig verstanden habe. Jedenfalls wurde sie vom Savak, dem Geheimdienst des Schahs, geschnappt. Und gefoltert. Schnitte, Elektrokabel, mehrfache Vergewaltigung, über Tage hinweg. Und ... man hat ihr die Brustwarzen mit einer stumpfen Schere abgeschnitten.« Anna machte eine Pause, um ihre zitternde Stimme wieder unter Kontrolle zu bekommen.

»Sie hat es mir gezeigt«, fügte sie leise hinzu.

Nach einem Räuspern fuhr sie mit bemüht normaler Stimme fort: »Als dann Chomeini kam, dachten die Iraner, alles würde besser werden. Aber weit gefehlt. Er merkte, dass die Studenten sich nicht so einfach indoktrinieren ließen, und ergriff die altbekannten Maßnahmen. Mit Knüppeln bewaffnete Anhänger der Gottespartei, der Hisbollah, stürmten die Unis und schlossen sie für zwei Jahre. In dieser Zeit wurden wieder Tausende von Studenten, Studentinnen und Lehrkräften verhaftet, gefoltert und hingerichtet. Frau Hamidi hat kurz nach der Schließung der Unis das Land verlassen. Sie will nie wieder dorthin zurück. Mohsen wurde in Deutschland geboren. Er hat keine Ahnung, was seiner Mutter unter dem Schah-Regime zugestoßen ist. Frau Hamidi möchte, dass das so bleibt.«

»Und sie vermutet aufgrund der ähnlichen Verletzungen...«, grübelte Pete.

Anna nickte: »... dass der Mörder ein Iraner ist. Vielleicht jemand vom früheren Savak. Diese Geschichte mit den Brustwarzen war eine berüchtigte Spezialität des Schah-Geheimdienstes.«

Pete starrte ins Leere. »Während du dich frisch gemacht hast, hat Karen angerufen. Sie haben die Leiche identifiziert. Nur die Bestätigung der Mutter steht noch aus. Unsere Tote ist eine einundzwanzigjährige Frau. Aus gutbürgerlichem Hause, wie man so schön sagt. Bislang gibt es absolut keinen Hinweis auf einen politischen Hintergrund oder eine wie auch immer geartete Verstrickung von Geheimdiensten. Mein Täterprofil zielt weitaus eher auf einen sexuell motivierten Sadisten.« Er sah Anna direkt in die Augen: »Für wie glaubwürdig hältst du Frau Hamidi?«

Anna überlegte: »Sie machte auf mich einen sehr ruhigen und kontrollierten Eindruck. Trotzdem könnte es natürlich sein, dass sie als Folteropfer durch Mohsens Schilderung an ihr Trauma erinnert wurde und ihre These von einer alten Paranoia geprägt ist. Wenn es absolut keine Verbindung zum Iran gibt...«

Pete seufzte: »So würde ich das nicht sagen. Unsere Leiche hat zu Lebzeiten im Hauptfach Sozialpädagogik und im Nebenfach Orientalistik studiert. Trotzdem halte ich das alles für ausgemachten Blödsinn. Ich brauche keine geheimdienstlichen Verschwörungstheorien, um mir die missbrauchte und verstümmelte Leiche einer hübschen jungen Frau zu erklären.«

Erschöpft rieb sich Anna mit der Hand über die Augen.

»Wie dem auch sei, ich würde vorschlagen, du machst dich an die Arbeit und kriegst das Schwein. Ich habe mit Frau Hamidi gesprochen, wie du wolltest. Das war schlimm genug. Ich will mit der Sache nichts mehr zu tun haben. Ich will einfach nur schlafen.«

Manuela Berger würde lange Zeit nicht mehr schlafen können. Volker hatte sie zu Karen in die Gerichtsmedizin gebracht, damit sie die Leiche identifizieren konnte. Zuerst wies Frau Berger noch den typisch zwiespältigen Gesichtsausdruck von Verwandten auf, der einerseits geprägt war von der unterdrückten Angst, die Leiche auf dem Metalltisch könnte tatsächlich der vermisste Mensch sein, und andererseits der fragilen Sicherheit, dass das alles nur ein blöder, wenn auch schrecklicher Irrtum sein müsste. Karen wusste, was sie davon zu halten hatte: Wunschdenken.

Manuela Berger hatte ihren Sohn Lars dabei, der die Mutter vorsichtig am Arm stützte. Karen begrüßte die beiden mit leiser Stimme. Noch bemühte sich Frau Berger um Selbstbeherrschung, doch Karen wusste aus Erfahrung, wie schnell das psychische Abwehrsystem zusammenbrach, wenn die Angehörigen der nackten Wahrheit ins Gesicht blickten. Frau Berger hielt sich aufrecht, doch ihre Lippen waren zusammengepresst, ihre Hand, die sie Karen reichte, kalt und hart wie ein Eiszapfen. In Anbetracht der Tatsache, dass die Leiche selbst für Außenstehende nicht ohne Erschütterung anzusehen war, fragte Karen, ob Manuela Bergers Mann die Aufgabe der Identifizierung nicht übernehmen könnte.

»Mein Exmann lebt in Kuwait, er ist Ingenieur«, presste Frau Berger heraus. Volker warf Karen einen Blick zu, der ihr die Größe des Fettnapfs, in den sie gerade getreten war, nur ungefähr beschrieb.

»Ich werde das übernehmen«, warf Lars tapfer ein. Er war

Ende zwanzig, überragte seine Mutter um etwa zwei Kopflängen, und machte einen gefassten Eindruck. Noch. Seine Mutter schüttelte den Kopf: »Ich will die junge Frau selbst sehen.«

Nachdenklich betrachtete Karen die attraktive Mittvierzigerin in ihrem schicken Kostüm. Den Stiftrock strich sie mit einer fahrigen Bewegung zum wiederholten Male glatt, eine klassische Übersprungshandlung.

»Es ist kein schöner Anblick«, sagte Karen leise, »und wenn Ihr Sohn die besseren Nerven hat, wäre es mir sogar lieber ...«

»Es ist nicht Uta, das kann gar nicht sein«, unterbrach Frau Berger bestimmt, »auch wenn die Beschreibung passt. Ich bin nur ein bisschen in Panik, weil sie gestern nicht zum Mittagessen kam und sich seither nicht gemeldet hat. Typisch Glucke. Aber wer weiß?« Frau Berger bemühte sich um ein Lächeln, was gründlich schiefging. »Die jungen Dinger können tausend Gründe haben, sich nicht bei ihrer Mutter zu melden, nicht wahr?«

Das »nicht wahr?« hatte sie fast flehend ausgesprochen. Sie wollte von Karen die Erlaubnis, ihren Kopf weiter in den Sand stecken zu dürfen. Vermutlich wäre sie am liebsten sofort wieder nach Hause gefahren, um weiterhin hoffen zu können, dass sich ihre Tochter melden würde. Wenn nicht jetzt, dann gleich. Oder später. Und erst wenn die Ungewissheit noch quälender wurde als die Angst vor einer traurigen Gewissheit, würde sie freiwillig wiederkommen.

Karen öffnete die Tür zum Kühlraum, wo die Leiche auf einem Metalltisch aufgebahrt lag. Ein weißes Tuch bedeckte ihren Körper. Volker blieb draußen. Mit wackligen Schritten näherte sich Frau Berger, nun deutlich Gewicht auf den Arm ihres Sohnes verlagernd. Einen Meter vom Tisch entfernt blieb sie stehen, holte noch einmal Luft und nickte Karen zu. Vorsichtig zog Karen das Tuch zurück. Sie legte nur das Gesicht frei, um der Frau noch schlimmere Albträume zu ersparen.

Manuela Berger blickte in das wächserne Gesicht, in dem Karen die schlimmsten Verletzungen überschminkt hatte. Plötzlich kam ein qualvoller, fast unmenschlicher Laut über ihre Lippen, und sie sackte zusammen. Lars und Karen konnten sie gerade noch halten, bevor sie auf den Fliesenboden aufschlug.

Volker kam sofort hinzugerannt, nahm Manuela Berger hoch und trug sie hinaus, wo wie immer eine Liege bereitstand. Karen wollte folgen, um sich um Frau Berger zu kümmern, doch Lars blieb wie betäubt vor der Leiche stehen.

»Sie ist es, oder?«, fragte Karen behutsam.

Lars nickt apathisch: »Uta. Sie ist es.«

Karen fasste ihn ganz leicht am Arm, um ihn aus seiner Starre zu lösen und hinauszuführen. Doch er riss sich los, erschrocken durch die Berührung, die er nicht einmal bewusst wahrgenommen hatte, und fuhr herum.

»Wer tut so was?«, schrie er. Sein Gesicht war verzerrt von Hass und Verzweiflung.

In dieser Nacht schien es keinen Schlaf zu geben. Als hätte sich etwas Dunkles, Böses über der Stadt ausgebreitet, das einen instinktiv zwang, die Augen nicht zu schließen, weil die Angst zu groß war, es könnte keinen Tag mehr geben und das Licht nicht mehr zurückkommen und ewige Finsternis würde sich ausbreiten, eine Finsternis, so undurchdringlich, dass selbst das Atmen schwer fiel. In dieser Nacht gab es keinen Schlaf. Auch für Christian nicht.

Nachdem er Volker nach dessen wie üblich überragendem Sieg zur Tür gebracht hatte, saß er im Wohnzimmer und fand keine Ruhe. Er lauschte dem Herbststurm, der von draußen gegen die Fensterscheiben tobte, er lauschte dem

Herbststurm, der in ihm selbst tobte. Anna war wieder da. Anna. Als er sie letztes Jahr kennengelernt hatte, hatte er kaum zu hoffen gewagt, dass daraus einmal mehr werden würde. Sie war jung, klug und schön. Und sie war die Affäre von Pete, diesem halbamerikanischen Profiler aus der FBI-Schmiede. Pete, der ihm damals vom BKA als Aufpasser ins Team gesetzt wurde, war ihm schon am ersten Tag auf den Geist gegangen mit seiner selbstbewussten, jugendlichen Frische. Unvorstellbar, dass sich Anna schließlich gegen Pete und für ihn entschieden hatte. Aber er hatte das getan, was er am besten konnte. Er hatte es versaut, gründlich versaut.

In einem Anfall von Selbstekel trank Christian den letzten Schluck aus seinem Whiskyglas, griff nach seiner Jacke und flüchtete aus der Wohnung, in der seine Gedanken doch nur immer wieder gegen die gleichen Mauern prallten. Er brauchte frische Luft und ging los, ohne auf den Weg zu achten. Christian war schon immer gerne ziellos durch die Gegend gelaufen, wenn er auf andere Gedanken kommen wollte. Der Wind pfiff ihm um die Ohren, zerrte an Haaren und Kleidung, seine zu dünne Jacke flatterte, er zog sie enger um sich, lehnte sich leicht gegen die Kraft des Sturms an. Absichtslos ging er am Kaiser-Friedrich-Ufer entlang, blieb gedankenverloren stehen, versuchte, sich eine Zigarette anzustecken, was wegen des Sturms nur schwer gelang. Zwei Ratten spielten an der Böschung miteinander. Von ihrem Quieken aus seiner Versunkenheit gerissen, ging er weiter.

Hoffentlich hielt Anna Abstand zu dem neuen Fall. Und zu Pete. Sie war zwar eine starke Frau und kam mit dem Schrecken, den sie letztes Jahr erlebt hatte, inzwischen zurecht, aber Christian wollte nicht, dass sie etwas Ähnliches jemals wieder durchmachen musste. Er liebte sie im Grunde immer noch, und nur das konnte erklären, dass er sich unversehens vor ihrem Haus wiederfand.

Petes Wagen stand nicht mehr da, aber durch das Küchenfenster, das nach vorne lag, konnte man erahnen, dass im Wohnzimmer dahinter noch Licht brannte. Christian widerstand nur mit Mühe dem Impuls, zu klingeln. Anna, dachte er, schöne Anna. Er hatte sie im Stich gelassen damals, sich im eigenen Sumpf aus Selbstmitleid gesuhlt und irgendwann keinen Gedanken mehr daran verschwendet, dass Annas Probleme weitaus schwerwiegender waren als seine blöde verletzte Eitelkeit. Okay, am Anfang hatte er ihr noch zur Seite gestanden, hatte ihr die Hand gehalten und die Seele behütet, wenn die Angst sie an der Gurgel packte und ihr die Luft abschnürte. Sie war so tapfer gewesen, hatte alle Kraft aufgewandt, um ihn nicht spüren zu lassen, wie schlecht es ihr ging. Dass sie sich verkrampfte, wenn sie beim Sex seine Leidenschaft unwillkürlich als Bedrohung empfand. Dass sie den Geruch von Sperma nur schwer ertrug. Dass sie sich in der Rolle der Therapeutin nicht mehr ertrug. Anna hatte das alles durchlitten, sie hatte dagegen angekämpft mit ihrem ganzen Verstand und jeder Faser ihres Körpers. Und sie hatte gesiegt. Er hingegen hatte sich sofort gehen lassen, als auch nur das Geringste schiefging, er hatte sich zurückgezogen wie ein beleidigtes Kind, geschmollt, und alle Welt für sein Scheitern verantwortlich gemacht, nur nicht sich selbst. Dafür schämte er sich. Er war Anna nicht wert. Er sollte sie in Ruhe lassen. Was tat er überhaupt hier? Herrgott noch mal, was sollte das? Er war raus aus der Show, sowohl beruflich als auch privat. Und das war besser so, für alle Beteiligten. Abrupt wandte er sich um und machte sich auf den Heimweg.

Schorsch wachte blinzelnd auf. Mann, hatte er einen Brummschädel! Wohl zu viel gesoffen gestern mit Hansi, grinste er in sich hinein. Er wollte aufstehen, doch es ging nicht. Seine Glieder waren wie Blei. Schorsch schüttelte den Kopf, um noch wacher zu werden. Das tat verdammt weh. Er wollte die

Hand heben und sich am Kopf kratzen. Aber auch das ging nicht. Weder die eine Hand noch die andere ließ sich bewegen. Schorsch hatte eine schrecklich trockene Kehle, einen Nachbrand der höllischsten Sorte. Was hatte er gestern bloß für 'nen beschissenen Stoff gekippt? So schlimm war es ja noch nie gewesen. Er versuchte noch einmal, sich aufzurichten. Es ging ums Verrecken nicht. Er konnte sich keinen Millimeter bewegen. Wo war er überhaupt? Kein Himmel über ihm zu sehen. Nur Dunkelheit, tiefschwarze Dunkelheit. Kein Autoverkehr von der Kollaustraße, sondern absolute Stille. Er war in einem Raum. In einem absolut stillen, absolut schwarzen Raum. Es war kalt und roch modrig. Und er konnte sich nicht bewegen. Doch allzu große Gedanken machte sich Schorsch nicht. Er war mit jeglichen Arten von Blackouts vertraut. Am besten er schlief noch 'ne Runde, dann würde er klarer sein, sich bewegen können und Hansi unter der Brücke abholen. Friedlich wollte sich Schorsch wieder in den Nebel gleiten lassen, doch eine Tür quietschte metallisch, und ein plötzliches grelles Licht über seiner Lagerstatt blendete ihn. Er kniff die Augen zusammen und fluchte: »Mach's Licht aus, du Arsch, ich will schlafen!«

Ein amüsiertes Lachen war zu hören und dann eine sehr angenehme Stimme: »Du hast fast zwanzig Stunden verpasst, du Penner. Schlafen kannst du, wenn du tot bist. Das wird zwar nicht mehr allzu lange dauern, aber vorher wollen wir noch etwas Spaß haben, wir beide.«

Und ganz plötzlich war Schorsch hellwach und erinnerte sich an den Plastiksack im Recyclinghof. Den Plastiksack mit dem Fuß drin. Beim Sondermüll. Schorsch wurde schlagartig übel. Aber bewegen konnte er sich immer noch nicht. Keinen einzigen Millimeter.

Tag 3: Montag, 30. Oktober

Christian belegte sich gerade ein Knäckebrot mit schon leicht gewellten Käsescheibletten, als es Sturm klingelte. Verwundert sah er auf die Uhr. Kurz nach sieben. Er drückte den Summer und wartete an der Tür, bis der Fahrstuhl oben ankam. Dass er mit freiem Oberkörper in einer ausgebeulten Jogginghose dastand, juckte ihn wenig. Aus dem Aufzug trat eine Frau, die zu viel Make-up aufgetragen hatte, um die Spuren ihrer durchwachten Nacht zu übertünchen. Es war ihr nicht gelungen.

»Manu«, entfuhr es Christian. Seit mindestens fünf Jahren hatte er weder etwas von ihr gesehen noch gehört. Sie hatte sich kaum verändert. Sie war immer noch perfekt frisiert, perfekt gekleidet, teuer und stilvoll, die typische Vogue-Leserin, deren Glanz schon lange nicht mehr in den Augen liegt sondern in den Knöpfen des Chanel-Kostüms und die sich ihr Botox nicht von jedem Scharlatan spritzen lässt. Allerdings schienen durch die überpflegte Fassade kleine Risse hindurch, zumindest heute, zumindest um diese Uhrzeit. Wortlos ging Manuela Berger an ihm vorbei in die Wohnung. Christian folgte ihr. »Was ist denn los? Du siehst ja furchtbar aus.« Manuela ignorierte Christians bekannt uncharmante Art.

»Meine Tochter. Irgendein Schwein hat meine Tochter umgebracht«, stieß sie zitternd hervor. Christian nahm ihr den Mantel ab.

»Setz dich, ich mach uns Kaffee«, sagte er.

»Ich will keinen Kaffee, ich will, dass du den Kerl zur Strecke bringst.«

Sanft drückte Christian sie in die Polster seines Sofas. »Ich bin nicht mehr bei der Polizei. Suspendiert. Seit knapp einem Jahr.«

»Das ist mir egal.«

Christian sah Manuela nachdenklich an. Vor einigen Jahren hatte er eine Affäre mit ihr gehabt, doch als sie sich ernsthaft in ihn verliebte und ihren Mann und ihre beiden Kinder für ihn verlassen wollte, war ihm die Sache zu bedrohlich geworden, und er hatte sich von ihr getrennt. Nicht im Guten.

»Du findest ihn, und du tötest ihn für mich. Das bist du mir schuldig.«

Ohne Rücksicht auf die Straßenverkehrsordnung raste Volker auf seinem »One-Fucking-Gear«-Bike in Richtung Schanzenviertel. Er war spät dran. Der 41-jährige Verhörspezialist hatte heute Morgen etwas zu lange für seine buddhistischen Übungen gebraucht, irgendwie hatte er dabei jedes Zeitgefühl verloren. Zuspätkommen war in Volkers Augen eine Respektlosigkeit den Kollegen gegenüber, also trat er in die Pedale wie ein Berserker und beging fast eine folgenschwere Respektlosigkeit einer Passantin gegenüber. Er konnte gerade noch bremsen.

Als Volker trotz der kühlen Temperaturen verschwitzt in der schäbigen Einsatzzentrale ankam, saßen seine Kollegen Eberhard und Daniel schon im Konferenzzimmer. Daniel, ehemaliger Hacker und Spezialist für jegliche legalen und illegalen Recherchen per Datenautobahn, grüßte nur mit einem kurzen Brummen und versenkte seinen Blick wieder in die Boulevard-Zeitung vor ihm. Eberhard, der 35-jährige Kriminaltechniker, der wegen seiner Liebe fürs Kochen Herd genannt wurde, stand in einer alten Jeans und einem fleckigen Baumwollhemd hinter Daniel und stemmte mit einem Eisen einen langen und tiefen Riss in der Wand weiter auf. Er machte dabei einen Höllenlärm und überzog alles mit einer feinen Staubschicht, was Daniel nicht weiter zu stören schien. Der Riss existierte, seit sie in diese Bruchbude eingezogen waren, und er hatte sich seitdem stetig vergrößert.

»Was soll'n das, Herd?«, fragte Volker. Sie hatten weiß Gott andere Dinge zu tun.

»Seit Monaten telefoniere ich hinter der Hausverwaltung her. Bis die einen Handwerker schicken, ist der Riss so breit wie der Grand Canyon. Also mache ich es selbst. Aufstemmen, auffüllen, zuspachteln. Ist eh besser, wenn ich mich drum kümmere, dann weiß ich, dass es anständig gemacht wird.« Eberhard klopfte und kratzte und stemmte ungerührt weiter.

»Yvonne flippt aus, wenn sie die Sauerei sieht«, meinte Volker.

Eberhard schien das wenig zu beeindrucken. »Ist sie schon. Die kann schreien, die Kleine... Wie war's gestern bei Chris? Hat er angebissen?«, fragte er, während Volker sich am staubüberzogenen Waschbecken in der Ecke etwas frisch machte und das verschwitzte Shirt gegen ein sauberes aus seiner Tasche austauschte.

»Auf den Fall nicht. Noch nicht. Aber auf das Stichwort Anna«, antwortete Volker.

»War sie mit Pete bei Mohsens Mutter?«, wollte Yvonne wissen, die mit einer Kanne Kaffee, einigen Tassen und einem Putzeimer voll Wasser hereinkam. Letzteren stellte sie Eberhard vor die Füße. Der seufzte, ließ von seiner Arbeit ab, verstaute sein Werkzeug in einem bereitstehenden Koffer und begann, den Konferenztisch von der Staubschicht zu befreien.

Yvonne, die kleine, quirlige Assistentin mit dem hellblonden Wuschelkopf, war von Christian im blutjungen Alter von zwanzig Jahren als Praktikantin eingestellt worden – wegen ihrer guten Laune und ihrer großen Klappe. Zur Freude aller war sie geblieben und kümmerte sich seither um die organisatorischen Aufgaben wie um lebenserhaltende Maßnahmen für das Team. Sie sorgte für Getränke, für die gelegentliche Zufuhr von Vitaminen, wenn es wegen hoher Arbeitsbelastung mal wieder zu häufig Pizza im Stehen gab, und immer wieder für kurze Momente unbeschwerter Stimmung.

»Keine Ahnung, das werden wir erfahren, wenn unser maximo lider da ist«, lautete die sarkastische Antwort Volkers. Obwohl sie Pete Altmann, den smarten 32-jährigen Halbamerikaner, trotz anfänglicher Probleme inzwischen alle als einen der ihren akzeptierten, ging es ihnen dennoch ein wenig gegen den Strich, dass Christian, der die Truppe damals gegründet hatte, sich aus der Leitungsposition hatte verdrängen lassen und nun Pete seine Stelle einnahm. Dabei war das keineswegs Petes Schuld, denn Christian musste seinen Posten aufgeben, als nach dem Kindermörder-Fall vom letzten Jahr herausgekommen war, dass sie – und zwar sie alle zusammen – in nicht unerheblichem Umfang Beweise manipuliert hatten. Sie hatten die Gerechtigkeit über das Gesetz gestellt und waren allesamt heute noch der Überzeugung, das einzig Richtige getan zu haben. Dennoch war durch diese Vorkommnisse nicht nur die Existenz dieser ersten bundesweiten Soko in Gefahr gewesen. Die leidige Angelegenheit wurde vor der Öffentlichkeit fein säuberlich vertuscht, denn sie hätte Dorfmanns Kopf gekostet, die Karriere des Oberstaatsanwalts Waller beendet, und die Ausläufer der Erschütterungen wären bis nach Wiesbaden ins BKA zu spüren gewesen. Trotzdem musste zumindest intern ein Sündenbock her. Für diese Rolle war Christian von Anfang an vorgesehen, falls bei dem Experiment des länderübergreifenden Ermittlungsteams etwas schiefging. Und er nahm sie an. Damit war die Sache offiziell erledigt und das Team gerettet. Zwar mussten sie in ihrer Absteige im Schanzenviertel bleiben, obwohl man ihnen nach dem ersten Ermittlungserfolg einen Umzug ins moderne Polizeipräsidium mit all seinen Annehmlichkeiten wie Parkplätzen, Klimaanlage und Cola-Automat in Aussicht gestellt hatte, und sie bekamen auch bis dato keinen einzigen interessanten Fall mehr zugeteilt, ganz so als wolle man sie geistig ausbluten lassen. Trotzdem war Pete, der vom BKA ursprünglich nur für den ersten Fall als Profiler ausgeliehen worden war, nicht nach Wiesbaden zurückgegangen. Er hätte es irgendwie als schäbig empfunden, wenn er weiterhin der eigenen Bilderbuchkarriere nachgegangen wäre, während seine Hamburger Kollegen, die inzwischen zu Freunden geworden waren, kaltgestellt wurden.

Das Schlimmste für das Team war jedoch, dass ihnen Christian fehlte, seine Wutanfälle genauso wie seine Intuition und seine unersetzliche Erfahrung. Obwohl sie in der Bruchbude, die sie Büro nannten – eine alte Fünf-Zimmer-Wohnung, die früher mal zur Observierung der Drogendealer gegenüber am Schanzenbahnhof benutzt worden war – sehr beengt saßen, stand Christians Büro seit seiner Suspendierung leer. Und keiner hätte den Frevel begangen, es zu übernehmen.

Pete machte seine Sache gut, aber Christian hatte sie besser gemacht. Und insgeheim fürchteten alle, vermutlich sogar Pete, dass ihnen das bei den nun anstehenden Aufgaben schmerzlich bewusst werden würde. Also hatten Eberhard, Daniel und Volker hinter Petes Rücken beschlossen, alles daranzusetzen, Christian ins Team zurückzuholen. Ihre Chancen standen nicht schlecht. Selbst wenn Christian sich wie der sturste Bock unter der Sonne aufführte, so war er dennoch ein geborener Vollblutpolizist, genetisch auf Jagd programmiert. Dass Anna nun auch wieder in ihrem Dunstkreis auftauchte, konnte ihnen nur in die Hände spielen.

Yvonne, die in der Zwischenzeit hinausgehuscht war, kam

mit einem Teller voller Franzbrötchen, Mandelhörnchen und anderer Leckereien zurück. Sie reichte den Teller herum und goss Kaffee ein. Eberhard nahm sich drei Teilchen. »Mein Glykogenspeicher ist total leer, war heute Morgen schon zwölf Kilometer joggen.« Volker wollte sich auch drei Teilchen nehmen und begründete seinen Appetit mit seiner permanenten Geschwindigkeitsüberschreitung beim Fahrradfahren, auch das zehre mindestens wie Joggen. Doch Yvonne klopfte ihm auf die Finger, rationierte ihn auf ein einziges Franzbrötchen, woraufhin Eberhard ihm mitleidig eins von seinen abgab, während Yvonne den Rest mit einem verliebten Lächeln Daniel kredenzte. Der jedoch lehnte zu aller Überraschung ab und klopfte sich verlegen auf die mittlere Leibesfülle. »Will ein wenig abspecken.«

Bevor diese Neuigkeit gebührend diskutiert werden konnte, kam Pete mit Karen herein. Es war kein großes Geheimnis, dass die beiden seit einiger Zeit gelegentlich miteinander schliefen, aber niemand sprach darüber. Zwischen den beiden schien es kein emotionales Band zu geben, das über Sympathie hinausging, ganz so, als sei Sex für sie eine Verrichtung wie Körperpflege, die das Wohlbefinden steigerte und bestenfalls auch noch Spaß machte.

»Und?«, wollte Eberhard wissen. »War Anna nun bei Frau Hamidi?«

Pete nickte und brachte seine Kollegen auf den neuesten Stand.

Anna schloss ihr Zimmer auf, das ihr während dieses Semesters und vermutlich auch für einige der folgenden als Büro an der Uni zur Verfügung stand. Es war frisch in einem harten Weiß gestrichen, klein, karg eingerichtet, und sowohl Schreibtisch als auch Stuhl entsprachen mitnichten den ergonomischen Anforderungen. Immerhin war der Computer einigermaßen auf dem letzten Stand. Anna fröstelte ein wenig und drehte die Heizung auf. Letzte Nacht hatte sie kaum geschlafen, was zum einen sicher eine Folge des Jetlags war, zum anderen aber an ihrer Begegnung mit Frau Hamidi lag. Die Erlebnisse der Iranerin überstiegen Annas Vorstellungskraft bei Weitem, und so sehr sie auch versuchte, das Bild von Frau Hamidis entstelltem Oberkörper und ihrer verstümmelten Weiblichkeit zu verdrängen, so heftig schlich es sich in die kurzen, unruhigen Phasen des Halbschlafs. Also hatte sie dem Druck ihres Unterbewusstseins irgendwann nachgegeben, ihr Bett verlassen und versucht, sich dem Thema und dem damit verbundenen Schrecken zu stellen. Mehrere Nachtstunden verbrachte sie vor dem Computer, vertieft in Recherchen über Folter im Iran und das gezielte, institutionalisierte Quälen von Frauen. Alles, was sie fand, speicherte sie zwanghaft organisiert ab in einem eigens dafür angelegten Ordner. Danach war ihr übel, und an Schlaf war überhaupt nicht mehr zu denken gewesen.

Ich fühle mich wie gerädert, dachte sie und ließ sich auf ihren Schreibtischstuhl fallen, der mit unsicherem Wackeln auf die Attacke reagierte. Müde rieb sie sich die Augen. Sie wollte gleich noch das Dossier, das sie letzte Nacht zusammengestellt hatte, mailen, dann würde sie sich ihren eigentlichen Aufgaben zuwenden können. Dabei war ihr viel eher nach schlafen zumute, hier und jetzt! Zu Semesterbeginn sollte sie eigentlich fit und voller Tatendrang sein, aber dafür hätte sie früher aus Kanada zurückkommen müssen. Ihre Körperuhr stand auf mitten in der Nacht, und wenn sie pro Woche Aufenthalt in Übersee einen Tag Rückanpassung rechnete, dann würde sie in der ersten Woche an der Uni leicht komatös auf ihre Studenten wirken.

Anna packte ihre Tasche aus: Lehrmaterial zu dem Seminar, das sie zu geben gedachte, ein antiquierter Füllfederhalter, Notizbuch, Kalender und ein Diktiergerät, mehr private Ausstattung hatte sie nicht mitgebracht. Sie sah sich um. Offensichtlich hatte die Sekretärin der Psychologischen Fakultät ihren Wünschen entsprochen und das Büro mit der bestellten Fachliteratur bestückt. Außerdem hing ein Porträt von Sigmund Freud an der Wand. Anna lächelte über die mangelnde Originalität, fühlte sich aber dennoch ein wenig zu Hause. Ihr Doktorvater, Professor Weinheim, zu dem sie seit Jahren regelmäßig zur Supervision ging, hatte das gleiche Porträt in seiner Praxis. Über der Couch. Wie wahrscheinlich Abertausende von Psychologen auf der ganzen Welt.

Sorgfältig ordnete sie ihr Lehrmaterial ins Regal und ging die Liste mit den bisherigen Anmeldungen für ihr Hauptseminar über den Fetischismus-Begriff bei Freud durch. Man rannte ihr offensichtlich die Bude ein, alle Plätze waren schon seit Wochen belegt. Anna war sich nicht im Klaren, ob der Zuspruch auf ihre immer gut besuchten Gastvorlesungen zurückzuführen war, die sie seit Jahren an der Uni hielt, auf ihre Publikationen oder etwa auf die zweifelhafte Popularität, die sie durch ihren Ausflug in die Kriminalistik gewonnen hatte. Es konnte ihr egal sein, immerhin war die Aufnahme ihrer Lehrtätigkeit ein Schritt in die richtige Richtung. Nach ihrem Erlebnis mit dem Bestatter hatte sie eine Zeitlang als Therapeutin ausgesetzt, um erst mit sich wieder ins Reine zu kommen. Die Liebe zu und von Christian hatte ihr anfangs sehr dabei geholfen. Sie hatte ihre Praxis wieder aufgenommen, jedoch schnell festgestellt, dass sie ihren Klienten gegenüber argwöhnisch war und aus übervorsichtigem Selbstschutz jegliche Empathie vermissen ließ. Ihre stabile Verfassung war lediglich Fassade. Angst hatte sich unbemerkt in ihr eingenistet und begann ihr schleichendes Zerstörungswerk. Schließlich verteilte Anna ihre Klienten auf ein paar vertrauenswürdige Kollegen, schraubte das Praxisschild an ihrem Gartentor ab und beendete damit eine berufliche Laufbahn, deren Erfülltheit ihr immer wie ein gelebter Traum erschienen war. Es war vorbei, sie war nicht mehr in der Lage, anderen zu helfen. Sie musste sich selbst helfen. Als die Beziehung mit Christian immer komplizierter wurde und das Ende absehbar war, bewarb sie sich als Dozentin, um zumindest einen äußeren stabilen Faktor in ihrem Leben zu haben. Die Uni nahm sie mit Kusshand.

Es klopfte an der Tür. Überrascht sah Anna hoch, noch war sie offiziell gar nicht anwesend.

»Ja, bitte?«

Herein kam ein gutaussehender junger Mann, blond, mit einem strahlenden Lächeln, blitzblauen Augen und sportlich federndem Gang. Offen streckte er ihr seine Hand entgegen.

»Hallo, Frau Doktor Maybach, ich bin Martin Abendroth, freut mich, Sie kennenzulernen.«

Sein Händedruck war entschlossen, aber nicht zu fest.

Anna bot ihm Platz an: »Den Doktor können Sie weglassen.«

Martin Abendroth setzte sich breitbeinig auf den Besucherstuhl und grinste Anna an: »Gern. Sie sehen noch besser aus als auf dem Foto in Ihrem Buch. Welches ich im Übrigen sehr erhellend fand.«

»Ihr Charme ist mir zu plump. Könnten Sie bitte zur Sache kommen«, forderte Anna den Studenten kühl auf.

Martins Lächeln gefror eine Millisekunde, dann schaltete er auf Sachlichkeit um: »Ich würde gerne an Ihrem Seminar teilnehmen...«

»Das leider schon ausgebucht ist«, unterbrach Anna ihn kurz angebunden.

Sofort war Martins überlegenes Lächeln wieder da: »Zu Recht. Aber ein Kommilitone von mir, Kevin Obermüller, er müsste auf Ihrer Liste stehen, überlässt mir freundlicherweise seinen Platz.«

Mit einem knappen Blick auf die Liste fand Anna den Namen. »Wie haben Sie denn das hingekriegt?«

»Wenn ich was wirklich will, bin ich unwiderstehlich«, lächelte Martin.

»Und warum wollen Sie unbedingt in das Seminar?«

»Ich studiere im Hauptfach Geschichte, bin kurz vor meinem Magister, den ich mit einer Arbeit über historische Anthropologie bei Professor Gellert machen werde. In Psychologie fehlen mir noch zwei Scheine. Etwas mehr Wissen über das von Ihnen angebotene Thema würde meiner Arbeit in Anthropologie sicher helfen.«

»Worüber wollen Sie denn schreiben?«, fragte Anna.

»Das Thema steht noch nicht genau fest. Aber es wird um spätmittelalterliche Körperkonzepte gehen.«

Anna konnte sich darunter herzlich wenig vorstellen, und sie hatte auch keine Ahnung, wie er damit an Freuds Thesen über den Fetischismus anzudocken gedachte, doch der Student wirkte ernsthaft engagiert. »Also gut, falls sich Herr Obermüller nicht bei mir meldet und Sie der feindlichen Übernahme bezichtigt, haben Sie den Platz.«

Sie strich Obermüllers Namen aus und setzte Martins dahinter. Unterdessen klopfte es wieder an der Tür. Zaghaft streckte Yvonne ihren Kopf herein: »Hallo, Anna, störe ich?«

Erfreut erhob sich Anna und umarmte Yvonne: »Was machst du denn hier?« Yvonne sah verunsichert zu dem Studenten: »Ich will wirklich nicht...«

Martin erhob sich, blinzelte Yvonne zu und meinte, er sei sowieso gerade im Gehen begriffen. Mit einer kleinen Verbeugung verabschiedete er sich von Anna.

Yvonne sah sich in Annas Büro um: »Fast so schäbig wie unsere Butze in der Schanze, was?«

Anna lachte: »Bist du hergekommen, um mir den ersten Tag zu vermiesen?« Yvonne bestritt das energisch. Nach einem kurzen Geplänkel über Annas Kanadareise und unter bewusster Auslassung des Themas Christian, kam Yvonne zum Grund ihres Besuchs. Sie hatte sich vor wenigen Wochen als Studentin der Psychologie eingeschrieben und arbeitete ab Semesterbeginn nur noch halbtags bei der Soko. Die Jungs ganz im Stich zu lassen, hatte sie nicht übers Herz gebracht. Außerdem lerne sie dort eine Menge, was ihr für ihren Berufswunsch vermutlich genauso nützlich wäre wie das Psychologiestudium: Sie wolle Profilerin werden. Wie Pete. Und obwohl sie nun gerade erst anfing, würde sie wahnsinnig gerne an Annas Seminar teilnehmen.

Überrascht wies Anna auf die Belegung des Seminars hin und vor allem auch auf die zu erwartenden Schwierigkeiten für Yvonne, als Erstsemester dem Unterricht zu folgen. Doch Yvonne ließ sich nicht entmutigen. Sie versprach, ganz still in der Ecke zu sitzen und nur konzentriert zuzuhören, sie wollte eh keinen Schein machen und bettelte so herzerweichend, dass Anna schließlich lächelnd nachgab und sie zuließ.

Volker saß nicht weit von Anna und Yvonne entfernt beim Chef des Orientalistik-Seminars in der Rothenbaumchaussee. Professor Kranz, ein dynamischer Mann Anfang sechzig, nahm die Nachricht von der Ermordung einer seiner Studentinnen mit echter Erschütterung auf. Auf Volkers Nachfrage hatte er ihm eine Liste mit allen Dozenten des Seminars sowie allen immatrikulierten Studenten zur Verfügung gestellt.

»Ziemlich viele Araber, die hier studieren. Ist das nicht seltsam, dass Araber in Deutschland Islamwissenschaften belegen? Die machen sich's ganz schön einfach, immerhin können sie die Sprache schon«, sagte Volker.

»Würden Sie Theologie in der Vatikanstadt belegen?«, fragte Professor Kranz mild zurück. »Wohl kaum. Vor nicht allzu langer Zeit hätten Sie dort herzlich wenig über die Inquisition gelernt.«

Volker gab Kranz lächelnd recht. Er sah wieder auf die

Liste: »Haben Sie auch Iraner hier? Ich kann die Namen leider nicht von den arabischen unterscheiden.«

Kranz nickte. »Wir haben einen Studenten, Ahmad Khodakarami, ein hoffnungsvolles Talent, und natürlich unseren Dozenten, Kouros Mossadeqh. Ich glaube aber nicht, dass Uta Berger iranisch belegt hat.« Er verbesserte sich: »Hatte.«

»Gab es jemandem im Seminar, mit dem sie befreundet war?«

Kranz hob leicht überfordert die Hände. »Wir sind zwar ein recht kleiner Verein, und ich weiß wirklich nicht über alle meine Studenten und Studentinnen Bescheid, hamdulillah«, antwortete er. »Aber wenn ich nicht irre, habe ich Frau Berger ein paarmal mit Ahmad gesehen.«

Zehn Minuten später saß Ahmad, ein lässig gekleideter Mittzwanziger mit blauschwarz glänzendem Haar, in Kranz' Büro vor Volker. Als er vom Tod Uta Bergers hörte, wobei Volker jegliche Details aussparte, traten ihm die Tränen in die Augen.

»Standen sie sich sehr nah?«, fragte Volker.

»Das nicht. Trotzdem ist es doch schrecklich. Sie war noch so jung! Wer tut denn so was? Hat sie gelitten?«

»All das versuchen wir herauszubekommen. Wie war Ihr Verhältnis zu Frau Berger? Können Sie uns irgendetwas über sie sagen? Über ihre Freunde, ihren Umgang...«

»Sie war nett. Hübsch und nett. Sehr zurückhaltend, fast schüchtern. Ein wenig verschlossen. Mir war das willkommen, ich kann lärmende Menschen nicht ausstehen. Über ihre Freunde weiß ich nichts. Sie hat in einer WG gewohnt, aber ich war nie da. Sie hat auch nie was erzählt.«

Volker nickte: »Verzeihen Sie, aber ich muss Sie das fragen. Hatten Sie ein Verhältnis mit Uta Berger?«

»Ich bin schwul. Stockschwul. Würde ich sonst vor einem Fremden weinen?« Ahmad lächelt schwach. »Aber fragen Sie mal in der Theatergruppe, in der Uta mitgemacht hat. Sie hat mich einmal mit hingenommen, vermutlich weil sie dachte, alle Schwulen wollen auf die Bühne. Bestimmt hat sie's nett gemeint. Aber mein Ding war das nicht. Diese hysterischen Agitatoren ihrer selbst. Nein, wirklich nicht.«

Irgendwie war der Kerl Volker sympathisch.

Pete und Eberhard hatten weniger Glück mit ihren sozialen Kontakten. Sie besuchten im Grindelviertel nahe der Uni Uta Bergers WG. Die Spurensicherung war schon da gewesen, und Eberhard durchforstete nun Utas Zimmer nach verwertbaren Hinweisen, während Pete in der erschreckend wohlaufgeräumten Küche saß und mit Sonja und Carsten plauderte, einem Studenten-Pärchen, das mit Uta die Wohnung geteilt hatte. Die beiden waren genau der Typ Ken und Barbie, den Pete nicht ausstehen konnte. Da er aber aufgrund seiner Klamotten und seines Aussehens selbst wie der Prototyp des erfolgreichen Yuppies wirkte, hielten ihn solche glattgebügelten Dünnbrettbohrer immer für ihresgleichen und biederten sich an.

»Man soll ja nicht schlecht über Tote reden, aber wieso eigentlich, die merken doch nichts mehr«, kicherte Sonja verlegen und zupfte am blütenweißen Kragen ihrer Bluse, »jedenfalls war Uta eine total langweilige Pute.«

»So schlimm war sie nun auch wieder nicht«, warf Carsten ein und gefiel sich sichtlich in seiner Großzügigkeit, »ein bisschen verklemmt, aber immerhin hat sie sich an die WG-Vorschriften gehalten.«

»Welche wären?« Pete versuchte, sich seinen Ärger über diese beiden gefühllosen Charaktereunuchen nicht anmerken zu lassen.

»Absolute Sauberkeit vor allem in den sensiblen Bereichen wie Küche und Bad, keine Partys auf dem eigenen Zimmer, auch nicht ohne vorherige Absprache, striktes Rauchverbot und keine gemeinsame Kasse.«

»Und auf dem Joghurt im Kühlschrank Namensschildchen?«, fragte Pete. Carsten nickte ohne eine Spur von Ironie.

»Ach ja, und für Uta galt noch was Besonderes«, fügte Sonja eifrig hinzu, »nicht, dass Sie das falsch verstehen, wir haben nichts gegen Ausländer. Aber Uta hat im Nebenfach Orientalistik studiert. Und nach allem, was in Hamburg so in den letzten Jahren mit Arabern gelaufen ist, wegen nine eleven, Sie verstehen schon, also, jedenfalls haben Carsten und ich Uta gesagt, wir wollen die nicht hierhaben. Die Araber.«

Carsten lachte verlegen: »Nicht, dass uns irgendwann die GSG 9 stürmt und wir vorbestraft sind, weil Uta aus Versehen einen Islamisten zum Tee in unsere Bude gebracht hat. Schließlich studieren Sonja und ich Jura.«

»Naiv genug für so was war sie ja, also schon ein wenig... dämlich. Und man sieht es den Kerlen ja nicht an, obwohl... ich habe echt *immer* ein komisches Gefühl bei diesen dunkelhäutigen Bartträgern, die sind doch alle nicht richtig integriert. Wollen sie ja auch gar nicht. Und wie die ihre Frauen unterdrücken! Ich kann absolut nicht verstehen, wie Uta Arabisch studieren konnte. Absurd, aber so war sie«, fügte Sonja kichernd hinzu und zupfte wieder an ihrer Bluse. Sie wandte sich an Carsten: »Diese grässliche Kuh, die sie mal von der Theatergruppe angeschleppt hat, erinnerst du dich?« Ohne Carstens Zustimmung abzuwarten, blickte Sonja wieder zu Pete und schüttelte missbilligend den Kopf: »Wer spielt denn heutzutage noch in einer Theatergruppe? Das ist doch alternativer Mief, also ehrlich. Schönes Hemd, was Sie da tragen. Dries van Noten?«

Pete erhob sich unwillig und ging zu Eberhard in Utas Zimmer. Er schloss die Tür hinter sich. »Zu meiner Zeit wehte ein anderer Geist durch WGs«, bemerkte er knapp.

Eberhard steckte mit seinen gummibehandschuhten Händen ein rosafarbenes Heft in eine Beweismitteltüte und beschriftete sie. »FDP-Wähler, alle beide«, bemerkte er abfällig mit einem kleinen Wink Richtung Küche und wedelte mit der Tüte vor Petes Nase: »Ein Tagebuch. Wie schön, dass es immer noch junge Frauen gibt, die diese Tradition pflegen.« Dann zeigte er auf die geöffnete Schublade einer Kommode. »Schau da mal rein. Ganz hinten, unter den Shirts.«

Pete zog sich ebenfalls Handschuhe über, schob die Shirts beiseite und sah nach: »Wow! Und dabei soll Uta doch so verklemmt gewesen sein!« Er blickte auf einen überdimensionierten Dildo, Handschellen und sonstiges Sexspielzeug, das er keiner Funktion zuordnen konnte, das aber auf ein Ausleben reger Phantasien schließen ließ.

Das Klingeln seines Handys unterbrach die Betrachtung. Es war Daniel, der erfreut verkündete, dass die am Plastiksack und Fuß der Leiche gefundenen Fingerabdrücke in der Kartei gefunden worden waren. Sie gehörten zu einem gewissen Georg Dassau, geboren 1960 in Weinheim, ehemals Arzt an der Uniklinik in Heidelberg. Er hatte vor acht Jahren seine Approbation wegen eines Kunstfehlers mit tödlichem Ausgang für ein kleines Kind entzogen bekommen. Danach der bittere Klassiker: Scheidung, die Frau behielt Kinder und Haus, und er geriet in die rasante Spirale in Richtung Bodensatz der Gesellschaft. Seit etwa sechs Jahren wurde Dassau ohne festen Wohnsitz geführt. In Hamburg war er vor zwei Jahren erkennungsdienstlich behandelt worden, weil er mit dem Messer auf einen Barmann losgegangen war, der sich geweigert hatte, ihm Schnaps auszuschenken.

»Bingo«, meinte Pete, »wir kommen, sobald wir hier in der Muster-WG fertig sind. Sag den Kollegen vom Präsidium, sie sollen alles vorbereiten für eine Großfahndung.«

Schorsch macht heute ganz neue Erfahrungen. Dabei hat er in seinem Leben schon jede Menge Erfahrungen gemacht, gute und schlechte. Allerdings mehr schlechte als gute, deswegen hat er ja auch mit dem Trinken angefangen. Anfangs hat das Trinken nicht viel geholfen, aber dann hat er es perfektioniert und zu einer gewissen Meisterschaft gebracht. Schorsch trinkt immer, bis es Klick macht. Und sein Hirn ausgeschaltet ist. Trinken für den Frieden nennt er das. Für den inneren Frieden. Jetzt würde er wahnsinnig gerne was trinken. Obwohl er das Gefühl hat, dass sein Hirn schon fast ausgeschaltet ist. Nur noch friedliche Bilder ziehen an ihm vorbei: Schorsch bekommt sein erstes Fahrrad geschenkt, ein blaues Klapprad. Er fährt ganz stolz damit von der Haustür weg, durch das Gartentürchen hindurch, immer geradeaus, und schwupp, ist er auf der Straße, Reifen quietschen, Schorsch wird von einer Stoßstange gestreift, und sein neues Rad hat einen Achter. Aber passiert ist ihm nichts, und deswegen hat Mutter auch nicht geschimpft, sondern ihn liebevoll in den Arm genommen und sein schmutziges Knie mit ihrem Taschentuch gesäubert, das sie vorher mit Spucke benetzt hat. Schorsch muss lächeln. Er bekommt von seinem Vater ein Eis gekauft. Es ist ein langer, heißer Sommer, und Schorsch ist am Baggersee. Der Eismann ist da und verkauft aus einem rosa und himmelblau angestrichenen Bus, von dem man auf einer Seite die obere Hälfte der Karosserie öffnen kann, und dann steht man unter einem Dach im Schatten. Es ist Erdbeereis, und es zerfließt schnell in der Hitze. Schorsch spürt, wie das Eis seine Hand und seinen kleinen Unterarm hinunterläuft. Schorsch sieht, wie sein erster Sohn zu Welt kommt. Er ist so winzig und über und über voll Blut. Schorsch ist stolz und berührt und völlig fassungslos vor Glück über dieses Wunder, das er da mit vollbracht hat, aber ihm ist auch ein bisschen schlecht und schwummrig. Und er hört die Schreie seiner Frau. Sind es die

Schreie seiner Frau? Schorsch ist durcheinander. Er würde gerne etwas trinken. Er denkt zwar nicht mehr, es ist eher wie im Kino, wo er auf eine Leinwand sieht und dabei Popcorn isst, aber er ist noch da. Irgendwie. Irgendwo. In einem abgedunkelten Zuschauerraum. Er hat solchen Durst. Ob ihm wohl jemand was zu trinken bringen könnte? Ein Bier. Oder wenigstens eine Cola. Ihm ist heiß. Oder ist ihm kalt? Es hat noch nicht Klick gemacht. Das ist heute anders als sonst. Schorsch ist plötzlich irritiert. Ist es überhaupt schon heute? Oder ist es noch gestern? Und heute ist erst morgen? Ist Heute ein Tag? Oder sind Heute ein Monat, ist es zehn Jahre? Heute sind alles, Heute ist die Ewigkeit. Schorsch ist durcheinander. Seine Haut sieht Farben, vor allem ein schönes, körperwarmes, sattes Rot. Das Rot kriecht über ihn wie ein lebender Purpurmantel aus Samt. Seine Augen hören gellende Schreie, aber seine Ohren können den Geruch der Stimme nicht zuordnen. Ist das seine Haut, die schreit? Dann macht es endlich Klick.

»So weit, so gut«, meinte Pete, als sich die Soko am späten Nachmittag wieder im Konferenzraum ihrer Einsatzzentrale versammelte und Volker von seinem Unibesuch Bericht erstattet hatte. »Was haben wir? Eine 21-jährige Studentin, die missbraucht und gefoltert wurde. Eine ratlose, verstörte Mutter, die uns keinerlei Hinweise liefert. Einen stark tatverdächtigen Obdachlosen, der sich in Hamburg herumtreibt. Die vage These einer Außenstehenden, Mohsen Hamidis Mutter, das Ganze könne irgendwie in Richtung Iran deuten. Was ich im Übrigen für Quatsch halte. Aber der Vollständigkeit halber: Wir haben einen iranischen Kommilitonen von Uta Berger und einen iranischen Dozenten, zu dem sie allerdings nur flüchtigen Kontakt hatte.«

Volker schob Daniel eine Liste zu: »Hier sind die Studenten und Dozenten des Orientalistik-Instituts aufgeführt. Die Iraner habe ich unterstrichen.«

»Überprüfung startet in wenigen Sekunden«, sagte Daniel.

»Wir haben außerdem zwei WG-Mitbewohner, die sich ebenfalls keinen Reim auf die Sache machen können. Wollen sie im Übrigen auch nicht, das ist ihnen alles zu schmuddelig.«

Karen, deren Anwesenheit bei den Konferenzen aufgrund ihrer gelungenen Kombination aus wissenschaftlicher und intuitiver Herangehensweise gern gesehen wurde, hob die Augenbrauen: »Schmuddelig?«

Pete winkte ab. »Hirn- und emotionsloses Pack, nicht weiter wichtig. Uta Berger, ihre Mitbewohnerin, hat letzten Donnerstagabend gegen elf Uhr zu ihnen gesagt, sie gehe noch kurz Kippen holen, sie nimmt den Schlüssel, wirft eine Regenjacke über und ward nie mehr gesehen. Ken und Barbie aus der WG haben sich kurz gewundert und dann mit achselzuckender Gleichgültigkeit vermutet, dass Uta irgendjemanden getroffen hat. Hat sie auch. Ihren Mörder.«

»Der schnappt sie, quält, verstümmelt und tötet sie, packt sie in einen Müllsack und legt sie vor die Sonderdeponie. Ein Schlächter mit Sinn für speziellen Humor? Wohl kaum. Er nimmt ihre Klamotten, ihren Schlüssel, Schuhe und vermutlich alles, was sie bei sich hatte, packt es fein säuberlich gefaltet in ein extra Päckchen und legt es dem Müllsack bei. Was haltet ihr davon?«, fragte Volker in die Runde.

»Die meisten sexuell abnormen Mörder behalten von ihren Opfern irgendeinen Gegenstand, einen Fetisch, anhand dessen sie die Tat immer und immer wieder durchleben können...«, überlegte Pete.

»Du meinst, falls unser Killer alles von Uta Berger wieder mit eingepackt hat, dann tickt er anders, dann braucht er so was nicht?« Eberhard wusste nicht recht, was er mit diesen Gedanken anfangen sollte. Aber er war ja auch kein Profiler.

»Noch mal für Doofe. Vielleicht ist er kein Fetischist. Aber warum macht er ein so ordentliches Klamotten-Beipäckchen?«

»Er ist sehr vorsichtig und kennt die typischen Fehler. Jedes Teil vom Opfer, das in seinem Besitz bleibt, kann ihn verraten«, spekulierte Volker.

»Warum schmeißt er den ganzen Kram dann nicht weg?«, widersprach Eberhard Volkers These.

»Hat er doch. Genauso wie die Leiche. Sondermüll.«

Eberhard gab Volker recht.

»Leute, vergesst nicht die Brustwarzen«, warf Karen trocken ein, »die fehlen.«

Die Männer verstummten plötzlich. Diese grauenvolle Tatsache hatten sie nicht vergessen, sie hatten sie verdrängt.

Daniel, in seiner Beraterfunktion als »Hacker« der einzige ohne Polizeiausbildung, konnte mit diesen Details seines Jobs nicht gut umgehen. Er trommelte nervös mit den Fingern auf die Tischplatte und starrte den Bildschirm seines Laptops an, das er wie immer vor sich stehen hatte. Zu seiner Erleichterung ging gerade eine Mail ein, die ihn ablenkte.

»Vielleicht ist unser Mörder zwanghaft akribisch. Oder man hat ihm schlichtweg antrainiert, Ordnung zu halten. Das ließe auf zwei Möglichkeiten schließen: militärische Ausbildung oder Knast«, fuhr Volker nach der allgemeinen Schrecksekunde scheinbar ungerührt fort und wandte sich an Karen. »Das Päckchen war mit ganz normaler Paketkordel verschnürt, oder?«

»An der Kordel fanden sich Hautfetzen und Gewebeteilchen von Uta Berger. Er hat die gleiche Schnur benutzt, mit der er sein Opfer gefesselt hat«, ergänzte Karen.

Daniel räusperte sich rau und fasste mit sarkastischem Unterton zusammen: »Er ist also ehrlich, weil er nicht mal ihr Zigarettengeld behalten hat, er ist außerdem ordentlich, und er ist auch noch sparsam. Der Traum einer jeden Schwiegermutter.«

Pete sah Daniel missbilligend an: »Nimm das ernst, solche Überlegungen helfen uns beim Profil.« Daniels Zynismus, mit dem er sich vor der Realität schützte, wenn er gerade keinen Rotwein zur Verfügung hatte, ging Pete ernstlich auf die Nerven.

Eberhard übernahm mit sachlicher Stimme: »Der nächste Zigarettenautomat hängt nicht ganz zweihundert Meter von der Wohnung weg. Es ist ein alter Automat, der weder Scheine noch Karte nimmt. Hab ich überprüft. Wenn wir davon ausgehen, dass sie kein Kleingeld hatte – in ihrer Jeans befand sich nur ein Zehn-Euro-Schein – dann müsste sie zur nächsten Kneipe gelaufen sein, um dort zu wechseln. Die ist etwa dreihundert Meter entfernt. Aber keiner der Leute, die am Donnerstag dort Dienst hatten, kann sich erinnern, dass sie bei ihm oder ihr gewechselt hat. Das haben wir überprüft. Wie dem auch sei, der Mörder hat sie vermutlich auf einer Strecke von dreihundert Metern Distanz zu ihrem Haus abgegriffen. Frage: Gibt es Zeugen? Bislang komplette Fehlanzeige.«

Karen rechnete kurz nach: »Wenn sie am Donnerstagabend gegen elf Uhr verschwunden ist, können wir davon ausgehen, dass der Täter sie volle 24 Stunden in seiner Gewalt hatte. Der Todeszeitpunkt lässt sich zwischen Samstagnacht zehn Uhr dreißig und zwölf Uhr festlegen.«

Eberhard sah abwesend auf den Riss in der Wand. »Was für ein Martyrium. Vielleicht hat sie ihren Mörder gekannt. Wenn keiner auf der Straße irgendwas mitbekommen hat ... Haben die beiden Jura-Yuppies aus der WG Freunde von Uta erwähnt?«

Pete verneinte: »Nur eine flüchtige, angeblich grässliche Bekannte aus der Theatergruppe ...«

»Da gehe ich morgen Abend hin, dann ist Probe«, warf Volker ein.

Pete nickte und fuhr fort: »Keine dem Umfeld bekannten

Freunde, schon gar kein spezieller männlicher. Sehr ungewöhnlich. Und es gibt auch von keiner Seite irgendwelche Vermutungen, Uta Berger könnte Feinde gehabt haben. Sie war ganz offensichtlich eine hübsche, aber sozial extrem unauffällige junge Frau, wird als zurückhaltend, fast ein wenig langweilig beschrieben ...«

»Das Sexspielzeug sieht mir alles andere als langweilig aus«, meinte Volker und ließ seinen Blick über die auf dem Tisch ausgebreiteten Fotos von den Beweismittel gleiten. Die Sachen selbst waren alle im kriminaltechnischen Labor, um sie nach Fingerabdrücken und sonstigen Hinweisen zu untersuchen.

»Meiner Meinung nach sollte das unser Ansatzpunkt sein«, stimmte Pete zu. »Der auf den ersten Blick so normal wirkende Alltag von Uta Berger birgt irgendein Geheimnis, vielleicht hat sie eine Art Doppelleben geführt. Denn so unspektakulär sich ihr Leben nach außen hin darstellt, so spektakulär ist ihr Tod. Noch können wir keine Aussage treffen, ob sie gezielt ausgewählt oder der Zufall ihr zum Verhängnis wurde. Ist sie über den obdachlosen Georg Dassau gestolpert? Die Beantwortung dieser Frage würde uns ein großes Stück weiterbringen. Vielleicht hilft uns ihr Tagebuch.«

»Knut, die Laborratte, schickt es mir bald zurück, er hat mir versprochen, sich zu beeilen«, warf Eberhard ein. Auch wenn die Soko aus dem Polizeipräsidium ausgelagert war, standen ihr doch alle Einrichtungen und ein Teil der jeweils diensthabenden Mannschaft zur Verfügung. Für einen Laien war es kaum vorstellbar, welch ein Aufwand an Personal und Bürokratie für eine Ermittlung in einem Mordfall nötig war. Petes Team bildete die Strategieabteilung, er und seine Leute übernahmen – wenn sie denn von Dorfmanns und Wallers Gnaden eingesetzt waren – die Tatortbesichtigungen, die wichtigen Zeugenbefragungen und gaben die Richtung der Ermittlungen vor. Dennoch waren sie abhängig von einer Vielzahl von Polizisten, die Berichte schrieben, Vernehmungen und Fahndungen durchführten, Laboruntersuchungen vornahmen, massenweise Telefonate von denunziatorischen Wichtigtuern entgegennahmen, die in den meisten Fällen nur ihrem Nachbarn eins auswischen wollten und, und, und ... Einige der Polizisten fühlten sich von den Weisungen der Soko gegängelt und ausgenutzt, doch andere machten sich immer wieder klar, dass in einem solchen Apparat auch das kleinste Rädchen eine unentbehrliche Funktion übernahm, einige taten es vermutlich auch schlicht mit der leisen Hoffnung, irgendwann selbst einmal Mitglied eines Sondereinsatzkommandos zu werden.

»Ich hoffe, die Kollegen treiben diesen Georg Dassau bald unter irgendeiner Brücke auf. In der Zwischenzeit kümmern wir uns um die anderen Aspekte.« Pete machte eine kleine Denkpause und fuhr dann fort. »Daniel, wir müssen den Hinweis von Frau Hamidi gegen meine Überzeugung ernstnehmen und in Sachen Geheimdienste recherchieren. Kannst du uns einen ersten Überblick über Folter im Iran zusammen stellen?«

Daniel sah von seinem Bildschirm hoch, in den er die letzten Minuten versunken gewesen war. »Würde ich tun, ist aber überflüssig. Weil es schon jemand für uns erledigt hat. Anna. Ich habe gerade eine Mail von ihr bekommen. Soll ich sie euch vorlesen? Ist hochinteressant, wenn man auf so was steht.« Daniel verzog gequält das Gesicht und machte damit unmissverständlich klar, wie wenig Vergnügen *er* an den Informationen auf seinem Bildschirm fand. Dennoch las er mit bemüht sachlicher Stimme vor:

»Lieber Daniel, ich konnte nicht schlafen wegen eurer Leiche und dem Gespräch mit Frau Hamidi. Habe ein bisschen gesurft und schätze, Pete hat recht: Frau Hamidis Theorie, euer Killer könnte ein iranischer Ex-Geheimdienstler sein, ist ziemlich weit hergeholt. Was Frau Hamidi offensichtlich nicht weiß, ist, dass die sogenannte Brustfolter wahrlich nicht ausschließlich eine Spezialität der Savak war. Pass auf, Beispiele aus der Geschichte, die ich aus einem Fachbuch über Folter zitiere: In den im Laufe der Kirchengeschichte detaillierter ausgeschmückten Heiligenlegenden spielen (hier in einer Kombination von Glaubensstärke und erotischer Vorstellung) Jungfrauen und Märtyrerinnen einen große Rolle, denen die Brüste abgeschnitten werden – und schnell wieder nachwachsen. Im Vorderen Orient wurden die Brustwarzen (z. B. einer Haremsfrau) mit einem glühenden spitzen Eisenstab durchbohrt und zur Verschärfung der Folter mit zunehmend schweren Gewichten behängt, bis diese von selbst abfielen und Teile der Brust mit sich rissen.«

Daniel brach stockend ab, las stumm weiter und meinte dann mit brüchiger Stimme: »Nachher drucke ich euch alles aus, dann könnt ihr es selbst lesen. Jedenfalls geht es weiter mit: ... Die Münchner *Ordnung des Malefiz-Rechts* von 1575 kennt eigene Brustfoltern ... blabla ... und so weiter, wollt ihr alles gar nicht wissen, da geht es ums Abschneiden, das wollt ihr wahrscheinlich doch wissen, aber ich will es nicht vorlesen ... dann heißt es: Auch in NS-Lagern ist diese äußerst schmerzhafte Brustquetschfolter ... und außerdem berichtet amnesty international, dass diese Scheiße auch in Südafrika und den lateinamerikanischen Diktaturen der 80er Jahre vorkam.«

Daniel blickte hoch zu seinen Kollegen und sah dabei bleich aus. Er zündete sich eine Zigarette an und ging ans gekippte Fenster.

Pete atmete tief durch: »Okay. Das Ganze zeigt nur, welch ein archaisches Thema die Verstümmelung von Frauen ist. Unabhängig von Zeiten und Kulturen.«

»Definiere mir in diesem Zusammenhang mal bitte Kultur«, murmelte Karen.

Eberhard gab Pete recht: »Ich glaube auch nicht, dass wir im Dunkeln operierende orientalische Geheimdienste bemühen müssen, um eine Erklärung für einen grausamen Mord an einer jungen Frau zu finden, geschehen im Jahre 2006 in der Stadt, die sich das ›Tor zur Welt‹ nennt. Wir haben es mit einem perversen Sadisten zu tun, einem sexuell, nicht politisch motivierten Täter. Der garantiert wieder zuschlagen wird. Vielleicht streift er schon durch die Straßen und sucht sein nächstes Opfer aus.«

Pete nickte: »Deswegen haben wir den Fall bekommen. Oberstaatsanwalt Waller fürchtet einen neuen Serienkiller in unserer schönen und sauberen Hansestadt.«

Volker schüttelte den Kopf: »Ganske war zuerst am Tatort. Er hasst uns, und wenn er den Fall selbst gewollt hätte, hätte er ihn auch bekommen.«

Eberhard lachte: »Dieser Loser! Wenn es schwierig wird, ist der doch der Erste, der den Schwanz einzieht.«

»Eben«, bestätigte Volker, »deswegen hat er sich vermutlich bei Dorfmann auf den Schoß gesetzt und uns den Fall zugeschanzt. Wenn wir Mist bauen, sind sie uns ein für allemal los. Und Waller hat sich benutzen lassen.«

Pete nickte nachdenklich: »Du könntest recht haben. Aber uns kann's egal sein. Wir wollen diesen Fall, und wir werden keinen Mist bauen.«

»Aber vermutlich sollten wir unterwegs aufpassen, dass Ganske uns nicht in die Suppe spuckt. Ich traue dem einiges zu«, gab Eberhard zu bedenken.

Ein leichtes Grinsen umspielte Petes Lippen: »Wer weiß, vielleicht können wir den Spieß umdrehen.«

Bevor die anderen nachfragen konnten, kam Yvonne schwungvoll von draußen herein: »Sorry, dass ich zu spät komme, aber ich habe mich mit Anna an der Uni verplaudert. Zur Entschuldigung gibt's Döner für alle!«

Mit lässiger Bewegung warf sie eine Tüte auf den Tisch

und holte sechs kleine, in Alufolie eingewickelte Fresspakete hervor. Das erste reichte sie mit intensivem Augenaufschlag Daniel rüber. Doch der schüttelte den Kopf: »Viel zu viele Punkte.« Yvonne zog enttäuscht zurück. Man bekam das Gefühl, sie hätte alle sechs Döner nur gekauft, um von einem einzigen Menschen ein Lächeln dafür zu ernten: von Daniel.

»Punkte?«, fragte Eberhard irritiert nach. »Punkte?«

Verlegen wollte Daniel abwiegeln, er ärgerte sich, dass ihm das verräterische Wort herausgerutscht war.

»Die Weight Watchers teilen jeden Krümel Brot, jeden Schluck Cola, jede Mahlzeit in Punkte ein. Man darf pro Tag nur soundsoviel Punkte zu sich nehmen, und wer sich nicht dran hält, bleibt ewig ein fetter Loser und wird bei der nächsten Wiegung dem Spott aller ausgesetzt«, erklärte Volker betont gleichmütig und wickelte sich seinen Döner aus.

»Besser als eurem«, murmelte Daniel in seinen Dreitagebart.

»Werdet ihr eigentlich nackt gewogen?«, fragte Volker grinsend.

»Sei nicht so fies!«, forderte Yvonne ein und schenkte Daniel ein aufmunterndes Lächeln. Wie so oft nahm er es nicht einmal wahr.

»Du bist bei den Weight Watchers?« Eberhard konnte es nicht fassen. »Geh lieber mit mir joggen!«

»Bin ich irre? So besessen wie du jeden Morgen in aller Herrgottsfrühe durch die Gegend rennst, ist das kein Sport mehr, das ist purer Masochismus«, entfuhr es Daniel.

»Leute!« Pete tippte ungeduldig mit seinem Stift auf die Tischplatte. »Können wir zurück zum Thema?«

Volker nickte, ohne eine Miene zu verziehen: »Logisch. Bei welchem Punkt waren wir?«

Daniel verdrehte die Augen. Jetzt würde es kein Halten mehr geben. Um Ablenkung bemüht, wandte er sich an Pete: »Auch wenn wir die Theorie weitgehend ausklammern …

Soll ich diese Geheimdienst-Kiste trotzdem angehen? Ich könnte ein bisschen im BND-Server flanieren ... oder wo immer du willst. Hab zwar keine Ahnung, wonach ich suchen soll, aber es findet sich immer was.« Traurig sah er zu, wie seine Kollegen in ihre Döner bissen und vor allem Eberhard mit lauten Schmatzgeräuschen klarstellte, wie unglaublich lecker er war. Daniels Magen knurrte lautstark.

»Ignorier die Döner einfach«, wandte sich Pete an Daniel. »Was den BND betrifft, würde ich lieber erst mal mit einer kleinen Anfrage die offiziellen Wege gehen, bevor du dich illegal irgendwo reinhackst.«

»Das würde ich auch raten. Wenn einer von euch auch nur einen winzigen Fehler macht, fliegt ihr alle hochkant raus.«

Alle drehten sich um nach der dunklen, etwas rauen Stimme, die ihnen wohlbekannt war. Christian stand lässig in den Türrahmen gelehnt. Er zog einen Umschlag aus seiner Segeltuchumhängetasche. »Wer hat mir das geschickt? Eine Kopie vom Fundortbericht eurer Leiche. Ohne Absender.«

Pete sah irritiert in die Runde.

»Das war ich«, meinte Eberhard. »Hab gedacht, es interessiert dich.«

Christian zog einen zweiten Umschlag hervor: »Obduktionsbericht und Leichenfotos sind vermutlich von dir, Karen, oder?«

Karen nickte grinsend. Blitzschnell griff Yvonne nach dem von Daniel verschmähten Döner, warf Daniel einen entschuldigenden Blick zu und hielt ihn Christian hin: »Ich habe dir was zu essen mitgebracht.«

»Komm schon rein und setz dich«, forderte Pete auf.

»Was denkt ihr euch eigentlich? Ich setze mich hier auf einen Stuhl, und damit bin ich wieder eingestellt? Wie naiv seid ihr eigentlich?« Christian bewegte sich nicht von der Stelle.

»Schon mal von der Macht des Faktischen gehört?«, fragte Volker. »Nichts gegen dich, Pete«, fuhr er mit kurzem Blick zu dem Angesprochenen fort und wandte sich dann wieder an Christian, »aber Waller weiß, wie gut wir dich brauchen können. Wenn mich mein Gefühl nicht trügt, wird dieser Fall kompliziert. Dieses Gefühl hat auch unser aller Freund Martin Ganske«, fügte er ernsthaft hinzu, »und mit viel Pech haben wir bald die nächste Leiche. Davor hat Waller Schiss, und so wenig er dich ausstehen kann, so sehr liebäugelt er mit einem Platz im Hamburger Senat. Dafür braucht er eine saubere Bilanz, und dabei kannst du helfen. Besser als jeder andere.«

Pete nickte zustimmend: »Du hast lange genug für die da oben den schwarzen Peter gehalten. Und in Selbstmitleid gebadet. Wird Zeit, dass du deinen Arsch wieder hochkriegst. Kürzlich habe ich bei Waller fallen lassen, dass deine Rückkehr bei unserem Polizeipräsidenten einen sofortigen Blutsturz zur Folge haben würde. Wie wir alle wissen, sind Waller und Dorfmann in intensivem Hass verbunden. Waller zögerte noch, aber es hat ihn gejuckt. Er würde die erstbeste Gelegenheit nutzen, Dorfmann eins auszuwischen. Er braucht nur einen vorzeigbaren Grund für deine Wiedereinstellung. Und den haben wir mit diesem Fall. Also komm endlich rein, und setz dich. Vorerst bist du einfach unser höchst inoffizieller Berater. Und den Rest ... Wir biegen das hin, indem wir einfach den Spieß umdrehen und ihn Ganske und Dorfmann in den Arsch rammen.«

Christian zögerte. Er wusste, wenn er jetzt über die Schwelle trat, gehörte er wieder dazu. Nicht auf dem Papier, er hatte hier absolut nichts verloren und könnte seinen Aufenthalt höchstens als Besuch bei alten Freunden und Kollegen rechtfertigen. Aber er wäre dabei, mit Leib und Seele. Die Macht des Faktischen. Noch einmal fragte er sich, ob er das wollte. Er spürte einen leisen Widerwillen, aber auf der anderen Seite musste er sich fragen, warum er überhaupt hier war. Er hatte alle Informationen, die ihm seine Kollegen hatten zukommen lassen, schon vor Manuela Bergers Besuch aufmerksam studiert gehabt und dabei festgestellt, wie ihn die Wut auf den Mörder kalt erwischte und zeitgleich sein Jagdfieber erwacht war. Dass Oberstaatsanwalt Waller ihn gegen jede Rechtsgrundlage rehabilitieren könnte, war eine kleine Genugtuung am Rande, die ihm jedoch nichts bedeutete. Aber Manuelas Besuch heute Morgen hatte Wirkung gezeigt. Ihre Verzweiflung hatte ihn erschüttert und dem Tod einer bis dahin anonymen Leiche ein Gesicht gegeben. Ein vertrautes Gesicht. Das Gesicht der Tochter einer Frau, mit der er häufig genug geschlafen hatte. Als er mit Manuela zusammen war, hatte er Uta eines Nachmittags kennengelernt. Damals war sie eine trotzige Göre von sechzehn Jahren gewesen, die ihm voller Widerstand entgegentrat. Sie hatte ihrer Mutter aufs Haar geglichen. Christian schritt entschieden über die Türschwelle, setzte sich hin und griff nach dem Döner.

Anna schreckte aus ihrem Halbschlaf auf dem Sofa hoch, als das Telefon klingelte. Es dauerte eine Weile, bis sie sich aus der Kaschmirdecke geschält hatte und sich belegt meldete.

»Habe ich dich geweckt? Du klingst vielleicht verpennt. Hier ist Yvonne.«

»Schon okay. Ich wollte gar nicht schlafen, ist ja noch hell. So komme ich nie mehr in einen richtigen Tag/Nacht-Rhythmus rein. Was gibt's denn? Hast du's dir anders überlegt mit dem Seminar?«

Yvonnes Stimme klang stolz, als hätte sie die folgende Neuigkeit ganz allein fabriziert: »Quatsch, ich freue mich drauf. Es geht um was ganz anderes: Chris ist wieder beim Team. Nicht offiziell, erst mal nur so.«

Unwillkürlich setzte sich Anna auf. »Was soll das denn heißen? Und wie habt ihr das geschafft?«

»Mit vereinten Kräften. Details erzähle ich dir später. Er will dich sehen. Angeblich wegen deines Gesprächs mit Mohsens Mutter. Ich rufe ganz offiziell als seine inoffizielle Assistentin an, um einen absolut inoffiziellen Termin mit dir zu machen.«

Anna verspürte zu ihrem Ärger leichte Enttäuschung. Termin klang wenig privat. »Das kann er sich alles von Pete erzählen lassen, dazu braucht er mich nicht.«

»Da Pete bei dem Gespräch unter vier Augen nicht zugegen war, reicht das Chris nicht. Informationen aus zweiter Hand sind nichts wert, meint er.«

Anna tippte sich unwillkürlich an die Stirn: »Pete wäre Info aus dritter Hand. Ich bin zweite. Also sollte er mit Frau Hamidi selbst reden.«

Yvonne gluckste vor Vergnügen: »Volker kam zu dem gleichen logischen Ergebnis.«

»Und?«

»Chris hat zuerst blöd geguckt, dann ist er sauer geworden und hat rumgepampt, Volker solle das Denken ihm überlassen. Dann hat er über den Kaffee gemeckert und ist in sein Büro gegangen. Türenknallend. Es ist wundervoll, dass er wieder da ist!«

Anna schwieg nachdenklich.

»Also. Was soll ich Chris sagen? – Komm, Anna. Er hat doch nur so sauer reagiert, weil wir alle geschnallt haben, dass er dich gar nicht wegen Frau Hamidi sehen will. Zumal hier keiner an ihre Geheimdienst-These glaubt. Schon gar nicht mehr nach der Mail, die du Daniel geschickt hast. Chris sucht nur einen Vorwand. Aber das muss ich dir ja wohl kaum erklären. Schließlich bist du Psychologie-Dozentin.«

»Sei nicht so frech«, gab Anna zur Antwort. »Er soll um

acht bei mir sein ... nein, Blödsinn, warte. Er soll ins Luxor kommen. Um halb neun.«
»Wird gemacht.«
Anna legte auf und sah auf die Uhr. Sie hatte noch anderthalb Stunden. Ölbad, Haare waschen, Feuchtigkeitsmaske, Maniküre ... Nein, stopp. Sie würde sich keinesfalls wieder mit Christian einlassen. Deswegen war es gut, ihn nicht zu sich nach Hause bestellt zu haben. Die spontane Alternative, die sie vorgeschlagen hatte, war hingegen nicht gut. Im Luxor hatten sie vor einem guten Jahr ihren ersten Abend verbracht. Es war der Anfang von etwas gewesen, was längst zu Ende war.

Unzufrieden sitzt der Mann in seinem Sessel und schaut sich den Film noch einmal an, bei dem er Regie geführt hat. Die Inszenierung hat nicht so viel Vergnügen bereitet wie die vor ein paar Tagen. Sicher, vor ein paar Tagen, das war eine junge hübsche Frau gewesen, mit der konnte er noch andere Spiele treiben. Wenn so ein Frauenkörper zur Verfügung steht, dann weiß er ihn auch zu nutzen. Aber darum geht es nicht. Nicht um Sex, der ist Abfallprodukt. Frauen kann er genug haben, die stehen Schlange bei ihm.
Der Mann hält inne, spult kurz zurück und sieht sich eine möglicherweise prägnante Stelle noch einmal genau an. Doch beim zweiten Hinsehen findet er auch diese Szene reichlich langweilig. Er und der Penner waren offensichtlich keine kreative Kombination gewesen. Es gehören immer zwei dazu. Vielleicht lag es daran, dass dieser Lumpenproletarier ihm nur zufällig untergekommen ist, er hat ihn schließlich nicht besetzt. Vielleicht war er aber auch noch etwas müde von der vorherigen Inszenierung. Die war sehr anspruchsvoll gewesen, voller überraschender Feinheiten und Höhepunkte. Auf wie viele verschiedene Arten die Frau versucht hat, ihn

zum Aufhören zu bringen. Ein echtes Talent! Man konnte mit ihr spielen wie mit einem Kätzchen. Sie verlegte sich aufs Schnurren, aufs Fauchen und Kratzen, aber selbstverständlich war sie ihm nicht gewachsen gewesen. Aber auf jeden Fall sehr amüsant.

Jetzt fühlt er sich ein wenig müde. Seine Kreativität braucht eine Pause, wenn das nächste Drehbuch, der nächste Film wieder etwas Besonderes werden soll. Oder liegt die Verantwortung für dieses öde Standardwerk, das da vor seinen Augen flimmert, nicht bei ihm, sondern bei dem Penner? Mal ganz abgesehen davon, dass er Arbeit gemacht hat, die nicht eingeplant war. Der Penner hatte sich das Hirn im Laufe der Jahre schon so weggesoffen, dass mit ihm kein bewusstes Arbeiten möglich gewesen war. Sicher, er hatte Angst gehabt, klar hatte er geschrien, gefleht und geheult. Aber er zeigte keine Konstanz der Furcht, bei jeder einzelnen Szene verkroch sich seine Wesenheit viel zu schnell in eine Ecke des Unbewussten, sein Geist war flüchtig wie hochprozentiger Alkohol, und ohne Geist machte das Quälen des Körpers keinen Spaß. Der Penner war schon gebrochen gewesen durch sein elendes Leben und den Suff. Kein echter Wille, einfach nur wachsweiche Masse, die sich nicht aufbäumte, um irgendwie doch am Leben zu bleiben und sei es ohne Arme, ohne Beine, ohne Würde, ohne alles, Hauptsache, am Leben. Doch dem schien es egal zu sein. Seine Schreie waren lediglich unwillkürliche Reaktionen des Rückenmarks, und es war nicht mal ansatzweise möglich gewesen, ihn langsam und genussvoll durch den Prozess zu führen. Den Prozess von unbedingtem Lebenswillen bis hin zum Betteln nach der Erlösung durch den Tod. Der Typ hatte sich sofort aufgegeben, denn er hatte schon vor langer Zeit aufgegeben. Ärgerlich. Der Mann will Widerstand, echten, lebendigen Widerstand, den er langsam, ganz langsam und mit Bedacht brechen kann.

Missmutig schaltet er den Film aus. Seine guten Filme sieht er sich gerne vier- bis fünfmal an, dann hat er sie in seinem inneren Archiv abgespeichert und kann sie jederzeit abrufen. Glücklicherweise besitzt er ein phantastisches visuelles Gedächtnis, denn die Aufnahmen löscht er immer noch am gleichen Abend. Er ist nicht so dumm, Beweismaterial herumliegen zu lassen.

Christian saß an einem Tisch im hinteren Bereich des Restaurants. Er hatte sich sorgfältig rasiert und trug ein gebügeltes Hemd unter seinem ausgebeulten Breitcordsakko. Mehr Ehre konnte er ihr nicht erweisen. Als Anna mit zurückhaltendem Lächeln zu ihm an den Tisch trat, erhob er sich und begrüßte sie unbeholfen mit Handschlag.

»Hallo«, sagte er, »schön, dass du kommen konntest.«

»Yvonne hat gesagt, du bist wieder dabei«, eröffnete Anna das Gespräch möglichst unverbindlich.

»Blödsinn, so kann man das nicht formulieren. Nur… der Fall interessiert mich… aus diversen Gründen. Ich war nur kurz im Büro, um… um mich auf Stand zu bringen. Ganz privat. Aber ich bin nicht *dabei*! Wenn die Sesselfurzer aus den oberen Etagen hören, dass ich meine Nase in die Ermittlungen reinstecke, bekommen alle einen Mordsärger.«

»Warum tust du's dann?«, fragte Anna unerbittlich.

Christian zuckte die Schultern: »Warum bist du mit Pete zu dieser Iranerin gefahren? Ich dachte, du wolltest nie wieder was mit Mord und Totschlag zu tun haben. Und auch nicht mit Polizisten.«

»Trotzdem sitze ich hier. Vermutlich bin ich vergesslich. Oder unbelehrbar. Beratungsresistent. Schlichtweg dumm.«

Christian grinste: »Anders kann ich mir das auch nicht erklären.«

Die Kellnerin unterbrach das Geplänkel, um die Bestellung

aufzunehmen. Christian hatte schon gewählt, Anna musste nicht in die Karte sehen, sie nahm den Klassiker: Spaghetti in extrem scharfer Chili-Soße.

Bis Anna ihr erstes Bier bekam, schwiegen sie lange. Anna wartete ab, ob Christian tatsächlich nur Informationen über das Gespräch mit Frau Hamidi abfragen wollte, und Christian wusste nicht, wie er das, was ihm auf dem Herzen lag, angehen konnte. Das Bier kam nach endlosen Minuten, sie stießen an und vermieden dabei, sich allzu lange in die Augen zu sehen.

»Wie war es in Kanada?«

»Ein weites Land.« Anna war ganz offensichtlich nicht in der Stimmung für pittoreske Urlaubsanekdoten.

Wieder schwiegen sie, Christian eher hilflos, Anna in ihrem Stuhl scheinbar souverän zurückgelehnt und mit abwehrend verschränkten Armen. Doch sie spürte mit jeder Sekunde deutlicher, wie sehr sie ihn damit quälte, wie sehr er ihre Hilfe brauchte. Sie spürte es an seinem ausweichenden Blick, an der hektischen Art, mit der er sein Bier trank. Und sie spürte, wie sie weich wurde, wie sie sich zu ihm hingezogen fühlte, am liebsten um den Tisch herumgegangen wäre, um ihn in die Arme zu nehmen und von ihm in die Arme genommen zu werden und zu sagen und zu hören, dass alles gut wäre.

»Ich habe versucht, dich zu vergessen«, sagte sie leise.

Mit einer unentschiedenen Mischung aus Dankbarkeit für das emotionale Angebot und Angst vor dem nächsten Satz lächelte er sie schief an: »Und? Ist es dir gelungen?«

Sie lächelte zurück: »Was hast du denn die letzten Monate getrieben?«

»Nachgedacht. Und mich beschimpft. Weil ich so ein Idiot war. Ich habe die wunderbarste Frau, die mir je begegnet ist, systematisch vergrault.«

Anna nickte: »Du warst verdammt gut darin.«

»Hab in meiner Ehe schon viel geübt. In den Sand setzen ist seit Jahren meine Spezialität.« Christian blickte verlegen auf seine auf dem Tisch liegenden Hände, wie ein kleiner Junge, der etwas ausgefressen hatte.

Wenn Anna nicht genau gewusst hätte, wie hart, stur und verbohrt dieser Kerl sein konnte, hätte sie fast gelacht. So blieb sie vorsichtig. Er hatte ihr verdammt wehgetan. Obwohl es am Anfang wirklich gut lief. Trotz der traumatischen Erlebnisse, die sie zu verarbeiten hatte, war sie glücklich mit ihm gewesen. Er stand ihr zur Seite, gab ihr alle Zeit der Welt, war liebevoll, rücksichtsvoll, verständnisvoll. Und er hatte es wahrlich nicht einfach mit ihr. Sie hatte Angst vor Schatten, Angst davor, beobachtet zu werden. Sie war ihren Patienten gegenüber misstrauisch. Sie wollte keine neuen Patienten mehr annehmen, weil sie Furcht hatte, Fremde in ihre Praxis und damit in ihr Haus zu lassen. Also schloss sie ihre Praxis schließlich ganz, wodurch sie sich als Versagerin fühlte. Anfangs hatte sie gedacht, sie würde es schaffen, ganz allein und ohne jede Hilfe. Doch je heftiger sie ihre Beklemmungen, die sich immer mehr auch in körperlichen Symptomen niederschlugen, zu unterdrücken versuchte, desto schlimmer wurde es. Und je mehr sie sich wider besseres Wissen selbst therapieren wollte, desto dünnhäutiger wurde sie. Also ging sie schließlich, fertig mit den Nerven, ratlos und voller Angst, Christian zu viel zuzumuten, zu ihrem alten Doktorvater in Supervision und fand langsam, sehr langsam zu ihrem inneren Gleichgewicht zurück. Christian unterdessen verlor, was ihm neben Anna am meisten bedeutete: seine Arbeit. Von dem Tag an veränderte er sich. Nun war er es, der sich als Versager fühlte, und Anna hätte sich nichts sehnlicher gewünscht, als ihm all die Liebe, mit der er sie so lange unterstützt hatte, zurückzugeben. Doch er wollte sie nicht. Er wies jeglichen Annäherungsversuch zurück und verkroch sich an einen düsteren Ort, an dem er sonst keinen duldete: in sich selbst. Er jammerte nicht, er schwieg. Und wenn er einmal nicht schwieg, dann fluchte er.

Anna übte sich in Engelsgeduld, bis auch ihr Vorrat zur Neige ging. Was ursprünglich als liebevolle Zuwendung gedacht war, geriet immer mehr zu fruchtlosen Diskussionen über Standpunkte, an denen sie sich gegenseitig aufrieben. Christian empfand die Welt als sinnentleert, hoffnungslos und ungerecht. Anna hingegen versuchte ihm klarzumachen, dass er sich nur selbst spiegelte und wurde dabei immer entnervter von ihren erfolglosen Bemühungen. Christian hörte nicht auf zu schimpfen, er hörte nicht auf zu fluchen, er trank mehr, als ihm zuträglich war, und schließlich beschimpfte er nicht mehr nur die Hamburger Polizei, den Staat, das Rechtssystem, das Leben und die ganze Welt, sondern er beschimpfte auch Anna. Bis sie nicht mehr die leiseste Hoffnung hatte, durch die schwarze Wolke, die ihn umgab, irgendwann wieder hindurchdringen zu können, und es eines Abends geschah, dass er sie anschrie: »Sag doch, dass ich dir auf die Nerven gehe.« Und sie sagte es.

»Sag, dass ich aufhören soll zu fluchen.«

»Hör auf.«

»Sag, dass du mich satt hast.«

»Ich habe dich satt.«

Dann war sie ins Bad gegangen, hatte die Kosmetika, die sie im Laufe der Monate zu ihm mitgebracht hatte, eingepackt und ihre paar Klamotten, die in seinem Schrank hingen, und war gegangen.

Natürlich hatte sie ihn noch geliebt. Aber sie hatte ihn auch verabscheut. Dafür, dass er den Weg zurück aus dem Sumpf nicht mit ihr gehen wollte. Auch sie war in die Hölle hinabgestiegen, und er hatte ihren Weg zurück begleitet und sie dabei an der Hand gehalten. Nun war sie stinksauer, weil er sich weigerte, ihre Hand zu nehmen und mit ihr aufzutauchen aus dem düsteren Keller seiner selbst, als sei das, was ihm passiert war, ungleich schlimmer als das, was ihr passiert war.

»Wir haben uns gegenseitig sehr, sehr viel zugemutet«, sagte Anna leise zu Christian. Die Bedienung brachte die Vorspeisen, sodass Christian nicht sofort antworten konnte. Doch er sah Anna in die Augen, und sein Blick war fest und wankte nicht mehr: »Du hast mich dir wenigstens helfen lassen. Während ich nur in Selbstmitleid gebadet und dich weggebissen habe. Als seist du schuld an meiner Misere. Ich war ein ziemlicher Idiot!«

Anna wollte ihn gerade fragen, wann er zu dieser neuen Erkenntnis gelangt war, als Christians Handy klingelte. Er bemühte sich, es zu ignorieren und konzentrierte sich voll auf Anna. Sie musste lächeln: »Geh schon ran, vielleicht ist es wichtig.«

»Nichts ist so wichtig wie du.«

»Geh ran!«

Christian nahm an, hörte kurz zu und bedankte sich für den Anruf.

»Es war Herd«, erklärte Christian. »Sie haben das Tagebuch aus dem Labor zurückbekommen.«

»Welches Tagebuch?«

»Das von Uta Berger, unserer Leiche.« Er wollte weiter erzählen, doch Anna hob abwehrend beide Hände. »Ich habe gestern schon zu Pete gesagt, ich will nichts davon hören, nichts damit zu tun haben.«

»Du hast recht. Wir haben wichtigere Themen.«

Beide schwiegen eine Weile und aßen. Sie hatten Scheu, auf ihre privaten Themen zurückzukommen, zu unvergessen war das Terrain, zu groß die Angst vor Fehltritten, die wehtun könnten. Das Vertrauen, sich bei jedem Schritt auf den anderen stützen zu dürfen, war nicht da. Jetzt galt es, dieses Vertrauen wieder zu fassen und erneut aufzubauen, langsam und behutsam.

»Was steht drin?«, fragte Anna unvermittelt. Christian sah sie irritiert an.

»In dem Tagebuch.«

»Willst du es wirklich wissen?«

Anna nickte: »Was mir Frau Hamidi über Folterungen im Iran erzählt hat und all das, was ich letzte Nacht gelesen habe, lässt mich nicht mehr los. Es wäre beruhigend, wenn du mir sagen könntest, dass es sich bei eurem Fall nicht um die Tat eines professionellen Folterers handelt.«

Christian ließ die Gabel sinken. »Findest du einen ... verzeih den Ausdruck ... freischaffenden Sadisten weniger bedrohlich?«

Anna überlegte. »Ich glaube ja. Keine Ahnung, wieso. Vielleicht fällt es mir leichter, wenn ein Einzelner den allgemeingültigen Gesellschaftsvertrag aufkündigt und sich außerhalb stellt, als wenn ich an den Grundfesten unserer angeblich folterfreien Gesellschaft zweifeln und in der Folge eigentlich selbst austreten muss.« Anna versuchte ein Lächeln. Doch es war ihr ernst.

»Schätze, ich kann dich beruhigen. Wir haben einen dringenden Tatverdächtigen. Ein Obdachloser namens Georg Dassau, dessen Fingerabdrücke an der Leiche waren, wird seit heute per Großfahndung gesucht. Ich muss dir nicht sagen, dass alle Informationen, die du von mir bekommst, streng vertraulich sind.«

»Ich höre gar nicht hin«, bestätigte Anna.

»Herd steckt mir eine Kopie des kompletten Tagebuchs wahrscheinlich gerade in den Briefkasten. Aber er hat mir schon vorab gesagt, dass die angeblich so verklemmte Uta Berger eine gefährliche Liebschaft eingegangen war. Für mich schwer vorstellbar, dass der Obdachlose ihr Liebhaber gewesen sein soll. Aber sie hat mit einem leider nicht näher beschriebenen Mann eine Art Sadomaso-Beziehung gepflegt.«

Betroffen schob Anna ihren Teller zurück. Ihr war der Appetit vergangen. »Die ist dann wohl aus dem Ruder gelaufen, diese Beziehung. Du willst sicher nach Hause, die Kopien lesen«, sagte sie.

Christian schüttelte den Kopf: »Ich habe so lange nicht mehr mit dir an einem Tisch gesessen, nichts auf der Welt könnte mich jetzt hier wegkriegen.«

»Und wenn ich mitkomme?«, frage Anna. »Natürlich nur, weil ich als Frau und Psychologin das Tagebuch viel besser interpretieren kann als du. Dein Ruf als Frauenversteher ist bekanntermaßen und zu Recht ziemlich mies.«

»Als Honorar für die Nachhilfe gibt's aber vorher erst unser Essen, inklusive Dessert. Du liebst doch Crème brûlée, wenn ich mich recht erinnere?«

Volker hatte das Tagebuch vor seinem Abendtermin quergelesen. Ausgestattet mit den neuesten Informationen über Uta Bergers geheimes Privatleben, fuhr er zur Uni, wo die Theatergruppe, der sich Uta vor einigen Monaten angeschlossen hatte, im Audimax probte. Als er ankam, war die Probe gerade in vollem Gang. Volker setzte sich in eine der hinteren Reihen und hörte zu. Mit viel Engagement und wenig Können vergingen sich die Nachwuchsmimen an einem Klassiker. Es dauerte eine Weile, bis Volker begriff, dass die Punkerin auf der Bühne, die lautstark und unflätig eine andere Frau zusammenschrie, Schillers Maria Stuart sein sollte, die in völliger Verdrehung der historischen Tatsachen und der literarischen Vorlage ihre Widersacherin, die Königin Elizabeth, entführt hatte, um sie politisch umzuerziehen.

Auf der Bühne beharkten sich die beiden Frauen unter der anfeuernden Regie einer dritten Frau. Zwei Männer saßen am Bühnenrand und kommentierten mit ausdrucksstarkem

Mienenspiel die Leistungen ihrer Kolleginnen. Volker quälte sich durch eine halbstündige Deklamation, er wollte keine schlechte Stimmung durch eine Unterbrechung verbreiten. Als sich die Regisseurin ihm schließlich zuwandte, hatte er sich längst geschworen, den Intellekt dieser Studenten auf keinen Fall zu überschätzen.

»Sind Sie der Kripofuzzi, der heute angerufen hat?«, wandte sich die Regisseurin barsch an ihn. »Kommen Sie ruhig nach vorne, oder scheuen Sie das Licht?«

»Ich wollte nicht stören.« Volker erhob sich und ging nach vorne zur Bühne. Aus der Nähe sah die Regisseurin noch kleiner und unattraktiver aus. Sie trug ihr schwarz gefärbtes Haar raspelkurz und hatte die letzten vorhandenen Millimeter mit Gel verklebt. Ihr Ringelshirt war von Motten halb zerfressen, die Schlabberhose hing auf halb acht und gab von hinten einen Blick in die Poritze frei, den sich Volker gerne erspart hätte. Dennoch überwand Volker seine spontane Antipathie und gab ihr mit freundlichem Lächeln die Hand: »Ich bin Volker Jung, freut mich, Sie kennenzulernen.«

»Ich bin Kiki. Was wollen Sie von uns? Verstoß gegen BTM oder was?« Kikis Händedruck hätte einem kanadischen Brummifahrer alle Ehre gemacht.

»Nein, ich bin nicht vom Drogendezernat. Es geht um Uta Berger.«

Sofort wurde Kiki vorsichtig: »Wo ist sie? Hat uns heute sitzenlassen. Eigentlich soll sie unsere Elizabeth spielen. Sie hat so was herrlich ... Biederes.«

Die anderen Darsteller näherten sich neugierig.

»Jetzt nicht mehr«, informierte Volker die Studenten und achtete genau auf ihre Reaktionen. »Sie ist tot. Ermordet.«

Aus Kikis Gesicht wich alle Farbe. Maria Stuart und Elizabeth sahen sich entsetzt an. Elizabeth schluchzte überlaut auf und ließ ihre Schultern ein paar Mal bühnenwirksam zucken, vermutlich war sie noch in ihrer Rolle. Die beiden Typen blickten verwirrt.

»Das kann doch nicht wahr...« Kiki setzte sich einfach auf den Boden und umschlang ihre Knie mit den Armen. Jetzt wirkte sie so klein, dass sie schon fast gar nicht mehr da war.

Volker wandte sich an die vier anderen und machte die Bekanntschaft von Frieda, der Maria Stuart in Punkversion, der Elizabeth-Zweitbesetzung namens Conny und der beiden Typen Alex und Eddie. Er bat um Verständnis dafür, ihre Personalien aufnehmen zu müssen und begann dabei eine möglichst lockere Konversation.

»Brisanter Stoff, den ihr da auf die Bühne bringt.«

Kiki nickte wie auf Autopilot, bekam jedoch kein Wort heraus. Offensichtlich eine seltene Chance für Alex, der sofort einen Vortrag hielt über die immerwährende Aktualität der Klassiker. »Du musst den alten Kram nur einfach übersetzen, halt in den Zeitgeist, damit da heute noch einer hinhört und überhaupt schnallt, wovon die quaken, verstehste?«

Volker verstand und brachte ihm uneingeschränkt seine Bewunderung für diese radikalen Gedanken zum Ausdruck. Leider hatte Alex über Uta nicht halb so viel beizutragen wie über modernes Theater, und mit Conny, Frieda und Eddie erging es Volker nicht besser. Sie gaben über Uta nur die üblichen Plattitüden zum besten, die Pete und Eberhard schon von den Yuppies aus der WG gehört hatten: ganz nett, ein bisschen langweilig, irgendwie verklemmt, kam zur Theatergruppe, um zu lernen, mehr aus sich herauszugehen. So oder so ähnlich jedenfalls sollte sich Uta Conny gegenüber geäußert haben. Keiner von den Vieren gab an, eine Art Freundschaft mit Uta gepflegt zu haben oder gar eine besonders innige Beziehung. Dasselbe galt ihrer Meinung nach auch für die fünf anderen Mitglieder der Theatergruppe, die heute allerdings aus probetechnischen Gründen nicht anwesend sein mussten.

Während Volker mit den Vieren sprach, ließ er Kiki nicht aus den Augen. Die saß die ganze Zeit wie betäubt auf dem Boden und beteiligte sich nicht am Gespräch. Auffällig war auch, dass Conny immer wieder unsicher zu Kiki hinüberschaute. Also ließ sich Volker noch die Namen und Nummern der fünf anderen Ensemble-Mitglieder geben und lud dann Kiki zu einem Zweiergespräch auf ein Bier in die nahegelegene Pony Bar ein.

Als Christian mit Anna vor seiner Haustür ankam, wartete eine junger, hoch aufgeschossener Mann auf seiner Treppe. Er erhob sich ungelenkt und streckte seine langen Glieder. Offensichtlich hatte er schon geraume Zeit auf der Treppe gehockt.

»Sind Sie Christian Beyer?«

Christian nickte. Der junge Mann musterte Christian mit feindseligem Blick von Kopf bis Fuß: »So sieht also der Mann aus, der die Ehe meiner Eltern kaputt gemacht hat. Ich hätte meiner Mutter einen besseren Geschmack zugetraut.«

Plötzlich war Anna ihre Anwesenheit unangenehm. Sie wollte instinktiv einen Schritt zurücktreten, doch Christian nahm sie ohne hinzusehen bei der Hand und hielt sie an seiner Seite.

»Lars Berger, nehme ich an«, sagte er emotionslos zu dem jungen Mann.

»Wie viele Ehen haben Sie denn sonst noch kaputt gemacht?«, fragte der frech zurück. Er stand mit leicht schwingenden Armen vor Christian, als ob er den Impuls verspüren würde, zuzuschlagen.

»Hören Sie, was auch immer Sie glauben, mit mir klären zu müssen, jetzt ist nicht der passende Zeitpunkt. Rufen Sie mich morgen gegen elf Uhr an, Ihre Mutter hat meine Nummer, dann können wir uns verabreden.«

»Es geht nicht um Sie oder mich«, stieß Lars wütend hervor, »es geht um meine Schwester.«

»Morgen.« Christian schloss die Haustür auf und schob Anna in den Flur. Als er sich umsah, um die Tür zu schließen, stand Lars immer noch da und schaute ihn unablässig an.

»Morgen, okay?«, wiederholte Christian ein wenig sanfter. Lars nickte und ging mit hängenden Schultern.

Schweigend schloss Christian seinen Briefkasten auf und entnahm einen dicken Umschlag. Im Aufzug begannen Christian und Anna gleichzeitig zu sprechen.

»Das war der Bruder des Opfers. Ich kannte ...«

»Du musst mir nichts erklären, das geht mich ...«

Sie brachen gleichzeitig wieder ab und lächelten sich an.

»Ich will es dir aber erklären. Wenn wir oben sind.«

Die Luft in der überfüllten Pony Bar war geschwängert von Rauch, Bier, dem Geruch feuchter, ungelüfteter Klamotten und dem Schweiß der jungen Männer am Kicker. Volker hätte sich gerne mit Kiki in eine ruhige Ecke zurückgezogen, aber es gab keine ruhige Ecke. Sie saßen direkt neben dem Kicker, und bei jedem Tor, das geschossen wurde, hatte Volker das Gefühl, der Ball würde mit Vehemenz gegen seine Schädeldecke knallen. Für ihn als Nichtraucher und Fetischisten der Stille war die Atmosphäre nur schwer zu ertragen. Kiki brauchte drei Bier, bevor sie sprechbereit war. Nachdem sie aber den ersten stummen Schock über Utas Schicksal mit alkoholischer Hilfe überwunden hatte, brachen Wut, Trotz und Traurigkeit aus ihr hervor.

»Uta war nicht langweilig. Klar, sie wirkte auf den ersten Blick voll spießig, dachte ich anfangs auch. Ne Poppenbüttler Perlenkette, hab ich gedacht, wenn du weißt, was ich meine.«

Seit sie in der Pony Bar saßen, war Kiki zum Du übergewechselt. Entweder lag es am Alkohol, oder sie fand es uncool, sich in diesem lockeren Ambiente mit jemanden zu siezen. Volker war's recht, Hauptsache, sie erzählte, was sie wusste.

»War sie aber nicht. Ne Perlenkette, meine ich. Klar, sie musste erst mal locker gemacht werden, aber das wusste sie selbst. Deswegen ist sie ja auch in die Theatergruppe gekommen. Um zu checken, dass man auch jemand anderes sein kann, hat sie mal gesagt. Ich glaube, das hat sie nicht nur aufs Theaterspielen bezogen, sondern auf ihr ganzes Leben.«

Kiki gab dem Theker Zeichen, noch zwei Bier zu bringen.

»Ihre Mutter war das Problem. Klar, dass ihr Vater in den Sack gehauen hat, war für Uta ein Schock. Damals war sie sechzehn oder so. Voll in der Pubertät, und dann verzieht sich der einzige Mann, zu dem sie bis dahin Vertrauen hatte. Aber sauer war sie erst mal auf ihre Mutter, die hat's nämlich versaut gehabt. Hatte mit irgend so einem Bullen 'ne Affäre.«

Plötzlich sah Kiki Volker misstrauisch an: »Das warst aber nicht du, oder?«

Volker bestritt den Verdacht überzeugend. Die beiden neuen Biere kamen, und Volker stieß kumpelhaft mit Kiki an.

»Na ja, jedenfalls«, fuhr Kiki beruhigt fort, »jedenfalls ist der Vater abgehauen, und der Typ hat die Mutter fallen gelassen wie 'ne heiße Kartoffel, muss ein echter Arsch gewesen sein. Die Ehe war kaputt, und ihre Mama hat ab dem Tag gebüßt. Und Uta hat dann Mitleid mit ihrer Mutter gehabt und langsam eine Wut auf alle Männer entwickelt. Auf ihren Vater und auf den Bullen insbesondere. Aber meiner Meinung nach hat die Mutter Uta versaut. Weil Uta sie so auf einen Sockel gestellt hat. Der gefallene Engel oder so was.«

»Was jetzt genau?« Manchmal hatte Volker das Gefühl, weiblichem Denken nicht ganz folgen zu können.

»Na ja, die Alte hat ab dem Tag auf heilig gemacht. Quasi,

um ihren Kindern zu beweisen, dass sie nicht die dumme, von einem Bullen abgesägte Schlampe ist, für die sie sich selbst gehalten hat. Da war Schluss mit lustig. Und Uta hat's abgekriegt. Kein Make-up, nur noch voll die Spießerklamotte, Röcke bis übers Knie, und Männer sind alle scheiße. Okay, ist ja auch meine Meinung, aber ich komme damit klar. Ich wusste schon mit zwölf, dass ich 'ne Lesbe bin, also Männer eh kein Thema. Aber für Uta war das blöd. Ewig lange hat sie sich an die Wünsche ihrer Mutter angepasst und fand das ganz normal. Sie hat ihre Mutter vergöttert. Aber als sie angefangen hat zu studieren, da hat sie gemerkt, dass es auch anders geht.«

Mit einem Zug leerte Kiki ihr Bier und bestellte zwei nach. Volker wollte widersprechen, fügte sich dann aber in sein Schicksal. Blieb nur zu hoffen, dass Kiki ihm keine Storys auftischte, um an Freibier zu kommen. Denn dass er zahlen würde, das hatte sie von Anfang an klargestellt.

»Aber so richtig aus sich rausgegangen ist sie dann doch nicht.« Volker wollte herausfinden, was und wie viel Kiki von Utas heimlichen Erotik-Experimenten wusste.

»Hast du 'ne Ahnung«, meinte Kiki verächtlich und nahm dankend ihr neues Bier entgegen.

»Na ja, 'ne Ahnung hab ich schon«, fütterte Volker an, »wir haben ein Tagebuch von Uta gefunden, da steht wohl so einiges drin. Nur nichts Genaues.«

»Stehe ich auch drin?«, fragte Kiki, plötzlich sehr verletzlich blickend.

Volker log sie an: »Ich selbst hab's noch gar nicht gelesen. Ein Kollege hat mir davon erzählt. Von so'n paar kinky Sachen, die sie angeblich gemacht hat. Aber vielleicht hat sie sich das auch nur ausgedacht.«

»Wie tickst du denn? Warum sollte jemand sein Tagebuch anlügen?«

»Auch wieder wahr.« Volker prostete Kiki zu und versuchte, synchron mit ihr zu trinken. Er setzte zwar gleichzeitig mit ihr ab, aber sein Bier war noch fast voll im Gegensatz zu ihrem. Kiki schien in eine gewisse Melancholie abzudriften. Sie stierte stumm auf ihre Flasche und knibbelte das Etikett ab.

Sanft fragte Volker sie: »Du warst in sie verliebt, oder?«

»Eigentlich finde ich es bescheuert, wenn sich 'ne Lesbe in 'ne Hete verknallt. Hab mir immer geschworen, dass mir so was nicht passiert. Kannst sie ja eh nicht umdrehen. Nur, bei Uta hab ich mir vielleicht eingebildet ... weil sie so 'ne Stinkwut auf Männer hatte ... ach, was weiß ich.«

»Hatte sie denn keinen Freund?« Volker wollte endlich ein wenig vorwärtskommen, bevor Kiki ihn gnadenlos unter den Tisch getrunken haben würde.

»Freund würde ich nicht sagen, da war so ein Typ, mit dem hat sie gepoppt. Oder was auch immer. Sie war total begeistert. Er würde sie von ihren Hemmungen befreien und ihr eine neue Welt zeigen, hat sie gesagt. Aber ich hab ihr das nicht abgenommen.«

Volker zeigte Mitleid. »War ziemlich unsensibel von ihr, dir das zu erzählen. Oder wusste sie nicht, dass du in sie verliebt warst?«

Kiki nahm noch einen Schluck, diesmal einen kleinen. »Sie hatte doch sonst niemanden, mit dem sie reden konnte.«

»Weißt du, wer der Typ war?«

»Keinen Schimmer. Sie hat nie was Konkretes von ihm erzählt. Kein Name, nicht woher sie ihn kannte, gar nichts. Hat mich, ehrlich gesagt, auch nicht interessiert.«

Sie machte eine Pause und knibbelte wieder am Etikett.

»Was hat er denn mit ihr gemacht?«, fragte sie so leise, dass Volker es kaum hören konnte.

Volker nahm einen vollen Zug aus seiner Flasche, um Zeit zu gewinnen. Es fing gerade an, ihm zu schmecken. Die fetten Rauchschwaden nahm er kaum noch wahr.

»Das willst du nicht wissen«, sagte er. Kiki sah ihn unendlich traurig an und knibbelte weiter am Etikett.

Nach einer weiteren Stunde unergiebigen Gesprächs verabschiedete sich Volker. Er dankte für die Infos, sie dankte artig für die Biere. Als Volker sich erhob und sich durch das Gedränge der Pony Bar Richtung Ausgang schob, trat eine junge Frau zu Kiki.

»Wer war denn das?«, fragte sie.

»So'n verfickter Bulle«, meinte Kiki mit finsterer Miene und schickte Volker einen verächtlichen Blick hinterher.

Anna sah sich in Christians chaotisch zusammengestelltem, aber durchaus heimeligem Wohnzimmer um, während er in der Küche frischen Tee aufbrühte. Auf den ersten Blick hatte sich nichts verändert, seit sie das letzte Mal hier gewesen war. Die kratzige, karierte Decke, die an eine englische Landpartie erinnerte, lag wie immer zerknüllt auf dem Sofa, der Schreibtisch war mit Zeitungen und Büchern übersät, das vollgestopfte Regal staubig. Vor der Hifi-Anlage auf dem gewachsten Dielenboden stapelten sich Jethro Tull, King Crimson, Neil Young und andere CDs aus den Siebzigern. Als wäre die Zeit stehen geblieben. Allerdings waren die düsteren Goya-Radierungen verschwunden, die Anna immer beeindruckend, aber auch deprimierend gefunden hatte. Stattdessen hingen nun in der fröhlichen Farbgebung fast laut wirkende Repliken von Franz Marc an den Wänden.

»Du hattest recht mit Goya«, meinte Christian, als er mit dem Tee hereinkam und Annas verwunderten Blick bemerkte. »So was hängt man sich auf, wenn man mies drauf ist und seinen Blick auf die Welt bestätigt sehen will. Und dann kommt man noch mieser drauf.« Er füllte Annas Tasse auf. Selbst mit einer geblümten Kanne in der Hand wirkte er ungemein männlich. »Seit ich diese Tiere an der Wand habe, bin ich ein anderer Mensch. Irgendwie bin ich viel mehr grün und orange und blau und rot in mir drin. An manchen Tagen sogar ocker oder gelb, stell dir das mal vor! Das Leben kann ganz schön bunt sein, wenn man nicht farbenblind ist.«

Anna musste laut lachen: »Und morgens, wenn du aufstehst, muht und wiehert es dir entgegen.«

»Genau. Besser ein expressionistischer Bauernhof im Wohnzimmer als das bedrohliche Waffengeklirr und das Schreien der Opfer bei Goya.«

Christian setzte sich neben Anna auf das riesige, weiche Sofa. Die Stimmung zwischen den beiden war entspannt, fast gelöst.

Christian hatte Anna, kaum dass sie in der Wohnung waren, von seinem Verhältnis mit Manuela Berger erzählt. Er gestand ganz offen ein, wie egoistisch und rigoros er die Affäre beendet hatte, als er feststellte, dass bei Manuela Gefühle im Spiel waren, die er nicht erwidern konnte und wollte. Er zog sich einfach raus, während Manuela schon viel zu weit gegangen war. Für sie gab es kein Zurück mehr, denn ihr Mann, dem sie voller Hoffnung auf einen Neuanfang mit Christian die Affäre gestanden hatte, verließ sie und war nicht bereit, zurückzukommen, um die abgelegte Geliebte eines Bullen wieder als Ehefrau zu akzeptieren. Und so stand Manuela plötzlich mit ihren beiden Kindern vor den Trümmern ihrer Ehe, die knappe zwanzig Jahre gehalten hatte und ihr Lebensinhalt gewesen war. Es war zu hässlichen Szenen zwischen Manuela und ihm gekommen. Sie warf Christian vor, sie ausgenutzt und über seine mangelnden Gefühle zu ihr im Unklaren gelassen zu haben. Dann verschwand sie aus seinem Leben und hinterließ ein leises Unbehagen, das er mit seiner nächsten Affäre in den Hintergrund drängte. Heute Morgen war Manuela wieder aufgetaucht und hatte ihn daran erinnert, dass er ihr etwas schuldig war.

Ohne ihn ein einziges Mal zu unterbrechen, hatte Anna

Christians schonungsloser Schilderung zugehört. Doch statt ihn zu verurteilen, wie er erwartet hatte, sprach sie ihn zumindest von einem Teil der Schuld los. Ihrer Meinung nach war es ungerecht von Manuela, Christian die alleinige Verantwortung für ihre Misere in die Schuhe zu schieben. Als sie die Affäre mit ihm begann, war sie verheiratet und alt genug, um zu wissen, dass sie ein Risiko einging. Auch die Asymmetrie der Gefühle konnte man Christian schwerlich vorwerfen. Ganz offensichtlich jedoch hatte er zu lange gewartet, bis er die Beziehung beendete. Erfahren wie er war, hätte ihm früher auffallen sein müssen, in welch divergierende Richtungen sich diese Affäre für beide entwickelte. Ab der ersten Sekunde dieser wenn auch nur gefühlten Erkenntnis nutzte er Manuela aus. Und deswegen war er ihr was schuldig. In diesem Punkt gab Anna Manuela recht.

Christian nahm die Tagebuchkopien aus dem dicken Umschlag und las eine Notiz von Eberhard, in der er darauf hinwies, dass Uta das Tagebuch kurz vor ihrem Abi begonnen hatte und die Eintragungen sehr sporadisch seien und große Zeitsprünge aufwiesen. Die seiner Meinung nach wichtigen Passagen hatte er markiert. »Dann lies mir die doch bitte vor, wenn du magst.« Anna legte sich quer aufs Sofa, rückte sich eines der voluminösen Kissen im Rücken zurecht und legte ihre Füße ohne darüber nachzudenken in Christians Schoß. Christian nahm es mit Freude zur Kenntnis und begann zu lesen.

19. Dezember 2004: Mama geht mir so was von auf den Wecker. Diese zur Schau gestellte Märtyrer-Miene, weil Papa wieder nicht an Weihnachten zu ihrem blöden Forellen-Fressen kommt. Sie geht so übertrieben aufrecht, um mir bei jedem Schritt mitzuteilen, wie gebeugt sie innerlich unter ihrer übergroßen Schuld ist, aber wie tapfer und stark gleichzeitig. Nie gibt sie was zu, nie verliert sie die Kontrolle. Was für ein Vorbild! Hoffentlich werde ich nie wie sie.

12. Februar 2005: Ich hasse sie! Gestern habe ich Ali mit nach Hause gebracht, und sie hat ihn so krass beleidigt, dass er mich garantiert nie wieder sehen will. Und warum? Weil er Araber ist, und Papa seit der Trennung immer in arabischen Ländern arbeitet. Im Moment ist er in Bahrain auf einem Ölfeld. Ich würde ihn so gerne mal da besuchen. Mama würde ausflippen. Sie ist der festen Überzeugung, dass Papa sich nur noch von stinkenden arabischen Huren befriedigen lässt, seit sie ihn so enttäuscht hat. Die Frau tickt nicht mehr richtig. Und mir versaut sie das ganze Leben. Ich hasse sie!

8. Mai 2005: Juhuu, ich habe endlich mein Abi! Im Oktober verschwinde ich hier aus Mamas Daueraufführung von »Schuld und Sühne«. Ich werde studieren und in eine coole WG ziehen. Endlich frei! Dann kann Mama auch nicht mehr kontrollieren, mit wem ich mich treffe. Im Nebenfach werde ich Orientalistik studieren. Da lerne ich Arabisch, und dann besuche ich Papa. Lars war im Februar bei ihm. Er fand es total klasse in Kuwait. Ach ja, Papa ist jetzt in Kuwait. Lars kommt heute zum Essen. Er hat einen Superjob bei Airbus gekriegt. Papa ist bestimmt irre stolz auf ihn.

28. November 2005: Ich hab's mal wieder falsch gemacht. Mama hat mir eine hübsche Einzimmerwohnung in Uhlenhorst angemietet, und ich Idiotin habe mich darauf eingelassen. Falsche Seite der Alster, falsche Gegend, falsche Wohnung, falsches Leben. Wann schaffe ich es endlich, mich gegen sie zu wehren? Ich bin ein feiges, frustriertes Stück Scheiße.

3. Februar 2006: Ich hab's getan! Seit gestern wohne ich in einer WG, ganz in der Nähe der Uni. Hier ist viel mehr los als in Uhlenhorst. Kinos und Kneipen und alles. Ich wohne mit Sonja und Carsten, einem netten Pärchen. Sie studieren Jura. Wir passen ganz gut zusammen. Bin gespannt, wie sich das anfühlt.

5. Februar 2006: Sonja und Carsten sind genauso bescheuert wie meine Mutter. Heute Morgen sind sie damit rausgerückt, wie irre nett sie mich finden. Nur meine Kommilitonen aus der Orientalistik oder sonstige Kanaken, okay, das Wort haben sie nicht benutzt, aber sie haben es gedacht, die darf ich nicht mitbringen. Weil Araber ja alle Extremisten sind und unter ihren Shirts Sprengstoffgürtel tragen. Die Welt ist so bekloppt. Wenn Papa mich doch nur mal besuchen und diesen Ignoranten erzählen würde, wie respektvoll er immer in diesen Ländern aufgenommen wird und was für ein altes Kulturvolk die sind. Aber nützt ja nichts. Schätze, ich muss demnächst wieder umziehen. Aber das kostet Geld. Mama wird ausflippen.

8. September 2006: Seit dem Sommersemester bin ich in einer Theatergruppe. Das tut mir ganz gut, ich habe nämlich erkannt, wie groß meine Probleme sind, aus mir rauszugehen. Die Regisseurin ist 'ne Lesbe. Kiki. Zuerst fand ich das cool, weil ich noch nie eine kennengelernt habe. Aber ich glaube, sie hat sich in mich verknallt. Keine Ahnung, wie ich damit umgehen soll. Mein erster Impuls war, die Gruppe zu verlassen. Aber ich muss lernen, mit Konflikten umzugehen statt ihnen auszuweichen.

17. September 2006: Er steht auf mich! Doch, es ist wahr.
Er interessiert sich ernsthaft für mich. Für mich! Der
kann alle haben, aber er will mich! Die Vorstellung,
bald mit ihm zu schlafen, macht mich ganz verrückt.
Mit Ali letztes Jahr, das war nicht so toll gewesen.
Mit ihm wird es bestimmt viel besser!

19. September 2006: Wir waren im Bett! Es war großartig. Er hat Sachen mit mir gemacht, die kannte ich
noch nicht mal aus dem Fernsehen.

29. September 2006: Er hat mir einen Vibrator geschenkt. Und anderen Kram, mit dem wir rumspielen.
Es geht jedes Mal einen Schritt weiter, und es gefällt
mir verdammt gut. Er macht mich total verrückt.
Ich liebe ihn!

5. Oktober 2006: Wir waren an einem Ort, ich hätte nie
gedacht, dass es so was gibt. Ich lerne immer mehr durch
ihn. Ich weiß jetzt, dass ich masochistisch veranlagt bin
und dass ich mich nicht dafür schämen muss. Ich
darf es genießen. Ich gehöre ihm, ganz und gar. Gott,
wenn Mama mich dabei sehen könnte!

9. Oktober 2006: Er liebt mich. Er hat mich zu seinen
Freunden mitgenommen. Die Vorstellung, dass er mich
an einen oder mehrere von ihnen ausleiht, hat mich
total heiß gemacht. Es ist aber nicht dazu gekommen.

18. Oktober 2006: Kiki ist eine dumme Nuss, die tut
auch nur so liberal, aber im Grunde ist sie eine Spießerin. Ich weiß genau, dass sie scharf auf mich ist.
Aber als ich ihr gestern vorschlug, mit ihr eine Nummer
zu schieben, wenn er dabei zusehen darf, ist sie voll

*ausgerastet. Sie lässt sich nicht die Muschi lecken,
damit ein blöder Typ 'nen Ständer kriegt, hat sie mich
angeschrien. Bitte, dann leckt ihr eben niemand die
Muschi, so hässlich wie sie ist, habe ich gesagt. Da bricht
die mir doch fast den Arm, die gewalttätige Kuh!*

»Ende der Aufzeichnungen.« Christian legte den Stapel Kopien zurück auf den Tisch.

Anna setzte sich auf. »Was für ein Elend!« Christian spürte ein leises Bedauern, dass Annas Füße nicht mehr auf seinem Schoß lagen, doch er konzentrierte sich auf das Wesentliche: »Was hältst du davon?«

»Ich würde mich nicht wundern, wenn der Typ, von dem sie schreibt, erheblich älter als sie wäre. Ansonsten... wenn du willst, sage ich dir morgen ein paar Sätze dazu. Ich muss das erst mal sacken lassen. Außerdem bin ich todmüde. Ich habe letzte Nacht so gut wie nicht geschlafen.«

»Ja, natürlich. Entschuldige bitte, dass ich dich so lange aufgehalten habe«, meinte Christian und erhob sich. »Ich bringe dich nach Hause.«

»Ist nicht nötig, ruf mir einfach ein Taxi. Ich bin zu faul zum Laufen.«

Als das Taxi klingelte und Christian sie an der Tür verabschiedete, sah er ihr in die Augen und versuchte daraus zu lesen, ob er sie – wenigstens auf die Wange – küssen dürfte. Er ließ es sicherheitshalber, und nach einem kurzen Zögern drehte sie sich um und verschwand.

Tag 4: Dienstag, 31. Oktober

Am nächsten Morgen war Anna schon um acht Uhr auf den Beinen. Sie hatte die Nacht zwar nicht durchgeschlafen, aber immerhin schon mehrere Stunden am Stück geschafft. Langsam schien sich ihr Körper wieder auf den mitteleuropäischen Tag/Nacht-Rhythmus einlassen zu wollen. In ihren Sportklamotten verließ sie das Haus und trabte langsam an. Einmal das Kaiser-Friedrich-Ufer rauf und runter, das sollte für den Anfang genügen. Und dabei nicht in Versuchung geraten, bei Christians fast auf der Strecke liegenden Wohnung zu klingeln, um ihn zu einem gemeinsamen Frühstück zu überreden. Das Laufen fiel ihr leicht. Sie war zwar in Kanada überhaupt nicht gejoggt, aber durch ihr exzessives Kanufahren fühlte sie sich top in Form. Der seit Tagen andauernde Nieselregen störte sie nicht, im Gegenteil. Sie mochte dieses leichte kühle Sprühen im Gesicht, es fühlte sich frisch an und sauber. Außerdem war sie seit Kanada gegen jedes Wetter abgehärtet. Während des Laufens dachte sie an Uta und Manuela Berger. Dieses Mutter-Tochter-Verhältnis zeigte deutlich, wie sehr nicht nur Neurosen und Pathologien, sondern jegliche noch so kleine Irritation in der Persönlichkeitsentwicklung familiär bedingt oder zumindest angelegt war. Manuela gab ihre verstiegenen Glaubenssätze erfolgreich an die Tochter weiter, die zusätzlich noch eigene, nicht weniger verstiegene entwickelte, um sich von der Mutter zu befreien und nicht merkte, wie sie dabei selbst dem »Schuld und Sühne«-Muster der Mutter verhaftet blieb. Mit Schaudern dachte Anna an das Verhältnis zu ihren eigenen Eltern. Ihre Mutter hatte ihr seit Sonntag Abend schon viermal auf den Anrufbeantworter gesprochen, doch sie weigerte sich standhaft, zurückzurufen. Dabei gab es keinen Grund mehr, sich auf die Rolle der enttäuschten, vorwurfsvollen Tochter zurückzuziehen. Seit etwa einem Jahr war alles besser. Ihr Vater schlug ihre Mutter nicht mehr, und seitdem durchlebten die beiden so etwas wie einen ungeahnten zweiten Frühling. Doch obwohl Anna sich darüber hätte freuen müssen, obwohl sie die Entwicklung durch mehr Zuwendung hätte unterstützen können, tat sie es nicht, zumindest nicht uneingeschränkt. Sie verachtete ihre Mutter weiterhin, weil sie die demütigenden Prügel jahrelang zugelassen hatte. Sie hasste ihren Vater weiterhin, weil er ihre große Liebe zu ihm in etwas Unerträgliches verwandelt hatte. Laut der Supervision ihres Doktorvaters war sie schlichtweg wütend auf ihre Eltern, weil die einfach so, ohne sie um Erlaubnis zu bitten, die Parameter geändert hatten, und sie selbst sich dadurch genötigt fühlte, ihr absurdes, aber immerhin seit Jahren eingeübtes Wertesystem nachzubessern. Was eine unbequeme Anstrengung war. Und da sie das alles wusste und verstand, war sie wütend auf sich selbst, weil sie trotzdem aus der Nummer nicht rauskam. Aber für sie gab es noch Hoffnung. Für Uta Berger nicht.

Anna drehte und lief den Weg zurück. Nachher würde sie ihre Mutter anrufen und einen Besuch zum Mittagessen verabreden. Sie beschleunigte ihren Schritt. Als sie am anderen Ende ihrer Strecke ankam, fiel ihr Blick auf die trotz leichtem Regen wie immer dort auf einer Parkbank versammelten Obdachlosen. Die Bank war immer gut besucht, selbst um diese Uhrzeit, vermutlich, weil fünf Meter weiter an der Hoheluftchaussee die Mülleimer vor McDonald's stets mit Pommes frites und Hamburgerresten gefüllt waren und der Kiosk daneben Kippen, Bier und Schnaps lieferte. Eine perfekte Infrastruktur. Anna kam auf eine Idee, und sie zögerte nur kurz. Dann trabte sie zu der Bank. Vier Männer unterschiedlichen Alters und unterschiedlicher Verfallsstufen saßen da und tranken ihr Frühstücksbier.

»Moin, Jungs. Kann ich euch mal was fragen?«, begann sie.

»So 'ne süße Maus wie du immer«, meinte der Älteste, der hier augenscheinlich das Sagen hatte und bei Annas Frage aufstand. Sein ganzer Körper war ausgemergelt, sein Gesicht war übersät von den typischen offenen Stellen, die durch Mangelernährung und übermäßigen Genuss von minderwertigem Alkohol herrührten. Zu Annas Überraschung jedoch roch er nicht schlecht, er duftete sogar nach einem erträglichen Rasierwasser. Alle vier Männer stierten ungeniert auf Annas von Regen und Schweiß durchnässtes Sweatshirt, das an ihrer Haut klebte und unter dem sich deutlich ihre Nippel abzeichneten.

»Ich suche einen Kollegen von euch. Georg Dassau, kennt ihr den?«

Die drei Jüngeren sahen den Älteren fragend an. Der kniff misstrauisch die Augen zusammen. »Die Bullen waren auch schon hier und haben gefragt. Bis du von den Bullen? So 'ne Undercover Miss Wet T-Shirt?«

Die Männer lachten. Anna lachte sarkastisch mit: »Mann, seid ihr witzig, und das auf englisch.«

»Bist du nun 'n Bulle?«

»Nee. Kennt ihr nun den Georg Dassau?«

»Nee.«

»Dann schönen Tag noch.« Anna war klar, dass sie logen. Dennoch drehte sie ab, um zu verschwinden.

»Was willsten von dem Typen?«, bremste der Älteste sie aus. Anna wandte sich wieder nach ihm um.

»Ich könnte dir jetzt 'ne Geschichte erzählen von wegen, er ist mein Onkel, und es gibt was zu erben oder so. Aber ihr seid ja nicht blöd.«

»Eben. Also?«

Anna zögerte. Sie wusste nicht, was sie sagen durfte und was nicht. Aber die Kerle kannten Georg Dassau, das war klar. Also sollte sie die Chance nutzen.

»Die Bullen suchen ihn als Zeugen. Ist echt wichtig. Ein Mordfall.«

Einer der Jüngeren pfiff durch die wenigen Zähne, die er noch im Mund hatte. »Die Frau im Sack am Offakamp. Scheiße, *da* hat Schorsch die ganze Zeit gepennt. Hätte er mir ruhig sagen können.«

»Schorsch nennt ihr ihn also«, wandte sich Anna an den Jüngeren, um sofort Kontakt herzustellen.

»Kann man drauf kommen bei Georg.«

»Und wie heißt du, wenn ich fragen darf? Ich bin übrigens Anna.«

Der Jüngere hielt ihr die Hand hin: »Ich bin Hansi, der beste Kumpel vom Schorsch. Hab ihn aber seit Samstag nicht mehr gesehen.«

Anna drückte Hansi die Hand: »Vielleicht ist er untergetaucht, weil er was beobachtet hat?«

Hansi zuckte mit den Schultern: »Kann sein. Würde ich jedenfalls machen.«

»Wann habt ihr euch denn getrennt Samstag?«

Der Ältere warf Hansi einen wütenden Blick zu und übernahm die Gesprächsführung wieder: »Holst du uns Bier? Dann reden wir weiter.«

Anna sah an sich herunter: »Sehe ich aus, als ob ich Geld dabeihätte? Aber ich kann euch morgen beim Joggen Kohle vorbeibringen für ein, zwei Sixpack.«

Die Männer befanden, dass die Chance auf Bier morgen besser sei als jetzt überhaupt keins. Mit einem Kopfnicken erteilte der Anführer Hansi Redeerlaubnis.

»Wir waren tagsüber auf dem Jungfernstieg und haben danach die Kohle versoffen. Weiß nicht mehr, wo wir überall waren. Jedenfalls ham wir uns erst gegen drei Uhr in der Früh getrennt. Das weiß ich noch, obwohl ich total dicht war. Hab nämlich auf 'ner Bank im Turmweg genächtigt, vor der Johanniskirche.«

Anna strahlte Hansi an: »Das ist doch super. Damit hat Schorsch ein Alibi. Würdest du das auch einem Freund von mir erzählen? Der ist zwar Bulle, aber echt in Ordnung. Und für Schorsch wäre das 'ne große Hilfe.«

»Dacht ich's mir doch«, mischte sich der Ältere wieder ein, »von wegen Zeuge. Die verdächtigen den Schorsch!«

»Nicht mehr, wenn Hansi meinem Freund alles erzählt«, versuchte Anna zu retten, was noch zu retten war. Sie war aber auch zu blöd.

»Bring morgen Kohle für ein paar Sixpack vorbei. Dann kann dein Freund mitkommen. Wir sind immer hier bis elf Uhr. Und jetzt zisch ab.« Der Anführer entließ sie mit lässiger Handbewegung aus der Audienz. Anna nickte Hansi freundlich zu und setzte sich wieder in Trab. Sie sah auf die Uhr, es war kurz vor neun. Ab nach Hause, Christian anrufen. Nein, sie würde ihn nicht anrufen, sie wollte ihn sehen. Also schnell duschen, umziehen und dann los. Der Tag fing gut an.

Um zwanzig vor zehn stand Anna mit ihrem Mini vor Christians Haus im Eppendorfer Weg und klingelte. Er war nicht da. Sie wusste, dass die Soko, wenn möglich, jeden Morgen um zehn Uhr zu einer Konferenz zusammenkam, also schwang sie sich in ihren Kleinwagen und fuhr zum Schanzenviertel. Vielleicht würde Christian ja dort sein, wenn auch inoffiziell. Natürlich wollte sie mit dem Fall weiterhin nichts zu tun haben, redete sie sich ein. Aber sie wollte mit Christian zu tun haben, das konnte sie sich zumindest nicht länger ausreden. Außerdem hatte sie nichts dagegen, Volker, Eberhard und Daniel auch mal wieder Hallo zu sagen.

Ihr überraschender Besuch wurde mit großer Freude aufgenommen, denn alle im Team mochten Anna gerne und bedauerten aufrichtig, dass sie nicht mehr mit Christian zusammen war. Auch Christian bedauerte es, das sahen ihm seine Kollegen deutlich an. Als Anna auftauchte, ging ein Strahlen über sein Gesicht, das er nur schwer verbergen konnte. Ihren Bericht über Georg Dassaus Alibi nahm er zwar nicht ohne Murren auf – es erinnerte ihn fatal an ihre Einmischungen im Bestatter-Fall – dennoch blieb er in seiner Kritik ungewohnt moderat und schickte Eberhard und Volker gleich los, damit sie Hansi von seiner Bank holten und zu einer offiziellen Aussage bewegten.

Kurz darauf traf Yvonne ein, sie war wie jeden Morgen kurz vor der Konferenz zum Bäcker gesprintet, um alle mit frischen, belegten Brötchen zu versorgen. Auch sie freute sich über Annas Besuch, schien jedoch auf etwas anderes konzentriert. Mit einer extra Tüte ging sie hinüber zu Daniels kleinem Kabuff. Er stand rauchend am Fenster mit dem Rücken zur Tür und telefonierte. Fröhlich wollte Yvonne ihm schon die Tüte mit Diät-Backwerk zuwerfen, als sie hörte, wie Daniel verliebt in den Hörer säuselte. Ganz offensichtlich hatte er neuerdings eine Freundin. Entgeistert blieb Yvonne stehen. Dann drehte sie sich leise um, warf die Tüte in den Mülleimer auf dem Flur und ging in ihr Vorzimmer.

Anna und Christian bekamen Yvonnes emotionales Waterloo nicht mit. Christian lauschte Annas psychologischen Ausführungen über Utas Tagebuchinhalt, als sein Handy klingelte. Es war Eberhard, der unterwegs den Polizeifunk mitgehört hatte. Am Museumshafen an der Elbe war eine Leiche gefunden worden, in einem blauen Plastiksack. Eberhard wollte wissen, ob er gleich dorthinfahren sollte, doch Christian verneinte. Die Obdachlosen am Kaiser-Friedrich-Ufer würden nur bis elf Uhr da sein. Und wer wisse schon, ob sie es sich bis morgen nicht anders überlegt hätten mit der Aussage. Er wollte selbst zur Elbe fahren. Eberhard erinnerte Christian an seinen Status als Privatperson und versprach, Hansi im Präsidium abzuliefern und mit Volker so schnell wie möglich nachzukommen. Außerdem werde er gleich noch Pete verständigen, der zur Lagebesprechung bei Oberstaatsanwalt Waller weilte. Er wollte sich nicht darauf verlassen, dass die Streife oder der dann zuständige Beamte von der Mordkommission die Soko eigenständig benachrichtigen würde.

Christian legte auf und sah Anna bedauernd an: »Tut mir leid, ich muss weg. Können wir später weiterreden?«

»Hast du einen Dienstwagen hier?«

Christian verneinte: »Den benutzt Herd. Ich nehme mir ein Taxi.«

Anna erhob sich: »Das kann eine Viertelstunde dauern. Ich fahr dich.«

Christian wollte protestieren, aber Anna duldete keinen Widerspruch: »Mit welchem Argument willst du es mir verbieten? Weil ich Privatperson bin und an einem Tatort nichts verloren habe?«

Christian sah sie ernst an: »Ich will nicht, dass du wieder mit so einer Scheißgeschichte zu tun hast.«

»Keine Angst, ich werde mir die Leiche bestimmt nicht ansehen.« Sie kramte leicht zitternd ihren Autoschlüssel aus der Handtasche. »Los jetzt, bevor Passanten dir die Spuren zertrampeln.«

Wie immer gab es keinen legalen Parkplatz am Museumshafen in Övelgönne. Dafür aber jede Menge Touristen. Langsam bahnte sich Anna einen Weg durch die Trauben von Fußgängern, die neben dem Bürgersteig auch die enge Straße verstopften, bis hin zu den beiden Streifenwagen, die die Einfahrt zum unteren Parkplatz versperrten.

»Halt hier an, und schalt die Warnblinkanlage ein«, meinte Christian. Anna hatte den Motor noch nicht abgestellt, da war Christian schon draußen. Sie schloss den Wagen ab und folgte ihm zögerlich. Zwei uniformierte Beamte versperrten den unteren Parkplatz mit einem Absperrband auch für Fußgänger. Schaulustige versammelten sich um die Polizisten herum und vor allem auf der Brücke, von der aus sie hofften, einen besseren Blick auf das Geschehen zu erhaschen. Anna hielt sich diskret hinter Christian und beobachtete, wie er einen der Beamten ansprach. Der Uniformierte drehte sich verärgert um, doch seine Miene erhellte sich, als er Christian erkannte und freundlich begrüßte.

»Beyer, altes Haus, wieder in Amt und Würden?«

Christian schüttelte den Kopf: »Bin ganz zufällig hier, Karl. Was ist denn los?«

Der Beamte schob seine Mütze zurück und kratzte sich am Kopf: »Ne Leiche. Keine Ahnung, völlig verkohlt. Vielleicht haben ein paar Nazispacken einen Punk angekokelt. So was hatten wir im Sommer mal, während der WM. Liegt da unten in einem Sack. Ich hab noch nicht richtig geguckt, erst mal die Sofortmaßnahmen. Sind ja jede Menge Leute hier, die wir weghalten müssen. Peter Harmsen und Jonas Lemke sind unten bei der Leiche. Willst du runter? Der Kleine da hat den Sack gefunden. Spricht kein Wort, ist total unter Schock. Hoffentlich kommt der Psychologe bald.« Karl wies mit dem Daumen auf einen kleinen, etwa zwölfjährigen Jungen, der auf der Kühlerhaube eines Streifenwagens saß, die Füße auf die Stoßstange gestützt.

»Meine Begleitung hier ist auch Psychologin. Sie kann ja versuchen, ihn zu beruhigen, bis der Kollege da ist.« Christian wandte sich an Anna: »Willst du?«

Anna nickte und ging zu dem Jungen hin. Er sah wahnsinnig einsam aus, fand sie. Sie setzte sich neben ihn auf die Kühlerhaube und folgte seinem starren, tränenverschleierten Blick zu den abgetakelten Schiffen, die für die Touristen zur Besichtigung hier vor Anker lagen.

»Magst du Schiffe?«, fragte sie den Jungen. Der nickte stumm.

»Sollen wir hingehen und uns das große mal von innen angucken?«

Der Junge sah sie erstaunt an: »Darfst du das?«

Anna erhob sich: »Wir können ja fragen. Komm!« Sie bot dem Jungen ihre Hand. Der zögerte kurz, dann ergriff er sie und ließ sich von der Kühlerhaube gleiten. Seine Hand war schmutzig und eiskalt.

Christian und der Beamte sahen, wie Anna mit dem Kind an der Hand über die Brücke Richtung Schiffe ging.

»Was macht sie denn da?«, fragte Karl misstrauisch. Christian lächelte: »Keine Angst, die läuft nicht weg mit ihm. Kann ich runter zu Harmsen und Lemke?«

»Auf gar keinen Fall«, ertönte eine Stimme hinter ihnen. Christian und der Beamte drehten sich um.

»Hauptkommissar Ganske, welch zweifelhaftes Vergnügen.«

Martin Ganske ignorierte Christian und wandte sich an den Beamten: »Was macht der Beyer hier? Sie wissen, dass er keinerlei Befugnisse hat!«

»Er ist Passant. Ich habe ihm eben erklärt, dass er nicht hinters Absperrband darf«, antwortete Karl pflichtbewusst. Sein freches Grinsen jedoch enttarnte die Lüge freiwillig.

»Ich sehe dir gerne bei der Arbeit zu, Ganske«, fügte Christian ebenso frech grinsend hinzu, »oder ist das hier eher ein Job für die Soko von Pete Altmann?«

»Du meinst deine überschätzte Ex-Truppe? Das entscheide ich nach Betrachtung der Sachlage«, knurrte Ganske, trat hinter das Absperrband und begab sich nach unten, wo der Plastiksack halb unter der Brücke hervorlugte.

Christian verschränkte die Arme und sah zu. Er konnte nichts tun, und das ärgerte ihn. Außerdem traute er Ganske sogar zu, Beweismittel verschwinden zu lassen, um die Soko scheitern zu sehen. Falls er Pete und seine Leute überhaupt rechtzeitig informieren würde.

Anna stützte sich mit dem Jungen backbord auf die Reling. Der Kleine konnte gerade seinen Kopf drüberstrecken. Gemeinsam blickte sie auf die bleigraue Elbe, die von einem aufkommenden Oktobersturm wild bewegt in den Hamburger Hafen gedrückt wurde. Möwen kreisten kreischend über den kreuzenden Containerschiffen, die Wolken hingen schwer und dunkel über den Docks.

»Wie heißt du denn?«, fragte Anna.

»Thomas. Und du?«

»Anna. Anna Maybach. Wie das große Auto. Kennst du das?«

Der Junge schüttelte heftig den Kopf: »Ich kenne nur Schiffe. Kennst du die ›Queen Mary‹?«

»Klar. Kennst du die ›Titanic‹?«

»Klar.« Der Junge lachte, als hätte Anna einen guten Scherz gemacht. Anna freute sich.

»Wie ist denn dein Nachname, Thomas?«

»Ganz doof. Müllermann.«

»Wieso? Müller wäre doch viel langweiliger«, sagte Anna. »Was machst du denn hier so allein am Hafen? Hast du keine Schule?«

»Schule ist auch doof.« Thomas spuckte in die Elbe und sah der winzigen weißen Schaumkrone auf ihrem Weg Richtung Nordsee hinterher.

»Wo ist denn deine Mama? Zu Hause?«

»Nee, die ist tot.«

Anna sah Thomas mitfühlend von der Seite an. Nun wirkte er noch kleiner und einsamer als vorher.

»Das tut mir leid.«

Die beiden schwiegen eine Weile. Dann bekam Anna im Verlauf weiterer Fragen und Antworten die Arbeitsstelle des Vaters heraus.

»Dann rufen wir ihn doch da mal an, dass er dich abholt«, meinte Anna.

»Nein, nicht. Ich will Papa nicht stören, der hat doch eh schon so viele Sorgen. Und ich mache ihm die allermeisten Sorgen. Deswegen will ich ja auch wegfahren.« Thomas bemühte sich, sehr erwachsen und tapfer auszusehen, aber Anna sah mit Schrecken in die wunde Kinderseele.

»Du willst weg?«

Thomas nickte: »Mit einem Schiff. Nach Spanien. Von da kommt meine Mama. Aus Malaga. Wie das Eis mit Rosinen. Da will ich hin. Deswegen bin ich hier. Aber von hier fahren gar keine Schiffe! Ich wollte nach vorne laufen zu den Landungsbrücken, und dann habe ich den blauen Sack gesehen. Weil die Möwen ihn aufgemacht und darin rumgepickt haben. Ich habe reingeguckt, und dann habe ich ganz laut geschrien, und dann ist ein Mann gekommen und hat telefoniert und mich festgehalten.«

Anna kniete nieder und nahm Thomas in die Arme. Ein heftiges Schluchzen brach aus ihm heraus und überrollte seinen kleinen Körper wie eine donnernde Lawine.

Volker und Eberhard kamen gehetzt an, und drei Minuten nach den beiden traf auch Karen ein. Nur Pete fehlte noch, und bevor er hier war und sich in seiner Funktion als sonderbefugter Chef mit Martin Ganske anlegte, konnten sie gar nichts tun. Noch lag die neue Leiche in Ganskes Zuständigkeitsbereich, und er weidete sich daran, die Soko Bund, die von missgünstigen Mäulern vor einem Jahr schon Soko »Schund« getauft worden war, zähneknirschend hinter dem Absperrband warten zu sehen. Dass der Fall ihnen gehörte, lag auf der Hand, spätestens seit Ganske das zweite, säuberlich verschnürte Päckchen mit Klamotten neben der verkohlten Leiche im Sack gesehen hatte. Wie im Offakamp. Aber er wollte sie noch zappeln lassen, und vor allen Dingen konnte er keinesfalls dulden, dass sich Beyer reinhängte. Bevor der nicht von hier verschwand, würde Ganske stur auf der Leiche sitzen bleiben wie eine Henne auf ihrem allerersten Ei.

Christian kannte Ganskes primitive Funktionsweise sehr gut und bot deshalb den anderen an, sich zurückzuziehen, damit sie zumindest in Kommunikation treten konnten. Ihm war es einfach zuwider, eine frische Spur und das eigentliche Ziel, einen Mörder zu fassen, kleingeistigen, machtpolitischen Spielchen unterzuordnen. Eberhard jedoch war strikt gegen Christians Rückzug und meinte, den Grund für diese rigorose Haltung würden alle in weniger als zehn Minuten erfahren. Nachdem etwa fünf Minuten davon verstrichen waren, kam Anna mit Thomas auf dem Arm vom Schiff zurück. Sie trug sichtlich schwer an ihm, doch Thomas klammerte sich derart an sie und grub sein Gesicht so vertrauensvoll in ihre Halsbeuge, dass kein empfindender Mensch dieses Kind hätte absetzen mögen.

»Thomas Müllermann. Sein Vater arbeitet beim Spar in der Osterstraße«, flüsterte Anna Christian zu. Eberhard, selbst Vater eines quirligen Zehnjährigen, nahm Thomas aus Annas Armen entgegen und begann sofort, sich mit ihm zu beschäftigen. Karen rief derweil den Vater an.

»Läuft irgendwas schief?«, wandte sich Anna an Christian. »Warum geht's nicht weiter?«

Christian wirkte genervt: »Hier finden Grabenkriege statt – zugunsten eines Killers. Ich könnte kotzen!«

Wie aufs Stichwort kam Martin Ganske vom unteren Parkplatz hoch. Er übersah die Mitglieder der Soko geflissentlich und wollte sich einem Beamten zuwenden, doch so einfach kam er Volker nicht davon.

»Hey, Hauptkommissar Ganske«, rief Volker laut vernehmlich für die Presse, die sich inzwischen mit Kameras und Mikrofonen an dem Absperrband aufgereiht hatte, »werden Sie den Fall übernehmen? Und den Mord aufklären? Sie ganz persönlich?«

Mikros und Kameras richteten sich in Erwartung einer medienwirksamen Antwort sofort auf Ganske. Der setzte trotz seiner unaussprechlichen Wut auf Volker sein kompetentestes Gesicht auf und sprach in die Kameras: »Wir werden den Fall eingehend prüfen, um festzustellen, womit wir es hier zu tun haben. Sie werden sicher verstehen, dass ich zum jetzigen Zeitpunkt nicht gewillt bin, haltlose Spekulationen anzustellen. Diejenigen, die mich kennen, wissen, dass ich niemals spekuliere. Aber sobald wir etwas herausgefunden haben, werden Sie die Ersten sein, die es erfahren.« Ganske lächelte jovial. »Nach bisheriger Sichtung der hier vorliegenden Todesumstände glaube ich allerdings behaupten zu dürfen, dass Hamburg zwar weiterhin keine gewaltfreie Metropole sein wird, wir aber auch nicht in Panik geraten müssen. Kein Jack the Ripper treibt hier sein Unwesen, und die Polizei hat alles im Griff.«

»Dies ist der zweite Leichenfund innerhalb von drei Tagen in Hamburg. Gibt es einen Zusammenhang zu dem Leichenfund am Offakamp, worauf die Plastiksäcke ja eindeutig hinweisen?«, rief einer der Reporter und freute sich sichtlich über seine investigative Art der Fragestellung.

»Wir werden das prüfen«, meinte Pete in die Kameras. Er war unbemerkt neben Ganske getreten und stahl diesem mit seinem blendenden Aussehen und seinem sicheren Auftreten sofort die Show. Perplex blickte Ganske zu ihm, ganz so, als sei Mephisto unversehens in einer schwefelgelben Wolke aus dem Nichts aufgetaucht und nehme ihm den Bühnenscheinwerfer.

»Sie gehören zur Soko Bund, oder?«, fragte einer der Journalisten.

Pete nickte: »Das stimmt. Mein Name ist Pete Altmann. Ich komme gerade von Oberstaatsanwalt Doktor Gernot Waller, der unserem Team diesen Fall übertragen hat. Außerdem freue ich mich, Ihnen mitteilen zu dürfen, dass unser aller geschätzter Kollege, Hauptkommissar Christian Beyer, der Ihnen durch die Festnahme des Bestatters noch in lebendiger Erinnerung sein dürfte, nach einer längeren kreativen Pause wieder zu uns gestoßen ist.«

Pete zwinkerte Ganske kollegial zu und steckte ihm ein Schreiben in die Hand. Ganske nahm den Umschlag widerstandslos entgegen und zog sich aus der Öffentlichkeit zurück.

»Das ist ein widerliches Schmierentheater«, meinte Christian.

»Das ist es«, stimmte Volker zu, »aber wir können endlich an die Arbeit gehen.« Mit fast beiläufiger Geste hob Volker das Absperrband an und ließ zuerst Karen und mit einer angedeuteten Verbeugung auch Christian durch. Eberhard gab Thomas an Anna zurück und bat den Beamten, der von Christian mit Karl angesprochen worden war, sich um die beiden zu kümmern. Mit ruhigen Schritten begab sich die Soko nach unten auf den Parkplatz.

Christian begrüßte die beiden Streifenpolizisten mit Handschlag und fragte nach den bisher ergriffenen Maßnahmen. Abgesehen von der Absperrung war noch nicht viel passiert. Ganske hatte einen Blick in den halb geöffneten Sack geworfen, aber bislang hatte keiner irgendetwas angefasst. Außer dem Jungen vermutlich, der die Leiche entdeckt hatte. Die Spurensicherung würde jeden Moment eintreffen. Christian war zufrieden und gab seinen Leuten das Zeichen zu beginnen. Ganz so, als hätte es Christians Auszeit nie gegeben. Auch Pete bemerkte, dass er automatisch ins zweite Glied zurückgestuft war, aber es verursachte keinen Groll bei ihm. Es war klar gewesen, und selbst Pete hielt es für die natürliche Ordnung. Eberhard und Volker dokumentierten mit Fotos, Skizzen und Diktiergerät den Zustand des Fundorts. Dabei bemühten sie sich, die hier möglichen verändernden Einwirkungen zu berücksichtigen wie unbeteiligte Dritte,

Zeitablauf, Tierfraß, Witterungseinflüsse, die Spuren vernichten oder verfälschen konnten. Glücklicherweise hatte es aufgehört zu regnen, sodass eine Notsicherung der Spuren durch Abdecken vor der Asservierung nicht nötig war.

Christian trat wie immer bei einer Tatortbesichtigung erst einmal ein paar Schritte zurück, um das Gesamtbild in sich aufzunehmen. Dieser Parkplatz war in den Herbstmonaten wegen Überflutungsgefahr oft gesperrt. Er lag nur knapp über dem Wasserspiegel. Nachts war hier nicht viel los, insofern war die Stelle als Ablageort nicht schlecht gewählt. Es hätte allerdings in Hamburg einige gegeben, die besser waren. Der Sack lag nur halb unter der Brücke, man konnte ihn von oben sehen. Warum hatte der Täter ihn nicht einfach in die Elbe geworfen, dann wäre er ein Stück flussabwärts getrieben und eventuell erst viel später entdeckt worden, wenn die Spuren schon kalt waren. War der Täter dumm, sorglos oder war es ihm einfach egal, weil er sich sicher fühlte?

Die Leute von der Spurensicherung aus dem Polizeipräsidium waren inzwischen eingetroffen. Einige hatten sich sofort genervt zurückgenommen, als sie die umstrittene Soko bei der Arbeit sahen, andere halfen. Plötzlich kam Sturm auf. Eine heftige Windböe peitschte über den Parkplatz und wirbelte Laub, Müll und Spurennummerierungen durcheinander. In der Ferne krachte ein Donner. Von den Schiffen her war das Klappern der Wanten, Stagen und Fallen zu hören. Die nächsten Windböen peitschten das Elbwasser gegen die Kaimauer. Der Himmel zog sich vollständig zu. Unter den Polizisten kam Hektik auf.

Karen rief Christian und Pete herbei. Sie wollte den Sack, an dem der Wind zerrte, nun ganz öffnen. Die beiden zogen ihre Handschuhe über und bückten sich zu Karen, um erst einmal die Perspektive zu bekommen, die sich dem kleinen Jungen bei seiner Entdeckung geboten hatte. Der Schock des Kindes war verständlich. Aus dem Sack heraus lugte der Kopf eines Menschen, Mann oder Frau war nicht zu erkennen, denn das, was einmal ein Gesicht gewesen war, war nun nur noch ein Klumpen schwarzes, verbranntes Fleisch. Dass unter der fettig glänzenden, schwarzen Schicht so etwas wie Gewebe war, sah man an den roten tiefen Wunden, die vermutlich die Möwen hineingehackt hatten. Die Augenhöhlen waren leer, herausgepickte Leckerbissen, die garantiert auch auf dem Speiseplan der Vögel gestanden hatten. Die Leiche stank süßlich.

Der nächste Donner klang schon erheblich näher. Christian hob den oberen Rand des Sacks ein wenig an und warf einen Blick in den hinteren Bereich. Da sah er das zweite Päckchen, säuberlich mit Kordel verschnürt. Er wies Pete darauf hin. Pete bückte sich, sah das Päckchen und erhob sich. »Okay, das war unser Mann. Aber für mich passt das alles nicht richtig zusammen.« Pete fingerte das Päckchen vorsichtig heraus und öffnete es, nachdem Eberhard seine Fotos gemacht hatte. Es waren schmutzige Klamotten, durchlöcherte Socken und abgetragene Schuhe ohne Schnürsenkel. Und eine Geldbörse. Pete durchsuchte sie. »Wie nett, dass der Mörder kein Interesse daran hat, uns die Identifizierung zu erschweren.« Pete hielt einen Personalausweis in die Höhe: »Georg Dassau. Unser Hauptverdächtiger.«

»Damit ist er wohl runter von der Liste«, meinte Christian.

Oben an der Absperrung moderierte Anna das Gespräch zwischen Thomas und dem Streifenpolizisten. Anna machte dem Kleinen klar, wie ungeheuer wichtig er wäre und wie dringend die Polizei ihn brauchte, denn sie wusste, dass Thomas nichts so ersehnte, wie das Gefühl, gebraucht zu werden. So war er denn auch ganz stolz, der »Kronzeuge« zu sein, und er war schon fast fröhlich zu nennen, als sein Vater in hektischer Sorge ankam. Anna beobachtete, wie der Vater auf seinen Sohn zukam und ihn fragte, was er denn hier mache und wieso er nicht in der Schule wäre. Anna sah den Vorwurf im Gesicht von Herrn Müllermann, und auch Thomas sah ihn. Sofort sackte er in sich zusammen, wurde wieder ganz winzig und fühlte sich schuldig. Entschlossen ging Anna zu den beiden und forderte mit wichtiger Miene den Jungen auf, zuerst seine »Kronzeugenaussage« zu beenden. Sie stellte sich dem Vater vor, nahm ihn beiseite und bat ihn um ein kurzes Gespräch.

Als Christian und Pete von dem Parkplatz nach oben kamen, entließ Anna den sichtlich erschütterten Vater aus ihrem Gespräch. Er ging mit Tränen in den Augen zu seinem Sohn, nahm ihn fest in beide Arme und küsste ihn und machte ihm – vielleicht zum ersten Mal seit dem Tod seiner Frau – klar, dass Thomas das Liebste war, was es für ihn auf der ganzen Welt gab. Der Junge weinte nur. Wahrscheinlich diesmal aber vor Erleichterung und Glück. Bewegt beobachtete Anna die Szene und hoffte, dieses Zusammengehörigkeitsgefühl ließe sich für die beiden künftig in den Alltag hinüberretten.

»Was hast du denn mit denen gemacht?«, fragte Christian überrascht. Anna hatte ihm vor einer halben Stunde noch gesteckt, dass der Kleine von zu Hause weglaufen wollte.

»Nichts Besonderes. Ein, zwei Sätze aus dem therapeutischen Erste-Hilfe-Koffer«, lächelte sie. Christian strich ihr die im Wind flatternden Haarsträhnen aus dem Gesicht und hätte ihr am liebsten jetzt und auf der Stelle gesagt, wie sehr er sie liebte, doch es war weder der Ort noch die Zeit.

»Ich werde hier noch länger brauchen. Danke, dass du mich gefahren hast. Aber du solltest jetzt gehen«, meinte er stattdessen. Anna nickte. Sie musste eh bald zur Uni.

Noch zwei lange Stunden hatte das Team um Christian am Tatort zu tun, dann wurde die Leiche abtransportiert. Inzwischen regnete es aus Kübeln, die Elbe klatschte sturmbewegt gegen den Beton und ließ die Schiffe im Museumshafen auf und ab tanzen. Karen bestieg durchnässt und frierend ihr Cabrio und fuhr zur Rechtsmedizin, um die Obduktion vorzunehmen. Eberhard, Volker, Pete und Christian nahmen den Dienstwagen, den Eberhard vor der Brücke geparkt hatte. Pete war mit dem Taxi gekommen.

Zu Christians großer Überraschung nahm Eberhard hinter dem Steuer Platz. Sonst fuhr immer Volker. Nicht, weil er der bessere Autofahrer war, im Gegenteil: So zurückhaltend, fast unterkühlt Volker normalerweise wirkte, so temperamentvoll führte er sich hinter dem Steuer auf. Er fuhr wie ein ungeübter Formel-Eins-Fan auf Koks, und die Kollegen ließen ihn nur hinters Steuer, weil er sich sonst weigerte, mitzukommen. Heute jedoch stieg er ohne Murren auf den Beifahrersitz.

»Hast du endlich eingesehen, dass du als Autofahrer eine Gefahr für die Öffentlichkeit bist?«, fragte Christian verwundert.

Ungerührt drehte Volker sich zu Pete um: »Wer ist eigentlich auf die unersprießliche Idee gekommen, diesen Typen ins Team zurückzuholen?«

Eberhard lachte: »Volker hat sich gestern von einer Lesbe unter den Tisch saufen lassen. Riecht ihr nichts? Der stinkt doch immer noch wie eine Brauerei. Wenn er fahren will, lasse ich ihn pusten, und der Lappen ist weg.«

»War das die Lesbe aus der Theatergruppe?«, wollte Pete wissen.

Volker nickte.

»Okay«, meinte Pete, »du und Herd, ihr kümmert euch um den Tatortbericht. Christian, du hast gleich einen Termin bei Waller. Der will dich nur einnorden, also halt einfach die

Klappe, und versau es nicht. Wir treffen uns dann später bei Karen in der Patho.« Plötzlich fiel Pete auf, dass er sich Christian gegenüber als Teamleiter aufspielte. »Wenn dir das recht ist«, verbesserte er sich Christian gegenüber.

»Eins wollen wir jetzt mal klarstellen«, gab Christian zurück, »es ist wirklich rührend, wie ihr euch alle bemüht habt, so einen mies gelaunten Querkopf wie mich zurückzuholen. Vor allem von dir, Pitt. Große Leistung, das bei Waller.«

»War kein Ding, ich musste ihn nur gegen Dorfmann ausspielen, wie geplant. Zuerst hat Waller mich angeschrien, er lasse sich weder von Ganske noch von mir manipulieren. Dann hat er deine Wiedereinstellung unterschrieben. Zu den alten Bedingungen.«

»Dass das nicht läuft, werde ich ihm gleich klarmachen. Du bist der Teamleiter, Pitt, und das wirst du auch bleiben.«

»Blödsinn. Du hast die Erfahrung, das Alter und die Falten. Du bist der Boss.«

»Nein. Wenn was schiefgeht, und es geht immer was schief, wirst du diesmal die heißen Kartoffeln aus dem Feuer holen und dir die Finger verbrennen. Oder hast du Schiss vor der Verantwortung?«

Eberhard und Volker grinsten. Ihnen war klar, dass Christian nicht die Verantwortung abwälzen, sondern lediglich Pete seine Chancen lassen wollte. Immerhin hatte Pete den Laden seit Christians Suspendierung geführt und sich mit jeder Menge langweiliger Fälle herumschlagen müssen. Christian hätte es als unfair empfunden, wenn der erste interessante Fall, den die Soko zugeteilt bekam, nun unter seiner statt unter Petes Führung gelöst werden würde. Denn dass sie ihn lösen würden, dessen war er sich sicher. Die Lorbeeren dafür sollte Pete bekommen. Er wollte nur den Mörder. Und er wollte ihn schnell.

Anna saß in ihrem Büro an der Uni und sah auf die Uhr. Gleich war es so weit. Sie war ein wenig aufgeregt. Zwar hatte sie im Laufe der letzten Jahre immer wieder Gastvorträge an der Uni gehalten, aber eine komplette Vorlesungsreihe oder gar ein Seminar, das war neu für sie. Einerseits freute sie sich auf ihre Rolle als Dozentin, anderseits fühlte sie sich ein wenig unsicher. Als Therapeutin war sie gescheitert, zumindest empfand sie das immer noch so. Wenn sie nun in der intensiven Auseinandersetzung mit den Studenten auch nicht zurechtkam, was blieb dann? Unwillig verscheuchte Anna die negativen Gedanken, packte ihre Unterlagen zusammen und machte sich auf den Weg zum Seminarraum. Sie war etwas zu früh, außer ihr war noch keiner da. Die Tische standen in einem Viereck zusammen. Anna legte ihr Unterrichtsmaterial auf den mittleren Platz vor der Tafel und trat ans Fenster. Vom vierten Stock des Gebäudes, in dem die Psychologie untergebracht war, konnte man einen guten Teil des Campus überblicken. Mit fast nostalgischer Wehmut dachte Anna an ihre eigene Studienzeit zurück. Damals wollte sie noch in die Forschung gehen, um ihren verhasst-geliebten Vater zu beeindrucken, der ein renommierter Physiker war. Doch trotz ihrer hochfliegenden Pläne hatte sie zumindest während des Grundstudiums mehr Zeit in Kneipen und auf Partys verbracht als in diesen wenig ansprechenden Räumlichkeiten. Mindestens einmal im Jahr wechselte sie den Freund und fühlte sich frei und großartig dabei. Sie verließ die Typen einen nach dem anderen, und erst als ein attraktiver schwedischer Architektur-Austauschstudent namens Mikael ihr zutiefst verletzt eine panische Angst vor Nähe bescheinigte und den Kontakt rigoros und für alle Zeiten zu ihr abbrach, hielt sie verletzt inne in ihrem Treiben und dachte nach. Es begann eine Zeit der Sammlung. Sie beschloss, innerlich ruhiger geworden, Therapeutin zu werden. Aber erst als sie nach dem Abschluss ihres Studiums mit den für jeden Therapeuten notwendigen Supervisionen bei ihrem Doktorvater begann, fing sie an zu begreifen, wie einsam sie ihr Leben eingerichtet hatte.

Es dauerte die akademische Viertelstunde, bis alle Studenten da waren. Zuletzt kam Yvonne angehastet, rannte gegen ein Tischbein, schrie auf, fluchte und entschuldigte sich errötend dafür. Anna lachte und stellte Yvonne als engagierte Gasthörerin vor, die die Chuzpe besaß, im ersten Semester an einem Hauptseminar teilzunehmen. Yvonnes Röte auf den Wangen wurde noch intensiver. Anna grinste in sich hinein. Sie wusste, dass Yvonnes Schüchternheit schnell verfliegen und ihrem natürlichen, unbekümmerten Wesen weichen würde. Martin Abendroth erhob sich und bot Yvonne charmant den Platz neben sich an: Er rückte ihr mit fast antiquierter Höflichkeit einen Stuhl zurecht. Damit sie sich nicht noch mal stoße, erklärte er lächelnd.

Anna stellte sich vor und bat ihre Studenten ebenfalls um ein, zwei Sätze zu ihren Namen, ihren Studienschwerpunkten und dem Grund ihres Interesses für das anstehende Thema. Danach war die Stimmung einigermaßen entspannt, auch bei Anna. Als sie die Seminarunterlagen herumreichen ließ, bemerkte sie, wie Martin Abendroth sie unverwandt anstarrte. Doch statt dass er den Blick ertappt abwandte, ließ er ihn wohlgefällig über Annas Körper wandern und begann zu grinsen. Anna ignorierte die Unverfrorenheit dieses Kerls. Er erinnerte sie ein wenig an Pete, der hatte sie damals auch so selbstbewusst angegraben, um nicht zu sagen aufgerissen. Dieser Martin sah ebenfalls unverschämt gut aus, Typ Jude Law, mit dem zwischen Unschuld und Herausforderung oszillierenden Blick.

Anna hatte eine Literaturliste verteilt und gab ihrer Hoffnung Ausdruck, dass die Studenten zumindest Freuds themengebende Arbeit über den Fetischismus als Vorbereitung auf das Seminar schon gelesen hatten.

»Man begreift Freuds Thesen garantiert weitaus besser, wenn man sich auch praktischen Übungen hingibt«, behauptete Martin. »Ich weiß es natürlich nicht, aber ich könnte es mir vorstellen. Sehen Sie das nicht auch so, Frau Doktor Maybach? Werden Sie diesbezügliche Exkursionen anbieten? Oder halten Sie es mehr mit der ... trockenen Theorie?«

Yvonne hielt die Luft an und blickte fassungslos von Martin zu Anna.

»Sie sind reichlich impertinent, junger Mann, gewöhnen Sie sich das gar nicht erst an,« wies Anna ihn zurecht und ging dann endlich zu ihrer ersten Unterrichtseinheit über.

Nachdem sich Christian bei Waller einen Vortrag über korrekte Arbeitsweise und neue Chancen abgeholt hatte, fand er sich in der Rechtsmedizin bei Karen ein. Pete war schon da, sah Karen und Mohsen entspannt an die Wand gelehnt bei der Arbeit zu und lauschte aufmerksam dem Protokoll, das Karen in ein über dem Metalltisch herabhängendes Mikro diktierte. Er gehörte nicht zu den Typen, die bei der Obduktion einer Leiche schlappmachten. Im Laufe seiner amerikanischen Ausbildung zum Psychologen und FBI-Profiler hatte er einige Zeit mit dem Studium der Neurophysiologie in Palo Alto in Kalifornien verbracht und dort selbst Leichen seziert. Ihn störten weder die brachialen Geräusche, wie sie etwa beim gewaltsamen Aufbrechen des Brustkorbs erzeugt wurden, noch die unvorstellbar widerlichen Gerüche, die eigentlich für jeden Menschen schwer erträglich waren. Natürlich hatte sich auch Christian im Laufe der Jahre ein dickes Fell zugelegt, aber sobald er hier eintrat, musste er immer noch gegen aufkeimende Übelkeit ankämpfen und schaffte es auch nie, den Körper auf dem Metalltisch als wissenschaftliches Forschungsobjekt zu betrachten. Für ihn war das immer noch ein Mensch, in dessen Adern vor kurzem noch Blut pulsiert hatte, ein Mensch voller Leidenschaften, Wut, Liebe, Hass, Freude und Frust. Ein erfülltes oder gescheitertes Leben, auch und gerade im Angesicht des Todes. Egal, wie sehr die reine Biologie hier im Vordergrund der Betrachtungsweise stand.

»Wie weit ist sie?«, fragte er Pete leise und lehnte sich neben ihn an die Wand. »Haltet die Klappe, oder geht raus«, beantwortete Karen die Frage, ohne ihren Blick zu heben. Zum einen war sie hochkonzentriert auf ihre Arbeit, zum anderen war sie genervt von Mohsen, der sie vor der Obduktion permanent mit Fragen nach der Aussage seiner Mutter gelöchert hatte. Karen hatte ihm mehrfach erklären müssen, dass Frau Hamidi um Vertraulichkeit gebeten hatte, und sie sich wie alle anderen selbstverständlich so lange daran hielt, wie die Ermittlungen es erlaubten.

Als Yvonne von ihrem Seminar in die Einsatzzentrale zurückkam, herrschte dort ungewohnte Stille. Nur Daniels Geklapper auf der Tastatur seines Computers war zu hören. Yvonne streckte den Kopf in sein Zimmer und fragte ihn, ob er Lust auf einen Kaffee habe. Daniel bejahte und wunderte sich über Yvonnes Anwesenheit. Sie hatte den Nachmittag frei, um sich ihrem Studium zu widmen. Yvonne erklärte ihm lachend, dass sie wohl eine Ausgewöhnungsphase brauchte, sie hinge einfach zu sehr an der Soko, respektive ihren Mitgliedern, um sich von einem Tag auf den anderen abzunabeln. Sie holte zwei dampfende Tassen Kaffee aus der Küche, setzte sich zu Daniel, die Füße auf seinen Tisch gelegt, und berichtete begeistert von Annas Seminar und der Coolness, mit der sie Martins zweifelhaften Humor abgebügelt hatte. Daniel erzählte ihr im Gegenzug von Christians offizieller Wiedereinstellung, er hatte mit Eberhard telefoniert.

»Es wäre einfach zu krass, wenn Anna und Chris nicht wieder zusammenkämen. Die lieben sich, das sieht doch ein Blinder mit Krückstock«, fand Yvonne. Daniel nickte abwesend und tippte etwas in seinen Computer.

»Liebe soll ja ganz schön schön sein«, sagte Yvonne, »vielleicht werde ich mir auch mal einen Freund zulegen. Da ist ein Typ an der Uni, der Freche, von dem ich eben erzählt hab, der sieht voll klasse aus. Ich könnte ja mal ein bisschen mit ihm flirten.«

»Mach das«, stimmte Daniel ihr zu und tippte weiter. Angestrengt rollte Yvonne mit den Augen. Wie konnte Daniel nur so ein Nichtsmerker sein? Was fand sie eigentlich an ihm? Okay, seine langen dunklen Haare waren wunderschön und dufteten immer verrückt gut. Und seine Wimpern waren die längsten der Welt. Aber sonst?

»Hast du eigentlich eine Freundin?«, bohrte sie weiter und versuchte, dabei möglichst beiläufig zu klingen. Jetzt oder nie. Wann war sie schon mal mit Daniel allein? Er blickte überrascht hoch: »Komisch, dass du jetzt fragst. Seit zwei Wochen habe ich tatsächlich eine. Aber sag's nicht den anderen, von denen ernte ich schon genug Spott und Hohn, weil ich abnehmen will.«

Yvonne schluckte. Sie hatte es befürchtet, und jetzt wusste sie es. Daniel bemerkte ihre Bestürzung nicht, denn er war viel zu begeistert von seinen eigenen Gefühlen. »Das war total verrückt. Ich stehe in meiner Stammkneipe im Vierdrei-neun, und sie steht neben mir und gibt mir plötzlich ein Bier aus. Fand ich echt cool, obwohl ich ja nicht so auf Bier stehe, aber das hat noch nie 'ne Frau gemacht. Dann sind wir ins Gespräch gekommen, und ... na ja, nach meinem dritten oder vierten Satz, es ging jedenfalls verdammt schnell, greift sie über den zwischen uns geparkten Barhocker, zieht mich am Shirt zu sich und küsst mich. Ich hätte fast das Gleichgewicht verloren. Seitdem sind wir zusammen. Dabei ist sie gar nicht mein Typ. Sie ist groß und mager und hat dunkle Haare. Aber verdammt locker, die Braut. Irre, nicht?«

»Ja. Irre.« So irre einfach, dachte Yvonne bestürzt. Und sie hatte über ein Jahr gegrübelt, wie sie es anstellen könnte, Daniel auf sich aufmerksam zu machen. Und ob sie zu dick sei oder zu klein oder zu blond, zu kurzhaarig, zu frech, zu Yvonne. Mein Gott, was war sie bescheuert, am besten würde sie sich irgendwo einbuddeln und nie mehr rauskommen. Frustriert erhob sie sich und meinte, sie gehe jetzt wohl doch lieber nach Hause. Zu Sigmund Freud. Daniel wünschte ihr noch einen schönen Abend und konzentrierte sich wieder auf seine Recherche.

An der Tür traf Yvonne auf Pete, der aus der Rechtsmedizin zurückkam.

»Hey, Yvonne, gut, dass du da bist. Wir gehen gleich alle...«. Doch Yvonne hörte nicht zu, sie nickte nur kurz, ohne Pete dabei anzusehen, und ließ die Tür hinter sich ins Schloss fallen.

»Was hast du denn mit Yvo gemacht? Die sah total frustriert aus.« Pete streckte den Kopf zu Daniel rein.

»Sie will mit Freud reden. Außerdem macht sie sich 'nen Kopf wegen Chris und Anna. Wir glauben immer, Chris hat Yvo adoptiert, aber in Wirklichkeit ist es umgekehrt«, gab Daniel zur Antwort. Pete wusste nicht, was er mit dieser nebulösen Information anfangen sollte, also wechselte er das Thema. »Pack dein Laptop ein. Wir fahren in einer halben Stunde zu Chris. Konferenz. Chris schmeißt eine Runde, zur Feier seiner Wiederkehr. Herd und Volker haben per Telefon mit standrechtlicher Erschießung gedroht, wenn er keinen ausgibt.«

Anna saß in ihrem Büro an der Uni und machte sich zum Feierabend einige nachbearbeitende Notizen zum ersten

Seminartag, als es an der Tür klopfte. Martin Abendroth streckte den Kopf rein und sah zur Abwechslung mal eher zerknirscht als selbstsicher aus. Er bat um eine Minute von Annas Zeit. Mit Annas Erlaubnis setzte er sich auf den Stuhl vor ihrem Schreibtisch.

»Ich wollte mich bei Ihnen entschuldigen. Für die blöden Bemerkungen, die ich im Seminar gemacht habe. Keine Ahnung, wieso, aber ich verspüre anscheinend den unwiderstehlichen Zwang, unangenehm aufzufallen.«

Anna lehnte sich in ihrem Stuhl zurück und tippte sich nachdenklich mit ihrem Stift gegen die Unterlippe. »Entschuldigung angenommen. Bessern Sie sich.«

»Dazu müsste ich vermutlich erst die Gründe für mein zwanghaftes Verhalten herausfinden, meinen Sie nicht?«

»Tun Sie das.« Anna blieb reserviert und ließ ihn kommen, sie wollte herausfinden, worum es diesem Typen ging.

Inzwischen war Martins Lässigkeit zurückgekehrt. »Hätten Sie nicht 'ne Blitzanalyse für mich, so aus dem Stegreif?«

»Sie machen es schon wieder.«

Martin wirkte irritiert: »Was denn?«

»Mir auf den Wecker fallen. Scheint wirklich zwanghaft zu sein.«

Sofort war die zerknirschte Miene zurück. Er erhob sich eilig, entschuldigte sich erneut und verabschiedete sich. Bevor er die Tür hinter sich schloss, wandte er sich noch einmal um.

»Diese Kleine aus dem ersten Semester, die haben Sie zugelassen, weil Sie sie privat kennen, oder?«

»Was geht Sie das an? Oder hätte Herr... wie hieß er noch, dem Sie den Platz abgeschwatzt haben? Will der ihn gern zurück, und Sie setzen jetzt an, Yvonne rauszudrängen?«

»Nein, das käme mir nicht in den Sinn. Ich wollte lediglich wissen... aber sorry, Sie haben recht, das geht mich wirklich nichts an. Ich finde die Kleine nur ... echt sympathisch.«

»Um Himmels willen. Sie wollen doch bestimmt keine Baggertipps von mir, oder?«

Martin lächelte: »Nein. Nochmals sorry, und weg bin ich.« Und tatsächlich machte er endlich die Tür hinter sich zu. Anna war noch unentschlossen, ob sie ihn nervig oder niedlich finden sollte.

Es war schon nach sechs Uhr, als auch Pete und Daniel bei Christian eintrafen. Fast gleichzeitig wurden die von Christian bestellten Pizzen und Biere geliefert. Volker und Eberhard hatten es sich schon auf dem Sofa gemütlich gemacht, weigerten sich aber beide, mit Bier anzustoßen. Eberhard war im Marathon-Training und gestattete sich Alkohol nur einmal pro Woche. Diesen Freibrief schon dienstags zu verballern, erschien ihm kein gutes Omen für das kommende Wochenende. Volker hingegen konnte nach eigenem Bekenntnis für sehr lange Zeit kein Bier mehr sehen noch riechen noch schmecken, das Besäufnis mit Kiki am Vorabend steckte ihm noch in der Leber. Daniel suchte in Christians Küche nach einer Flasche Rotwein und wurde zu seiner großen Freude fündig. Als Karen endlich auch da war, wurde auf Christian angestoßen. Nach ein paar derben Späßen über Wallers Manipulierbarkeit und Ganskes dummes Gesicht rief Pete die Truppe zur Ordnung.

»Heute Morgen ist die Konferenz ausgefallen. Lasst uns also bitte jetzt mal zusammentragen, wo wir stehen. Ich habe nämlich das Gefühl, wir bewegen uns seitwärts statt vorwärts und kriegen keinerlei sinnvolle Ordnung in die bisher vorliegenden Fakten.«

Sofort wich die ausgelassene Feierstimmung einer ruhigen Konzentriertheit. Daniel packte sein Laptop aus und fuhr es hoch. Eberhard und Volker legten einige Berichte und Zeugenaussagen auf den Tisch, die von Kollegen im Polizeipräsidium zusammengetragen worden waren. Aus einem großen Umschlag packte Pete die an den Fundorten gemachten Fotos dazu.

»Karen, fängst du bitte an? Damit wir alle auf dem gleichen Stand sind.«

Sie nickte und verteilte nun ihrerseits einige Fotos auf dem Tisch, mit denen sie die anderen erst mal überlagerte. Daniel stand auf und räumte die auf den Boden verfrachteten Pizzateller mit den Essensresten in die Küche. Er wollte die Obduktionsfotos nicht sehen, und schon gar nicht neben abgegessenen Tellern. Das war nicht seine Welt, das war ihm alles viel zu real.

Karen ersparte ihren Kollegen wie immer großes Fachchinesisch und fasste ihre Erkenntnisse allgemeinverständlich zusammen: »Bei der heute Morgen aufgefundenen Leiche handelt es sich um einen Mann, zweiundsechzig Jahre alt. Laut beiliegendem Personalausweis Georg Dassau, der in den Akten als wohnungslos geführt wird. Aufgrund von Röntgenaufnahmen aus Dassaus altem Krankenhaus in Heidelberg, wo er in einem früheren Leben nicht nur als Chirurg gearbeitet hat, sondern auch wegen eines Rippenbruchs behandelt worden war, konnten wir das verifizieren. Der ermittelte Todeszeitpunkt liegt bei gestern Nachmittag zwischen vierzehn und fünfzehn Uhr dreißig. Alles, was ich hier sage, ist erstmal unter Vorbehalt, wie ihr wisst. Es stehen noch Laborergebnisse aus, die den ein oder anderen Fakt erhärten oder spezifizieren können.«

Sie nahm einen Schluck Rotwein und kaute ihn kurz. »Aber weiter im Text. Größe, Gewicht, Mageninhalt und Genaueres über den allgemein sehr schlechten körperlichen Zustand der Leiche, übrigens Leberzirrhose im Spätstadium, das könnt ihr alles in Mohsens Bericht nachlesen. Wesentlich ist im Moment, Dassau starb indirekt an den Folgen erheblicher Brandverletzungen.«

Volker wollte nachfragen, doch Karen wehrte ihn ab: »Wartet ab. Brandwunden. Dehydratation, Wundödeme, Eiweißdenaturierung. Dabei sind die systemischen Wirkungen wie Schock, Infektion und Verletzung der Atemwege in den meisten Fällen lebensbedrohlicher als die örtlichen Verletzungen. Den Schweregrad der Verbrennungen haben wir anhand des Ausmaßes des betroffenen Gewebes festgestellt. Überraschen wird euch vermutlich, dass die Verbrennungen nicht so schlimm sind, wie es euch beim Auffinden der Leiche vorgekommen sein mag. Wenn der Körper mit Benzin übergossen und dann angezündet worden wäre, dann wäre das Gewebe viel tiefgehender geschädigt. Und wir haben keine Spuren von Brandbeschleunigern gefunden, weder von Benzin noch einer ähnlichen Substanz.«

»Was heißt das? Ist der Kerl mit Kerzen oder Feuerzeug so zugerichtet worden? Das kann ich mir kaum vorstellen.« Eberhard besah sich ein Foto der Leiche vom Fundort.

»Nein, für eine Kerze sind die Verbrennungen zu großflächig. Ich denke eher an einen kleinen Flammenwerfer ...«

»... oder einen Bunsenbrenner«, ergänzte Volker.

Karen nickte. »Dazu kommt noch, und deswegen habe ich eben auf den ersten Blick gesagt, dass Brandverletzungen durch thermische, chemische und auch elektrische Kontakte verursacht werden können. Bei Georg Dassau liegt eine Kombination vor aus thermischen und elektrischen Ursachen. Wie ihr wohl alle wisst, kann ein Elektroschlagstock eine Hitzeeinwirkung von bis zu fünftausend Grad Celsius ausüben. Es wurde jedenfalls mit Stromstößen gearbeitet. Wir haben, genau wie bei Uta Berger, Hinweise auf typische physiologische Störungen gefunden, Muskelkontraktionen, Herzschädigungen durch Kammerflimmern ... Scharf demarkierte Verbrennungen der Haut, die sich im Gegensatz zu den thermisch verursachten bis in die untersten Gewebeschichten ausdehnen, Nekrosen der Muskulatur, Gefäßthrombosen, Sehnenrisse ... Elektrizität wurde angelegt im Mund, in der Harnröhre und den Achselhöhlen. Schließlich kam es zum Herzstillstand, die direkte Todesursache. Georg Dassau erlitt weder Vergewaltigung noch Schnittverletzungen. Er wurde, wenn man Uta Bergers durchlittene Qualen zum Maßstab nimmt, sorry, aber lediglich gegrillt. Ein grauenvoller Tod, aber leichter als der von Uta Berger. Und aufgrund der schwachen körperlichen Gesamtkonstitution vermutlich auch erheblich schneller.«

Karen lehnte sich zurück und trank einen Schluck Wein, während die anderen stumm die Fotos der Obduktion betrachteten. Nur Daniel fummelte abwesend auf seiner Tastatur herum. Er war blass um die Nase geworden.

»Okay. Was hast du rausgefunden, Daniel?«, wollte Christian wissen.

Dankbar für den Themenwechsel, nahm Daniel seine Augen vom Laptop, vermied es aber weiterhin, die Fotos auf dem Tisch anzusehen. »Alles vergleichsweise langweilig«, begann er.

»Die beiden Iraner aus der Hamburger Orientalistik sind so sauber wie ein neugeborenes Baby. Ahmad Khodakarami, Utas schwuler Kommilitone, den sie mal mit zum Theater geschleppt hat, wurde in Deutschland geboren, Sohn einer liberalen Intellektuellenfamilie. Er ist komplett unauffällig. Nicht mal ein Ladendiebstahl während der Pubertät. Kouros Mossadeqh, der Persisch-Dozent, könnte man als echten Gutmenschen bezeichnen. Sein Vater war zwar Schah-Anhänger und hat das Land nach dem Machtwechsel verlassen, aber der ist schon seit 1986 tot. Der Sohn ist Mitherausgeber einer auflagenschwachen Unizeitung, die Völkerverständigung und vor allem einen modernen und gewaltfreien Islam propagiert. Beide, sowohl Ahmad als auch Kouros, haben augenscheinlich weder Verbindungen zu noch Interesse an radikalen Islamisten, Geheimdienstlern und anderen finsteren Gesellen. Ebenfalls unergiebig die WG-Mitbewohner von Uta Berger.«

Pete nickte: »Genau den Eindruck haben die auf mich gemacht.«

»Und die Theatergruppe? Was ist mit Kiki, der Kampftrinkerin?«, fragte Volker.

Daniel grinste. »Auf den Brettern, die die Welt bedeuten, wird es ein wenig amüsanter. Dieser Alexander Griebnitz hält sich für einen radikalen Aktionskünstler, der unter anderem Leinwände mit Frauen bemalt, die er nackt in Farbe tunkt und dann über die Leinwand rollen lässt.«

»Was für ein peinliches Plagiat. Das hat Yves Klein schon Ende der Fünfziger gemacht«, meinte Karen.

Christian gab Daniel ein Zeichen fortzufahren. Er hatte jetzt keinen Sinn für kunstkritische Betrachtungen.

»Keine Vorstrafen, außer einmal mit zehn Gramm Dope erwischt worden. Frieda Hartz hat immerhin ein paar Mal Sachen im Kaufhaus geklaut, war aber wohl nur 'ne rebellische Phase gegen ihre reichen Eltern. Auch die anderen in der Gruppe sind eher öd. Nur Kirsten Nicolai, genannt Kiki, besitzt einigen Unterhaltungswert. Sie war Mitte der Neunziger die Anführerin einer Art militanten Lesbengruppe, die sich ›aggressive Amazonen‹ nannten. Die sind rumgezogen, vornehmlich auf dem Kiez und in Bahnhofsnähe, haben Sexshops überfallen, frauenfeindliches Gedöns zertrümmert und die dort flanierenden oder gar masturbierenden Männer mit einer schwer abwaschbaren Farbe eingesprüht, um sie für die Öffentlichkeit als Wichser und potenzielle Vergewaltiger zu markieren.«

»Auch sehr künstlerisch«, meinte Karen trocken.

»Kiki ist mehrfach wegen Sachbeschädigung festgenommen und einmal zu mehreren Monaten Sozialdienst verurteilt worden, weil sie einem Typen mit dem Baseballschläger dermaßen eins übergebraten hat, dass der mit einer Gehirnerschütterung im Krankenhaus gelandet ist.«

»Diese Kiki ist gewalttätig. Aber so wie es aussieht, richtet sich ihr Hass ausschließlich gegen Männer«, sagte Pete.

»Vergiss Uta Bergers Tagebuch nicht. Da schreibt sie, dass Kiki ihr fast den Arm gebrochen hat«, gab Eberhard zu bedenken.

Christian mischte sich ein: »Weil Uta sie vor einem Mann sexuell bloßstellen wollte. Damit hat sich Uta so eindeutig auf die falsche Seite gestellt, dass Kikis Hass sich spontan auf sie übertrug. Aber ich bin mit Pete einer Meinung: Kiki scheint mir keine zwingende Option als Tatverdächtige zu sein. Die Art und Weise, wie Uta Berger gequält und misshandelt wurde, ist nicht nur menschenverachtend sondern auch extrem frauenfeindlich. Kiki müsste schizophren sein, um so was tun zu können, bei der Leidenschaft, die sie für ihre Geschlechtsgenossinnen sowohl erotisch als auch politisch an den Tag legt. Was haben wir noch?«

Nun waren Eberhard und Volker, für die operative Spurenauswertung zuständig, an der Reihe. Sie fassten die bisherige Unergiebigkeit der Zeugenaussagen zusammen. Weder am Offakamp noch am Museumshafen hatte irgendwer irgendwas Brauchbares beobachtet. Die Spurenlage war unübersichtlich. An beiden Ereignisorten waren Unmengen von Gegenständen wie Zigarettenkippen, Papierschnipsel, zerrissene Fahrkarten und tausend andere Dinge gefunden worden, deren Relevanz für den Fall sich nicht erschließen ließ. Beide Orte waren von zu vielen Menschen frequentiert, um eindeutige Zuordnungen herstellen zu können. Insofern war die Tatortbefunddokumentation ausufernd von ihrem Umfang her und noch längst nicht abgeschlossen. Trotzdem konnten Eberhard und Volker aufgrund ihrer Erfahrung schon jetzt vermuten, dass die noch zu erstellenden Schlussfolgerungen aus den Spurenkomplexen wenig erhellend sein würden.

Die einzigen Hinweise, die an Utas Leiche gefunden wurden, waren Georg Dassaus Fingerabdrücke. Ansonsten war die Leiche, ebenso wie die von Dassau, fein säuberlich von allen Abdrücken, Haaren, Hautpartikeln oder sonstigem verwertbaren Material gereinigt worden, ebenso wie die beiliegenden Pakete mit den Habseligkeiten der Opfer. Ob diese Zusatzpäckchen die vollständige Ausstattung der Opfer zum Zeitpunkt der Tat enthielten oder etwas fehlte, konnte ebenfalls nicht mit Sicherheit festgestellt werden. Klar war nur, von Uta Berger fehlten die Brustwarzen.

Christian bedankte sich knapp bei Eberhard und Volker für die kaum erfreulichen Ausführungen und wandte sich an Pete: »Hast du schon eine Art von Profil für unseren Täter?«

»Ein vorläufiges, noch recht vages«, bestätigte Pete. »Wir suchen einen Mann, Mitte zwanzig bis Mitte fünfzig. Schon hier weiche ich von dem typischen Serienkillerprofil ab, das die statistische Mehrheit der Täter auf höchstens Ende dreißig festlegt. Aber Uta Bergers im Tagebuch spürbare Fixierung auf den Vater könnte sie einem älteren Mann in die Arme getrieben haben. Unser Mann ist eindeutig sadistisch, ordnungsfixiert, organisiert, akribisch und selbstsicher. Er hat keinerlei Angst, erwischt zu werden, deswegen hält er es auch nicht für nötig, die Leichen besser zu verstecken. Sein Intellekt ist vermutlich überdurchschnittlich. Er reagiert selbst in überraschenden Situationen souverän und modifiziert sie zu seinem Vorteil. Mit großer Sicherheit ist ihm Dassau bei der Abladung von Uta Bergers Leiche in die Quere gekommen. Statt den unliebsamen Zeugen einfach vor Ort zu erledigen, nimmt er ihn mit und vergnügt sich mit ihm. Darin zeigt sich allerdings nicht nur Selbstsicherheit, sondern auch das Triebgesteuerte seiner Tat. Er ist das Risiko eingegangen, eine ungeplante Tat spontan durchzuführen, weil das Quälen ihm Befriedigung bereitet. Im Falle Dassaus fehlen die primär sexuellen Aspekte, die die Ermordung Uta

Bergers aufweist. Keine Vergewaltigung. Wir können also von einer Heterosexualität unseres Mannes ausgehen. Vielleicht ist das auch der Grund, warum er sich mit dem alten Mann nicht so intensiv auseinandergesetzt hat wie mit der jungen Frau. Es hat ihm einfach nicht so viel Spaß gemacht. Auch diese These spricht dafür, dass Dassau ein Zufallsopfer war. Was ich bei Uta Berger nicht glaube. Mit an Sicherheit grenzender Wahrscheinlichkeit ist unser Mann der Typ, den sie in ihrem Tagebuch beschreibt. Er ist organisiert. Interessant fand ich in Zusammenhang mit den sauber gefalteten Kleiderpaketen Volkers Ansatz, er könne eine militärische Ausbildung oder eine Knastvergangenheit haben. Im Moment werden gerade alle einschlägig vorbestraften Täter und Militärs auf freiem Fuß überprüft.«

»Was hältst du von der Geheimdienstthese?«, wollte Christian wissen.

»Nichts. Entscheidend für mein Profil ist der modus operandi bei der jungen Frau. Sexuell motiviert, lustbetont. Wir suchen einen durchgeknallten Sadisten mit einer primär-narzisstischen Störung. Er erlebt sich in seiner sadistischen Aktion als jemand, der seine Umgebung nach seinen Triebbedürfnissen beliebig formt, allmächtig die sozialen Grenzen negiert und sich von den Bedürfnissen der anderen nicht beeinträchtigen lässt. Er versucht sein archaisches Größenselbst wiederzubeleben, das omnipotent jedes Gegenüber bezwingt.«

»Klingt super«, sagte Daniel nur.

Pete grinste. »Dafür werde ich bezahlt.« Vor einem Jahr noch hätte sein kleiner Vortrag Hohn und Widerstand hervorgerufen, doch inzwischen akzeptierte selbst ein in seinen Ermittlungsmethoden so konservativer Haudegen wie Christian, dass wissenschaftliche Polizeimethoden wie das Profiling zum Ermittlungserfolg beitragen konnten.

»Wenn Knackis und Militärs durchs Raster laufen, was ist

mit erfassten Sadisten, die gerade nicht in der Geschlossenen einsitzen, sondern draußen omnipotent ihr großes Dings beleben?«, fragte Volker.

»Überprüfung läuft seit Samstag. Bisher ohne Ergebnis.«

So ganz ohne Spott ging es wohl immer noch nicht, dachte Pete. »Und was ist mit dir?«, wandte er sich an Christian. »Hast du schon eine mögliche Version vom Tathergang?«

Nachdenklich öffnete Christian zwei neue Biere und reichte eines davon Pete. »Du hast einige Punkte angeschnitten, in denen ich mit dir absolut übereinstimme. Uta kannte ihren Mörder, sie ist kein Zufallsopfer. Sie verschwindet auf einer Dreihundert-Meter-Distanz zu ihrem Haus. Niemand bemerkt etwas. Kein Schrei, keine Kampfhandlung. Der Täter hat sie nicht betäubt, sonst hätte Karen Spuren gefunden. Also ist sie entweder freiwillig mitgegangen, oder er hat sie unauffällig und geräuschlos überwältigt. Das wiederum halte ich für schwierig in der belebten Umgebung. Falls es so war, könnte die These von der militärischen Ausbildung greifen. Aber lassen wir den Punkt vorerst außen vor. Auch ich denke, dass es der Typ aus dem Tagebuch ist. Er hat sie irgendwo kennengelernt und gespürt, wie verführbar sie ist. Er geht sexuell immer weiter. Bis er eines Tages zu weit geht. Wer ist er? Wo hat sie ihn getroffen? Wieso kennt ihn keiner? Wieso sagt sie an dem Abend zu ihren WG-Mitbewohnern, sie gehe Kippen holen? War sie wirklich nicht mit ihm verabredet?«

Karen unterbrach: »Nein, war sie nicht. Sonst hätte sie ihren Buko, den Beischlafuntensilienkoffer, nicht dabeigehabt.«

»Okay, ich will gar nichts über diesen verdächtig weiblichen Koffer wissen, aber du hast vermutlich recht. Sie wollte also wirklich nur Kippen holen. Dann hätte er sie zufällig unterwegs getroffen, was wiederum gegen sein planmäßiges Vorgehen spräche. Da liegt was schief, lasst uns das im Auge behalten. Aber weiter: Der Mann nimmt sie planmäßig oder zufällig mit, Samstag Nacht, vermutlich nach drei Uhr, lädt er die Leiche am Offakamp ab. Der Zeitpunkt erscheint mir zwingend, sonst hätten wir Georg Dassaus Fingerabdrücke nicht am Sack finden können, da er laut glaubwürdiger Zeugenaussage seines Kumpels bis halb drei mit ihm zusammen war. Vielleicht hat er nicht nur die Leiche gesehen, sondern auch den Mörder. Der hat jedenfalls einen triftigen Grund, Dassau mitzunehmen. Interessant ist, dass er ihn nicht an Ort und Stelle tötet. Ich hätte gedacht, nach der Ermordung Uta Bergers sollte sein Trieb erst mal gestillt sein. Aber er setzt noch einen drauf. Er gibt sich mit dem Obdachlosen nicht so viel Mühe wie mit Uta, das mag an seinem relativen Befriedigtsein durch den ersten Mord liegen, vielleicht aber auch daran, dass Dassau ein Mann ist. Vermutlich beides.«

»Wie gehen wir weiter vor?«, fragte Eberhard.

Aller Augen waren nun auf Christian gerichtet.

Christian antwortete: »Wir konzentrieren uns neben den üblichen Verdächtigen auf Uta Bergers privaten Bereich. Was hatte sie noch für Kontakte außer denen, die wir bisher kennen? Kommilitonen im Hauptfach, Sportverein, alte Schulfreunde, was weiß ich. Volker und Herd, ihr macht weiter mit der Spurenanalyse, und wenn ihr euch zwischendurch langweilt, dürft ihr euch in einschlägigen S/M-Schuppen rumtreiben. Vielleicht ist sie mit ihrem Freund, diesem Phantom, ja mal irgendwo aufgetaucht. Nehmt euch so viel Unterstützung aus dem Polizeipräsidium, wie ihr kriegen könnt. Das gilt für alle. Holt Leute von der Sitte dazu, am besten sucht euch Arne Franke welche aus, der kennt sie alle. Ansonsten wisst ihr ja, wer für uns arbeitet und wer gegen uns. Ich nehme nicht an, dass sich daran in den letzten Monaten viel geändert hat. Karen, du nimmst dir mit Mohsen und wem du sonst noch traust mal die Obduktionsberichte der letzten, sagen wir mal zwölf Monate vor. Ich weiß, das ist eine Heidenarbeit. Aber vielleicht hat unser

Killer schon früher zugeschlagen, und der Mord wurde nicht als solcher erkannt. Du weißt ja, wie oft das passiert.«

Karen nickte bedauernd, man wusste nicht genau, ob sie einen Horror vor der aufwendigen Recherche hatte oder vom erschütternd hohen Prozentsatz falsch ermittelter Todesursachen betrübt war. Christian wandte sich an Daniel: »Hast du die Zeugenaussagen gespeichert? Ich würde mir gerne mal die von Uta Bergers Bruder ... ach, scheiße!«

»Was scheiße?« Daniel war irritiert.

Christian sah auf seine Uhr, es war schon kurz nach halb elf. »Der versucht seit heute Morgen, mich zu erreichen. Ich habe ihn immer weggedrückt, hatte andere Dinge zu tun.«

»Wieso seit heute Morgen? Du bist offiziell erst seit dem späten Vormittag wieder im Team, und das hat sich wohl kaum schon bei den Zeugen herumgesprochen.« Pete sah Christian überrascht an.

Christian nahm einen Schluck Bier. »Ich kenne Manuela Berger von früher. Hatte vor fünf Jahren eine Affäre mit ihr. Ihr Sohn Lars weiß das. Manuela war gestern in aller Herrgottsfrühe hier und hat verlangt, dass ich den Mörder ihrer Tochter finde. Und ihn für sie töte.«

»Das ist nicht gut. Das ist gar nicht gut.« Petes Miene war ernst.

»Ich weiß«, gab Christian zu, »aber wir werden den Kerl fassen. Und zwar lebendig. Das verspreche ich euch.«

Tag 5: Mittwoch, 1. November

Yvonne hatte eine scheußliche Nacht hinter sich. Mindestens eine halbe Flasche Rotwein hatte sie getrunken, wenn nicht sogar ein wenig mehr – für Yvonnes Verhältnisse exzessiver Alkoholmissbrauch. Als Christian gegen elf Uhr abends anrief und sie einlud, noch auf ein Glas bei ihm vorbeizukommen, wo er mit den anderen seine Rückkehr feierte, war sie schon halb hinüber gewesen und hatte mit dem Hinweis auf eine frühe Vorlesung abgelehnt. Der Umstand, ihrem geliebten Christian eine Absage zu erteilen, bloß, um nicht in Daniels Nähe zu geraten, vergrößerte ihre Depression nur und führte zu noch einem Glas Rotwein, wonach sie sich hundeelend fühlte, aber trotzdem vor lauter Kummer nicht einschlafen konnte. Erst nachdem sie sich hoch und heilig versprochen hatte, Daniel sofort und brutal aus ihrem Herzen zu reißen und nie wieder wegen eines Mannes zu leiden, ging es ihr ein wenig besser, und sie weinte sich einsam in den Schlaf.

Nun saß sie vor einem dünnen Kaffee bei »Balzac« im Grindelhof und würgte einen Bagel herunter, weil sie ihren Kater mit Essen vertreiben wollte. Sie saß mit dem Rücken zum Raum und schaute durch die große Glasscheibe hinaus auf die Straße. Das Wetter passte zu ihrer Stimmung: ein wolkenverhangener, düsterer Herbsthimmel, der mit Regen drohte und mit Untergang. Viel war noch nicht los auf der Straße, für den üblichen Betrieb von hin und her hastenden Studenten, die zur Uni wollten, war es noch etwas früh. Yvonnes Einführungsvorlesung, die um neun Uhr c. t. begann, war wohl eher ein Test für das Engagement der Erstsemester als ein ernstgemeinter Vorschlag.

»Hi! So früh schon unterwegs?«

Jemand schlug ihr von hinten auf die Schulter. Erschrocken wandte sich Yvonne um und blickte in das strahlende Lächeln von Martin Abendroth.

»Du ja auch«, gab sie wenig einfallsreich zurück.

Ohne zu fragen setzte sich Martin mit seinem Kaffeebecher neben sie. »Ich stehe kurz vor dem Magister, da muss man sich ranhalten. Aber du als Erstsemester? Hast du abends nichts zu tun, was dich morgens vom Aufstehen abhält?«

Yvonne fühlte sich überrumpelt, sodass sie ihre übliche Schlagfertigkeit verlor: »Gestern nicht.«

Martin grinste sie an: »Dafür machst du aber trotzdem ganz schön den Matten. Nicht gut drauf, oder was?«

»Und wenn? Wen kümmert's?«

»Na, mich. Sonst würde ich nicht fragen. Also erzähl.«

Langsam gewann Yvonne ihre Fassung wieder, und sie versuchte, Martin mit ihrer schlechten Laune zu vertreiben. Doch der gab so schnell nicht auf und schaffte es schließlich, Yvonne mit einigen schrägen Anekdoten über Psychologie-Dozenten und Kommilitonen zum Lachen zu bringen.

»Geht doch«, kommentierte er seinen Erfolg zufrieden.

Yvonne sah auf die Uhr und nahm ihre Tasche auf, plötzlich wieder missmutig. Sie musste los, aber es war ihr leicht anzusehen, wie wenig Lust sie verspürte. Martin erklärte ihr schmunzelnd, dass man die erste Vorlesung traditionell zu verpassen hatte, und um ihr die Entscheidung zu erleichtern, lud er sie zu einem zweiten Kaffee ein. Yvonne zögerte kurz, immerhin hatte sie sich vorgenommen, ihr Studium ernsthaft anzugehen und die Zeit, die ihr der Job ließ, intensiv zu nutzen. Aber sie wollte auch nicht uncool erscheinen, und es tat ihr verdammt gut, nach dem gestrigen Tag der bitteren Enttäuschung von unerwarteter Seite bespaßt zu werden. Also blieb sie. Nach einer weiteren halben Stunde fand sie

Martin sogar richtig nett. Es war wunderbar, dass er sich für sie interessierte, für das, was sie tat und wollte. Yvonne fühlte sich aufgehoben und war sogar ein bisschen stolz, weil er sich beeindruckt von ihrer Tätigkeit bei der Soko zeigte.

»Daher kennst du wahrscheinlich auch Frau Doktor Maybach. Die hat doch letztes Jahr bei dieser Kiste mit dem Kindermörder geholfen. Ihr mögt euch, oder?«

Yvonne bejahte: »Anna ist super. Die hat damals echt 'ne Menge wegstecken müssen, und das war bestimmt nicht einfach für sie, obwohl sie 'ne toughe Frau ist. Egal, ich bin jedenfalls froh, dass sie jetzt als Dozentin arbeitet und ich bei ihr mitmachen darf.«

Martin holte zwei Brownies und kredenzte Yvonne einen davon mit formvollendeter Verbeugung, sodass sie wieder lachen musste.

»Was war denn damals los? Ich habe nur mitgekriegt, wenn ich mich recht an die Presse erinnere, dass bei ihr in der Praxis 'ne Leiche rumlag«, sagte er.

Mit deutlich besserem Appetit als noch vor einer halben Stunde aß Yvonne ihren Brownie. »Das war ein russischer Profikiller. Der hat ihr höllisch zugesetzt.«

»Wie denn?«, fragte Martin beiläufig.

»Genaues weiß ich nicht. Anna vermeidet das Thema, und ich lasse sie damit in Ruhe.«

»Hat sie deswegen ihre Therapeutentätigkeit aufgegeben?«

»Sag mal, interessierst du dich für Anna? Oder wieso fragst du so viel?«

Martin griff zur Serviette und wischte Yvonne liebevoll über den mit Schokolade verschmierten Mund: »Dummerchen, ich interessiere mich für dich.«

»Blödsinn«, meinte Yvonne. Das glaubte sie nie und nimmer. Aber sie merkte ganz tief drinnen, dass sie es gerne glauben würde.

Christian saß in seinem Büro und ging die Zeugenaussagen durch, die er bisher noch nicht gelesen hatte. Das Versprechen, den Killer zu fassen, das er gestern Abend seinen Kollegen gegeben hatte, kam ihm inzwischen ganz schön vollmundig vor. Er fand keine Anhaltspunkte, die ihm den Weg wiesen, bei keinem einzigen der bisher zusammengetragenen Fakten beschlich ihn das untrügliche Gefühl, auf Spur zu sein. Es ergab sich einfach kein Bild. Er hatte bislang nichts außer dem Tagebuch, einem Phantom und zwei Leichen.

Plötzlich stiefelte Lars Berger herein, die Fäuste tief in die Hosentaschen vergraben, den Kopf gesenkt wie ein Boxer vor dem Angriff. »Miese Bude hier. Ich dachte, ihr seid was Besonderes. Hatte keine Ahnung, dass man den Mord an meiner Schwester einem abgeschobenen Haufen abgehalfterter Bullen übertragen hat.«

»Stimmt. Ist echt 'ne miese Bude. Vor allem, weil jeder Idiot einfach so in mein Büro stiefeln kann. Ohne zu grüßen. Setz dich.«

»Seit wann duzen wir uns?« Lars blieb stehen.

»Seit du mich beleidigt hast. Jetzt halt den Rand, und setz dich.«

Lars setzte sich. Entspannt lehnte sich Christian in seinem alten Holzdrehstuhl zurück und schaukelte hin und her, ohne Lars aus den Augen zu lassen. Lars hielt seinem Blick stand.

»Tut mir leid, dass ich gestern nicht zurückgerufen habe, aber wir hatten alle Hände voll zu tun.«

Lars nickte: »Hab's gelesen. Noch 'ne Leiche. Kann das nicht jemand anders übernehmen? Sie haben mit dem Mord an meiner Schwester doch genug zu tun, oder?«

»Im Grunde schon. Aber die beiden Morde hängen zusammen.«

Überrascht beugte sich Lars vor: »Ich dachte, das hat sich die Presse zusammengereimt, um ein bisschen Panik und Auflage zu machen.«

»Leider nicht«, gab Christian zurück. Er überlegte kurz, beschloss dann aber, dass Lars einen vernünftigen, intelligenten Eindruck machte, und weihte ihn in die groben Zusammenhänge ein. Lars wollte wissen, ob es inzwischen einen anderen Verdächtigen gab, seit der Obdachlose ausgeschieden war. Christian verneinte. Außer einem Phantom habe er im Moment nichts zu bieten. Angespannt fragte Lars nach der Bedeutung dieses obskuren Phantoms, doch Christian gab ihm zunächst keine Antwort. Er überflog Lars' Aussage, die sich als Dokument auf seinem Computer befand. Lars hatte seine Schwester wohl sehr geliebt, hielt sie aber wie fast alle anderen für leicht spießig und zu sehr dem konservativen Einfluss der Mutter verhaftet. Christian stellte Lars einige diesbezügliche Fragen. Anscheinend schlug Lars, zumindest seiner eigenen Meinung zufolge, mehr dem Vater nach, einem abenteuerlustigen Freigeist, der froh war, den auf unbedingte Karriere ausgerichteten Knebeln seiner Gattin entkommen zu sein.

»Verstehen Sie mich nicht falsch, ich schätze meine Mutter sehr. Aber etwas mehr Lockerheit könnte ihr nicht schaden. Vielleicht hatte sie die mal, ich weiß es nicht mehr. Aber spätestens durch ihre gescheiterte Affäre mit diesem Bullenarsch hat sie sie verloren. Da hat sie subjektiv gesehen alles verloren, und übrig blieb ihr zum Festhalten nur noch ein Gerüst aus Korrektheit und Frustration.«

»Und mir gibst du ernsthaft die Schuld an all dem?«

»Nein. Es macht es nur einfacher, sich so zu verhalten.«

Täuschte sich Christian, oder hatte er da den Anflug eines Lächelns in Lars' Mundwinkel gesehen?

»Warum bist du hier?«, wollte er wissen.

»Um zu fragen, ob ich etwas tun kann.«

Christian überlegte. Aber er hatte schließlich keine Wahl.

»Du wirst in einer halben Stunde vermutlich noch mehr Grund haben, mich zu hassen. Zumindest wirst du das glauben. Weil ich dir jetzt ein paar Illusionen über deine kleine Schwester rauben werde.«

Er öffnete die obere Schreibtischlade und holte die Kopie von Utas Tagebuch heraus. Schweigend gab er sie Lars in die Hand. Dann erhob er sich und ging in die Küche, Kaffee kochen. Es war ein Elend ohne Yvonne.

Stumm brachte er Lars eine Tasse, der sie ohne Dank annahm, schon längst in die Kopie vertieft, dann ging er zu Daniel ins Zimmer, der wie immer konzentriert auf seinen Bildschirm starrte, auf dem gerade etwas vor sich ging, was ihm nicht zu gefallen schien. Er fluchte leise vor sich hin und klickte wild herum, sodass Christian neugierig hinter ihn trat: »Was macht dich denn so hektisch?«

»Meine gottverdammte Arroganz. Ich hab 'nen echten Gegner getroffen, aber das verstehst du eh nicht.« Daniel schloss mehrere Fenster und Anwendungen, es ging blitzschnell. Christian hatte keine Chance zu sehen, woran Daniel gearbeitet hatte, und er war froh, dass Daniel nicht mal versuchte, es ihm zu erklären. Nach wenigen Sekunden erschien eine Diashow mit Fotos von schönen, leicht bekleideten Frauen, Daniels Schoner für den Bildschirm und für seine Nerven. Er entspannte sich zusehends. Christian setzte sich, die beiden rauchten, sprachen über Petes Anstrengungen, Christian zurückzuholen, über Yvonnes Studium, und wie schrecklich es war, von Christian gebrauten Kaffee trinken zu müssen. Christian rief Karen an und nervte sie mit Fragen, von denen er wusste, dass sie die allesamt noch nicht beantworten konnte, er telefonierte mit Herd und Volker, die im Präsidium bei der Sitte saßen und sich einschlägige Adressen und Kontakte besorgten, und er versuchte Pete zu erreichen, um ihm wertlose Tipps für die anstehende Pressekonferenz an Wallers Seite zu geben. Dessen Handy war jedoch abgeschaltet.

Etwa anderthalb Stunden später erhob er sich schwerfällig und ging zurück in sein Büro. Lars saß immer noch auf dem

Stuhl, die Kopien lagen vor ihm auf dem Boden zerstreut, er hatte den Kopf in beide Hände geborgen und weinte leise. Christian räusperte sich an der Tür und gab Lars Gelegenheit, sich zu sammeln. Erst dann trat er ein und setzte sich wieder an seinen Tisch.

»Tut mir leid«, sagte er sehr leise.

Lars wischte sich über die Augen. »Ist ja nicht Ihre Schuld.«

»So wie du das eben geschildert hast und auch nach dem Empfinden deiner Schwester bin ich ein kleines Steinchen im Mosaik. Aber das meinte ich nicht. Es tut mir leid, dass ich dir das zu lesen geben musste.«

»Nein, schon okay«, wehrte Lars ab. »Aber Sie dürfen das niemals, hören Sie, niemals meine Mutter lesen lassen! Sie würde es nicht verkraften. Bei mir ist das was anderes. Lieber eine schmerzhafte Wahrheit als eine verlogene Scheinwelt.«

Irgendwie beschlich Christian das Gefühl, diese Weisheit hätte Lars von seinem Vater. Er gab ihm recht.

»Natürlich ist das alles schrecklich, fast unerträglich, ich will und kann es gar nicht glauben. Als Kinder haben Uta und ich uns oft gegenseitig mit Lügengeschichten geärgert, und wer drauf reingefallen ist, war der Doofe. Aber das ist lange her. Alles ist anders jetzt. Und ich fühle mich, als hätte ich meine Schwester komplett im Stich gelassen. Wieso hat sie sich mir nie anvertraut?« Lars stiegen schon wieder die Tränen in die Augen, doch er schluckte sie runter.

»Das darfst du dir nicht vorwerfen, sie hat dich sehr geliebt und bewundert. Alles andere, nun ja, ist vielleicht selbst oder gerade unter Geschwistern zu intim gewesen. Ich kann das nicht beurteilen, ich habe keine Ahnung, wenn ich ehrlich bin.«

Lars lächelte traurig. Die Offenheit Christians tat ihm anscheinend gut: »Wovon haben Sie denn eine Ahnung? Wie man den Kerl fasst?«

»Ja«, sagte Christian. Er hatte schon wieder das Gefühl, den Mund zu voll zu nehmen. Aber es gab absolut keine andere mögliche Antwort.

Anna hastete fluchend über den verregneten Van-Melle-Park zum Unigebäude. Sie hatte ihre erste offizielle Sprechstunde verschlafen. Der Jetlag war schuld, immer noch. Als sie die Tür zum Gebäude aufriss, rempelte sie gegen einen älteren Mann, der sie lachend auffing, da sie aus dem Gleichgewicht geraten war.

»Darf ich vorstellen«, meinte Martin Abendroth, der neben dem Mann stand, »Frau Doktor Maybach, Herr Professor Gellert. Herr Professor, wenn Sie nicht aufpassen, läuft Ihnen Frau Doktor Maybach den Rang meines Lieblingsdozenten ab.«

»Bei dem Aussehen der werten Frau Kollegin würde ich an Ihrem Verstand zweifeln, wenn dem nicht so wäre«, antwortete Gellert lächelnd. Er begrüßte Anna mit wohl dosiertem Händedruck.

Anna musste lachen: »Hat Herr Abendroth bei Ihnen das Fach Charme belegt? Er ist nämlich auch nicht schlecht darin.«

»Das glaube ich gerne. Ich jedoch bin lediglich ein trockener, verknöcherter alter Mann, ein langweiliger historischer Anthropologe, der Ihnen allerdings liebend gerne bei einem Glas Wein mal darlegen würde, dass dieser Wissenschaftszweig im Gegensatz zu der Meinung unseres Universitätspräsidenten durchaus seine Daseinsberechtigung hat. Vielleicht kann ich Sie auf meine Seite ziehen.«

»Mit Vergnügen. Ich weiß gerade mal, wie man Anthropologie schreibt. Hoffe ich zumindest. Aber jetzt muss ich zu meiner Sprechstunde.«

»Martin, tragen Sie der Dame die Tasche. Meine Nummer

steht im Vorlesungsverzeichnis«, verabschiedete sich Gellert augenzwinkernd. Anna sah ihm amüsiert nach und wandte sich Richtung Aufzug. Martin wollte ihr die Tasche aus der Hand nehmen, doch Anna hielt sie lachend fest. »Das ist mir nun wirklich zu albern.«

»Mein Professor hat's befohlen. Und ich tu's gerne. Geben Sie sich einen Ruck, und seien Sie altmodisch.«

Anna gab nach, also stiefelte Martin mit der Tasche neben ihr her. Einige Studenten kommentierten die Szene mit hämischen Bemerkungen, doch das schien Martin zu gefallen. Im Aufzug erzählte er Anna, gerade mit Yvonne Kaffee getrunken zu haben.

»Sie verlieren keine Zeit, was?«, meinte Anna.

»Wir haben fast nur über Sie gesprochen.«

»Ach.« Anna verstummte.

»Über Ihre Beteiligung an dem Mordfall letztes Jahr. Und warum Sie die Praxis aufgegeben haben.«

Abrupt nahm ihm Anna die Tasche aus der Hand: »Ich glaube nicht, dass ich das mit Ihnen diskutieren möchte. Hören Sie auf, in meinem Privatleben herumzuschnüffeln. Sonst schließe ich Sie aus meinem Seminar aus.«

Die Aufzugtür ging im vierten Stock auf. Anna ließ Martin stehen und hastete über den Flur zu ihrem Büro. Die plötzliche Erinnerung an die Geschehnisse vom letzten Jahr war ihr wie ein Schlag in die Magengrube erschienen. Übelkeit stieg auf, die sie mit tiefem Durchatmen bekämpfte. Wie perplex Martin hinter ihr hersah, bevor er die Taste zurück ins Erdgeschoss drückte, bemerkte sie nicht, aber sie konnte es sich vorstellen. Sie ärgerte sich über sich selbst, denn sie hatte unsouverän reagiert. Wahrscheinlich war Martins Interesse an ihr vollkommen harmlos, sie sollte es als schmeichelhaft auffassen und endlich ihre Panik ziehen lassen, die sie in den Würgegriff nahm, sobald sie das Gefühl hatte, ein Fremder nähere sich ihr in unklarer Absicht. Wahrscheinlich war es mal wieder Zeit für eine Supervision. Sie hatte den alten Herrn sowieso schon viel zu lange nicht mehr gesehen. Langsam beruhigte sich ihr Magen wieder.

Eilig ging sie zur Sekretärin der Fakultät und fragte mit schlechtem Gewissen, ob schon jemand nach ihr gesucht habe. Ulrike Tanner, eine fröhliche Frau Mitte fünfzig, arbeitete seit über zwanzig Jahren auf dem Posten und war inzwischen menschlich und psychologisch so geschult, dass sie sowohl Studenten als auch Dozenten ihre Sorgen von der Nasenspitze ablesen konnte.

»Kein Problem, Kindchen. Nehmen Sie Pünktlichkeit bei der Sprechstunde nicht allzu ernst. Normalerweise nutzen die Studenten sie erst gegen Ende des Semesters. Wenn sie mit allerlei Ausreden kommen, warum die Seminararbeit noch nicht fertig ist oder sie eine Klausur vergeigt haben.«

Die wohltuende Lockerheit von Frau Tanner entspannte Anna sofort. Wahrscheinlich machte sie sich wirklich zu viele Gedanken. Sie bedankte sich und wollte in ihr Büro gehen, als Frau Tanner sie auf zwei Anrufe hinwies, die sie vermutlich innerhalb der nächsten Stunde bekommen würde. Gestern hätten zwei Personen sie vergeblich zu erreichen versucht, und Frau Tanner hatte ihnen mitgeteilt, dass es zumindest heute während Annas Sprechzeit gesichert sei, sie an die Strippe zu bekommen. Frau Tanner nahm einen Zettel hervor und vergewisserte sich: »Das war zum einen Ihre Mutter...«

Anna seufzte, was Frau Tanner nicht entging. »...und zwei Mal ein gewisser Christian Beyer. Aufregende Stimme, sehr männlich. Aber wenn Sie mich fragen, er klang etwas unentschlossen, ganz so, als sei er nicht sicher, ob er Sie wirklich sprechen wollte oder lieber doch nicht. Also weder Ihr Zahnarzt noch Ihr Steuerberater. Ich tippe auf eine ungeklärte Beziehung, welcher Art auch immer.« Frau Tanner lächelte mütterlich, sodass Anna ihr nicht böse sein konnte.

Beeindruckt versicherte sie der Sekretärin ein außergewöhnliches psychologisches Feingefühl und wollte endlich in ihr Zimmer gehen. Doch da blieb ihr Blick an der aufgeschlagenen »Hamburger Morgenpost« hängen, die neben Frau Tanners Kaffeetasse auf ihrem Tisch lag.

Fast gleichzeitig kam Pete in Christians Büro, wo immer noch Lars saß und mehr oder weniger erfolglos in vagen Erinnerungen an Freunde und Bekannte seiner Schwester wühlte. Christian stellte die beiden einander vor. Pete musterte den jungen Mann kurz und warf dann die »Mopo« auf den Tisch.

»Heute schon Zeitung gelesen?«

Christian verneinte: »Hab nicht dran gedacht, dass Yvonne heute Morgen frei hat und keine mitbringt. Wieso?«

»Seite acht.«

Dort stand ein ganzseitiger Bericht über Uta Bergers Tod, der auch die Folterungen nicht unerwähnt ließ, versehen mit einem Foto von ihr und einer Art »Servicekasten«, in dem die »geschockte und fassungslose Mutter«, Manuela Berger, eine hohe Belohnung für Hinweise aussetzte, die zum Ergreifen des Mörders ihrer Tochter führen würden.

»Ich hatte einen Riesenspaß auf der Pressekonferenz mit Waller!«, knurrte Pete und äffte die Journalisten nach: »Wieso haben Sie der Presse die Folterungen verschwiegen? Traut Ihnen die Mutter nicht zu, den Mörder zu finden, oder warum wendet sie sich hilfesuchend an uns, die Presse, und an die Öffentlichkeit?«

Er wandte sich an Lars: »War ein echtes Fest! Was denkt sich Ihre Mutter bei so einem Blödsinn? Oder haben Sie da mitgemischt?«

Lars schüttelte den Kopf, sah aber auch nicht ein, warum er sich deswegen anpampen lassen sollte: »Was ist denn so schlimm daran? Vielleicht hat ja jemand was beobachtet und meldet sich.«

Daniel war aus seinem Zimmer herübergekommen und hörte sich die Auseinandersetzung in den Türrahmen gelehnt an. Christian reichte ihm wortlos die Zeitung, während Pete sich weiter auf Lars einschoss.

»Genau das ist das Problem. Die Telefone laufen heiß, weil jeder Idiot sich was einbildet oder ausdenkt, entweder zum Spaß oder um sich wichtigzumachen, oder weil er hofft, Ihre Mutter ist blöd genug und zahlt ihm die Belohnung. Nach dem Motto: für zehn Euro war's meine Omi! Glücklicherweise ist die Nummer unserer Einsatzzentrale nicht öffentlich, sonst könnten wir hier keine zehn Sekunden mehr arbeiten.«

Mit beiden Händen stützte sich Pete auf die Armlehnen von Lars' Stuhl und funkelte ihn an: »Genauso sieht es nämlich inzwischen auf dem Präsidium und diversen Polizeirevieren aus. Die Kollegen werden in den Wahnsinn getrieben! Und die *eine* echte Spur, auf die wir so verdammt angewiesen sind, ist aus tausend falschen nicht mehr rauszufiltern. Vielen Dank noch mal!«

»Reiß dich zusammen, Pete, der Junge kann nichts dafür.«

Pete atmete tief durch, richtete sich auf, knackte mit den Fingerknöcheln und entschuldigte sich schließlich für den Ausbruch. Etwas ruhiger wandte er sich an Christian: »Einer vom Präsidium hat Herd gedroht, sie würden alle Anrufe zu uns durchstellen. Noch haben Herd und Volker die Jungs im Griff, aber du kennst das. Ach, außerdem hat der Herr Oberstaatsanwalt Waller sich noch nicht genügend ausgetobt. Er hätte schrecklich gerne außer mir noch jemanden zum Anschreien. Dich. Du sollst sofort bei ihm auflaufen. Aber zackig.«

Nun regte sich Christian auf: »Glaubt dieser Idiot denn,

wir haben nichts Besseres zu tun, als vor ihm Männchen zu machen, wenn seine Galle hochkocht? Ich habe keine Zeit für so'n Mist!«

»Reiß dich zusammen, Chris, und geh hin.«

Zur Staatsanwaltschaft am Gorch-Fock-Wall war es nur ein knapp zehnminütiger Fußweg, den Christian nutzte, sich auf den Anpfiff vorzubereiten. Er hatte Lars freundlich verabschiedet und hoffte sehr, der würde einigermaßen gut verarbeiten, was er über seine Schwester in den letzten beiden Stunden erfahren hatte.

Christian sah auf die Uhr. Noch lief Annas Sprechstunde an der Uni. Er hatte Lust, ihre Stimme zu hören und mit ihr über irgendetwas Belangloses zu plaudern, vielleicht über das Wetter oder Franz Marc. Aber ihm fiel kein Vorwand ein, um sie anzurufen, so sehr er auch noch darüber nachgrübelte. Er lief quer durch das Schanzenviertel zwischen Punks, Alternativen und hippen Jungdesignern herum, die die engen Straßen und kleinen Cafés bevölkerten, gelassen in Szenezeitschriften blätterten, ihre neuen Sneakers spazieren führten, den Pittbull mit Hotdogs fütterten, entspannt den Rauchkringeln des ersten Joints am Morgen hinterhersahen und augenscheinlich mit sich und diesem kühlen, tristen Novembertag im Einklang waren, als werde die Welt nicht stündlich neu aus den Angeln gehoben und in ihren Grundfesten erschüttert.

Christians Handy klingelte. Es war Karen, die ebenfalls unter dem Zeitungsartikel zu leiden hatte. Permanent riefen Bürger mit einem speziellen Geschmack für Scheußlichkeiten in der Rechtsmedizin an und wollten Genaueres über die Art der Folter wissen, der Uta Berger ausgesetzt worden war. Außerdem belagerte die Presse alle Ein- und Ausgänge, um Karen irgendwo zu erwischen und zu einem Interview zu zwingen. Und als wäre das nicht genug, hatte heute Morgen Mohsen angerufen und ohne Angabe von Gründen um vier Wochen Urlaub gebeten. Als sie diesem Antrag wegen der momentanen Arbeitsüberlastung nicht stattgeben konnte, hatte er fristlos gekündigt, und sich auch nicht mit Hinweis auf seinen Vertrag und die darin enthaltenen Kündigungsfristen umstimmen lassen. Seitdem hatte er sein Handy abgeschaltet. Karen bat Christian dringlich, in der Rechtsmedizin vorbeizukommen und mit ihr zu Frau Hamidi zu fahren, denn sie hatte das untrügliche Gefühl, Mohsens überstürzter Abgang könnte mit dem Fall zu tun haben, und er könnte in Schwierigkeiten sein oder geraten.

Nach diesen Hiobsbotschaften war Christian so geladen, dass es ihm extrem zupass kam, in Wallers Büro auf Manuela Berger zu treffen. Sie saß da, in einem teuren Kostüm auf dem äußersten Rand des Besuchersessels balancierend, wie immer perfekt frisiert und dezent mit Schmuck behangen, Schuhe und Handtasche farblich aufeinander abgestimmt. Ohne Waller eines Blickes zu würdigen, ging Christian auf diese Ikone der perfekten Hanseatin los: »Wie bescheuert bis du eigentlich? Hättest du mich nicht vorher fragen können, bevor du mit der Presse redest?«

»Mäßigen Sie sich, Herr Beyer«, ging Waller dazwischen, bevor Manuela antworten konnte. Es passte ihm nicht, wie respektlos Christians Auftreten ihm gegenüber war und dass er sich anmaßte, in seinem Büro einen Besucher zu beleidigen. Noch dazu einen attraktiven Gast aus der besseren Gesellschaft. »Ich habe Frau Berger schon auseinandergesetzt, wie ungeschickt ihr diesbezügliches Verhalten war. – Sie kennen sich?«

»Flüchtig«, gab Christian an und warf Manuela einen warnenden Blick zu, der Waller nicht entging.

Manuela erhob sich, ignorierte Christian weitgehend, entschuldigte sich bei Waller für ihr wenig umsichtiges Vorgehen, versprach, etwaige weitere Schritte mit ihm abzusprechen und verabschiedete sich. Christian bekam ein kurzes, kühles Kopfnicken, dann war er Waller unter vier Augen ausgeliefert. Neben den üblichen Vorwürfen, den Fall nicht im Griff zu haben, nicht einmal die Angehörigen, bekam Christian auch noch eine prophylaktische Warnung, Privates mit Beruflichem zu vermengen.

»Ich halte meinen Kopf für Ihre Wiedereinstellung hin, Beyer. Wenn Sie auch nur einen einzigen Fehler machen, und sei er noch so klitzeklein, dann reiße ich Ihnen ganz persönlich den Arsch auf, ist das klar?«

Nur mit Mühe unterdrückte Christian ein Grinsen. Waller war etwa zwei Köpfe kleiner als er, deutlich verfettet und ganz und gar unsportlich. Das Einzige, worauf er sich mit seinen Drohungen berufen konnte, war Macht. Und die beeindruckte Christian nicht.

Gelangweilt schloss Anna ihre Sprechstunde ab. Niemand hatte sich blicken lassen. Die Monotonie des Morgens war nur von einem Anruf ihrer Mutter unterbrochen worden, die sich mit Recht darüber beschwerte, dass Anna sich nach ihrer Rückkehr aus Kanada noch nicht gemeldet hatte. Hoch und heilig versprach Anna, am Samstag zum Essen zu kommen und ausführlich von Bergen, Bären und Burgern zu berichten. Dann ging sie hinüber zur Mensa, lud sich ein Tablett mit minderwertigem Essen voll und schlenderte durch den überfüllten, muffigen Saal auf der Suche nach einem freien Platz. Von einem Tisch am Fenster winkte ihr Martin fröhlich zu. Anna seufzte: Gab es denn kein Entkommen vor diesem Studenten? Um jedoch ihre Unfreundlichkeit im Fahrstuhl wiedergutzumachen, steuerte sie ihn an und setzte sich zu ihm. Erst da sah sie, dass ein zweites Tablett mit dampfendem Mittagstisch neben ihm stand. Sofort wollte sie sich wieder zurückziehen, um ihn und seine Gesellschaft nicht zu stören. Doch Martin bat sie zu bleiben. Er aß mit Professor Gellert, der schnell noch zum Händewaschen war. Nicht ganz ohne Spott kommentierte Anna Martins Bemühungen, sich an seine Dozenten anzuschließen. Doch auch diese kleine Spitze schien Martin nicht zu stören. Ernsthaft erklärte er ihr, wie sympathisch Professor Gellert sei und wie sehr er unter der Trennung von seiner Frau litt. Man munkelte, sie habe ihn wegen eines anderen, eines Jüngeren verlassen, und obwohl Gellert sich seinen Kummer nicht anmerken ließ, wusste doch jeder, der ihn einigermaßen kannte, wie abgöttisch er seine Frau geliebt hatte und wie tief ihn dieser Verlust traf. Deswegen, und weil er seinen Professor rückhaltlos bewunderte, verbrachte Martin manchmal auch privat ein wenig Zeit mit Gellert und leistete ihm bei seinem heimlichen Hobby, dem Minigolf, Gesellschaft. Anna musste versprechen, das Thema Minigolf Gellert gegenüber nicht zu erwähnen, er betrachtete es als eine Art köstliches Geheimnis, mit dem er zu gegebener Zeit seinen »richtig« golfspielenden Kollegen, den britischen Professor Seymour, zu schockieren gedachte. Irgendwann plante Gellert, der schon häufig ausgesprochenen Einladung seines Kollegen zu folgen, mit seinen Minigolfschlägern auf dem Grün zu erscheinen und unschuldig nach der Wasserburg zu fragen. Anna musste lachen und freute sich, Martin vielleicht doch falsch eingeschätzt zu haben. Eine solche Anteilnahme und Sensibilität hätte sie ihrem vorlauten Studenten nicht zugetraut. Innerlich tat sie Abbitte und nahm sich vor, Martin künftig nicht mehr nur nach seiner großen Klappe zu beurteilen.

Gellert, der sich ebenfalls über Annas Gesellschaft zu freuen schien, erwies sich als charmanter und kluger Plauderer. Er gab Anna einen humorvollen Überblick über seinen Fachbereich und befragte sie nach ihrem wissenschaftlichen Werdegang. Dass Martin dabei Annas letztjährige Beteiligung an der Jagd auf den Bestatter erwähnte, hatte Anna schon fast erwartet. Sie wurde schließlich häufig darauf angesprochen und bedauerte die zweifelhafte Berühmtheit, die sie dadurch anscheinend sogar im Kreise der Hamburger Uni erlangt hatte.

»Aber ich warne Sie, Herr Gellert, Frau Doktor Maybach spricht nicht gerne darüber«, meinte Martin mit ernster Miene.

»Kann ich verstehen«, Gellert nickte Anna freundlich zu, »und deswegen wollen wir es auch schlicht lassen. Wer wühlt schon gerne in der Vergangenheit?«

Martin warf Anna einen bedeutsamen Blick zu, doch auch ohne diesen Hinweis hatte Anna verstanden, dass Gellert von sich gesprochen hatte. Die Wunde saß anscheinend wirklich sehr tief, und Gellert kannte – ebenso wie Anna – die Angst, an eine solche Verletzung zu rühren, bevor sie vollständig vernarbt war.

»Die Gegenwart hat genug Scheußlichkeiten zu bieten, finden Sie nicht?« Anna und Martin sahen ihn fragend an, woraufhin er die »Mopo« aus seiner Tasche zog und Seite acht aufschlug. Anna nickte, sie kannte den Artikel seit eben. Martin nahm neugierig die Zeitung, die Gellert ihm hinhielt.

»Eine Studentin von unserer Uni, ist das zu fassen?« Gellert ließ sein Besteck sinken und schob den Teller zurück. »Sie als Psychologin und vielleicht auch ich als Anthropologe, wir sollten etwas dazu sagen können. Wir sollten ein Erklärungsmuster haben, zumindest irgendeine Idee, was einen Mensch zu solchen Taten befähigt. Ich könnte Ihnen jetzt einen Vortrag halten über die historisch belegten Grausamkeiten, derer sich der homo sapiens im Laufe seiner Kulturgeschichte nicht bremsen konnte zu bedienen. Sie als Psychologin hätten sicher einiges über frühkindliche Fehlentwicklungen, narzisstische Störungen, deviante Sexualität und was sonst noch alles dazu beizutragen. Doch letztlich versagt da, zumindest meiner bescheidenen Meinung nach, die Forschung. Bei mir versagt sogar die wissenschaftliche Neugier, die menschliche Empathie. Und die Vorstellungskraft. Was meinen Sie?«

Annas Aufmerksamkeit war abgelenkt von Martin, der den Artikel mit deutlicher Bestürzung las. »Was haben Sie denn? Sie sind ja ganz blass. Das stand doch schon Sonntag in allen Gazetten«, meinte sie überrascht. Martin gab die Zeitung an Gellert zurück: »Ich habe seit Tagen keine Zeitung gelesen. Das ist ja ... furchtbar.«

Jovial nahm Gellert seinen Studenten in Schutz. »Unser Herr Abendroth ist sensibler, als sein Benehmen gemeinhin vermuten lässt. Aber da wir das Thema offensichtlich alle grauenvoll finden, entschuldige ich mich dafür, es angeschnitten zu haben und sorge für sofortige Wiedergutmachung. Wer möchte gerne noch einen Espresso oder Kaffee? Hilfreich bei der Verdauung von Mensafraß und Zeitungsmeldungen.« Sowohl Anna als auch Martin nahmen dankend an.

Eberhard und Volker betraten ein fensterloses, schwarz getünchtes Etablissement auf dem Kiez. Sie brauchten einige Sekunden, bis sie sich auf die karge Beleuchtung, die von einigen funzeligen Wandlampen herrührte, eingestellt hatten. Zu ihrer Überraschung stellten sie fest, dass der Laden, auf den ersten Blick und zumindest im Parterre, eingerichtet war wie jede andere Boutique. Es gab Kleiderständer, Vitrinen und Regale, auch wenn die präsentierten Waren stilistisch keine große Bandbreite boten. Alles war aus schwarzem Leder.

Eine junge, freundlich lächelnde und seriös gekleidete Verkäuferin kam aus einem hinteren Zimmer und fragte, was sie für die beiden tun könne. Spitze sei in der linken Vitrine, weil selten verlangt, Lack sei in der oberen Etage, ebenso wie Zubehör. Volker wies auf eine zweite Treppe, die mit einer metallgefassten Samtkordel, ganz wie die VIP-Teppiche vor großen Hotels, abgesperrt war. »Und wo geht es dahin?«

»Sie sind von der Polizei, nicht wahr?«, fragte die junge Frau zurück und lächelte Eberhard an, »jetzt erkenne ich Sie erst, Herr Koch.« Eberhard war genauso überrascht wie Volker, mit seinem Namen angesprochen zu werden. »Kaufst du hier für deine Familienhygiene ein?«, war Volkers spontane Reaktion. Eberhard schüttelte verwirrt den Kopf.

Die Verkäuferin lachte: »Ich habe bis vor einem halben Jahr auf dem Markt in Eimsbüttel Würstchen verkauft, wo Sie samstags immer mit Ihrem kleinen Sohn sind. Ich heiße Daniela Sigrist. Ihr könnt Dani zu mir sagen.« Sie schüttelte Eberhard und Volker die Hand.

»Ach, du meine Güte, ja«, sagte Eberhard und erkannte nun auch den Zusammenhang.

»Kommen Sie mit, ich zeige Ihnen alles. Wir haben nichts zu verbergen«, fuhr Dani fort. »Da oben ist die sogenannte Folterkammer. Eigentlich nur für Stammkunden zugänglich. Wir haben nämlich keine Lust, dass uns jeder amüsiersüchtige Bustourist aus Bayern oder Thüringen durch die Auslage stiefelt. Aber wenn Sie mögen, führe ich Sie gerne herum.« Volker und Eberhard mochten. Die Folterkammer war allerdings weniger spektakulär, als sie sich das gedacht hatten. An der einen Wand des mit dunkelgrünem und schwarzem Samt ausgeschlagenen Raumes lehnte ein großes Holzrad, »zum Aufspannen«, wie die Fachkraft erklärte. An der gegenüberliegenden Wand hingen kleine und große Peitschen verschiedenster Ausführungen, Lack- und Ledermasken, mit und ohne Nieten, Brustklammern und sonstige Kleinteile, die weder Eberhard noch Volker identifizieren konnten. Die Ausführungen der Verkäuferin, die die Funktionsweise von Analkugeln, Strap ons, Gummi-Zaumzeug, Liebesschaukeln und Reizstrom-Dildos sachlicher beschrieb als ein Kaufhaus-Propagandist seine wundersame Schnetzelmaschine, waren

Eberhard schließlich zu peinlich. Er hielt Volker davon ab, weiterzufragen und holte Utas Foto aus der Jacke. Dani betrachtete das Foto genau, hielt es unter eine der Lampen, bedauerte aber, nicht weiterhelfen zu können. Sie gab Volker die Namen ihrer Kolleginnen und klärte ihn über die Schichten auf. Vielleicht war Uta hier gewesen, als eine andere Dienst hatte. Volker und Eberhard würden wiederkommen müssen, denn sie hofften nicht darauf, dass sich jemand vom Kiez auf den Aufruf in der Zeitung hin bei der Polizei meldete. Die Verkäuferin hatte ebenso wie ihre Kollegen und Kolleginnen von dem Mord in der Zeitung gelesen und schon mit Ermittlungsbeamten gerechnet. Ihrer Meinung nach machte die Polizei einen Fehler, wenn sie sadistische Mörder im Kreis der S/M-Gemeinde suchte. Wer seiner Triebabfuhr in entsprechenden Etablissements in kontrolliertem Rahmen und unter klar abgesprochenen Regeln der Beteiligten nachkam, der hatte es ihrer Meinung nach nicht nötig, sich auf kriminellen Pfaden Erleichterung zu verschaffen. Volker und Eberhard wollten trotzdem gerne die Liste mit den Stammkunden haben, doch da verwies die Verkäuferin sie an den Chef. Das durfte sie nicht entscheiden. Volker notierte auch die Nummer des Chefs: »Wir wollen ja nicht, dass Sie wieder Würstchen auf dem Markt verkaufen müssen.«

Die Verkäuferin lachte: »Das ist nett. Hier muss ich nämlich nicht so früh aufstehen und verdiene viel besser.« Volker und Eberhard bedankten sich für die freundliche Unterstützung und die Nachhilfe, auch in Sachen Spielzeug, und gingen hinaus. Das Tageslicht schmerzte kurz in den Augen. Eberhard sah sich um. Hamburgs Amüsierviertel, eine weltweite Touristenattraktion, die nachts verheißungsvoll glitzerte, offenbarte tagsüber seine ganze Schäbigkeit. Die Häuser waren hässlich und verwittert, der Boden übersät mit zerschlagenen Bier- und Wodkaflaschen, Pommes frites und halb gegessenen Würstchen, Kotze, Kippen, und in den

Eingängen der geschlossenen Strip-Läden lagen Betrunkene, die ihren Rausch ausschliefen, bis die Kneipen wieder öffneten.

»Ich stelle immer häufiger fest, dass es in dieser Welt 'ne Menge Dinge gibt, die ich nicht sehen und nicht wissen will«, meinte Eberhard bitter. »Vielleicht sollte ich den Beruf wechseln.«

»Nicht heute«, erwiderte Volker lapidar, »da draußen läuft ein Killer rum.«

Es kostete Karen und Christian tatsächlich einige Mühe, die Rechtsmedizin in der Universitätsklinik Eppendorf zu verlassen, ohne von Journalisten bedrängt zu werden. Sie nutzten den Liefereingang der Küche und schlichen sich hinten herum ums Gebäude zum Parkplatz. Christian zwängte seine ein Meter achtundachtzig Körpergröße in Karens Cabriolet, gab ihr die Adresse von Frau Hamidi und erzählte unterwegs von Wallers Wutanfall. Vorsichtig befragte Karen Christian nach seinem Verhältnis zu Manuela Berger, doch er hatte keine Lust, über diesen unerfreulichen Teil seiner Vergangenheit und leider auch der Gegenwart zu sprechen. Dass es den Fall komplizieren könnte, schloss er kategorisch aus. Also unterließ Karen es, weiter in ihn zu dringen und referierte nur knapp die jüngsten Laborergebnisse, die bedauerlicherweise nicht zu neuen Erkenntnissen führten. Mit der Sichtung älterer Obduktionsberichte hatte sie noch nicht beginnen können, und wenn Mohsen tatsächlich seinen Dienst quittierte, wusste sie auch nicht, wie sie das schaffen sollte. Ihre erfahrenen Kollegen hatten selbst alle Hände voll zu tun, schließlich wurde in Hamburg nicht nur dann und wann gemordet, sondern auch natürlicher Tode gestorben, die dennoch genauer untersucht werden mussten. Und mit unerfahrenen Kräften, Studenten etwa, selbst in höheren Semestern, konnte sie wenig anfangen, ging es doch darum, mögliche Fehler aufzudecken, die den Profis unterlaufen waren. Eine Kraft hatte Karen schon dazugezogen, eine ehrgeizige und akribische Doktorandin, die jedoch immer erst abends, quasi in ihrer Freizeit, helfen konnte. Mehr war zur Zeit nicht drin. Natürlich fanden sowohl Karen als auch Christian den Mangel an qualifiziertem Personal, der ihnen die Arbeit erschwerte, unerträglich, aber sie wussten, dass sie es nicht ändern konnten, egal, wie viele Petitionen und Anträge und Beschwerden sie einreichten.

Auf Karens Bitte hin hatte Christian den Besuch bei Frau Hamidi nicht angekündigt. Karen fürchtete, dass, falls Mohsen sich überhaupt bei seiner Mutter aufhielt, er nicht öffnen würde, da er heute Morgen mitten in ihrer Argumentation das Telefonat einfach abgebrochen hatte.

Frau Hamidi öffnete die Tür schon kurz nach dem ersten Klingeln. Ihre Augen waren verweint, und als Karen und Christian sich vorstellten, fuhr ihr sichtlich der Schreck in die Glieder. »Haben Sie Mohsen gefunden? Ist alles in Ordnung?«, fragte sie fast panisch.

So ruhig wie möglich bat Christian um Einlass. Erst als sie im Wohnzimmer saßen, erklärte Karen, warum sie so unangemeldet hier auftauchten. Sie wusste nicht, was los war und erhoffte sich Aufklärung von Frau Hamidi. Da Mohsen sonst immer absolut zuverlässig und pünktlich zum Dienst erschienen war, war sein heutiges Verhalten für sie durchaus Anlass zur Sorge.

Frau Hamidi knetete das Taschentuch in ihren Händen. Tränen traten ihr wieder in die Augen: »Mohsen hat Sie und danach mich vom Frankfurter Flughafen aus angerufen. Jetzt ist er unterwegs in den Iran.«

»Was will er denn da? So plötzlich?« Christian schwante Böses. Er hatte Frau Hamidis Aussage gelesen.

Plötzlich wurde Frau Hamidi aggressiv: »Diese Psychologin ist schuld, ich habe ihr vertraut. Nie darf Mohsen erfahren, was ich erzählt habe, niemals, habe ich ihr gesagt!«

Karen legte ihre Hand sanft auf Frau Hamidis Unterarm: »Frau Doktor Maybach hat sich an die Verabredung mit Ihnen gehalten, da können Sie ganz sicher sein. Auch ich habe das, genau wie alle anderen Kollegen, nicht wahr?« Hilfesuchend blickte sie zu Christian.

»Wie kommen Sie denn darauf, dass Ihr Sohn Kenntnis von Ihrer Aussage hat?«, wollte Christian wissen.

Laut schluchzend brach es aus Frau Hamidi heraus. »Weil er es mir gesagt hat. Er wird nicht eher ruhen und zurückkommen, bis er die Kerle gefunden hat, die mir das angetan haben. Und dann wird er sie töten. Das hat er geschworen. Und jetzt frage ich Sie: Wie hat er davon erfahren?«

Betreten schwiegen Karen und Christian eine Weile. »Er muss sich unberechtigterweise Zugang zu dem Server verschafft haben, auf dem die Zeugenaussagen gespeichert sind.«

»Ich habe keine Zeugenaussage gemacht, ich habe einer Privatperson inoffiziell einen Tipp gegeben. Weil ich helfen wollte. Wieso wird das irgendwo gespeichert? Ich will nicht, dass meine Geschichte gespeichert ist!«

»Ihre persönlichen Daten sind verschlüsselt. Keiner kann Ihre Aussage zuordnen. Außer Mohsen offensichtlich. Es tut mir leid.« Tatsächlich fühlte sich Christian sehr hilflos.

»Er wird sicher bald einsehen, dass er nichts ausrichten kann. Das ist doch alles schon viel zu lange her. Er hat keine Chance. Und dann wird er zurückkkommen«, versuchte Karen, Frau Hamidi zu trösten. Doch die sah sie nur traurig an: »Sie verstehen überhaupt nichts. Mein Sohn ist tot. Er ist jetzt schon tot, obwohl er noch ruhig atmend im Flugzeug sitzt. Er wird nicht zurückkommen. Er hat geschworen. Er wird die Kerle finden. Inschallah. Mein Bruder in Teheran wird ihm dabei helfen. Und dann werden die

Schuldigen Mohsen töten. Und meinen Bruder. Und dessen Frau. Und seine Tochter. Die werden sie foltern.« Nun brach Frau Hamidi vollends zusammen. Ihr ganzer Körper wurde von einem Weinkrampf geschüttelt, sie hyperventilierte, schlug sich in einem fort mit der geballten Faust gegen den Kopf und schrie laut: »Es hört nie auf, es hört niemals auf...«

Karen rief einen Arzt.

Lars hatte zuerst Christian und dann Pete angefleht. Irgendwas würde er doch tun können, um zu helfen, irgendwas. Er wollte dabei sein, Kaffee kochen, chauffieren, alles würde er tun, wenn er dabei sein durfte. Ihm war klar gewesen, wie sinnlos sein Anliegen und wie hilflos seine Versuche waren. Weder Pete noch Christian ließen sich darauf ein, sie konnten, sie durften nicht. Aber er hatte es wenigstens probiert. Jetzt musste er auf eigene Faust etwas unternehmen. Unmöglich konnte er zu Hause sitzen und warten, bis die Polizei dieses Phantom fand. Diesen Typen, der seine unschuldige, kleine Schwester in einen sadomasochistischen Sumpf gezogen hatte, in dem sie auf so scheußliche Weise zugrundegegangen war. Er hatte nicht viel gewusst von seiner Schwester, das war ihm erschreckend klar geworden, als er das Tagebuch gelesen hatte. Aber er hatte sie gut genug gekannt, um zu wissen, dass sie ohne gezielte Manipulation, ohne Druck nie dort gelandet wäre. Vielleicht hatte der Typ sie unter Drogen gesetzt. Vielleicht hatte er sie hypnotisiert. Lars saß in der U-Bahn und starrte zum Fenster hinaus auf die schmutzigen, gekachelten Mauern, die an ihm vorbeizogen. Er fragte sich ganz tief drinnen, ob er immer noch zu verbohrt war, die Wahrheit zu erkennen, ob er sich schlicht weigerte, den Tatsachen ins Auge zu sehen, ob er sein Denken in eigene Mauern zwängte, um das für ihn Unvorstellbare nicht einsehen zu müssen: Dass Uta ihrem Mörder vielleicht freiwillig gefolgt war, dass sie seine Spielchen sogar genossen hatte, bis er alle Grenzen sprengte und ihr richtig wehtat. Lars beschloss, das herauszufinden.

Den Rückweg absolvierten Karen und Christian schweigend. Frau Hamidi war mit einem Nervenzusammenbruch ins Krankenhaus eingeliefert worden, und gegen jegliche Vernunft fühlten sie sich schuldig. Langsam und auffallend umsichtig, als könne sie damit irgendetwas wettmachen, lenkte Karen den Wagen durch den sich stauenden Feierabendverkehr. Sie hatte Mohsen auf die Mailbox gesprochen und hegte die letzte Hoffnung, dass die Nachricht vom Zusammenbruch seiner Mutter ihn zur Rückkehr bewegen würde. Nun fuhr sie Christian zum Büro zurück und wollte sich dann mit der Doktorandin treffen, um eine Nachtschicht einzulegen und die Obduktionsberichte zu prüfen. Selbst als Christian ausstieg, gab es noch keine Worte. Er nickte ihr stumm zu, sie legte den ersten Gang ein, wendete und fuhr weiter. Schwer schleppte sich Christian die Treppe hoch zur Einsatzzentrale, wo Daniel wie immer autistisch in seinen Computer hackte. Keiner von ihnen wusste je, was Daniel da eigentlich den ganzen Tag auf diesen Datenautobahnen trieb, aber wenn man ihm eine Frage stellte, und war sie noch so abseitig, bekam man immer eine Antwort.

Pete stand vor der Pinnwand und betrachtete die dort aufgehängten Fundortfotos. Als Christian ihm von Mohsens blindwütigem Aktionismus erzählt hatte, war er ebenso betroffen. Doch er hatte auch Verständnis dafür. Vermutlich konnte Mohsen, geprägt durch seinen kulturellen Kontext, nicht anders handeln. Christian nickte: »Das hat Frau Hamidi auch gesagt. Sie hat gesagt, er ist mein Sohn. Er muss das tun.«

Pete holte zwei Tassen Kaffee aus der Küche und berichtete von Eberhards und Volkers frustrierten Anrufen. Sie klapperten seit heute Morgen mit einigen Helfern von der Sitte die Sexshops in Bahnhofsnähe und auf dem Kiez ab. Keiner reagierte auf das Foto von Uta Berger, keiner wollte sie je gesehen haben, auch in einem Laden namens »Marquis« nicht, aus dem laut eingenähtem Schildchen ein nietenbesetzter Ledertanga stammte, der in Utas Schublade gefunden worden war. Entweder logen die Verkäufer, weil sie trotz der per Zeitung versprochenen Belohnung nichts mit dem Fall zu tun haben wollten, der selbst in dieser eher hartgesottenen Branche Angst und Schrecken auslöste, oder Uta hatte die Sachen gar nicht selbst eingekauft, sondern von ihrem Typen bekommen.

Christian war müde. Er rief Anna an, denn er hatte das Gefühl, sie über Mohsen und seine Mutter informieren zu müssen, auch wenn er sich einen angenehmeren Grund gewünscht hätte, sich bei ihr zu melden. Anna war geschockt. Sie fühlte sich genauso grundlos schuldig wie Karen und Christian und wollte sofort im Krankenhaus vorbeifahren, um zu sehen, wie es Frau Hamidi ging.

»Ich würde ja mitkommen, aber ich glaube, Frau Hamidi hat für heute genug von mir«, meinte Christian vorsichtig.

»Willst du damit versteckt andeuten, dass du mich gerne noch sehen würdest?«

»Hm«, brummte Christian. Man konnte es mit viel gutem Willen als Zustimmung auslegen.

Auf der anderen Seite der Leitung war Schweigen. Zwei Sekunden, zehn Sekunden, Christian fühlte sich wie auf einer Streckbank der Zeit.

»Ich will früh ins Bett«, kam endlich eine Antwort, »immer noch Jetlag, weißt du.«

»Ja, klar, schlaf dich mal richtig aus.« Christian legte auf. Was für ein beschissener Tag! Es gab im Büro für ihn im

Moment nichts Sinnvolles zu tun. Er wollte aber auch noch nicht nach Hause, wo er wieder den ganzen Abend über all die Fehler nachgrübeln würde, die er in seiner Beziehung zu Anna gemacht hatte und darüber, ob sie ihm noch eine Chance geben würde. Oder ob er diese sich endlos im Kreis drehenden Gedanken an Anna lieber ganz aufgeben und sich in ein Ablenkungsabenteuer mit einer jungen Blondine stürzen sollte. Er beschloss, in seine Stammkneipe in der Weidenallee zu gehen und seinem Lieblingstheker Michel ein bisschen auf die Nerven zu fallen.

Tag 6: Donnerstag, 2. November

Mit dem Tod beginnt ein unaufhaltsamer Zerfallsprozess. Alle bakteriellen und sonstigen Angriffe, denen ein lebender Organismus trotzt, setzen sich jetzt durch. Die Totenstarre, die nach ein bis fünf Stunden einsetzt, löst sich bereits nach zwei bis drei Tagen. Während der ersten drei Monate kommt es zu einem Fäulnisprozess. Fäulnis und Verwesung einer Leiche, die sogenannte Autolyse, finden mit der selbstverständlichen Folgerichtigkeit der Natur statt und sind ein komplizierter Vorgang, den bislang kein Apparat künstlich kopieren kann. Es handelt sich dabei um unterschiedliche, aufeinanderfolgende Prozesse der Leichenzersetzung, die in der Regel eine Stunde nach dem Ableben beginnen. Zunächst werden der Bauch- und Brustraum und nach längerer Zeit der gesamte Körper von der Autolyse eingenommen. Dabei bilden Bakterien unter anderem größere Mengen an übel riechendem Ammoniakgas und Schwefelwasserstoff, der typische Leichengeruch, der sich bei fortgeschrittener Fäulnis verstärkt. Beim Verwesungsprozess treten zunächst die Adern hervor und nehmen eine blau-grüne Färbung an, die sich später fleckenartig auf den gesamten Körper ausweitet. Nach etwa achtundvierzig Stunden ist die Bauchhaut je nach Umgebungstemperatur grün anzusehen. Zudem schwillt der Körper an und nimmt an Volumen zu. Die Oberhaut löst sich vom Muskelgewebe, wobei sich ab dem siebten Todestag sogenannte Faulwasserblasen an den gelösten Stellen bilden. Es vergehen annähernd zwei Wochen, bis die Oberhaut des Leichnams aufplatzt.

Für jedes Zersetzungsstadium gibt es speziell angepasste Organismen, die aufeinander abgestimmt ihre Arbeit tun und die Perfektion der Natur bezeugen. Neben Einzellern und mehrzelligen Pilzen nähren sich hochentwickelte Insekten von Leichen. Bereits nach Todeseintritt legen Fliegen und andere Insekten ihre Eier in Körperöffnungen, also in Wunden oder den Augen- und Nasenöffnungen und den Mund ab und beschleunigen so den Verwesungsprozess. Schmeißfliegenmaden bevorzugen feuchtes, relativ frisches Gewebe, während Speck- und Teppichkäfer auf eingetrocknete Haut und Haare spezialisiert sind. Käsefliegenlarven besiedeln eine Leiche, wenn sie in einen breiigen Zustand übergeht, und große Aaskäfer können auch aus zäh mumifizierter Haut noch Stücke herausnagen.

Fettwachs entsteht bei vollständigem Fehlen von Luft, zum Beispiel unter Wasser oder in einem luftundurchlässigen Lehmboden. Hierbei wandelt sich das Körperfett in eine wachsartige Masse, die den Leichnam wie ein Panzer konserviert. Dieser Prozess beginnt nach etwa sechzig Tagen.

In bewegter Luft mit einem geringen Feuchtigkeitsgehalt verdunstet die Körperflüssigkeit, das Gewebe trocknet aus und der Leichnam schrumpft. Es kommt zu einer Mumifizierung von Körperteilen, die eine schwärzliche Färbung annehmen. Häufig ist dies bei Erhängten in luftigen und trockenen klimatischen Verhältnissen zu beobachten. Fäulnis und Verwesung, aber auch Tierfraß führen dazu, dass das gesamte Körpergewebe vom Knochengerüst gelöst wird.

Nach etwa vier Jahren findet man nur noch ein Skelett – ohne Knorpel und Weichteile.

Um drei Uhr morgens klappte Karen in ihrem Büro in der Rechtsmedizin entschlossen eine weitere Akte zu und legte sie zurück auf den großen, noch zu bearbeitenden Stapel rechts von ihr. Der linke, schon gelesene Stapel war weitaus kleiner.

»Schluss jetzt, wenn ich nicht bald nach Hause und in mein Bett komme, bin ich morgen selbst ein unklarer Todesfall«, meinte sie zu der ihr gegenübersitzenden Nicole, deren Ringe unter den Augen stündlich dunkler wurden. Die Doktorandin nickte dankbar. Seit acht Uhr am Vorabend waren die beiden dabei, ältere Sektionsberichte auf eventuelle Auffälligkeiten oder Unstimmigkeiten zu überprüfen. Fünf Fälle hatte Karen ausgewählt, bei denen ihr die angegebenen Todesursachen nicht ganz schlüssig oder eindeutig vorkamen und die sie sich in den nächsten Tagen noch einmal ansehen wollte. Die Exhumierungen würde sie als Erstes in der Frühe beantragen. Karen war zufrieden mit Nicoles Leistung. Sie hatte ohne zu murren oder zu gähnen durchgehalten, sie war aufmerksam gewesen und hatte mit den Fragen, die sie stellte, ein gutes Gespür für die über die pure Faktenlage hinausgehenden Interpretationsmöglichkeiten der Rechtsmedizin bewiesen. Außerdem besaß sie eine gute Portion des nötigen Pathologenhumors, der auf Außenstehende immer gefühllos wirkte. Trotz der vielen Arbeit hatten die beiden sogar Spaß gehabt. Nicole schien die Zusammenarbeit ähnlich positiv wie Karen zu bewerten. Sie lehnte sich müde lächelnd zurück und machte Karen ein Angebot: »Wenn Sie mögen, assistiere ich Ihnen ab morgen bei den Obduktionen, solange Herr Hamidi in Urlaub ist. Falls Sie mit meinem Doktorvater über den Abgabetermin für meine Arbeit reden.«

Karen stimmte sofort zu. Sie hatte nicht im Traum zu hoffen gewagt, so schnell und unkompliziert kompetenten Ersatz für Mohsen zu finden. Weder Nicole noch die anderen Kollegen in der Rechtsmedizin waren über die Umstände von Mohsens Abwesenheit aufgeklärt. Sie hatte seine schriftliche Kündigung an sich genommen, sie sicher in ihrem Schreibtisch verwahrt und an seiner statt vier Wochen Urlaub aus familiären Gründen für ihn eingereicht. Das war das Mindeste, was sie für ihn tun konnte.

Mit Nicole würde sie es gerne versuchen. Nicole freute sich ebenfalls. Es klang nicht nach plumper Anbiederung, als sie sagte, dass sie in der praktischen Zusammenarbeit mit Karen mehr lernen würde als in fünf Semestern im Hörsaal. Geschmeichelt nahm Karen ihre neue Assistentin mit hinüber in den Obduktionssaal und wies sie auf eines der gekühlten Leichenschubfächer hin, das mit der Aufschrift »Witwe Gorbatschow« gekennzeichnet war. Irritiert zog Nicole die zwei Meter lange Lade auf. Sie war gefüllt mit Wodka, Champagner und einer Vielzahl anderer Spirituosen. Auch Eiswürfel gab es in Mengen.

»Der Kühlschrank in der Küche ist immer total voll mit Joghurt, Obst, Wasser und O-Saft«, kommentierte Karen und nahm zwei Piccolo heraus. Einen kleinen Schlummertrunk hatten sie sich verdient.

Während sich Karen und Nicole auf den Schlaf freuten, schreckte Anna aus ihrem hoch. Sie hatte von ihrem Vater geträumt, der ihrer Mutter die Brüste abschnitt, woraufhin sie ihm mit der Axt den Schädel spaltete und darüber in verzweifelte Tränen ausbrach. Tatsächlich war Annas Kissen nass vom Weinen, das Laken schweißgebadet. Anna machte das Licht an, um schnellstmöglich in die Realität zurückzufinden. Sie sah auf die Uhr, es war kurz vor vier, sie war hellwach. Noch ein paar Tage, dann würde sie die Auswirkungen des Jetlags endlich hinter sich haben. Steif stand sie auf und ging ins angrenzende Badezimmer. Mit kaltem Wasser vertrieb sie den letzten schweren Schatten des Albtraums. Ihre Stirn glühte, die Nase war verstopft. Na prima, dachte sie, jetzt bekomme ich auch noch eine Erkältung. Genervt suchte sie im Medizinschrank herum. Doch Nasentropfen und Aspirin waren alle, das homöopathische Mittel seit einem Jahr abgelaufen. Anna ging zurück ins Schlafzimmer, schloss zitternd das Fenster, durch das kühle Herbstluft hereinfiel, wechselte das Laken und legte sich wieder ins Bett. Sie löschte das Licht und hoffte, traumlos weiterzuschlafen. Sie drehte sich nach links, sie drehte sich nach rechts. Sie machte das Licht an und schlug das auf ihrem Nachttisch liegende Buch auf. Etwa zehn Minuten las sie, dann stellte sie fest, keine einzige Zeile des Romans bewusst wahrgenommen zu haben. Sie legte das Buch weg, löschte das Licht und rotierte eine halbe Stunde weiter im Bett. Nur wenig später stand sie resigniert wieder auf, ging hinunter in die Küche und kochte sich einen Tee, mit dem sie sich an den Computer setzte, das beste Schlafmittel, das sie kannte. Zuerst las sie die neuesten Meldungen auf Spiegel-online, doch das war ihr zu deprimierend. Sie checkte ihre Mailbox, das war noch deprimierender – nur Junk. Schließlich ertappte sie sich dabei, gegoogelte Fotos von Kriminalhauptkommissar Christian Beyer bei irgendwelchen alten Pressekonferenzen anzustarren. Sie war sich nicht sicher, ob ihr Unterbewusstes den Suchbegriff eingetippt hatte und sie einfach nur ärgern oder verspotten wollte, oder ob es davon überzeugt war, Fotos von Christian wären ein gutes Schlafmittel für sie. Kopfschüttelnd verließ sie das Web und schickte eine Mail an Professor Weinheim, in der sie um einen baldigen Termin für eine Supervision bat. Ihr musste mal wieder der Kopf zurechtgerückt werden.

Christian kam am nächsten Morgen erst spät in die Einsatzzentrale und stellte erfreut fest, dass in der Küche frisch duftender Kaffee aufgebrüht war. Offensichtlich war Yvonne da. Christian nahm sich eine Tasse und schlenderte in ihr kleines Büro. Es war leer, genau wie die anderen Räume. Nur aus Daniels Kabuff am Ende des Flurs hörte er Stimmen.

»Moin. Wo sind denn alle?«, fragte Christian. Yvonne saß bei Daniel am Schreibtisch und trank Kaffee mit ihm.

»Herd ist im Präsidium bei der Sitte und geht mit Pete die Liste der Stammkunden von S/M-Läden durch. Wird wohl den ganzen Tag dauern, meinten sie«, antwortete Yvonne.

»Das kann Herd doch allein machen!«

Yvonne schüttelte den Kopf: »Pete überprüft, wer auf das von ihm erstellte vorläufige Profil unseres Mörders passt und wer nicht. Tja, und Volker ist beim Arzt. Er hat sich zwei Rippen angeknackst.«

»Bei seinen Niederwerfungen«, fügte Daniel grinsend hinzu.

»Bitte was?« Christian verstand nur Bahnhof.

Yvonne klärte ihn auf: »Buddhistische Demutsübungen. Man wirft sich hundertmal oder so auf den Boden. Das macht Volker jeden Morgen. Heute ist er es wohl ein wenig zu heftig angegangen. Jedenfalls kann er kaum Luft holen und wird jetzt verarztet.«

Es kam selten vor, dass Christian an der Zusammensetzung seines Teams zweifelte, aber nun beschlich ihn doch ein leises Gefühl, von Irren umgeben zu sein. Volker war definitiv der Seltsamste der Truppe. In seinem Charakter zeigten sich so viele Widersprüchlichkeiten, dass man unwillkürlich rätselte, wie viele Seelen wohl in seiner Brust wohnten. Seine an Apathie grenzende Ruhe allen menschlichen Irrungen und Wirrungen gegenüber und das Hager-Asketische seiner Gestalt ließen vermuten, Volker sei gleichgültig oder bestenfalls tolerant und nachgiebig. Dieser Eindruck wurde jedoch Lügen gestraft durch absolut klare und beinharte Ansagen, mit denen er von seiner nächsten Umgebung ein ihm genehmes Verhalten einforderte. Es gab schlichtweg Dinge, die Volker nicht stillschweigend akzeptierte. Jede Form von Lärmbelästigung, Unhöflichkeit und Dummheit standen ganz oben auf der Liste und konnten ihn fuchsteufelswild machen. Dazu kam seine überraschende Aggression beim Autofahren. Und dennoch wirkte Volker selbst in solchen Momenten wie ein in sich geschlossenes, vollkommen ausbalanciertes System, das zwar ständig zwischen Extremen hin- und herpendelte, dieses Pendeln aber so als natürliche Bewegung integrierte, dass nie die Mitte verloren ging.

»Wenn ihr wollt, gehe ich gleich noch Brötchen holen, dann muss ich zur Uni«, fuhr Yvonne fort, ohne Volkers buddhistischen Unfall einer weiteren Betrachtung zu unterziehen. »Ich habe eine Vorlesung. Und dann noch ein Date.« Der Seitenblick, den sie Daniel zuwarf, war überflüssig, denn der zeigte nicht die geringste Reaktion, nicht mal Aufmerksamkeit. Dass immerhin Christian nachfragte, war ihr kein Trost, und sie wich seinem väterlichen Interesse aus.

»Ach ja, da hat ein Fred Thelen angerufen. Der ist in Hamburg und will dich heute Morgen besuchen.« Yvonne sah auf ihre Uhr. »Er wird wohl bald eintreffen. Oder hätte ich ihn abwimmeln sollen?«

»Fred?«, fragte Christian überrascht nach. »Fred Thelen?«

Daniel hob den Kopf: »Kommt mir bekannt vor. Wer ist das?«

»Den kennst du recht gut«, meinte Christian grinsend. »Der war damals beim BKA, als sie dich wegen Einbruchs per Computer in gesicherte Regierungsdaten verhaften wollten.«

»Sie konnten mir nichts beweisen«, erwiderte Daniel brummig, »also war ich's auch nicht.«

Christian erinnerte sich deutlich an seine erste Begegnung mit Daniel. Er hatte vor etwa zwei Jahren seinen Kumpel Fred beim BKA besucht, um bei ihm für einen kniffligen Fall einen Computerspezialisten auszuleihen. Das BKA hatte an dem Tag einen gewissen Daniel Meier-Grüne vorgeladen, einen damals knapp dreißigjährigen, abgebrochenen Grafik-Studenten, der sich seinen Lebensunterhalt in einer Setzerei für Doktorarbeiten verdiente. Sie vermuteten in ihm einen seit geraumer Zeit gejagten, unglaublich talentierten Hacker, der den Humor der Politiker deutlich überstrapazierte, indem er fingierte Regierungserklärungen fragwürdigen Inhalts herausgab und auch sonst allerlei Schabernack in brisanten Netzwerken trieb. Christian hatte mit Thelens Erlaubnis Daniel damals einen Deal angeboten: Das BKA lässt ihn in Ruhe, und Daniel stellt im Gegenzug seine Computer-Kenntnisse eine geraume Zeit in Christians Dienste. Seitdem war Daniel in seiner beratenden Funktion bei Christians Truppe nicht mehr wegzudenken. Und die falschen Regierungserklärungen hatten schlagartig aufgehört.

»Was will denn das BKA hier?«, wollte Daniel wissen.

»Keine Ahnung«, gab Christian zur Antwort, »außerdem ist Fred schon seit acht Monaten nicht mehr beim BKA. Der hat in München 'ne neue Frau kennengelernt und ist aus reinem Pragmatismus zum BND nach Pullach gewechselt. Als Ausbilder. Mir rätselhaft, wie man zu dem Sauhaufen gehen kann, aber Fred war schon immer reichlich schmerzfrei.«

Bei Erwähnung des Bundesnachrichtendienstes zuckte Daniel merklich zusammen, doch das entging Christian, denn es klingelte an der Tür. Er ging öffnen. Vor der Tür stand ein kurzbeiniger, übergewichtiger Kauz mit sauber gescheitelten, braun gefärbten Haaren, ungesunder Röte im teigigen Gesicht und einem schlecht sitzenden Anzug in Marineblau. Die türkisfarbene Krawatte auf dem Karohemd verbesserte den Anblick keineswegs, aber der abschreckende Gesamteindruck wurde durch das Strahlen in den Augen abgemildert. Christian empfing seinen Freund mit einer kräftigen Umarmung. Als gelte es, ein seltsames asiatisches Massageritual zu vollziehen, klopfte Thelen Christian rhythmisch Schulter und Rücken ab. Dann trat er ein, sah sich kurz um, begrüßte Daniel und Yvonne freundlich und folgte Christian in sein Zimmer.

»Ganz schöne Bruchbude hier«, meinte er überrascht, nachdem er sich in Christians klapprigem Besucherstuhl niedergelassen hatte. Der Stuhl schien unter Thelens Gewicht seinen Dienst quittieren zu wollen.

Christian nickte: »Entspricht dem Respekt, den man uns entgegenbringt. Geht auf mein bescheidenes Konto, schätze ich, denn meine Leute sind verdammt gut.«

Thelens zustimmendes Lächeln wirkte zweideutig, doch er erklärte sich nicht genauer und erging sich erst einmal in der freundschaftlichen Aufarbeitung der letzten Monate. Die beiden tauschten die Eckdaten ihrer beruflichen und privaten Entwicklungen aus, wobei es Christian überraschte, dass Thelen über seine wahrlich sehr aktuelle Wiedereinstellung auf dem Laufenden war.

»Es ist unser Job, über alles Bescheid zu wissen«, sagte Thelen.

Christian machte keinen Hehl daraus, was er von dem neuen Arbeitsplatz seines Freundes hielt. Ihm selbst war politisches Agieren zuwider, und deshalb konnte er nicht verstehen, wie man sich freiwillig in diesen moralischen Morast aus Diplomatie genannter Verlogenheit, Intrigen und Machtspielen begeben konnte, um widerspruchslos einem Staat und einem status quo mit Methoden zu dienen, von denen man nur schwerlich voll und ganz überzeugt sein konnte. Thelen sah das alles weitaus pragmatischer und belächelte Christians Vorbehalte. Für ihn war seine Arbeit beim Bundesnachrichtendienst ein Job wie jeder andere auch, und die hohe Schule der Intrigen hatte er beim Bundeskriminalamt in Wiesbaden schon gelernt.

»Sobald du als Bulle von der Straße bist und die höhere Laufbahn einschlägst, gibst du deine Ideale ins Pfandleihhaus. An jeder Weggabelung willst du zurück und sie wieder auslösen, doch du gehst immer einen kleinen Schritt weiter. Einen nach dem anderen. Weiter weg von dem, was du mal wolltest und was du mal warst. Das solltest du selbst am besten wissen«, fand Thelen.

Beide schwiegen eine Weile.

»Warum bist du hier?«, fragte Christian schließlich ernst. »Doch nicht nur aus alter Freundschaft.«

»Ich habe in Hamburg wegen einer anderen Geschichte zu tun, da dachte ich, ich besuche dich und stelle dir persönlich eine Frage, die unserem Verein auf die Leber drückt. Wieso interessiert ihr euch für David Rosenbaum?«

Christian sah Thelen verständnislos an: »Für wen? Wer ist das?«

Thelen erinnerte Christian, dass sein Kollege Pete Altmann eine formelle Anfrage an den BND gestellt hatte bezüglich irgendwelcher Kenntnisse über orientalische Geheimdienstler in Hamburg.

Davon wusste Christian: »Die Antwort kam prompt. Sah aus wie ein Formbrief, geschrieben von den drei Affen: nix sehen, nix hören, nix sagen.« Thelen grinste nur.

»Aber wir haben nicht ernsthaft Hilfe von deinem Laden erwartet, ist auch nicht so wichtig, die Spur läuft wohl eh ins Leere«, fuhr Christian fort. Sein sofort erwachtes Interesse an dem Thema verbarg er vorerst sorgsam. Er erklärte Thelen die vagen Theorien und Zusammenhänge, die zu der mehr aus Gründen der Vollständigkeit rausgeschickten Anfrage geführt hatten. Mit ruhiger Konzentriertheit hörte Thelen zu und gab Christian schließlich recht: Der Fall wies auch seiner Meinung nach auf einen krankhaften Sadisten ohne politischen Hintergrund hin.

»Umso mehr interessiert es mich, wieso dann ein sehr begabter Hacker in unser System eingebrochen ist und Geheimdienstler-Daten mit Bezug zu Hamburg abgefragt hat.«

Christian sah Thelen abwartend an: »Davon weiß ich nichts.«

Thelen lachte: »Dachte ich mir, dass du das sagst. Fest steht jedenfalls, es ist passiert. Unser Fachpersonal am Computer hat den Einbruch bemerkt und die Spur verfolgt. Man hat mir erklärt, bei Hackern sei es genau wie bei realen Einbrechern. Jeder Profi hat seine eigene Handschrift. Die einen treten die Tür ein, die anderen kommen wie ein leichter Windhauch durchs Schlüsselloch. Bei uns im System war ein Windhauch, und angeblich war das genau die von meiner Fachkraft übrigens sehr bewunderte Handschrift eines Hackers, der sich früher DK nannte, der Dekonstruktivist.«

Natürlich ahnte Christian längst, worauf Thelen hinauswollte, dennoch stellte er sich dumm: »Und was hat das mit uns zu tun? Wie weit konntet ihr die Spur verfolgen?«

»Nur bis Hamburg, dann brach der Kontakt ab. Ich sitze hier, weil man mir erklärt hat, dass vor zwei Jahren in der Szene gemunkelt wurde, der Komiker, der die gefälschten Meldungen aus der Regierung abgesetzt hat, wäre der Dekonstruktivist. Seitdem hat man nichts mehr von ihm gehört. – Wie heißt der junge Mann noch, den du mir damals aus der Verhaftung rausgeschwatzt hast und der jetzt hier ganz brav und unauffällig im Nebenzimmer sitzt?«

Christian erhob sich, ging zur Tür und schrie durch den Flur. Wenig später kam Daniel ins Zimmer geschlurft, in der Hand eine Selbstgedrehte, und tat gelangweilt: »Was gibt's?«

»Kennst du einen Kerl, der sich ›Dekonstruktivist‹ nennt?«, fragte Christian.

Lässig setzte sich Daniel auf einen Karton mit Akten, der sich gefährlich unter ihm ausbeulte. »Klar, der Typ ist berühmt. Hab ihn mal in 'ner Kneipe getroffen. Im Web natürlich nur.«

Thelen winkte ab und wandte sich an Christian: »Lass mal stecken, mein Lieber. Ich habe nicht erwartet, dass der Macker hier was zugibt.« Er drehte sich zu Daniel: »Falls Sie den Dekonstruktivisten mal wieder treffen, im Web natürlich nur, richten Sie ihm Grüße von seinem Verfolger aus. Er war beeindruckt, will den DK aber nicht wieder in seinem Hoheitsgebiet erwischen.«

»Wie heißt der Jäger denn?« Daniel war seine Neugier deutlich anzumerken.

»Sie werden verstehen, wenn ich Ihnen nicht den Klarnamen gebe. Aber meine Kraft nennt sich Sergeant Ripley.«

»Scheiße, 'ne Tussi.« Überrascht pfiff Daniel durch die Zähne. Die Asche seiner Zigarette fiel auf den Dielenboden, er hatte schon seit geraumer Zeit vergessen zu rauchen.

Thelen sah auf die Uhr und erhob sich: »Ich muss mein Weib beim Frisör abholen und dann noch zum Innensenator. Unser Gespräch hier bleibt natürlich streng vertraulich. Wenn du willst, gehen wir heute Abend einen trinken, dann stelle ich dir mein neues Glück mal vor. Eine Schaumgeborene, sag ich dir. Aus bayrischem Bierschaum, frisch und süffig.«

Christian lachte: »Gerne, wenn nichts dazwischenkommt, wir telefonieren. Aber du gehst mir nicht hier raus, bevor du mir nicht erklärt hast, wer David Rosenbaum ist.«

»Hat Gott sei dank nichts mit euch zu tun, ich wollte mich nur vergewissern, an welchem Thema ihr dranhängt, weil wir in unserem Laden eine Menge Stress haben wegen der CIA-Geheimflüge kreuz und quer in Europa und über Deutschland. Von denen der BND aber selbstredend nichts wusste. Überhaupt nichts. Den Rest kann dir sicher dein Spezialist hier erklären.« Er zwinkerte Daniel zu und verabschiedete sich.

Kaum war er weg, fixierte Christian seinen Computerfreak mit funkelndem Blick: »Okay, wer ist Sergeant Ripley, wer ist der Dekonstruktivist, und wer ist David Rosenbaum? Und wieso sitze ich vor Thelen wie ein Grenzdebiler, der von nichts eine Ahnung hat?«

Daniel zündete sich die Kippe neu an: »Letzteres kann ich dir nicht sagen. Aber von vorne, du Kulturbanause: Sigourney Weaver spielt den ultrascharfen Sergeant Ellen Ripley, sie ist die Alienjägerin, vielleicht hast du schon mal was von Kino gehört? Das ist so ein dunkler Saal mit einer großen Leinwand, aber lassen wir das... Mich hat's auch hart getroffen! Der Dekonstruktivist lässt sich von 'ner Frau durchs Web jagen, wie peinlich. Fast hätte sie mich... ihn erwischt.«

Genervt nahm Christian die Tabakpackung aus Daniels Brusttasche und versuchte, sich eine zu drehen. »Hör auf mit dem Quatsch, du kannst weder Thelen noch mir was vormachen.«

»Immerhin hat Ripley mich nicht erlegt, ich bin eben doch noch ein kleines Stück besser als sie.«

»Dein Glück, sonst hättest du jetzt garantiert 'ne Anklage am Hals. Auch wenn Thelen immer den lustigen, kleinen Dicken gibt, er ist ein verdammt scharfer Hund. Und jetzt zu Rosenbaum. Wer, zur Hölle, ist das?«

Fluchend warf Christian das von ihm zerfetzte Zigarettenpapier in den Müll und wischte den zerbröselten Tabak, der seine Hose übersäte, dazu.

»Dein Kumpel hat recht, der hat mit unserem Fall wohl nichts zu tun. Ich bin nur auf ihn gestoßen, weil er der einzige Geheimfuzzi aus dem Orient ist, der in einer relativ aktuellen Verbindung zu Hamburg steht. Rosenbaum ist vom Mossad. Der hat ihn letztes Jahr im November und Dezember auf berufliche Tournee geschickt, nach Polen, Rumänien und in den Kosovo. Alles Länder, in denen der CIA vermutlich illegale Gefängnisse unterhält. Schätze, das hat Thelen gemeint, als er vom Stress wegen der Gefangenenflüge sprach. Deswegen musste er überprüfen, ob unser Interesse an Rosenbaum in diesem Zusammenhang steht. Vermutlich ist er jetzt beruhigt. Aber da haben wohl einige Saubermänner Dreck am Stecken, unter anderem auch aus diesem unserem Heimatland.«

»Komm zum Punkt«, knurrte Christian. Daniel reichte ihm die Zigarette, die er nebenbei mit geschickter Hand gedreht hatte, und gab ihm Feuer.

»Der israelische Mossad und die CIA arbeiten zusammen. Aber ich will nicht spekulieren auf politischen Ebenen, auf denen ich Würstchen nichts verloren habe. Fest steht jedenfalls, dass Rosenbaum sich beim Mossad Ende Dezember abgemeldet hat, um vier Wochen privaten Urlaub in Hamburg zu machen. Seitdem ist er verschwunden. Ich weiß das alles, weil mir die Korrespondenz von Mossad und BND zufällig in die Hände gefallen ist. Es gibt keine Spur von Rosenbaum. Wie vom Erdboden verschluckt. Der Mossad heult in sein Kissen, denn Rosenbaum ist einer ihrer erfahrensten Interrogationsexperten. Hübsches Wort. Amnesty International und ich würden Folterer dazu sagen. Deswegen hat der Vorgang den Dekonstruktivisten interessiert. Ich stell dir zusammen, was ich habe. Ist nicht viel.«

Nachdenklich zog Christian an seiner Zigarette, drückte sie jedoch sofort angewidert auf dem Untertellter seiner Kaffeetasse aus. »Was rauchst du bloß für einen getrockneten Kuhdung?«

Schulterzuckend ging Daniel zurück in sein Zimmer. Christian griff zum Telefon und versuchte, Lars Berger an seinem Arbeitsplatz bei Airbus zu erreichen. Dort sagte man ihm jedoch, der habe aus familiären Gründen Urlaub eingereicht. Hektisch sprang Christian auf und griff nach seiner Jacke. Fast hätte er die Beerdigung vergessen!

Es war ein klassischer Novembertag, an dem Uta Bergers Beerdigung stattfand, ein Tag der Raben. Der Ohlsdorfer Friedhof präsentierte sich in berückend melancholischer Herbst-Tristesse. Flammenrot, tieforange und ocker blätterte die Farbe von den Bäumen, ein seit Tagen anhaltender Sprühregen hatte die Erde aufgeweicht, die ihren schweren Duft verströmte.

Als Christian aus dem Taxi stieg und zur Kapelle ging,

hob er das Gesicht gen Himmel und genoss die Feuchtigkeit, die sich sanft wie ein Schmetterlingsflügel auf seiner Haut niederließ. Im hektischen Getriebe einer Großstadt wird das Wetter von den Menschen selten als lebendiges Phänomen wahrgenommen, es steht nicht im Mittelpunkt der Betrachtung, sondern nur an einer Randzone aus beiläufigen Bemerkungen und Bewertungen. Entweder ist es zu kalt, zu heiß, zu feucht, zu trocken oder zu windig. Das Bezugssystem scheint ein Gitternetz aus Funktionalität und Subjektivität zu sein: Wie passt das Wetter zur eigenen Kleidung, dem momentanen Wohlbefinden, der Dienstreise oder dem geplanten Freizeitvergnügen? Ein größerer Zusammenhang, wie ihn etwa der Landwirt in seiner existenziellen Abhängigkeit von der Natur im Auge hat, ist dem Stadtmenschen nicht präsent. Und so entgeht ihm Sinnlichkeit und Schönheit, so entgeht ihm das Seidige leichter Sonneneinstrahlung, das zärtliche Streicheln eines Windhauchs, der Geschmack von frischem Schnee, die unaufhaltsame Eindringlichkeit von Hitze, die verblüffende Abwesenheit von Geruch in eiskalter Luft, das sanfte Stakkato prasselnden Regens auf einem Blätterdach, die Poesie eines einzelnen glitzernden Wassertropfens auf leicht gebräunter Haut, der überraschende Prankenschlag einer Sturmböe, die Tiefe von Blau und das Dunkel der Dunkelheit.

Christian, der nach Möglichkeit zu Fuß ging, liebte diese wenigen Momente, in denen er die Aufmerksamkeit von dem inneren Kreiseln in seinem Kopf abzog und mit der Haut, der äußeren Begrenzung seines Körpers, Kontakt aufnahm zu dem Draußen, dem allumfassenden Großen, dem Meer des Seins und Seienden, von dem er ein Teil war, und in diesen Bruchteilen von bewussten Sekunden, und nur in diesen, durchströmte ihn ein Gefühl von Glück. Ein Glück, das nicht recht zu passen schien zu diesem Anlass.

Bevor er die Tür zur Feierhalle B im stillgelegten Krematorium öffnete, fuhr er sich mit den Fingern durch die nassen Haare, strich sie nach hinten und legte den Kragen seiner Jacke wieder nach unten. Die Kapelle, die trotz ihrer Enge aufgrund der in einem großen Spitzbogen nach oben zulaufenden Architektur kathedral wirkte, war leer. Christian war zu spät gekommen. Ein Kirchendiener, der die Kerzen mit einem langen Eisenstab löschte, wies ihm den Weg Richtung Westring, den der Trauerzug schon vor einer knappen halben Stunde zum Grab genommen hatte. Christian musste sich beeilen.

Die Trauergemeinde stand vor dem offenen Erdloch, in das gerade der Sarg hinuntergelassen wurde. Dichtgedrängt standen sie, als könne ihnen die Enge Wärme und Trost spenden, etwa fünfundzwanzig Menschen, alle in Schwarz gekleidet, unter einem dunklen Dach aus aufgespannten, schwarzen Regenschirmen. Ganz vorne befand sich Manuela zwischen Lars und einem hochgewachsenen, braungebrannten Mann. Wohl Utas Vater, der zur Beerdigung angereist war, mutmaßte Christian, und ein unwohles Gefühl überkam ihn. Er blieb auf Abstand, sah sich um und entdeckte Pete etwas abseits neben einer Ulme. Ohne die Aufmerksamkeit der anderen Gäste auf sich zu lenken, ging er zu ihm. Pete, der einen schwarzen, eleganten Trenchcoat über seinem nicht weniger eleganten Anzug trug, ließ seinen Blick wortlos an Christians verbeultem Cordsakko herabgleiten bis hinunter zu den schmutzstarrenden, ausgelatschten Schuhen. Christian zuckte gleichgültig mit den Schultern. Er war dienstlich hier. Und privat hätte er genauso ausgesehen.

Während die Totengräber den Sarg in das frisch ausgehobene Grab hinabließen, rezitierte der Pfarrer zum Abschluss seiner Grabrede ein Gedicht von Rilke:

Die Blätter fallen, fallen wie von weit,
als welkten in den Himmeln ferne Gärten;
sie fallen mit verneinender Gebärde.

Und in den Nächten fällt die schwere Erde
aus allen Sternen in die Einsamkeit.

Wir alle fallen. Diese Hand da fällt.
Und sieh dir andre an: es ist in allen.

Und doch ist Einer, welcher dieses Fallen
unendlich sanft in seinen Händen hält.

Manuela Berger trat nach vorne ans Grab, gestützt von Lars, der ihr die kleine Schaufel reichte, mit der sie nach Sitte und Gebrauch eine Handvoll Erde auf den Sarg werfen sollte. Doch Manuela begann lauthals zu schluchzen, ihre Knie gaben nach, und ihr Exmann musste hinzutreten, um Lars zu helfen und Manuela auf die Seite zu führen. Die beiden Männer hielten sie rechts und links, damit sie das Defilee der Kondolierenden überstand.

»Links hinten in der Ecke stehen die WG-Mitbewohner. Halten die Beerdigung wohl für ihre staatsbürgerliche Pflicht. Sonst jemand interessant für uns?«, fragte Pete leise.

»Keine Ahnung, ich kenne nur Mutter und Sohn«, gab Christian ebenso leise zur Antwort. Mit einer Kopfdrehung deutete Pete auf Eberhard, der weit entfernt unter einer Weide stand und mit einem Teleobjektiv diskret Fotos von den Trauergästen machte. Christian und Pete ließen ihren Blick zwischen den Gräbern und den Bäumen schweifen auf der Suche nach einem ungeladenen Gast, der heimlich an der Feier teilnahm. Sie sahen niemanden.

Plötzlich klingelte Christians Handy, und noch nie war es ihm so peinlich gewesen, Ennio Morricones »Spiel mir das

Lied vom Tod« als Klingelmelodie eingerichtet zu haben. So schnell es ging, nahm er an, wandte sich um, entfernte sich noch ein paar Meter, doch er glaubte deutlich zu spüren, wie sich die Blicke der Trauergäste in seinen Rücken bohrten, am heftigsten die von Manuela und Lars, die ihn nun auch entdeckt hatten.

Es war Karen, die ihm mitteilte, etwas Interessantes entdeckt zu haben. Christian wollte es genauer wissen, doch Pete schubste ihn an. Unwillig drehte Christian sich um und sah Manuela auf sich zukommen. Schnell vertröstete er Karen auf später und steckte das Handy weg.

»Tut mir leid, das mit dem Handy, ich wollte nicht... tut mir überhaupt... herzliches Beileid...«, stammelte er überfordert, als sie vor ihm stand.

»Schon gut, danke«, erwiderte Manuela. Ihre Augen waren gerötet vom Weinen, ihre Stimme klang brüchig. »Hör zu, Chris, es gibt gleich bei mir zu Hause Kaffee und Kuchen für die Trauergäste. Ich möchte, dass du kommst.«

Christian stutzte, sowohl von dem Ansinnen als auch von dem kategorischen Ton Manuelas irritiert, den sie trotz ihrer Angegriffenheit an den Tag legte. Oder gerade deswegen. »Ich halte das für keine gute Idee.«

Eindringlich sah sie ihn an: »Bitte, tu mir den Gefallen. Ich habe meine Gründe.« Ohne eine Antwort abzuwarten, ging sie zurück zu Lars und ihrem Exmann. Dabei versanken die Absätze ihrer Pumps in dem aufgeweichten Rasen, sodass ihre Bewegung unbeholfen wirkte und sie bei jedem Schritt den Kopf voranzustoßen schien, um mit einem kleinen Ruck die Füße, einen nach dem anderen, nachzuziehen wie ein großer schwarzer Vogel. Ihr Schleier flatterte im Wind wie Flügelschlagen. Tag der Raben.

Anna stand in der Grindelallee und wartete auf den Bus in Richtung Stadtzentrum. Ihren Mini hatte sie zu Hause gelassen, denn die Parkplatzsituation im Univiertel war desolat. An der Haltestelle herrschte dichtes Gedränge, und mit jeder Ampelschaltung kamen neue Studenten über den Zebrastreifen angeströmt, die den Bus nehmen wollten. Anna wich einen Schritt zurück, um einem Pulk von jungen Männern Platz zu machen auf dem schmalen Wartestreifen und stieß mit dem Mundwinkel an einen aufgespannten Regenschirm neben ihr, dessen Besitzerin zwei Kopf kleiner war als sie. Auf der gegenüberliegenden Straßenseite kamen plötzlich Yvonne und Martin aus der Bäckerei. Verblüfft beobachtete Anna, wie Martin eine Zeitung gegen den Sprühregen über Yvonnes Kopf hielt und vertraut ihre Hand nahm. Anna streckte sich seitlich, um Yvonnes Gesicht zu sehen, doch da kam der Bus an und schob sich wie eine Wand zwischen sie und das Tête-à-Tête ihrer Studenten. Eilig stieg Anna ein und versuchte, noch einen Blick zu erhaschen, doch Yvonne und Martin waren schon um die Ecke gebogen. Es passte ihr nicht, dass Martin sich um Yvonne bemühte, auch wenn sie keinen objektiven Grund für diese Missliebigkeit hatte. Der leise Verdacht, Martin könne sich nur um Yvonne bemühen, weil er sich irgendwie an sie, Anna, heranspielen wollte, erschien ihr nach kurzer Überlegung absurd. Doch obwohl sie sich vorgenommen hatte, Martin nicht mehr nur nach seinem arroganten Auftreten zu beurteilen, gelang es ihr nicht, etwas Gutes in einer möglichen Verbindung zwischen Yvonne und dem Nachwuchs-Macho zu sehen. Anna fuhr sich mit der Hand über die Augen, als wolle sie das Bild verscheuchen. Sie stand eingezwängt zwischen einer Gruppe von BWLern, die sich engagiert über die Steuerpolitik der Bundesregierung unterhielten. Es war heiß im Bus. Anna hatte das Gefühl, keine Luft zu bekommen, ihr brach plötzlich der Schweiß aus, die Stimmen der Studenten um sie herum überlagerten sich, liefen ineinander und verschmolzen zu einem dumpfen Klangbrei. Ihr wurde schwindlig, das Herz raste und ihre Hand, die sich in den Haltegriff krallte, begann zu zittern. Glücklicherweise waren sie bald am Stephansplatz, und Anna nutzte die Gelegenheit auszusteigen, obwohl sie bis zum Gänsemarkt hatte fahren wollen. Sie atmete tief durch und stellte beruhigt fest, dass sich ihr Kreislauf an der frischen Luft sofort stabilisierte. Die letzten Meter bis zum Café würde sie zu Fuß gehen, das würde ihr guttun.

Professor Weinheim, ein völlig ergrauter Mann Ende sechzig mit Augenbrauen so buschig wie Fuchsschwänze, saß schon da, als sie ankam. Anna begrüßte ihn herzlich und bat, das Gespräch nicht im Café zu führen. Sie wäre erkältet und leicht fiebrig und würde sich in der verqualmten Luft nicht wohlfühlen. Weinheim blickte sie forschend an, bestellte aber ohne nachzufragen ein Taxi. Eine halbe Stunde später kuschelte sich Anna in Weinheims behaglicher Altbauwohnung in Uhlenhorst auf die Couch und erzählte ihm von Kanada und den Ereignissen seit ihrer Rückkehr, wobei sie sich auf den Beginn ihrer Lehrtätigkeit an der Uni beschränkte. Weinheim hörte ruhig zu und trank dabei seinen Tee mit Milch.

»Anna, das ist ja alles zweifelsohne interessant, aber du hast dich wohl kaum bei mir gemeldet, um über die Herausforderungen einer Dozententätigkeit und aufmüpfige Studenten zu reden. Was ist los?«

Anna nickte und kam nach einer kleinen Pause zum Wesentlichen. Sie erzählte von ihrer Sehnsucht nach Christian, obwohl sie ihn bei den Kanuwanderungen in British Columbia erfolgreich aus ihrem System verdängt glaubte. Sie erzählte, wie sie sich hatte überreden lassen, mit Frau Hamidi zu sprechen, sie beschrieb den Schock, deren zerfetzten Oberkörper zu sehen, die schlaflose Nacht danach, den Zwang, sich im Internet Artikel und Fotos über Folterungen anzusehen, sie erzählte von ihrem Treffen mit Christian, von der Nähe, die sie gespürt hatte, und ihrer Einmischung in den Fall, als sie die Obdachlosen auf der Parkbank ansprach.

Sorgenvoll betrachtete Weinheim seine ehemalige Lieblingsstudentin. »Reden wir mal über deine Erkältung«, sagte er zu Annas Erstaunen. »Du hast leichtes Fieber, Schweißausbrüche? Was noch?«

»Das Übliche«, erwiderte Anna mit einem komischen Gefühl in der Magengegend, »aber das ist doch jetzt nicht wichtig…«

Weinheim goss sich Tee nach und fixierte Anna über den Goldrand seiner Brille. »Das weißt du besser. Erinnere dich an das, was du bei mir gelernt hast. Was sind die physiologischen Symptome einer Panikattacke?«

Anna schüttelte unwirsch den Kopf: »Das hat doch damit gar nichts…«

»Antworte!«

Anna gab nach: »Erhöhte Herzfrequenz, Atemnot, Benommenheit, Zittern, Schweißausbrüche, Erstickungsgefühl und Übelkeit.«

Es ärgerte Anna, dass Weinheim ruhig an seinem Tee nippte. Es ärgerte sie, dass er vermutlich recht hatte. Ihr Trauma. Es begann, sich wieder aus ihrem Unterbewussten hochzuschrauben und sie zu beeinträchtigen. Anlässe und Auslöser hatte sie bereitwillig angeboten, ganz so, als warte sie nur darauf, sich endlich wieder damit auseinanderzusetzen.

»Du bist noch nicht durch mit dem Thema«, bestätigte Weinheim, »und mit diesem Kommissar bist du auch noch nicht durch. Das Problem ist weiterhin, dass diese beiden Komplexe miteinander gekoppelt sind. Solange du das nicht aufgedröselt bekommst, wirst du weder vor Panikattacken geschützt sein, noch eine glückliche Beziehung mit dem Mann eingehen können.«

Anna schlug die Hände vors Gesicht. Ging das nun alles wieder von vorne los? Hatte sie allen Ernstes gedacht, ein bisschen paddeln könne sie endgültig befreien? Hatte sie es überhaupt gewollt?

»Aber unsere Therapie letztes Jahr war doch erfolgreich«, meinte sie hilflos.

»Wir haben die Angststörung in den Griff bekommen. Aber offensichtlich nicht mehr. Du organisierst dir jetzt ganz deutlich eine erneute Konfrontation mit dem Trauma. Du gehst dahin, wo es wehtut. Das ist okay, sieh es positiv. Du bist kein Typ, der auf Dauer verdrängt, du willst es geklärt haben.«

»Wegen Christian«, mutmaßte Anna leise.

Christian war inzwischen klar, warum Manuela ihn beim Leichenschmaus dabeihaben wollte. Ihr Exmann war mit seiner neuen Frau da, einer attraktiven Irakerin. So wie Christian Manuela kannte, wollte sie Herbert im Gegenzug mit ihrem Exliebhaber ärgern, was allerdings nicht gelang. Herbert hatte Christian freundlich begrüßt und machte einen sympathischen Eindruck. Manuela hingegen, vollkommen fertig durch den Tod ihrer Tochter und alles, was in ihrem Leben außerdem noch falsch gelaufen war, trank mehr, als ihr zuträglich war. Christian fühlte sich äußerst fehl am Platz und beschloss, sich so schnell wie möglich aus dem Staub zu machen. Doch kaum hatte er sich unauffällig Richtung Ausgang geschoben, war Manuela an seiner Seite und zog ihn in die Küche.

»Ist es nicht unglaublich, dass er zur Beerdigung unserer gemeinsamen Tochter dieses Billigklischee aus tausendundeiner Nacht anschleppt?«

»Sie ist seine Frau.« Christian war die Situation unangenehm.

»Und das ist *mein* Haus«, zischte Manuela. Ihr Atem roch stark nach Wein.

»Dann bitte sie zu gehen.«

Rau lachte Manuela auf: »Mir eine Blöße geben? Das würde Herbert gefallen. Nein, nein, ich zeige mich ganz von meiner souveränen Seite.«

»Dann brauchst du ja mich nicht mehr. Ich verschwinde jetzt.« Genervt wollte sich Christian verabschieden, aber Manuela stellte sich ihm in den Weg. Ihr Gesicht verzog sich ins Weinerliche.

»Bleib hier, bitte. Lass mich heute nicht allein.« Sie machte einen Schritt auf ihn zu und schob ihren Körper gegen seinen.

»Manuela, lass das. Außerdem bist du nicht allein. Dein Sohn ist für dich da.« Unauffällig versuchte Christian, sich aus Manuelas drängender Nähe zu befreien, doch sie legte einen Arm um seinen Hals und blickte ihn nur noch fordernder an. »Mein Sohn. Was kann der schon tun? Ich brauche einen Mann heute Nacht. Bleib hier, bis alle weg sind, und geh mit mir ins Bett.«

Möglichst sanft dreht Christian Manuelas Arm von seinem Hals weg. »Du bist betrunken, Manuela.«

»Und widerlich«, meinte Lars, der plötzlich in der Tür stand und seine Mutter verächtlich ansah. Manuela ließ Christian los, sank auf einen Stuhl und begann zu weinen.

»Ich will mich doch nur mal wieder ein wenig lebendig fühlen! Ist das so schwer zu verstehen?«, brachte sie zu ihrer Entschuldigung hervor. »Jetzt, wo Uta tot ist, was bleibt mir denn noch?« Sie hob plötzlich den Kopf und giftete Lars an: »Uta war wie ich. Du, du bist wie dein Vater! Kalt, gefühllos, für euch zählen nur Ergebnisse. Aber was in einem Menschen vorgeht, was da drin wirklich vorgeht«, sie klopfte sich dabei gegen die Brust, »das interessiert euch nicht. Der Mensch macht Fehler, und wenn er Moral hat, dann bereut er und macht es wieder gut. Und dann verzeiht man. Aber du und dein Vater, ihr habt mir nie verziehen!«

Manuelas Stimme wurde lauter und schriller. »Bloß, weil ich mit diesem miesen Scheißbullen hier«, sie deutete auf Christian, »ein Verhältnis angefangen habe, während dein Vater mal wieder keine Zeit für mich hatte! Ich hab's bereut, ich hab's doch bereut! Aber das hat keiner begriffen, nur Uta! Die hat zu mir gehalten.«

Christian war Manuelas Auftritt peinlich, und er wollte nur fliehen. Aber auch jetzt kam er nicht raus, denn Lars stand im Weg. Er war während der Ansprache seiner Mutter immer bleicher geworden, er ballte die Fäuste und ging zu einer Aktentasche, die in der Ecke neben dem Kühlschrank stand.

»Nein, Mutter, jetzt ist Schluss, so leicht kommst du mir diesmal nicht davon«, erwiderte er äußerst erregt, »immer nur Uta, von wegen. Ich habe versucht, dir nach der Scheidung beizustehen, aber du wolltest nur in Selbstmitleid baden.«

Lars zog einen Umschlag aus der Aktentasche. »Uta hat dich verstanden? Du bist ihr genauso auf den Wecker gegangen wie mir! Du hast ja keine Ahnung von Uta.« Wütend drückte Lars seiner Mutter einen Stapel Papier in die Hand und befahl ihr unmissverständlich, zu lesen.

Christian erkannte den Stapel sofort. Es waren die Kopien von Utas Tagebuch, die er Lars gegeben hatte. Er erinnerte sich verdammt gut, wie Lars ihn bat, dieses Schriftstück niemals Manuela zu zeigen. Sie würde es nicht verkraften. Christian bezweifelte stark, dass Lars sich einen passenden Moment ausgesucht hatte, seine Meinung zu ändern. Er hingegen hatte den Moment verpasst, dieses Haus zu verlassen. Jetzt würde er nicht gehen können, bevor Manuela mit dem Lesen fertig war. So unwahrscheinlich es schien, vielleicht wusste sie doch etwas über den geheimnisvollen Liebhaber ihrer Tochter. Christian hätte ihr das Tagebuch sowieso zeigen müssen. Er hätte aber gerne einen besseren Augenblick abgewartet.

Anna lag bei Weinheim auf der Couch und ging auf eine schwierige Reise in die Vergangenheit. Unter Weinheims sanfter Anleitung tastete sie sich entlang ihrer Zeitlinie zurück, um die Vergangenheit zu betrachten, von außen, ohne daran teilzunehmen, ohne Angst zu bekommen. Anna hörte Weinheims Stimme in der Entfernung, die ihr beteuerte, ganz sicher hier und jetzt zu sein und nur einen Film zu sehen, dort und damals.

Dann sieht sich Anna in ihrer Küche sitzen, an Händen und Füßen mit Klebeband an ihren alten Küchenstuhl gefesselt. Ihr Mund verklebt bis an die Nasenlöcher, sodass sie nur schwer Luft bekommt. Vor ihr steht in entspannter Pose an den Küchenschrank gelehnt ein gutaussehender junger Mann und trinkt ein Glas Orangensaft. Er lächelt sie freundlich an. Sie hört ihn sprechen. Mit einem Ruck reißt er ihr das Tape vom Gesicht, Anna kann nur durch größte Willensanstrengung einen Aufschrei unterdrücken. Er schlägt ihr mit der flachen Hand ins Gesicht. Ihre Lippe platzt auf und blutet. Gewaltsam zerrt sie an ihren Fesseln, will nach ihm schlagen, treten, spucken, speien. Er lächelt sie an und schlägt sie. Wieder. Und wieder. Und wieder. Anna sieht, wie sie sich windet unter Schmerzen, sie versucht vergeblich auszuweichen, bis sie schluchzend erschlafft. Er tritt einen Schritt zurück und schaltet betont gelangweilt Annas Küchenradio ein. Es läuft der zweite Satz von Beethovens siebter Sinfonie. Er greift mit geschmeidiger Bewegung nach einer schwarzen Ledertasche, die auf dem Boden liegt. Er zieht ein ebenfalls schwarzes Lederetui hervor und öffnet prätentiös langsam den daran befindlichen Reißverschluss. Lächelnd klappt er es auf und zeigt es Anna. Anna sieht das Chirurgenbesteck. Sie sieht, wie ihr die Luft wegbleibt, wie sie unwillkürlich zu hyperventilieren beginnt, wie ihr schwindlig wird und schlecht. Sie hört sich wimmern. Er nimmt sorgsam ein Skalpell hervor, streicht mit fast zärtlicher Geste mit der freien Hand Annas Haare zurück und legt das Skalpell mit der Schneidefläche an Annas linkes Ohrläppchen. »Hübsche Ohren«, hört Anna ihn sagen, »wie aus Marzipan geformt. Ich mag Marzipan.« Diese Anna dort in dem Film, sie wimmert so leise, dass es kaum zu hören ist. Sein Hohnlächeln wandelt sich in ein lüsternes Grinsen. Mit dem Skalpell öffnet er Annas vor der Brust zusammengeknotetes Handtuch, es rutscht bis auf ihre Hüften herab. Er öffnet seine Hose und nimmt seinen Schwanz hervor. Er stellt sich dicht vor Anna und beginnt zu masturbieren. Anna sieht, dass sie angewidert die Augen schließt und den Kopf zur Seite dreht, so weit sie kann. Sie konzentriert sich auf Beethoven. Wer hier wohl dirigiert? Sie mag am liebsten die Einspielung von Solti. Aber das hier, das ist nicht Solti. Karajan aber auch nicht. Sie taucht hinab in die sich variierende Wiederholung des Motivs, sie liebt diesen Satz in seiner unendlichen Melancholie, sie hört das Keuchen nicht mehr.

Seinen Schrei, als er kommt, kann das leise Radio jedoch nicht übertönen, und Anna spürt ganz deutlich das Aufklatschen des warmen Spermas quer über ihrem Gesicht. Sie zittert vor Ekel, presst die Augen und die Lippen zusammen und hält den Atem an, um seinen Geruch nicht in ihren Körper eindringen zu lassen. Ihre Tränen vermischen sich mit seinem Sperma. In der Schwärze ihrer geschlossenen Augen sieht sie bunte Lichtblitze, sie sehnt die Ohnmacht herbei.

»Anna, geh zurück, geh ein paar Schritte zurück, es ist gut, es ist alles gut, du bist sicher.« Sie spürte die leichte Berührung einer Hand auf ihrem Arm, Weinheims Stimme drang in ihr Bewusstsein, und sie öffnete die Augen. Ihr Gesicht war nass von Tränen, sie zitterte am ganzen Körper, ihr war übel. Da wusste sie, was passiert war. Sie hatte assoziiert, hatte in der Hypnose ihre sichere Beobachterposition verlassen und sich emotional in die Erinnerung hineinbegeben, anstatt von außen auf sie draufzusehen. Sie hatte ihr Trauma erneut durchlebt. Sie war noch nicht davon weg.

»Wir haben Arbeit vor uns«, meinte Weinheim begütigend und reichte ihr sein gebügeltes Stofftaschentuch. Anna schnäuzte sich und nickte: »Gehen wir's an.« Ihr Supervisor lächelte: »So kenne ich dich. Du schaffst es, das weiß ich.«

Karen konnte diese Nachlässigkeit kaum ertragen. Wütend schimpfte sie vor sich hin, während sie ihrer Arbeit nachging. Pete lehnte an der Wand und schnupperte an seinem Fläschchen mit Pfefferminzöl. Heute war selbst ihm der Geruch einfach zu viel.

»Nach einer Studie der Rechtsmediziner in Münster entkleiden nur zwanzig Prozent aller Ärzte die Toten bei der vorgeschriebenen Untersuchung. Kein Wunder, dass viele Indizien übersehen werden«, meckerte Karen. »Auf dem Totenschein steht dann natürliche Todesursache, obwohl die Leiche im Rücken fünf Messerstiche hat. Unglaublich? Hast du 'ne Ahnung! Natürlich gibt's auch ein paar gründliche Ärzte, aber die haben dann Probleme mit Polizeibeamten, wenn sie es mit der Todesursache zu genau nehmen. Letztes Jahr wurde ein Internist, den ich kenne, bei der Leichenschau eines Neunzigjährigen gefragt, ob er aufgrund des Alters nicht ein Auge zudrücken könne. Und woran liegt's? Am Budget. Die Beamten können nicht so viele rechtsmedizinische Gutachten in Auftrag geben, wie sie möchten. Und dann landet eine der vielen Leiche schließlich doch bei uns, und meine Kollegen bauen Bockmist. Woran liegt's? Am Budget? Klar sind wir alle überlastet. Und klar, dass gespart werden muss.

An Zeit, an Geld, an Ausstattung, an Personal, an allem. Trotzdem frage ich mich manchmal, wie einige Kollegen ihren Job machen. Ist das wirklich einfach nur Schlamperei, oder sind die zu bescheuert? Oder liegt's daran, dass es eine Nutte war, dazu noch eine asiatische Nutte. Berufsrisiko. Abgestochen, ausgeblutet, fertig. Teure Gewebeuntersuchungen? Wozu? Die Nutte interessiert doch eh kein Schwein!«

Ihr Handy auf dem Regal an der Wand klingelte »Gehst du mal ran?«, bat Karen Pete. Sie hatte ihre Hände in Gummihandschuhen und hantierte in dem verwesten Leichnam auf dem Metalltisch vor ihr. Als Pete nach einem kurzen Gespräch auflegte, grinste er. »Christian amüsiert sich prächtig auf dem Leichenschmaus von Uta Berger. Die Mutter hat sich betrunken, der Sohn ist ausgerastet, und jetzt liest die Mutter das Tagebuch, die Geschichte der O., und Christian wartet ab, ob ihr was dazu einfällt oder er sie wegen moralischem Kollaps in die Geschlossene einweisen lassen muss.«

Karen fand Pete etwas pietätlos, beließ es jedoch bei einer tadelnden Bemerkung und widmete sich wieder ihrer Arbeit. Immerhin hatte Pete sie von ihrem Sermon über nachlässige Kollegen abgelenkt.

»Hier, schau mal. Diese winzigen Spuren auf dem Oberschenkelhalsknochen rechts und den beiden Rippenbögen sind von den Einstichen. Die Polizei hat einen ausgerasteten Freier vermutet, aber ich glaube, dass diese Frau hier Opfer unseres Killers war. Tiefe der Kerben, Eintrittswinkel der Messerschneide und auch die Kanten... genau wie bei der Berger. Die Leiche ist leider in keinem guten Zustand mehr, aber es ist festzustellen, dass Finger- und Zehennägel ausgerissen worden sind. Das macht kein Freier im Affekt. Das ist die akribische Arbeit eines Besessenen.«

Pete warf einen Blick über Karens Schulter, widmete sich dem unerfreulichen Anblick allerdings nicht lange. Er vertraute Karen.

»Bei den Gewebeuntersuchungen haben wir Hinweise auf Verbrennungen gefunden, die durch Elektroschocks verursacht worden sein können. Ähnliche Nekrosen der Muskulatur wie bei Berger. Aber erheblich mehr und weitaus gravierendere Sehnenrisse, sodass sich vermuten lässt, das Opfer ist zusätzlich gestreckt worden.« Karen zog sich die Handschuhe mit einem schnalzenden Geräusch ab, ging zum Regal und nahm einen Schluck Kaffee aus der dort stehenden Tasse.

»Den Bericht mailt euch meine neue Assistentin Nicole heute noch zu, ebenso die Fotos. Ich will nicht kategorisch behaupten, dass das kein Freier war. Aber auch wenn es einer war, ich lege meine Hand dafür ins Feuer, dass der gleiche Kerl Uta Berger und Georg Dassau umgebracht hat.«

»Glaubst du, dass die kleine Berger sich möglicherweise prostituiert hat?«, fragte Pete nachdenklich.

Karen schüttete den Rest ihres Kaffees in den Ausguss der Metallspüle, in der sie sich sonst das Blut von den Fingern wusch. »Das rauszufinden, ist euer Job.«

Christian kam gegen acht Uhr abends nach Hause. Er war emotional vollkommen erschöpft. Nachdem Manuela das Tagebuch ihrer Tochter gelesen hatte, war sie komplett zusammengebrochen. Die Gäste waren längst gebeten worden zu gehen, und auch Manuelas Exmann hatte sich mit seiner Frau verabschiedet, wobei es noch zu einer hässlichen Szene zwischen Manuela und ihm gekommen war. Übrig blieb Christian mit einer am Boden zerstörten Mutter, die zur Flasche griff, um ihren Kummer und sich selbst zu ertränken, und ein Sohn, der, inzwischen von Gewissensbissen geplagt, am Küchentisch saß und leise weinte. Christian versuchte, etwas Ruhe in die in einen Abgrund gestürzte Familie zu bringen, doch er fühlte sich dabei so ohnmächtig wie ein

Katastrophenhelfer angesichts unüberwindlicher Trümmerhaufen. Wie sollte Manuela unter dem Schutt ihres Lebens weitermachen können? Wie könnte sich Lars, mit bloßen Händen und blutiger Seele zu seiner Mutter durchgraben, um sie aus ihrer Finsternis zu holen?

Möglichst sanft befragte Christian Manuela nach dem im Tagebuch erwähnten Freund, dem Phantom, das sie suchten. Doch Manuela wusste nichts über ihn, rein gar nichts. Außerdem war sie kaum noch in der Lage, einen halbwegs verständlichen Satz zu formulieren. Sie lallte, weinte, schrie, schlug mit den Fäusten nach Christian, als er ihr ein Glas Wasser anbot. Christian überließ sie der Obhut ihres Sohnes und zog sich endlich zurück.

Zu Hause angekommen setzte er sich in seinen ledernen Clubsessel und blickte zum Fenster hinaus. Er saß einfach da, machte das Licht nicht an, hatte nicht einmal Lust auf einen Whisky. Er saß da und starrte hinaus in den klaren Sternenhimmel. Morgen wird es kalt sein, dachte er. Es wird nun jeden Tag kälter werden. Bis alles gefriert, selbst das Blut in den Adern. Dann wird man nichts mehr spüren. Keinen Schmerz mehr, keinen Aufruhr. Nur noch Müdigkeit. Und dann wird man schlafen, einfach nur schlafen.

Tag 7: Freitag, 3. November

»Es gibt verschiedene Spachteltechniken: die Flecktechnik, die Flächentechnik, Stucco Veneziano und noch 'ne Menge anderer. Aber ums Aussehen geht es hier nicht.« Eberhard stand im Konferenzraum vor der Wand, in der linken Hand einen schwarzen Gummitopf mit frisch angerührter Spachtelmasse, in der rechten eine breite Spachtel, mit der er die Masse sorgfältig in den mit Acryl gefüllten Riss strich. »Ich könnte auch eine Glasfasermatte drüberlegen, aber ich hoffe, dass es so reicht. Die Glasfasermatten werfen sich manchmal auf, und dann sieht es genauso beschissen aus wie vorher.«

Volker saß mit verschränkten Armen am Konferenztisch und sah Eberhard bei seiner Arbeit zu. »Kein Schwein von uns hat dieser dämliche Riss gestört. Wieso dich?«

Eberhard glättete seine Spachtelmasse auf der Wand fast liebevoll: »So ein Riss, das ist der Anfang vom Ende. Zuerst ist er ganz fein, und du bemerkst ihn kaum. Dann verbreitert er sich, aber du gewöhnst dich dran. Oder guckst weg. Und wenn du nicht aufpasst, verkommt das ganze Haus, und du verkommst mit, und die Mäuse tanzen auf den Tischen, und dein Leben zerbröselt hinter deinem Rücken, während du in die andere Richtung auf die Glotze starrst. Wehret den Anfängen! Das ist keine Frage von Kosmetik, sondern von Charakter!«

Volker lachte laut auf: »Du könntest auch einfach zugeben, dass du gerne mit den Händen arbeitest. Kochen, Kindermöbel bauen, Wände verputzen.«

Eberhard trat einen Schritt zurück und betrachtete sein Werk. Es war perfekt. »Stimmt. Das ist was Reelles, was Ehrliches! Aber darum geht es nicht. Ich repariere gerne Sachen, mache sie gerne heil, ich will, dass die Welt um mich herum gut und schön ist, verstehst du?« Er wies mit der Spachtel auf die Leichenfotos von Uta Berger und Georg Dassau, die an der Pinwand hingen. »Sieh dir das an. Da gibt es nichts mehr zu retten. Wir jagen hilflos hinterher, wir jagen das Böse, und es ist uns immer einen Schritt voraus. Und wenn wir einen fassen, brütet der Nächste ein paar Häuser weiter schon irgendeine Perversion aus, und alles geht wieder von vorne los. Manchmal macht mich das einfach fertig. Es hört nie auf. Der Setzriss hier, der tröstet mich. Ich habe das Problem gesehen, bin's angegangen und hab's gelöst. So soll es sein!«

»Sagt mal, tickt ihr noch ganz sauber?«, fragte Christian, der im Türrahmen aufgetaucht war, »wir sind hier doch kein Heimwerkerclub! Da gibt's ganz andere Probleme, die wir angehen müssen!« Kopfschüttelnd trat er ein und nahm sich einen Kaffee aus der Thermoskanne.

Ungerührt ging Eberhard zum Waschbecken, wusch seine Gummischüssel, die Spachtel und seine Hände: »Dir auch einen guten Morgen, Chris! Volker und ich ziehen nachher noch mal los und befragen die restlichen Angestellten von S/M-Läden und ein paar Stammkunden. Aber vor zwölf brauchst du die Leute aus der Branche gar nicht aus dem Bett zu klingeln. Die hetzen dir ihre Pitbulls auf den Hals, so schnell kannst du gar nicht gucken.«

»Pete ist bei Waller und hält mit ihm die Journalisten bei Laune. Dass das denen nicht langweilig wird, wir haben doch kaum was Neues!«, fügte Volker hinzu.

Eine halbe Stunde später kam Pete zurück, und auch Daniel schlurfte zur Zehn-Uhr-Sitzung in den Konferenzraum. Karen, die jeweils nach Möglichkeit und Bedarf an der Sitzung teilnahm, fehlte, da sie und Nicole noch mit weiteren Obduktionen an exhumierten Leichen beschäftigt waren. Der Bericht über die asiatische Prostituierte jedoch lag schon vor und war von allen gelesen worden. Eine weitere Leiche, die Karen letzte Nacht noch obduziert hatte, war ohne Folterbefund geblieben.

Es herrschte eine verhalten angespannte Stimmung in der Sitzung. Weder Eberhard und Volker noch einer von den eingesetzten Kollegen der Sitte hatte in einem der einschlägigen Hamburger S/M-Läden eine Spur von Uta Berger gefunden. So konnte mit an Sicherheit grenzender Wahrscheinlichkeit angenommen werden, dass Utas Sexspielzeug von ihrem Freund gekauft worden war. Dafür aber hatte sich in aller Herrgottsfrühe am heutigen Morgen auf dem Polizeikommissariat in der Sedanstraße tatsächlich ein Zeuge gemeldet, der am Abend des sechsundzwanzigsten Oktobers, dem Donnerstag, an dem Uta Berger verschwunden war, die junge Frau im Grindelhof gesehen hatte. Volker hatte ihn befragt, bevor er ins Büro gekommen war. Der Zeuge hatte Uta Berger auf dem Foto in der Zeitung erkannt und sagte aus, Uta Berger sei offensichtlich unterwegs Richtung Abaton-Bistro gewesen. Er habe davor auf seine Freundin gewartet, die im Kino direkt neben dem Bistro noch zur Toilette gegangen war. Uta Berger war dem Zeugen aufgefallen, weil sie hübsch war und nur einen kurzen Trenchcoat trug mit nackten Beinen in Pumps darunter, was er bei der Temperatur überraschend fand. Außerdem mochte er ihren erotisch herausfordernden Gang. Also hatte er sie beobachtet und gehofft, dass sie sich nähern würde. Doch bevor sie auf seiner Höhe war, hielt ein Taxi neben ihr, die rechte hintere Tür wurde geöffnet, sie beugte sich zu dem Insassen und sprach lachend mit ihm oder ihr. Dann stieg sie ein, und das Taxi fuhr weg Richtung Hallerstraße. Leider hatte der Zeuge nicht erkennen können, wer in dem Taxi saß, er hatte nicht mal sehen können, ob es ein Mann oder eine Frau war. Die polizeiliche Recherche bei den Hamburger Taxiunternehmen hatte bislang nichts ergeben.

»Das beweist immerhin, dass Uta ihren Mörder vermutlich kannte, aber nicht mit ihm verabredet war«, schloss Pete.

Christian stimmte zu: »Und dass er ihr zufällig begegnete, auch wenn er sie kannte. Er hatte kaum wissen können, dass sie zu der Uhrzeit noch mal losgehen würde, um im Abaton-Bistro Kippen zu kaufen. Ich sage ›er‹, weil wir wohl alle davon ausgehen, dass wir einen Mann suchen.«

»Die Statistik und die Tatumstände sprechen dafür. Vermutlich haben die beiden sich sogar recht gut gekannt, sonst wäre sie wohl kaum abends um elf Uhr zu ihm ins Auto gestiegen. Also, ich finde, es spricht alles dafür, dass es unser Phantom war«, bemerkte Eberhard.

»Was mir nicht daran gefällt, ist die zufällige Begegnung«, wandte Pete ein. »Jemand, der mit einer solchen Kaltblütigkeit mordet, geht meist planmäßig vor. Wenn es ihr Lover war, hätte er viel mehr und viel bessere, kontrolliertere Gelegenheiten gehabt, sie verschwinden zu lassen.«

»Das stört mich auch«, nickte Christian, »denn wir dürfen eins nicht vergessen: Alles, was Karen über die Art und Weise der Folterungen herausgefunden hat, deutet auf einen gut ausgestatteten Raum hin, in dem der Killer seiner kranken Leidenschaft nachgeht. Er hat irgendwo eine Folterkammer, in die er Uta, davor die Prostituierte und danach Georg Dassau geschleppt hat, um sie mit Elektroschocks und sonstigen Abscheulichkeiten zu behandeln. Wer das aus einem plötzlichen Impuls heraus tut, ohne vorherige sorgfältige Planung, fühlt sich verdammt sicher.«

»Oder ist verdammt arrogant«, meldete sich nun Volker zu Wort.

»Oder ein Profi«, flocht Daniel ein, der wie immer vergleichsweise still in sein Laptop starrte, das er sogar mit in den Konferenzraum brachte, ganz so, als sei es ein externes künstliches Organ, ohne das er nicht lebensfähig wäre. »Ein Profi wie David Rosenbaum.«

Christian informierte Pete, Eberhard und Volker über den Besuch Fred Thelens und den abgetauchten Mossad-Agenten.

»Glaubst du, dass da ein Zusammenhang besteht?«, wollte Eberhard wissen.

»Im Januar verschwindet in Hamburg ein sogenannter Interrogationsexperte aus einem nahöstlichen Geheimdienst. Auf gut deutsch würde man sagen, ein professioneller Folterer. Seitdem haben wir hier drei Leichen, mindestens drei, ich bin gespannt, was Karen noch findet. Zwei Frauen, ein Mann. Alle drei gefoltert, zum Teil mit Methoden, die nachweislich im Nahen Osten Tradition haben. Nicht nur da, aber *auch* da. Was würdest du denken, Herd?«

Eberhard zuckte mit den Schultern. »Mir kommt das alles sehr ... ich weiß nicht ... Wo könnte der Zusammenhang zwischen Uta Berger und einem Mossad-Agenten liegen? Wie passt der Obdachlose Georg Dassau ins Bild? Und die asiatische Prostituierte?«

Pete wandte sich an Daniel: »Was weißt du sonst noch über diesen Rosenbaum? Abgesehen von seinem zweifelhaften Beruf?«

»An Daten über solche Leute ist schwer ranzukommen. Es war knifflig genug, überhaupt auf ihn zu stoßen, ist alles mehrfach verschlüsselt und gesichert. Hat mich ja auch fast enttarnt, die Aktion. Rosenbaum ist ein deutschstämmiger Jude, geboren in Deutschland und aufgewachsen in Israel irgendwann in den Sechzigern. Genaueres gibt's nicht über ihn, ich habe bislang nicht mal ein Foto. Schätze, den Namen hat er im Laufe seiner Karriere mehrfach gewechselt. Vermutlich ist das, was ich über ihn finden kann, sowieso eine Legende, die ihm der Mossad gebaut hat.«

»Vielleicht ist dieser Rosenbaum unser Phantom«, mutmaßte Eberhard. »Hast du noch mal mit deinem Kumpel vom BND gesprochen? Der weiß doch sicher mehr.«

Christian schüttelte den Kopf: »Der ist schon wieder zurück nach Pullach. Wir haben telefoniert. Der weiß nicht mehr, oder er sagt es mir nicht. Jedenfalls ist Thelen eine Sackgasse. Wir müssen die Verbindung, falls es denn eine gibt, selbst finden. Also: Wir suchen das Phantom, und wir suchen Rosenbaum. Wir suchen Verdächtige, Zusammenhänge, Zeugen, Erkenntnisse. Wir suchen überall. Und wir suchen weiter, bis wir das Schwein aus seinem Koben treiben!« Christian schlug wütend mit der Faust auf den Tisch, aber keiner zuckte zusammen. Sie kannten seine plötzlichen Ausbrüche.

Nur Pete wirkte fast noch frustrierter als Christian. »Wir suchen und suchen. Und stoßen auf nichts! Für mich entsteht da immer noch kein Bild! Die Puzzleteile wollen einfach nicht zusammenpassen! Null! Wir spekulieren ins Blaue, weil wir absolut nichts in der Hand haben.«

»Das liegt an uns, nicht an den Puzzleteilen. Wir sehen nicht richtig hin. Also machen wir weiter, wechseln die Perspektive und die Beleuchtung. Geduld ist die Tugend des Jägers«, meinte Christian bemüht ruhig. Er wusste, dass sie sich täglich selbst motivieren mussten, um gute Arbeit zu leisten. »Schaut euch die Fotos an, die Fotos von Uta Berger und den anderen. Wir werden die Bestie finden!«

»Dazu brauchen wir Fakten und Ergebnisse, und zwar schnell. Verlangt zumindest unser geschätzter Oberstaatsanwalt Waller, der mir heute Morgen schon den Tag versaut hat«, sagte Pete.

»Der Scheißkerl soll uns in Ruhe unsere bekackte Arbeit tun lassen«, knurrte Christian übellaunig. Wenn es nicht so lief, wie er sich das vorstellte, neigte Christian neben dem cholerischen Schlagen und Treten von Möbeln auch zu unflätiger Ausdrucksweise. Das änderte zwar nichts daran, dass da draußen ein gemeingefährlicher Irrer herumlief, von dem er bislang nicht mal Witterung aufgenommen hatte, aber er fühlte sich zumindest für ein paar Sekunden besser.

Die Konversation, der Anna am Nachmittag in der behaglichen Bibliothek von Professor Gellert in der Elbchaussee beiwohnte, unweit vom Hause ihrer Eltern, war weitaus gepflegter. Sie ließ es sich bei einem locker aufgeschäumten Cappuccino gut gehen. Neben ihr auf dem Sofa saß Professor Weinheim, der sie am Vortag überredet hatte, endlich einmal zu seinen monatlichen Nachmittagstreffen mit Hamburger Wissenschaftlern mitzukommen. Bislang hatte Anna stets unter fadenscheinigen Vorwänden abgesagt, doch Weinheim hatte sehr wohl verstanden, welche Abneigung hinter Annas Absagen steckte. Sie fürchtete schlichtweg, sich unter all den älteren Herren zu langweilen, die ihrer Vermutung nach nur Eitelkeiten austauschten, indem sie die eigenen wissenschaftlichen Leistungen, und seien sie noch so lange her, in den Vordergrund der Gespräche zu rücken versuchten. Als Anna gestern jedoch hörte, dass das heutige Treffen bei Gellert stattfand, sagte sie zu. Sie fand Gellert äußerst charmant und anregend, und außerdem glaubte sie, ihrer neuen Dozententätigkeit ein wenig Opportunismus und damit zumindest eine versuchte Annäherung an ein solch illustres Netzwerk zu schulden. Weinheim war unter den Anwesenden der einzige schon emeritierte Professor, ansonsten saßen Dozenten aus den unterschiedlichsten Fachbereichen in kleinen Gruppen zusammen und tauschten sich aus. Sogar der Universitätspräsident war da und hatte Anna freundlich begrüßt. Er kannte ihren Vater gut von dessen früherer Lehrtätigkeit in der Physik und freute sich, endlich einmal die Tochter kennenzulernen, die ja nun auch zu seinem Stab gehörte. Gellert machte sich einen gekonnten Spaß daraus, den Uni-Präsidenten mit seinen vornehmlich verwaltungstechnischen Fähigkeiten aufzuziehen, doch da der sehr amüsiert darauf reagierte, schien es Anna ein altbekanntes Spiel zwischen den beiden zu sein, dem die anderen keinerlei Bedeutung beimaßen. Jedenfalls fühlte sich Anna überraschend wohl in dem renommierten akademischen Zirkel und bedankte sich bei Weinheim leise dafür, sie zu dieser angenehmen Ablenkung eingeladen zu haben. Sie stellte ihre Tasse auf einem Kirschholztisch ab und schlenderte durch die imposante Bibliothek, deren fast fünf Meter hohe Wände rundum mit prall gefüllten Bücherregalen bedeckt waren. Zwei Historiker diskutierten vor dem Philosophie- und Anthropologie-Regal über die Krise der Geschichtswissenschaften im Fin de Siècle, doch Anna hörte nur mit halbem Ohr hin. Sie las einen gerahmten Text, der im Regal stand. Gellert trat neben sie: »Julien Offray de La Mettrie über die menschliche Fähigkeit zur Imagination.«

Anna las halblaut vor: »Durch ihren schmeichelhaften Pinsel erhält das kalte Skelett der Vernunft lebendiges und rosiges Fleisch; durch sie blühen die Wissenschaften, vervollkommnen sich die Künste, sprechen die Wälder, seufzen die Echos, weinen die Felder, atmet der Marmor – alles nimmt Leben an unter den leblosen Körpern.«

»Wenn Sie es mit Ihrer schönen Stimme vorlesen, klingt es noch besser«, meinte Gellert lächelnd.

»Es ist ein wunderbares Zitat, eine wunderschöne Überzeugung.«

»Die Sie nicht teilen?«

»Gerade als Psychologin ist mir die Macht der Imagination mehr als bewusst. Aber aus eigener Erfahrung weiß ich, dass sie nicht nur das Wahre, Schöne, Gute hervorbringt, sondern auch Schrecken, Angst und Panik.«

Gellert sah sie forschend an: »Ich will Ihnen nicht zu nahe treten. Aber ich stehe Ihnen jederzeit zur Verfügung. Falls Sie mal reden wollen.«

»Ich weiß das Angebot zu schätzen. Und auch Ihren Feinsinn, Menschen nicht zu bedrängen.«

Mit einem verständigen Lächeln zog sich Gellert aus dem Gespräch zurück und wandte sich seinen Historiker-Kollegen zu, denen er scherzhaft polternd völlige Ahnungslosigkeit über das von ihnen diskutierte Thema bescheinigte. Anna zog sich aus der Bibliothek zurück in das Entrée der geschmackvollen Patriziervilla. Auf der Suche nach einem Badezimmer öffnete sie einige Türen, bis sie sich in der Küche befand. Eine kleine, herzlich wirkende, etwas rundliche Dame Ende sechzig werkelte darin herum. Als Anna die Tür öffnete, ging ein Strahlen über ihr Gesicht: »Endlich mal wieder ein weibliches Wesen im Hause! Kommen Sie herein, Kindchen!«

Anna trat näher und stellte sich vor. Die kleine Frau schüttelte ihr die Hand. »Ich bin Luise Juncker, setzen Sie sich, wollen Sie auch eine heiße Schokolade? Ich koche gerade Milch auf.«

Anna erklärte, vor allen Dingen zur Toilette zu wollen. Danach würde sie gerne einen Kakao trinken. Frau Juncker wies ihr den Weg in ein prachtvolles, in sattem Algengrün gekacheltes Marmorbadezimmer. Als Anna zurückkam, dampfte schon der Kakao in den Tassen. Sie setzte sich an den Küchentisch auf eine Holzbank gegenüber von Frau Juncker, die sofort unbekümmert zu plaudern begann.

»Ich bin ja so froh, wenn der Herr Professor Gäste hat, sonst ist hier ja nicht mehr viel los. Aber meistens kommen nur die verknöcherten Wissenschaftler, von denen verirrt sich nie jemand in meine Küche.« Frau Juncker seufzte in ihren Kakao. »Vor nicht allzu langer Zeit war das anders, da kamen nachmittags die Freundinnen von Franziska zum Kaffeeklatsch, und manchmal habe ich mich sogar dazugesetzt und mit ihnen geplaudert.«

»Ist Franziska die Frau von Herrn Professor Gellert?«

Luise Juncker nickte: »Ich bin mit ihr in den Haushalt gekommen. Als Franzi geheiratet hat. Seit ihrem achten Lebensjahr kenne ich sie schon, ich war vorher Zugehfrau im Hause ihrer Eltern.«

Anna nahm einen Schluck Kakao, er schmeckte herrlich.
»Ich will bestimmt nicht indiskret sein, aber ich habe gehört, dass sie ihn verlassen hat.«

»Das ist jetzt ein Dreivierteljahr her. Es war ganz schrecklich für den Herrn Professor, er hat sie so geliebt. Eingesperrt hat er sich und gelitten wie ein Hund.«

»Und Sie sind bei ihm geblieben? Wollten Sie nicht mit Franziska weggehen? Da gibt es doch sicher eine große Verbundenheit zwischen Ihnen.«

Frau Juncker seufzte wieder: »Das hätte ich mir bestimmt überlegt, aber dazu kam es ja nicht. In der Nacht ist sie verschwunden, ganz heimlich, hat keinem einen Ton gesagt, nicht mal mir. Hat ihre Koffer gepackt, und weg war sie. Nach Südamerika, mit ihrem neuen Liebsten.«

Noch immer von der Last der Enttäuschung niedergedrückt, erhob sich Luise und ging zum Küchenschrank. Sie holte zwei Postkarten und ein Foto aus einer Schublade hervor und zeigte alles Anna. »Sie hat mich aber nicht vergessen. Hier, sehen Sie.«

Anna besah sich zuerst das Foto. Franziska Gellert war um einiges jünger als der Professor, eine wunderschöne, blonde Frau, die Anna irgendwie bekannt vorkam. Vielleicht war sie Frau Gellert mal im Tante-Emma-Laden an der Elbchaussee begegnet, wo sie früher oft mit ihrer Mutter zum Einkaufen war. Bewegt las Anna die beiden Postkarten, die aus Argentinien stammten. Franziska Gellert entschuldigte sich herzerweichend liebevoll bei Luise Juncker für ihre heimliche Flucht, aber eine vorherige Ankündigung hätte ihren Entschluss garantiert ins Wanken gebracht. Dennoch sei sie jetzt sehr, sehr glücklich. Luise solle sich um den Professor kümmern in diesen Stunden des Schmerzes und nicht allzu schlecht von ihr denken.

»Da bin ich natürlich bei ihm geblieben. Ohne mich hätte der Herr Professor das Elend nicht gemeistert, wenn ich das mal in aller Bescheidenheit sagen darf. Und er ist mir im Laufe der Jahre ja auch ans Herz gewachsen. Ein guter, angenehmer Mensch, nicht wahr?«

Anna bestätigte das gerne, bedankte sich für den Kakao und erhob sich. Sie sollte wieder zurück zur Gesellschaft, bevor man ihr Ausbleiben als unhöflich empfand. Luise bat sie, bald wieder zu kommen. Sie war sehr froh, dass Gellert sich langsam wieder zurück ins Leben bewegte, und der Anblick einer hübschen jungen Frau konnte nach Luises Meinung dabei nur helfen. Hauptsache, das Lächeln kehrte in Gellerts Miene zurück.

Anna durchquerte das Entrée Richtung Bibliothek. Irgendjemand hatte dort Musik aufgelegt, sie drang leise durch die kassettierte Eichenholztür. Noch konnte Anna nicht erkennen, was es war, aber sie verspürte plötzlich einen leichten Schwindel. Irritiert hielt sie inne. Sie stand inmitten der Eingangshalle und blickte auf die schwarz-weißen Rautenfliesen zu ihren Füßen, die unversehens einen dreidimensionalen Raum zu öffnen schienen gleich einer von M. C. Escher inszenierten optischen Täuschung. Ihr brach der Schweiß aus, sie zitterte, sie spürte wie Angst ihren Körper und ihre Seele umflutete, die Angst übernahm die Kontrolle, lähmte sie von den Füßen an aufwärts, kroch an ihr hoch, kalt und stetig, Zentimeter für Zentimeter, als würde ein eisiges Gift sich ausbreiten, bis sie komplett gelähmt war, jeder Muskel, jede Faser, jede Zelle, die Angst über ihrem Kopf zusammenschlug und sie hermetisch abriegelte, sodass nichts mehr nach draußen dringen konnte, nicht rufen und nicht regen, einbetoniert, gefangen. Sie spürte die Angst und bekam Angst vor der Angst und wusste doch, dass sie dagegen ankämpfen musste, ruhig atmen, den Kopf heben, nur ein winziges Stück, sich aus der Erstarrung befreien, einen Millimeter vielleicht, der Rest würde dann schon kommen, doch sie sah nach unten, weil ihr Kopf ihr nicht gehorchte, er nicht und ihre Arme und Beine auch nicht, noch sonst etwas, sie drohte in diesen Raum unter ihr zu stürzen, in einen Abgrund aus schwarzen Rauten, die immer näher kamen und größer wurden, sie hörte jemanden schwer atmen und viel, viel zu schnell, in ihren Ohren brauste das Blut. Lauter und lauter und lauter und ...

Weinheim kam aus dem Badezimmer ins Entrée und erkannte auf einen Blick, was mit Anna los war. Für sein Alter erstaunlich behende sprang er zu ihr, konnte sie aber nicht mehr halten, als sie wie in Zeitlupe auf den Boden sank. Er rief Richtung Bibliothek um Hilfe, die Tür wurde geöffnet, Gellert und einige andere kamen heraus, sahen Weinheim neben der ohnmächtigen Anna auf dem Boden knien, fragten mit hektischer Bestürzung, was passiert sei, und Anna lag da, ganz blass im Gesicht, der Rock ein wenig hochgerutscht, und sie sah so unglaublich schön aus, was auch den um sie herumstehenden Männern auffiel, die sie fast ehrfürchtig anstarrten. Gellert schrie nach Luise, die herbeigestürzt kam, die Männer zur Seite drängte und wieder in die Küche lief, um einen feuchten Lappen und etwas Riechsalz zu holen, und Weinheim befahl, dass endlich jemand diese vermaledeite Musik ausmachen sollte, diesen verdammten zweiten Satz von Beethovens verdammter siebter Sinfonie.

Lars war in seiner kleinen Wohnung im Lehmweg und betrachtete die Ausstattung, die er auf dem Bett vor sich ausgebreitet hatte. Eine schwarze Lederhose, ein knallenges schwarzes Satinshirt, ein nietenbesetzter Gürtel, schwarze Springerstiefel und protziger Silberschmuck. Er würde sich lächerlich vorkommen, das war ihm klar, aber es gab keinen Weg zurück. Er konnte den Bullen unmöglich sagen, was er wusste, sie würden den Laden stürmen und alle in die

Mangel nehmen. Nein, die Bullen würden nichts ausrichten können. Es gab keinen anderen Weg, er musste sich als Schaf im Wolfspelz unter das Rudel mischen und mit den Raubtieren heulen. Ganz wohl war ihm dabei nicht, er hatte keine Ahnung, wie er sich im Ernstfall verhalten sollte. Was tun, wenn man ihn unmissverständlich aufforderte, mitzumachen. Passive Zuschauer hatten in der Szene zwar auch ihre Berechtigung, aber ihm ging es schließlich darum, Kontakte zu knüpfen und Vertrauen zu schaffen. Doch wenn er mitmachte, was würde er dabei empfinden? Lars fürchtete sich. Einerseits wollte er Uta verstehen, wollte wissen, was sie empfunden hatte. Andererseits verspürte er eine subtile Scheu, sein Leben in Unordnung zu bringen. Lars hatte seit zwei Jahren eine feste Freundin, mit der er ein regelmäßiges, gepflegtes Sexualleben zwischen sauberen Bettlaken führte. Was, wenn er auf seinem Ausflug in die Niederungen menschlicher Triebe Lust verspürte? Was, wenn etwas ähnlich Selbstzerstörerisches in ihm steckte wie in Uta? Oder wenn es ihn im Gegenteil so abstoßen würde, dass er seine kleine Schwester posthum verachtete? Lars wusste, dass mit Utas Tod etwas Unbekanntes in das Leben seiner Familie eingedrungen war. In ihm und vermutlich auch in seiner Mutter breitete sich etwas Schleichendes aus, das wie Säure die Geländer der Konvention zersetzte, an denen er sich gemeinhin entlanghangelte in einer langen Schlange von Konformisten. Lars spürte, wie die Selbstsicherheit, die er sich in seinem gesellschaftlichen Rahmen erarbeitet hatte, korrodierte. Er wusste, dass er die Reihe verließ und sich auf ein Nebengleis begab. Aber war dieses Unbekannte, das sich in sein Leben fraß, das Böse? Oder war es nur das Fremde?

Als Anna am Abend im R&B, Christians Stammkneipe in der Weidenallee, ankam, waren die anderen schon alle versammelt. Nur Christian fehlte noch. Yvonne hatte eine Wette abgeschlossen. Sie war sich ganz sicher, dass Christian seinen Geburtstag vergessen hatte. Anna war noch ein wenig wacklig auf den Beinen und auch recht blass, aber ansonsten fühlte sie sich wieder gut. Nach ihrer Panikattacke hatte Weinheim sie nach Hause gebracht und dort sofort eine Sitzung mit ihr durchgeführt, die ihr ihre innere Stabilität zurückgab. Weinheim hatte ihr zwar geraten, sich auszuruhen, doch sie wollte auf keinen Fall die von Yvonne organisierte Überraschungsparty für Christian verpassen. Außerdem spielte sie den Lockvogel, der Christian auf die Zielgerade setzen sollte. Laut Yvonne war sie der einzige Mensch, der Christian ohne Angabe von Gründen innerhalb kürzester Zeit an jeden auch nur irgendwie erreichbaren Ort bestellen konnte. Anna war sich da gar nicht so sicher, aber sie fand es rührend, wie Yvonne versuchte, ihr eine besondere Bedeutung in Christians Leben zuzuschustern. Also hatte sie ihn angerufen, um ein Treffen gebeten, und er hatte zugesagt. Ein bisschen schäbig fühlte sich Anna schon, ihn so zu hintergehen, denn schließlich erwartete Christian nun einen möglichst angenehmen Abend zu zweit, statt von der Bande seiner Kollegen überfallen und in einen geselligen Mittelpunkt gerückt zu werden – eine Rolle, die er nur ungern übernahm.

Anna begrüßte Karen und Pete, die nicht zufällig nebeneinander saßen. Eberhard stellte Anna seiner Lebensgefährtin Biggi vor, einer attraktiven Blondine, die einen herzlichen und bodenständigen Charme versprühte. Neben Daniel saß an ihn gelehnt eine extrem schlanke, fast magere, leicht angepunkte junge Frau, die er als seine Freundin Puck in den Kreis einführte.

»Ich vermute, der Spitzname leitet sich weniger von Shakespeares Elfenkobold ab als von dem Hartgummigeschoss beim Eishockey«, flüsterte Volker Anna zu. »Wenn du mit der ins

Bett gehst, kriegst du blaue Flecken von den vorstehenden Hüftknochen.«

»Du bist doch nur neidisch«, gab Anna scherzhaft zurück und knuffte Volker in die Seite. Volker war schon seit über einem Jahr wieder Single. Obwohl er Frauen liebte und verehrte, gelang es ihm nie, eine dauerhaft an sich zu binden. Anna erinnerte sich an ein amüsantes Gespräch, in dem er die Vermutung geäußert hatte, er könne den Frauen unheimlich sein, und Yvonne hatte ihm in ihrer jugendlichen Respektlosigkeit absolut recht gegeben. Ihrer Meinung nach war ein Mann, der sich tagelang ausschließlich von Dinkelstangen ernährte, die er in Riesenkartons ins Haus geliefert bekam, um dann plötzlich und lustvoll seine Zähne in ein Fünfhundert-Gramm-Steak, blutig, zu schlagen, nicht nur unheimlich, sondern auch unberechenbar. Und das war für viele Frauen noch schlimmer. Eberhard war nach Yvonnes Männeranalyse der Gegenentwurf: ein treusorgender Partner und Vater, der im Haushalt alles reparierte, im Wald Holz hackte, gerne kochte und Brot buk, seiner Frau Blumen mitbrachte und sich für Anfälle von schlechter Laune entschuldigen konnte. Einfach liebenswert und verlässlich. Über Daniel hatte sie keine Aussagen gemacht. Damals hatte Anna überlegt, wie Christian wohl auf Yvonne wirkte. Yvonne bewunderte ihn rückhaltlos. Aber sie war zu jung, um zu verstehen, dass Christians Stärke angreifbar war, weil sie zu wenig Rücksichten nahm, und seine Schwäche furchterregend, weil sie ihn verhärten ließ. Egal, ob er stark oder schwach war, er verletzte die Menschen, die ihn liebten.

Jetzt schien Yvonne selbst in einer verletzlichen Lage. Sie saß stumm da und beobachtete mit waidwundem Blick, wie Daniel den Arm um Puck legte und sie küsste. Yvonne wandte sich abrupt ab, griff zu ihrem Handy und telefonierte leise.

Durch die große Glasfront beobachtete Anna, wie Christian sich der Kneipe näherte. Sie ging nach vorne Richtung

Theke, um ihn abzufangen. Im Augenwinkel sah sie zwei ihrer Studenten am Tresen stehen. Sie nickte ihnen kurz zu. Christian kam herein, strahlte sie an. Er hatte nur Augen für Anna, deshalb sah er seine versammelten Kollegen am großen Tisch weiter hinten nicht.

Anna begrüßte ihn mit einem Kuss auf die Wange und flüsterte: »Sei mir nicht böse. Sie haben mich mit vorgehaltener Waffe gezwungen.«

Irritiert folgte Christian Annas Blick und sah sie alle dastehen, die Gläser in den Händen, ihm zuprostend. Bevor er etwas sagen konnte, zerrte Anna ihn zum Tisch.

»Was zum Teufel…?«, begann Christian zu fluchen. Dann hielt er inne und schlug sich gegen die Stirn.

»Seht ihr? Er hat's vergessen! Her mit der Kohle, Pitt!«, freute sich Yvonne. Dann fiel sie Christian um den Hals und gratulierte ihm. Alle anderen schlossen sich an, zuletzt nahm Anna ihn in die Arme.

»Wenn der Geburtstagskuss nicht wirklich beeindruckend ausfällt, verzeihe ich dir das niemals!«, meinte Christian grinsend.

Anna küsste ihn dementsprechend intensiv auf den Mund, und er erwiderte den Kuss. Sie spürte, wie sie unwillkürlich die Augen schloss und sich dieses Gefühl, in seinen Armen zu Hause zu sein, wohlig in ihr ausbreitete. Als sie sich wieder voneinander lösten, war es für einige wenige Minuten so, als hätte es nie ein Zerwürfnis zwischen ihnen gegeben. Erst als sie alle am Tisch saßen und Christian seine Geschenke überreichten, ließ er ihre Hand wieder los. Michel, der Theker, mit dem Christian eine Art lockerer Freundschaft pflegte, kam an den Tisch und gab eine Runde aufs Haus aus. Auch er gratulierte Christian, ebenso wie Beate und Ina, die beiden attraktiven Servicekräfte an den Tischen.

Anna war erleichtert, dass Christian nicht bärbeißig auf den konzertierten Überfall reagierte. Er schien sich sogar zu freuen. Früher hätte sie ernsthaft gefürchtet, er würde mit Verachtung auf die Überraschungsparty reagieren und sie alle auf ihren Geschenken sitzen lassen, um allein seiner schlechtgelaunten Wege zu gehen. War Christian in den Monaten ihrer Abwesenheit tatsächlich wieder aus seinen Abgründen aufgetaucht in die menschliche Gemeinschaft, oder waren es die Ermittlungen, die ihm das Gefühl gaben, nützlich zu sein, ihn seinen Frust vergessen ließen und sogar seinen Geburtstag? Sie hatte nicht viel Zeit, darüber nachzudenken, denn die Ankunft Martin Abendroths brachte sie aus der Fassung. Er küsste Yvonne zur Begrüßung auf den Mund, stellte sich dann artig der Gemeinschaft vor und bedachte Anna mit einem frechen Grinsen. Nun war ihr klar, wen Yvonne eben angerufen hatte. Offensichtlich war sie heftiger in Daniel verliebt, als alle vermuteten. Yvonne hatte sich ein Gegengewicht zu Puck besorgt, sie konnte es wohl nicht ertragen, einsam Daniels Liebesglück gegenübersitzen zu müssen. Anna fand ihre Vermutung bestätigt, als sie Yvonnes prüfende Blicke zu Daniel sah. Der jedoch zeigte keinerlei Anzeichen von Verblüffung, geschweige denn Eifersucht, und begann sofort, sich mit Martin nett zu unterhalten. Martin brillierte durch Intelligenz und Charme, er integrierte sich hervorragend. Trotzdem fühlte sich Anna durch seine Anwesenheit gestört, und das lag nicht nur an den ihrer Meinung nach herausfordernden Blicken, die er ihr immer wieder zuwarf.

Nach dem Essen holte sich Anna Zigaretten aus dem Automaten im Kellergeschoss. Auf dem Rückweg kreuzte sie Martin, der unterwegs war, um mit den beiden Kommilitonen an der Theke ein paar Worte zu wechseln. Anna hatte den Eindruck, er passte sie ab. Sie wollte an ihm vorbeigehen, doch er hielt sie auf.

»Kann es sein, dass Sie sich durch meine Anwesenheit gestört fühlen, Frau Doktor Maybach?«

»Keineswegs«, log Anna, »ich frage mich nur, was Sie von Yvonne wollen. Ich hätte nicht angenommen, dass sie ernsthaft ihr Typ ist.«

Martin beugte sich vertraulich vor und raunte Anna ins Ohr: »Ihr Interesse an meinem Privatleben schmeichelt mir, auch wenn es Sie nichts angeht. Es sei denn, Sie wollen ein Teil davon sein, was ich sehr begrüßen würde. In einem Punkt aber haben Sie recht. Erfahrene Frauen liegen mir mehr als unschuldige Gören. Die sind nur zum Verderben gut.«

Bevor Anna in aller Schärfe antworten konnte, hatte Martin sich den beiden Studenten zugewandt und klatschte sie mit cooler Geste ab. Anna ließ es dabei bewenden, und obwohl sie innerlich kochte, ging sie zurück zum Tisch und verbarg ihren Ärger. Eberhard und Volker erzählten Anekdoten aus ihrer langjährigen Zusammenarbeit mit Christian, bis dieser schließlich protestierte und dem peinlichen Treiben ein Ende bereitete, das nur einem Muttertier beim Kindergeburtstag zustand, wie er sich ausdrückte. Yvonne trank unterdessen mehr als ihr zuträglich war, und schon gegen halb elf Uhr bestellte Martin ein Taxi und verabschiedete sich mit ihr. Der Stimmung tat es keinen Abbruch. Volker und Eberhard, beide mit Band-Erfahrung in ihren Biographien, begannen zu singen. Während Volker sich mehr auf die Gassenhauer der Rockmusik kaprizierte, versuchte Eberhard sich an Chet-Baker-Balladen, wurde aber schnell wegen unbotmäßiger Melancholie disqualifiziert. Anna spürte, wie mit jeder Stunde der Stress des Nachmittags von ihr abfiel und sie sich immer gelöster fühlte. Unter dem Tisch suchte sie Christians Hand und drückte sie. Er lächelte sie an.

Kurz darauf ging Anna zum Tresen, um bei Michel eine Runde Grappa zu bestellen. Der Theker jedoch war gerade mit der Zubereitung zweier Cocktails beschäftigt, sodass sie einen Moment auf seine Aufmerksamkeit warten musste. Die beiden Studenten standen neben ihr, drehten ihr jedoch den Rücken zu. Anna bekam unabsichtlich ihr Gespräch mit.

»Martin ist unglaublich. Wie der das immer hinkriegt!«
»Die Weiber fliegen halt auf ihn.«
»Die Kleine wird sich wundern.«
»Ach, die vögelt er doch nur, weil sie bei der Soko ist. Im Grunde ist er scharf auf die Maybach.«
»Aber die kriegt er nicht.«
»Abwarten. Jetzt knüpft er erst mal die Kleine auf. Besoffen genug war sie ja. Ich finde sie eigentlich ganz lecker. Mit viel Glück erinnert sie sich morgen nicht mehr an jede Schweinerei. Am liebsten würde ich hinfahren und zusehen. Aber ich bin pleite.«
»Wobei zusehen?«, mischte sich Anna mit schneidendem Ton in das Gespräch ein. Die beiden Studenten fuhren herum. Als sie erschrocken erkannten, wer sie belauscht hatte, versuchten sie, das Ganze herunterzuspielen und ergingen sich in Ausflüchten. Doch Anna ließ sie nicht vom Haken, ihr war es bitter ernst. Als sie ein paar gezielte Drohungen aussprach, bekam sie schließlich die gewünschten Informationen. Eilig ging sie zurück zum Tisch und verabschiedete sich von Christian und den anderen. Natürlich wollte man sie nicht so überstürzt gehen lassen, schon gar nicht ohne Angabe von Gründen. Anna erwähnte einen Notfall, verschwieg aber, dass es sich dabei um Yvonne handelte, sie wollte das Mädchen vor ihren Kollegen nicht bloßstellen. Aber sie versprach Christian, sich später noch bei ihm zu melden, egal, wie viel Uhr es werden würde. Mit einem tiefen, erwartungsvollen Blick in ihre Augen ließ er sie ziehen. Sie hatte es ganz offensichtlich eilig.

Es dauerte fast eine Stunde, bis Anna die Anlage im Norden knapp außerhalb Hamburgs gefunden hatte. Der einstöckige, langgestreckte Reetdachhof lag in Dunkelheit, die Fenster waren mit Holzläden fest verschlossen, nur an der Eingangstür brannte eine Lampe. Anna parkte ihren Mini zwischen vornehmlich edlen Karossen, die doppelt so lang waren wie ihr Wagen. Nur ein paar Frösche quakten, ansonsten war es still. An der Eingangstür fand sie keine Klingel, sondern einen schmiedeeisernen Klopfer in der Form eines Pferdekopfs. Das Geräusch hallte laut durch die neblige Nacht. Kurz darauf wurde ein Sichtfenster in der Tür geöffnet. Ein junger Mann lugte hindurch und betrachtete Anna mit prüfendem Blick.

»Was kann ich für Sie tun, Schönste?«
»Ein Freund hat mir dieses Haus empfohlen.«
»Dann kennen Sie sicher auch das Sesam-öffne-dich.«
Anna nickte. »Katharina die Große.«

Ohne ein weiteres Wort wurde die Tür geöffnet. Der junge Mann, dessen Smoking aufgrund einer beeindruckenden Breitschultrigkeit schon aus stilistischen Gründen zu eng wirkte, geleitete Anna in eine schummrige Bar. Die Einrichtung war hochwertig und geschmackvoll. Weniger geschmackvoll fand Anna die gutbetuchten Herren, die in den schlecht beleuchteten Nischen saßen und sich von Obenohne-Hostessen in Lederstrings in jeglichem Sinne bedienen ließen. Möglichst unauffällig ließ Anna ihren Blick schweifen, doch von Martin und Yvonne keine Spur. Sie setzte sich an die Bar und bestellte einen Manhattan. Es dauerte keine drei Minuten, bis sich ihr ein Mann näherte und auf dem Hocker neben ihr Platz nahm. Er war etwa Mitte fünfzig, klein, fast kahl und ausnehmend hässlich. An seiner Hand trug er einen Siegelring mit einem fetten Diamanten. Er drehte an dem Ring herum, als wollte er Annas Blick unbedingt darauf lenken.

»Hallo«, eröffnete er das Gespräch reichlich unoriginell. Sein begehrlicher Blick, der an Annas Körper herabglitt, war mindestens ebenso plump.

»Hallo«, antwortete Anna so verbindlich sie konnte.

»Willst du mit mir auf ein Zimmer gehen? Oder magst du lieber Zuschauer?«

»Zimmer?«, fragte Anna zurück. »Ich bin zum ersten Mal hier. Aber man sagte mir, hier gäbe es Ställe. In denen was Besonderes geboten wird.«

Ein breites Grinsen überzog das Gesicht des Mannes. »Da habe ich aber Glück. Wenn du das Besondere suchst, bist du bei mir genau richtig. Passiv oder aktiv?«

Anna war unsicher, was sie antworten sollte. »Wo liegen denn deine Vorlieben? Wie wär's mit Aufknüpfen?«

Der hässliche Mann erhob sich. Schon jetzt zeichnete sich eine gewisse Erregung in seiner Unterleibsgegend ab. Anna spürte, wie ihr leicht schwindelig wurde. Oh nein, nicht jetzt, dachte sie und atmete tief durch. Der Mann interpretierte das falsch. »Ganz schön heiß bist du, was? Komm, wir gehen in den Stall.«

Anna folgte ihm auf die Hinterseite des Gebäudes und war dankbar, auf dem gepflasteren Hof etwas frische Luft schnappen zu können. Die Nacht war sternenklar und windstill. Eine Katze huschte über den Hof. Sie sah kurz in Annas Richtung. Ihre Augen glühten im Licht des Vollmonds. Dann war sie zwischen zwei Holzfässern verschwunden. Der Mann öffnete die Tür zum Stall. Auch hier war die Beleuchtung eher spärlich, doch Anna konnte sofort erkennen, dass die alten Pferdeboxen erhalten geblieben waren. Drei größere Boxen lagen zur rechten Seite der Tür, sehr viele kleinere, Anna konnte nicht sehen, wie viele, waren links aufgereiht. Die Luft war stickig, es roch nach Leder und Latex und Puder und Schweiß. Der hässliche Mann wollte Anna zu einer leeren Box auf der rechten Seite ziehen, doch sie entwand sich seinem feuchten Griff und meinte leise, er solle schon mal vorgehen, sie wolle sich erst noch umsehen, um sich Inspiration zu holen. Anscheinend fand er dieses Vorgehen akzeptabel, denn mit vorfreudigem Grinsen, aber ohne weiter zu insistieren, begab er sich allein auf die rechte Seite des Stalls.

Anna wandte sich nach links. Rotes Licht flackerte im Halbdunkel, hie und da brannten Kerzen, klatschende Schläge auf nackter Haut, das Rasseln von Ketten, das Knallen von Peitschen, lautes Stöhnen und Lustschreie erfüllten die Luft, die so gesättigt an Gerüchen und Geräuschen schien, dass man sie schneiden konnte. In jeder Box hielten sich mindestens zwei Leute auf. Keinen schien zu stören, dass Anna unbeteiligt an ihnen vorüberlief. Sie jedoch spürte, wie sie mit jedem Schritt, mit jeder Box angewiderter von diesen wenn auch nur inszenierten Gewalt- und Unterwerfungsphantasien war, sie spürte deutlich die Anzeichen einer Panikattacke. Als sie vor der zweitletzten Box stehen blieb, bekam sie kaum noch Luft.

»Unsere Fetischismus-Dozentin auf Exkursion. Kommen Sie aus privatem Interesse, oder haben meine dümmlichen Kommilitonen Ihnen die Adresse gegeben?«

Anna achtete nicht auf Martin, der mit freiem, gepiercten Oberkörper in einer Lederjeans neben ihr stand. Ihr Blick war entsetzt auf Yvonne geheftet, die mit dem Gesicht nach vorne in einer Art Lederschaukel hing, wobei ihr der Rücken schmerzhaft durchgebogen wurde. Ihre Augen waren verbunden, doch selbst in dem dämmrigen Licht konnte Anna sehen, dass ihre Wangen von Tränen nass waren. Anna bemerkte nicht einmal, wie ihr Schwindel, ihr Herzrasen und ihre Atemnot einer unglaublichen Wut wichen. Sie forderte Martin auf, Yvonne sofort loszubinden. Der zuckte mit den Schultern, murmelte etwas von »Spielverderber« und machte sich daran, Yvonne aus ihren Fesseln zu lösen. Yvonne nahm sich die Binde von den Augen und sah Anna fassungslos an.

Dann stürzte sie ihr weinend in die Arme. Anna hielt sie mit einer Hand fest, mit der anderen klaubte sie Yvonnes Kleidung aus dem auf dem Boden verstreuten Stroh.

»Zieh dich an, komm, zieh dich an. Es ist alles in Ordnung.« Während Yvonne sich zitternd anzog, wandte sich Anna ein letztes Mal zu Martin: »Wenn Sie mir jemals wieder unter die Augen treten, werde ich Ihnen Ihre stinkenden Eier abschneiden.«

Anna fasste die einen Kopf kleinere Yvonne um die Schultern und führte sie hinaus auf den Hof, in die klare Nacht. Sie wollte um das Haupthaus herumgehen, als eine männliche Stimme sie aufhielt.

»Hey, Sie! Sie sind doch die Freundin von Christian Beyer!«

Verblüfft drehte sie sich um. Yvonne hob nicht einmal den Kopf.

Vor ihr stand Lars, ebenfalls in die schwarze Kluft der S/M-Gemeinde gezwängt. Selbst in der kalten Luft verströmte er den Geruch von Gummi.

»Was machen Sie hier?«, wollte er von Anna wissen.

»Das geht Sie wohl kaum etwas an. Und es interessiert mich auch nicht, was Sie in Ihrem Privatleben treiben. Lassen Sie uns gefälligst in Ruhe.«

Anna packte Yvonne fester und ging mit ihr Richtung Parkplatz. Lars sah den beiden nachdenklich hinterher, dann verschwand er wieder im Stall.

Eine Stunde später lag Yvonne bei Anna in der Badewanne. Sie hatte zwar nach Hause gewollt, doch Anna hielt es für keine gute Idee, wenn sie jetzt allein war. Während der Fahrt hatte Yvonne keinen Ton von sich gegeben, sie weinte nur leise vor sich hin. Also hatte Anna vorgeschlagen, mit zu ihr zu kommen, und Yvonne schien dankbar für das Angebot.

Die Tür zum Badezimmer ließ sie offen, damit Yvonne nach ihr rufen konnte. Sie ging hinunter in die Küche und überlegte, ob sie sich noch bei Christian melden sollte. Es war schon nach zwei, sicher schlief er schon. Außerdem wusste sie nicht, was sie ihm sagen sollte und durfte. Sie musste sich zuerst mit Yvonne absprechen, denn der wäre es vermutlich unangenehm, wenn Christian von ihrem Ausflug in die Abgründe der Demütigung erfuhr. Anna konnte sich gut vorstellen, wie Yvonne jetzt in der Wanne saß und sich schrubbte und schrubbte, um sich wieder reinzuwaschen von den Berührungen und den Blicken. Ein hoffnungsloses Unterfangen, sie würde lernen müssen, mit der Erfahrung umzugehen. Vielleicht konnte Anna ihr dabei Starthilfe geben.

Sie setzte Milch auf, um heißen Kakao zu kochen. Als Yvonne zaghaft in die Küche kam und sich auf das Sofa am Esstisch in die hinterste Ecke verkrümelte, goss Anna gerade zwei Tassen voll. Yvonne trug einen Jogginganzug, den Anna ihr bereitgelegt hatte. Sie hatte Hosenbeine und Ärmel mehrfach umgekrempelt, weil ihr der Anzug viel zu groß war. Aber Anna wusste, wie beruhigend jetzt weite, weiche Schlabberklamotten auf Yvonnes Unbewusstes wirken würden. Wenn man das schlichte Vorhandensein des Körpers für eine Verletzung der Seele schuldig sprach, tat es gut, ihn in etwas Formlosem zu verstecken, in einem schützenden Kokon, in dem der Körper verhüllt und jeglicher Eros verleugnet wurde, in dem die Weiblichkeit verborgen blieb, statt sich selbstbewusst zu präsentieren und sich des ungerechtfertigten Vorwurfs der Provokation aussetzen zu können.

Anna stellte eine Tasse vor Yvonne hin und setzte sich dazu: »Möchtest du einen Schuss? Cognac oder Rum?«

Yvonne schüttelte den Kopf. »Nie wieder Alkohol.«

Sie nahm einen Schluck und stellte die Tasse ab. Der Kakao war noch zu heiß zum Trinken. Abwesend fuhr Yvonne mit ihrem Zeigefinger die Maserung auf dem alten Holztisch nach.

»Ich schäme mich so«, sagte sie, ohne den Blick zu heben.

»Ich weiß. Aber das brauchst du nicht. Nicht vor mir, nicht vor dir.«

»Trotzdem. Ich bin froh, dass du mich da rausgeholt hast. Aber fast wär's mir lieber, du hättest das nicht gesehen.«

Anna pustete ihren Kakao, sodass sich eine Haut bildete: »Was habe ich denn gesehen? Eine Freundin, der jemand wehgetan hat. Eine Freundin, die geweint hat.«

Yvonne sah sie überrascht an.

»Kennst du von Jacques Brel das Lied ›voir un ami pleurer‹?«

Yvonne verneinte. Sie kannte weder Jacques Brel, dazu war sie viel zu jung, noch sprach sie französisch.

Anna versuchte ihr zusammenzufassen, worum es ging: »Es ist ein wunderschönes, sehr trauriges Lied, das beschreibt, was es alles in der Welt gibt an Schrecken. Kämpfe in Irland, zu wenig Zärtlichkeit, der unausweichliche Tod ... aber das Schrecklichste von allem ist und bleibt, was der Titel übersetzt heißt: Einen Freund weinen zu sehen.«

Für den Schatten einer Millisekunde huschte ein Lächeln über Yvonnes Gesicht. Dann versteckte sie sich wieder hinter ihrem Kakao. »Erzählst du mir ein bisschen von dir? Von deinen Eltern ... Hast du eigentlich Geschwister? ... Oder von Chris und dir ... aber nur, wenn du magst.«

Anna verstand, dass Yvonne das Freundschaftsangebot mit einem Vertrauensbeweis besiegelt brauchte. Auch damit Yvonne über ihr Erlebnis im Pferdestall reden konnte, musste Intimität zwischen ihnen hergestellt werden. Also erzählte Anna. Sie erzählte von ihren Eltern, von den Schwierigkeiten, die sie seit Jahren mit ihnen hatte, sie erzählte von ihren Liebschaften, ihrer Einsamkeit inmitten des studentischen Partylebens, von dem Wegziehen ihrer beiden besten Freundinnen, der Trauer über den Verlust, und sie erzählte von Christian, dem Scheitern ihrer Beziehung und ihrer Sehnsucht nach einem Neuanfang.

Christian saß zu Hause in seinem Sessel. Es war drei Uhr in der Nacht, draußen schlief die Stadt unter der feuchten Decke des unaufhörlichen Nieselregens, und er wartete. Wartete wie ein Volltrottel auf Anna, die nicht mehr anrufen, geschweige denn auftauchen würde. Er hatte die Blicke, die sie ihm auf seiner Geburtstagsfeier zugeworfen hatte, durch die rosarote Brille seiner Hoffnungen und Wünsche falsch interpretiert. Das waren die ersten Anzeichen der Seuche: Spekulation und Interpretation. Jedes Wort, jeden Blick, jede Geste auf die Goldwaage zu legen, dann hin und her zu drehen wie eine Münze aus einem fremden Land, graviert mit fremden Zeichen, um schließlich genau den Wert herauszulesen, den man brauchte, um das zu bekommen, was man wollte. Die Seuche. Sie breitete sich aus wie ein Gift, langsam, schleichend, zersetzend, und wenn man schließlich bemerkte, was vor sich ging, war es schon zu spät, und die Seuche regierte Gehirn und Gonaden gleichermaßen und ließ einen schwachsinnige Dinge tun, wie nachts stupide im Sessel sitzen und auf jemanden warten, der nicht kommt. Die Seuche namens Liebe. Gegengift: Gefühllosigkeit. Mit den Nebenwirkungen Einsamkeit, Hoffnungslosigkeit und Verzweiflung. Einen Preis zahlt man immer und für alles. Christian hatte sich in seinem Leben schon oft gefragt, was schlimmer sei, die Seuche oder das Gegengift. Meistens hatte er sich mit allen Konsequenzen für Letzteres entschieden. Jetzt jedoch saß er in seinem Sessel und gab auf, sich zu wehren. Er wollte die Seuche, er suchte und fand und begrüßte sie und lud sie ein, in seiner Mitte Platz zu nehmen, er wollte von ihr ganz erfasst werden, und wenn er daran zugrunde ging.

Als es klingelte, schoss er aus seinem Sessel wie ein Champagnerkorken aus der Flasche. Aber es war nicht Anna. Vor seiner Tür stand Lars, gekleidet in einer lächerlichen Lederkluft, die fast so aufdringlich war wie seine Bierfahne. Christian wollte ihn anschreien, allein schon, um seiner Enttäuschung Luft zu verschaffen, als wolle er Lars persönlich vorwerfen, nicht Anna zu sein. Doch ein Blick in Lars' verstörte Miene ließ ihn verstummen. Er öffnete die Tür und ließ ihn ein.

»Du siehst aus wie ein bescheuerter Dörfler, der sich zum Harley-Treffen verkleidet hat«, sagte er mürrisch.

»Eher wie ein erotisch völlig unterbelichteter Spießer, der sich zu einem S/M-Treffen verkleidet hat«, gab Lars müde zurück.

Christian bot ihm Platz und schwarzen Kaffee an und bat um Aufklärung. Stockend erzählte Lars, wie ihm einer seiner Kollegen bei Airbus hinter vorgehaltener Hand und unter dem Siegel der Verschwiegenheit auf das Foto seiner Schwester in der Zeitung angesprochen hatte. Der Kollege behauptete, Uta vor nicht allzu langen Wochen in einem zum S/M-Schuppen ausgebauten alten Pferdehof außerhalb Hamburgs gesehen zu haben. Noch bevor Christian tief genug Luft geholt hatte, um Lars zu beschimpfen, weil er mit dieser Information erst jetzt herausrückte, erklärte ihm Lars die Gründe für seinen Alleingang. Das ersparte ihm Christians Vortrag keineswegs. Als Christian zum zweiten Mal tief Luft holte, grätschte Lars dazwischen.

»Ja, ist schon gut, ich habe verstanden. Ich bin allerdings nicht mitten in der Nacht gekommen, um mir meine Packung abzuholen. Das hätte ich auch noch morgen früh machen können.«

Christian stutzte: »Stimmt. Also. Was hast du herausgefunden?«

»Nichts. Und zwar genau aus den Gründen, warum ich

euch nicht Bescheid gesagt habe. Ihre Freundin hat mir dazwischengefunkt. Und weil einer gesehen hat, wie ich auf dem Hof mit der Ische eines Bullen rede, die kurz vorher in dem Laden Aufstand gemacht hat, haben sie mich rausgeworfen, bevor ich irgendjemanden zu meiner Schwester befragen konnte. Dankeschön.«

»Wovon redest du, Herr im Himmel?«

»Von Ihrer Freundin, dieser schlanken Brünetten, die ich nachts mal hier mit Ihnen vor der Tür getroffen habe. Die war im Pferdestall und hat so 'ne kleine Blondine rausgeholt.«

»Und woher wussten die im ... im Pferdestall, dass die Frau, mit der du gesprochen hast, meine Freundin ist? Wenn sie's überhaupt war.«

»Der Typ, der an der kleinen Blondine rumgemacht hat, der kennt sie wohl auch. Der hat es dem Chef dort gesteckt. Und schon war ich draußen. Die dachten, wir gehören zusammen und schnüffeln den Laden aus.«

Christian versuchte, das Gehörte in einen sinnvollen Zusammenhang zu bringen. Er hatte sich schon alle möglichen Gründe ausgedacht, warum Anna Hals über Kopf von seinem Geburtstag verschwunden war. Vielleicht hatte sie einen Liebhaber, der unerwarteterweise Zeit für sie erübrigte. Oder eine Freundin in Not. Oder ihre Mutter. Aber ein S/M-Schuppen? Anna? Nie im Leben!

»Ich möchte jetzt gerne mal erfahren, was Ihr Bullen dort ermittelt. Die kleine Blonde habe ich schließlich auch schon in eurem schäbigen Büro gesehen. Also: Gibt es eine Spur? Ich will es wissen!«

Christian bekam immer weniger Sinn in das Ganze. Es gab nur eins, egal, wie viel Uhr es war. Er schob Lars zur Tür hinaus, versicherte ihm, das sei alles nur ein großes Missverständnis und habe nichts, aber auch gar nichts mit den Ermittlungen im Falle Uta Berger zu tun. Dann rief er Anna an, um sie unmissverständlich zu fragen, inwieweit das alles nur ein großes Missverständnis sei und nichts, aber auch gar nichts mit den Ermittlungen im Falle Uta Berger zu tun habe.

Anna bestätigte ihm genau das. Mit einem Seitenblick auf Yvonne hatte sie das Gespräch angenommen und sich ins Wohnzimmer zurückgezogen. Ohne große Erklärungen gab Anna zu, Lars im Pferdestall getroffen zu haben, alles Weitere würde sie ihm morgen erklären. Sie oder Yvonne. Jedenfalls sei es eine Angelegenheit äußerst privater Natur. Christian wollte sich nicht damit zufriedengeben, doch Anna bestand darauf und legte auf. Dann ging sie zurück zur Küche und sah Yvonne ernst an.

»Tut mir leid, Yvonne, aber Christian weiß Bescheid über unseren kleinen Ausflug. Der Typ da auf dem Hof, mit dem ich gesprochen habe, das war Uta Bergers Bruder, der hat es Christian gesteckt.«

»Was hat der denn da gemacht?« Yvonne war verblüfft.

»Keine Ahnung. Aber das spielt im Moment auch keine Rolle. Wichtiger ist, dass Christian eine Erklärung erwartet. Und du weißt, dass er sich nicht mit Ausflüchten abspeisen lässt. Also. Was sollen wir ihm erzählen? Die Entscheidung liegt bei dir.«

Yvonne stellte ihre zweite Tasse Kakao mit Schwung auf den Tisch, sodass ein wenig vom Inhalt überschwappte, und begann wieder zu weinen. Aber Anna spürte, dass Yvonnes Tränen nun nicht mehr ausschließlich aus Trauer und Schmerz flossen, sondern auch aus Zorn.

»Ich bin doch nur mitgegangen wegen Daniel! Überhaupt! Was muss der denn diese blöde Punk-Tussi mitbringen! Da habe ich Martin angerufen und mich betrunken.«

»Du bist noch immer in Daniel verliebt, was?«

»Jetzt nicht mehr! Aber ich war's. Und deswegen hat's mir doch auch so gutgetan, dass Martin sich für mich interessiert hat! Für mich! Die sonst nie ein Typ so richtig wahrnimmt! Jedenfalls nicht Daniel. Aber Martin. Er wollte alles über mich wissen, was ich denke, was ich tue, was ich arbeite! Und er ist ein toller Typ. An der Uni, die reißen sich um ihn. Weißt du, wie gut das tut?«

Yvonne wartete Annas Antwort nicht ab. »Er sieht phantastisch aus, ist sportlich, intelligent, witzig, er kann vier Sprachen, er segelt, ist Motocross gefahren, Bungeejumping hat er auch gemacht und Theater gespielt und ...«

Yvonne brach plötzlich ab, als hätte sie der Schlag getroffen. Sie starte ins Leere.

»Yvonne, was ist denn?«, fragte Anna.

Kaum hörbar flüsterte Yvonne: »Er hat sich nicht für mich interessiert. Es ging nicht um mich, keine Sekunde. Ich bin eine solche Idiotin! Wie dumm kann ein Mensch sein!?«

Sie barg ihre Hände ins Gesicht und weinte herzerweichend.

Christian hätte nun wirklich langsam ins Bett gehen sollen, aber er wusste, er würde nicht schlafen können. Er war zu sehr mit Carl Gustav Jungs Theorie von der Synchronizität beschäftigt. Christian verstand nicht viel davon, er war schließlich kein Psychologe, aber er könnte Anna danach fragen. Das sollte er auch. Es war nämlich schon das zweite Mal in diesem Fall, dass er daran dachte. Das scheinbar zufällige zeitliche Zusammentreffen mehrerer Ereignisse, die nichts miteinander zu tun haben, aber durch ihr Zusammentreffen eine neue Bedeutung bekommen, ließ ihm keine Ruhe, seit Daniel auf das Verschwinden dieses Mossad-Agenten gestoßen war. Einen Zusammenhang herzustellen, schien hanebüchen, es gab keinerlei Anhaltspunkte dafür, außer einem

Wort: Folter. Doch dieses Wort war für Christian entscheidend, es war der kleinste gemeinsame Nenner in einer verwirrenden Vielzahl von Fakten, Fundstücken, Aussagen und Thesen. Und jetzt der Pferdestall. Lars auf der Suche nach dem Phantom. Anna und Yvonne. Was, zur Hölle, hatten die beiden da verloren? Und wer, zum Teufel, war eigentlich dieser unsympathische Student, der am Abend im R&B aufgetaucht war und dessen Hände über Yvonne wanderten, während seine Augen an Anna klebten?

Tag 8: Samstag, 4. November

Der Tag kündigte sich mit zögerlichem Grauen an, als es erneut bei Christian klingelte. Es dauerte eine Weile, bis er aus den Tiefen seines Schlafes auftauchte, und begriff, dass es nicht der Wecker war, der ihn störte. Er sah auf die Uhr, es war noch nicht mal sechs. Müde rappelte er sich aus dem Sessel hoch, in dem er in voller Montur zusammengekrümmt gelegen hatte, und spürte jeden einzelnen Knochen dabei. Es klingelte noch einmal. Missmutig über die Störung und das Bewusstsein seines Alterns schlurfte er zur Wohnungstür und öffnete. Anna und Yvonne standen vor der Tür und sahen ihn entschuldigend an.

»Entschuldige, aber wenn es nicht so wichtig wäre ...«, begann Anna.

Müde winkte Christian ab und ließ die beiden eintreten. Mit ein paar Handgriffen räumte er Zeitschriften, Unterlagen, benutzte Gläser und Tassen vom Wohnzimmertisch, während Anna in der Küche Kaffee kochte. Yvonne saß schuldbewusst auf dem Sofa und bemühte sich vergeblich, nicht an den Fingernägeln zu kauen. Als Anna aus der Küche zurückkam, saß Christian ruhig in seinem Sessel und sah die beiden erwartungsvoll an. Anna begann zu sprechen, doch Yvonne unterbrach sie.

»Lass mal, Anna. Das habe ich mir selbst eingebrockt, und das werde ich jetzt auch auslöffeln.« Sie rührte in ihrem Kaffee, in den sie weder Zucker noch Milch hineingetan hatte.

»Können wir das Tempo vielleicht etwas anziehen? Ich würde nämlich wirklich gerne meinen Ein-Stunden-Schlaf in dem Sessel hier zu Ende bringen«, drängelte Christian bärbeißig. Anna brachte ihn mit einem warnenden Blick zum Schweigen, während Yvonne stockend zu erzählen begann.

»Dieser Typ, den ich gestern Abend zu deinem Geburtstag mitgebracht habe, also eigentlich kam er ja später dazu, aber egal, Martin, das ist ein Kommilitone...«

»Einer meiner Studenten. Martin Abendroth«, fügte Anna hinzu.

»Jedenfalls kenne ich ihn erst seit Kurzem, und gestern, na ja, da hat er mich in so einen Laden geschleppt, das hast du ja schon gehört, aber darum geht es gar nicht. Ich habe mit Anna gesprochen, und da ist mir klar geworden, warum Martin sich für mich interessiert hat. Also, warum er so getan hat.« An ihrer unzusammenhängenden Schilderung wurde nur allzu deutlich, wie schwer Yvonne das Geständnis fiel, sie knetete nervös ihre Hände und schnaufte wie bei einer großen Anstrengung.

»Er hat mich die ganze Zeit unauffällig ausgefragt über die Ermittlungen. Weil er Uta Berger gekannt hat. Also, das weiß ich nicht genau, aber es ist wahrscheinlich. Weil er mir mal erzählt hat, und darüber ärgert er sich jetzt bestimmt, dass er Theater gespielt hat bei so 'ner Unitruppe. Nur kurz, im Sommer. Er hat wieder aufgehört, weil ihm die lesbische Regisseurin auf die Nerven gegangen ist. Und in Utas Theatergruppe die Regisseurin, die ist doch...« Erschöpft brach Yvonne ab. Sie war wieder den Tränen nah.

»Was weißt du über diesen Studenten?«, wandte sich Christian an Anna.

»Er ist arrogant, vermutlich hochintelligent, und seine sexuellen Vorlieben tendieren ganz deutlich in Richtung Sadismus.«

Yvonne senkte beschämt den Kopf.

»Was genau hat er dich alles über die Ermittlungen gefragt? Und was hast du ihm erzählt?«, wollte Christian von Yvonne wissen. Anna rechnete es ihm hoch an, dass er sanft mit Yvonne sprach und den Besuch im Pferdestall nicht erwähnte. Vermutlich konnte er sich das Ganze nun zusammenreimen und nahm Rücksicht auf Yvonnes Schamgefühl.

»Er hat mich nach allem Möglichen gefragt. Ganz viel nach Anna zuerst, und dann in welche Richtung ermittelt wird, was der Mörder mit Uta Berger gemacht hat, ob es einen Verdächtigen gibt und so.«

Christian nickte auffordernd. »So weit, so gut. Ganz normale Neugier, könnte man behaupten. Was hast du ihm erzählt?«

»Nichts Spezielles«, meinte Yvonne, doch sie wurde immer kleinlauter, »nur, was auch in der Zeitung stand. Und ... und dass es neuerdings einen Zeugen gibt, der Uta an dem Donnerstag, an dem sie verschwunden ist, am Grindelhof in ein Taxi hat steigen sehen. Zu jemandem, den sie kannte.«

»Sie hat ihm allerdings nicht gesagt, dass der Zeuge das Gesicht des Fahrgastes nicht sehen konnte«, ergänzte Anna.

»Wie hat er darauf reagiert?«

Yvonne schien sich ein wenig besser zu fühlen. Wenn Christian sie bis jetzt noch nicht angeschrien hatte, würde sie dem erwarteten Donnerwetter vielleicht entgehen. »Das mit dem Zeugen habe ich gestern Abend fallen lassen. Er hat gar nichts dazu gesagt, aber irgendwie war er komisch. Ist ganz blass geworden.«

»Ganz ähnlich hat er reagiert, als er den Zeitungsartikel mit dem Foto gesehen hat. Ich war zufällig dabei, in der Mensa. Aber er hat danach mit keinem Wort erwähnt, dass er Uta kannte«, fügte Anna hinzu.

»Dann werden wir den jungen Mann mal unter die Lupe nehmen. Und du gehst nach Hause, Yvonne, und schläfst eine Runde, du siehst aus wie ausgespuckt.«

Yvonne lächelte Christian zaghaft an: »Du auch, wenn ich ehrlich bin.«

Christian lächelte zurück: »Soll ich dir ein Taxi rufen? Ich würde gerne noch mit Anna reden. Oder sollen wir dich fahren?«

Schnell wehrte Yvonne ab: »Nein, nein. Ich komme schon klar.«

Drei Minuten später klingelte der Taxifahrer. Yvonne umarmte Anna, bedankte sich leise bei Christian und verabschiedete sich. Als sie weg war, sah Christian Anna lange an.

»Ich nehme an, du willst mir nicht erzählen, was genau heute Nacht passiert ist?«

»Du kannst es dir doch sowieso denken. Yvonne ist unglücklich verliebt in Daniel, hat sich betrunken und einen Fehler gemacht. Sie wurde ausgenutzt. Mehr musst du nicht wissen. Viel wichtiger ist doch, dass dieser Martin Abendroth vielleicht euer Mann ist.« Plötzlich wurde Anna ganz zittrig. »Oh, mein Gott, stell dir vor, er hätte Yvonne ...«

»Wie hast du überhaupt davon erfahren?«

Anna drückte sich ins Sofa, als könne sie zwischen den Kissen Schutz finden vor schrecklichen Visionen. »An der Theke im R&B standen noch zwei andere Studenten von mir. Die haben geplaudert.«

Christian setzte sich neben sie. »Dann hatte dein plötzliches Verschwinden nichts mit mir zu tun?«

Lächelnd schüttelte Anna den Kopf, doch sie wurde sofort wieder ernst. »Was hast du jetzt vor?«

Christian sah auf die Uhr: »Die Nacht ist vorbei, auch für meine werten Kollegen. Wir werden so schnell wie möglich diesen Herrn Abendroth aufsuchen.« Er machte eine kleine Pause. »Ich bin froh, dass euch nichts passiert ist. Noch so ein Alleingang, und ich versohle dir den Hintern, ist das klar?«

»Ich wollte Yvonne nicht vor dir bloßstellen. Sie bewundert dich.«

»Sie muss sich vor mir nicht schämen. Wir haben alle in

unserer Jugend Mist gebaut. Rumexperimentiert. Mit Drogen. Sex. Der Liebe. Und tun es ganz hilflos immer noch.« Christian ging ins Bad, um sich ein wenig frisch zu machen für den Tag.

Anna sah nun auch auf die Uhr. »Willst du sofort los? Oder können wir noch zusammen frühstücken? Falls ich nicht am Tisch einschlafe, ich bin todmüde.«

Christian kam aus dem Bad, hob Anna vom Sofa hoch und trug sie ins Schlafzimmer. Sanft legte er sie auf sein noch unberührtes Bett und begann, sie auszuziehen. Ganz langsam, sehr behutsam und zärtlich. Es war fast sechs Monate her, dass sie miteinander geschlafen hatten, er wollte nichts falsch machen. Anna näherte sich ihm mit ebenso vorsichtiger Zaghaftigkeit, aber als sie endlich ihre Köpfe ausschalteten und ihren Körpern die Regie überließen, fielen sie mit dem Hunger eines halben Jahres übereinander her. Sie stillten ihn schnell.

»Ich werde dieses Bett nie wieder verlassen.« Anna rekelte sich wohlig zwischen den Laken und gähnte, während Christian sich anzog.

»Hoffentlich kann ich mich darauf verlassen«, grinste er. »Ich rufe jetzt die anderen an, treffe mich mit ihnen im Büro, dann fahren wir zu diesem Typen, nehmen ihn mit, plaudern ein wenig, und schon bin ich wieder da. Und wecke dich.«

Er beugte sich über sie, um sie zu küssen, doch Anna fuhr unerwartet hoch, dass sie mit den Köpfen zusammenstießen. Beide rieben sich die Stirn.

»Sorry! Und Mist!«, fluchte Anna. »Ich habe meiner Mutter versprochen, heute zum Essen zu kommen.«

»Kannst du das nicht absagen?«

»Nein. Unmöglich. Ich war seit Monaten nicht da, sie ist schon kurz vor dem Suizid vor lauter Gekränktsein. Aber ich habe eine andere Idee. Du kommst einfach mit. Glaubst du, du schaffst es bis eins? Wenn nicht, kommen wir einfach zu spät, meine Eltern lieben das. Ein kleiner, langweiliger Termin, bevor wir uns wieder ins Bett legen, okay?«

»Anna, wenn dein Student unser Mörder ist, dann werde ich heute sehr, sehr viel zu tun haben. Außerdem: Was soll ich bei deinen Eltern? Du weißt, wie ich so was hasse. Ich kenne sie doch gar nicht.«

»Eben. Ich habe viel Schlechtes über dich erzählt. Du musst es endlich bestätigen.« Christian zögerte, aber Anna ließ nicht locker: »Vielleicht stellt sich ja schnell heraus, dass Martin unschuldig ist. Dann hol mich bitte hier ab, vergiss deine Neurosen, komm mit, und sei nett zu meiner Mutter. Aber wehe, du bist nett zu meinem Vater!«

Lachend fasste Christian in ihr lockiges Haar, zog ihren Kopf sanft nach hinten und biss ihr zärtlich in die Unterlippe. »Okay, du Biest. Ich tu's. Der Fall geht zwar vor. Aber wenn es irgendwie klappt, komme ich mit. Für dich tu ich alles.«

Lars saß in seinem Wagen und kämpfte gegen seine bleierne Müdigkeit an. Zwei Weckamine hatte er schon eingeworfen, er überlegte, ob er noch mal nachlegen sollte, als Christian aus dem Haus kam. Sofort ersetzte ein kleiner Adrenalinstoß die chemischen Aufputschmittel. Lars legte die Pillen beiseite, gab Christian etwas Vorsprung und schaltete dann die Zündung ein. Es war eine eher absurde Aufgabe, Christian zu folgen, denn trotz des Schnürlregens ging er zu Fuß. Lars musste sich bemühen, den langsam einsetzenden Samstagmorgenverkehr nicht zu behindern, indem er in unauffälligem Abstand hinter einem Fußgänger herschlich. Aber bald war ihm klar, dass Christian vermutlich ins Büro ging. Er konnte ihn ebenso gut überholen und dort erwarten. Irgendetwas ging vor sich, das hatte ihm sein Gefühl gesagt, und es war bestätigt worden, als Christians Freundin und seine Assistentin in aller Herrgottsfrühe auftauchten. Es konnte kein Zufall sein, dass die beiden auch im Pferdestall gewesen waren. Er suchte das Phantom, und die Bullen suchten das Phantom. Sicher hatten die beiden Frauen undercover gearbeitet und ihm dabei die Tour vermasselt. Aber er war auf der richtigen Spur gewesen. Und deswegen würde er jetzt dranbleiben. Er würde sich nicht von den Nebelbomben ablenken lassen, die dieser Christian Beyer warf, um ihn von den Ermittlungen fernzuhalten. Er würde dranbleiben. Und im richtigen Moment zuschlagen. Die Waffe hatte er. Sie wartete im Handschuhfach. Seine Rache.

Volker und Eberhard waren erstaunlich frisch, trotz der feuchtfröhlichen Feier der letzten Nacht. Eberhard hatte schon einen Morgenlauf von zwölf Kilometern hinter sich und wirkte wie mit frischen Batterien versorgt, Volker knabberte entspannt an einer Dinkelstange und trank Yogi-Tee. Nur Daniel schien geistig noch nicht ganz anwesend zu sein, seine Pupillen bohrten sich mühsam kleine Schlitze durch aufgequollene Augenwülste, die Finger jedoch klackerten flink über die Tastatur, als führten sie ein vom schlafenden Hirn unabhängiges Eigenleben. Christian hatte seine Kollegen kurz und unter Auslassung der für Yvonne peinlichen Details über den neuen Verdächtigen informiert, und er war insgeheim stolz auf den Stil eines jeden der Truppe, denn keiner fragte nach. Sie schonten Yvonne und vertrauten ihm. Dennoch war das Jagdfieber spürbar. Die Hoffnung, den Killer zu fassen, ließ Volker sogar seine Dinkelstangen vergessen.

Der Drucker spuckte mehrere Kopien von Martin Abendroths Passfoto aus, das Daniel aus dem Computer des Einwohnermeldeamts gezogen hatte. Als Pete hektisch und mit noch etwas Zahnpasta im Mundwinkel im Büro ankam, machten sich Volker und Eberhard schon wieder auf den Weg.

Volker trat mit seinem Fahrrad auf der Schulter aus dem Haus, zog seine Anorakkapuze tief ins Gesicht, um sich vor dem andauernden Regen zu schützen, und fuhr mit einem Affenzahn los. Eberhard bestieg seinen Wagen und entfernte sich in die entgegengesetzte Richtung. Es ging so schnell, dass Lars keine Zeit blieb, zu entscheiden, ob er einem von beiden folgen sollte. Also blieb er einfach stehen und wartete auf Christian. Dabei schlief er ein.

Unter Missachtung aller Verkehrsregeln brauchte Volker exakt drei Minuten bis zur Susannenstraße, wo Kiki wohnte. Sie öffnete erst nach dem siebten Klingeln. In Unterhemd und Boxershorts, mit einem Baseballschläger in der Hand und entsprechend grimmiger Miene. Als sie Volker erkannte, stellte sie das Holz in die Ecke, wurde aber kaum freundlicher. Dennoch ließ sie ihn herein. Volker war überrascht, wie hübsch und gemütlich Kikis Altbauwohnung eingerichtet war. Er hätte eher aggressives Chaos mit männerfeindlichen Graffitis an den Wänden erwartet. Noch größer war sein Erstaunen, als eine extrem attraktive, große Blondine splitterfasernackt das Wohnzimmer durchquerte, Kiki lässig von hinten einen Kuss in den Nacken gab, ihn mit einem genervten Blick bedachte und dann im Badezimmer verschwand, um sich laut singend zu duschen.

»Du gehörst wohl auch zu den Arschlöchern, die glauben, alle Lesben sind hässlich und vögeln nur miteinander, weil sie keinen Mann abkriegen?«, grinste Kiki. Volker verspürte wenig Lust, sich auf eine Grundsatzdiskussion einzulassen. Er zeigte ihr das Bild von Martin Abendroth und radelte nach einem kurzen Gespräch wieder zurück zur Einsatzzentrale, als gelte es ein Zeitfahren bei der Tour de France zu gewinnen. Als die Blondine aus dem Badezimmer zurückkam, hockte Kiki nachdenklich auf dem Boden und wog den Baseballschläger in der Hand.

Eberhard saß unterdessen auf einem geblümten Sofa in Eidelstedt und zeigte seiner ehemaligen Wurstverkäuferin Daniela Sigrist, inzwischen Lack- und Lederfachkraft im »Juliette«, das gleiche Foto. Auch ihm genügte ein kurzes Gespräch.

Lars schlief noch immer in seinem Wagen, als Volker und Eberhard von ihren Befragungen schon wieder zurück waren. Volker berichtete, dass Martin Abendroth tatsächlich Uta Berger in der Theatergruppe kennengelernt hatte. Nach Kikis Meinung war Uta scharf auf Martin gewesen, doch der habe sich vielmehr damit beschäftigt, alle höllisch zu nerven. Er wollte unbedingt Tennessee Williams' »Endstation Sehnsucht« in den Spielplan aufnehmen, natürlich mit sich selbst in der Hauptrolle als Stanley Kowalski. Als er sich damit gegen die anderen nicht durchsetzen konnte, habe das laut Kiki »arrogante Arschloch« die Truppe gleich wieder verlassen. Sie wäre nie auf Martin Abendroth gekommen als Utas Liebhaber, dafür hatte er viel zu wenig Interesse an ihr gezeigt.

»Dennoch war er es wohl«, meinte Eberhard. »Daniela Sigrist hat ihn eindeutig identifiziert. Er hat mehrfach Sexspielzeug im ›Juliette‹ eingekauft, unter anderem auch einen Ledertanga, wie wir ihn in Utas Schublade gefunden haben.«

»Wie faszinierend, dass er ausgerechnet den Stanley Kowalski auf der Bühne spielen will«, sinnierte Pete, »den Prototyp des prügelnden Proleten. Einen Vergewaltiger zudem. Passt hübsch ins Bild, oder?«

»Was wissen wir noch über diesen Kerl?«, wandte sich Christian an Daniel.

»Nicht viel. Daddy ist ein reicher Kaufmann, dritte Generation im Kaffeegeschäft, stinkt vor Geld. Mami bringt bei Wohltätigkeitsveranstaltungen ein wenig von der Kohle unters Volk. Hamburger Pfeffersäcke, die einen auf Gemeinwesen machen. Stramm konservative CDU-Parteimitglieder, nur einen Sohn. Das verhätschelte Einzelkind Martin wächst mit allen Privilegien auf. Tennis, Hockey, Golf, Klavier, Auslandsaufenthalte als Austauschschüler in den USA und in Schweden. Militärdienst verweigert, an allen Schulen und der Uni nur Bestnoten. Ein Streber. Wohnt voll nobel in einem Dachgeschoss in der ›Bellevue‹, mit Blick auf die Alster. So wohnt doch kein Student! So wohnen Yuppie-Ärsche!«

»Bloß kein Sozialneid«, wies Christian den Kollegen in die Schranken.

Auch bei ihm keimte allerdings Missgunst auf, als er in der Wohnung stand. Das Dachgeschoss war mindestens doppelt so groß wie sein eigenes, die üppig begrünte Terrasse geräumiger als sein Wohnzimmer. Sehr erlesen möbliert. Zumindest vor wenigen Stunden noch. Nun lag alles in Trümmern, das Designersofa zerfetzt, Tisch, Stühle, Regale, ein Eames-Sessel und die Helmut-Newton-Fotografien, sicher alles Originale, zu Klump geschlagen. Quer über eine Wohnzimmerwand war in aggressivem Blutrot ein Aufruf zur Kastration aller Männer gesprüht worden.

Neben Christian und Pete stand der Hausmeister der exklusiven Wohnanlage und betrachtete entsetzt dieses Werk der Zerstörung. Da Martin Abendroth auf Christians Klingeln nicht geöffnet hatten, sollte ihnen der Hausmeister mit seinem Schlüsselbund behilflich sein. Es war jedoch nicht nötig gewesen. Die Wohnungstür stand weit offen.

»Das muss gerade erst passiert sein«, meinte der Hausmeister fassungslos. »Ich habe den Krach gehört, aber bei Herrn Abendroth ist es oft recht laut. Da kommen zu den seltsamsten Zeiten komische Geräusche aus der Wohnung, aber er schätzt es überhaupt nicht, wenn man ihn stört und nachfragt. Also habe ich mir nichts dabei gedacht. Außer, dass er ... na ja, halt mal wieder Besuch von jungen Frauen hat und ein wenig über die Stränge schlägt.«

Volker kam vom Hausflur in die Wohnung. »Die Nachbarin von unten hat zwei junge Frauen wegrennen sehen. Die Kleinere hatte einen Baseballschläger in der Hand. Der Beschreibung nach würde ich sagen, Kiki und ihre blonde Gespielin haben in memoriam Uta hier abgeholzt.«

Christian warf einen Blick in das geräumige Schlafzimmer, in dessen Mitte ein nun in seine Einzelteile zerlegtes Metallbett stand. »Der Kerl hatte vermutlich Glück, dass er nicht zu Hause war. Bei allem, was wir über Kiki wissen, hätte sie ihm sicher sämtliche Knochen gebrochen.«

»Hätte sie's bloß, dann könnten wir sie jetzt einsammeln. Aber so? Unser Hauptverdächtiger ist auf der Flucht, schätze ich. Gestern Abend erfährt er, dass wir einen Zeugen haben. Heute Nacht kommt er nicht nach Hause. Kann Zufall sein, aber ich finde, es stinkt«, meinte Pete.

Auch Christian war genervt. Jetzt mussten sie erst mal überprüfen, ob sich der Fluchtverdacht erhärtete. Dann würden sie Oberstaatsanwalt Waller von einer Fahndung überzeugen müssen.

»Ich fahre zu seinen Eltern nach Othmarschen. Vielleicht sitzt er ja schlicht bei Mami und wartet, bis das Dienstmädchen seine Wäsche gebügelt hat«, sagte Volker.

»Scheiße!«, fluchte Christian und sah auf die Uhr, »die Eltern! Ich muss weg. Haltet mich auf dem Laufenden! Und findet den Kerl! Heute noch!«

Ohne weitere Erklärung rannte er nach unten. Erst auf der Straße fiel ihm mal wieder ein, dass er kein Auto hatte. Er war mit Volker und Pete gekommen. Also zückte er sein Handy und gab Volker den dienstlichen Befehl, ebenfalls sofort nach unten zu kommen, um ihn schnellstmöglich nach Hause zu fahren. Anna wartete.

Christian saß grübelnd neben Anna im Auto, während sie zur Maybach-Villa in der Elbchaussee fuhr. So richtig fassen konnte er nicht, dass er zu einem bürgerlichen Mittagessen mit ihm fremden Menschen fuhr und belanglose Konversation über das Wetter und die Qualität des Elbwassers machen würde, während seine Truppe zur gleichen Zeit diesem Martin Abendroth hinterherjagte, einem mutmaßlichen Mörder und krankhaften Sadisten. Alles wegen Anna. War Liebe wirklich etwas Sinnvolles? Immerhin war er, bevor er Anna kennengelernt hatte, jahrelang gut ohne ausgekommen. Seit er jedoch seine Gefühle für Anna zuließ, hatte es jede Menge Ärger gegeben. Christian trommelte mit den Fingern auf seinen Oberschenkeln herum. Was tat er hier eigentlich? Wieso war er nicht bei Volker und den anderen?

»Bist du nervös?«, fragte Anna mit einem kleinen Lächeln auf den Lippen. Irritiert fuhr Christian aus seinen Gedanken hoch: »Wieso das denn?«

»Weil ich dich meinen Eltern vorstelle. Vielleicht fragt mein Vater, ob du es ernst mit mir meinst und ob du genug verdienst, um mir meine Designerschuhe kaufen zu können.«

Christian schwieg. Er war nicht in der Lage, auf Annas leichten Tonfall einzugehen.

Mit Schwung fuhr Anna die Kiesauffahrt zu ihrem Elternhaus hoch und parkte direkt vor der Freitreppe. Nach einer freundlichen Begrüßung und einem Aperitif, der im Salon eingenommen wurde, fand sich Christian an einer hübsch gedeckten Tafel sitzen, aß zur Vorspeise eine Aalsuppe und parlierte bemüht mit Annas Mutter über das Wetter und die botanischen Probleme, die der heiße Sommer im Garten verursacht hatte. Evelyn Maybach hatte so gut wie nichts mit ihrer Tochter gemein. Sie war klein, das dünne Haar hellblond gefärbt, an den Hüften leicht rundlich und plapperte wie ein Wasserfall. Anna in ihrer großen, schlanken Drahtigkeit und den dichten, dunklen Haaren war komplett nach dem Vater geraten, der wie ein Patriarch über der Tafel thronte und der verbalen Inkontinenz seiner Frau nicht die geringste Aufmerksamkeit schenkte. Stattdessen beobachtete er mit dunkelgrünen, durchdringenden Augen Anna und Christian, als könne er durch seinen bloßen Blick erkennen, welche Bande zwischen den beiden bestanden und wie belastbar sie waren.

»Walter, starr bitte Christian nicht so an«, wies Anna ihren Vater schließlich zurecht. »Das ist unhöflich und peinlich. Oder bist du eifersüchtig, weil du fürchtest, es gibt einen Gott neben dir am Tisch?«

Christian wurde noch unbehaglicher zumute. Er wusste um das schwierige Verhältnis von Anna zu ihrem Vater, und er verspürte keine Lust, zwischen die Fronten zu geraten. Annas spitze Zunge kannte er zur Genüge, und Walter Maybach wirkte nicht wie ein Mann, der Scharmützeln aus dem Weg ging.

»Stimmt. Seit deine Mutter ihr Heil in der Esoterik sucht, wird in unserem bescheidenen Haushalt das Sakrale aufs Entsetzlichste profanisiert. Eine blasphemische Anbetung von Seiten meiner Tochter würde mir wirklich guttun.« Walter hob abwehrend die Hände. »Aber ich weiß, ich habe sie nicht verdient. Weder die Anbetung noch die Tochter.« Er wandte sich an Christian: »Womit haben Sie sie verdient? Meine einzigartige Tochter und ihre Anbetung.«

Bevor Christian antworten konnte, fuhr Anna dazwischen: »Männer sind keine Götter, bestenfalls Götzen, und ich bin Atheistin. Liebe bekommt man geschenkt. Nur Respekt muss man sich verdienen.«

Christian verstand endlich, wie es lief. Die Mutter und er, wie vermutlich jeder andere, der in den Maybachschen Haushalt geriet, waren Tennisbälle für Vater und Tochter, die sie sich gegenseitig hart servierten.

»Hört sofort auf, ihr zwei«, verlangte Evelyn mit einem entschuldigenden Lächeln Richtung Christian.

Walter wollte etwas erwidern, besann sich aber eines Besseren und nahm einen Schluck von seinem Weißwein, nachdem er den Mund mit seiner Serviette abgetupft hatte.

»Was meint Papa mit dem Esoterik-Kram?«, wandte Anna sich an ihre Mutter. Vorläufige Waffenruhe durch Themenwechsel, dachte Christian und versuchte sich zu entspannen. Er warf einen Blick auf sein Handy und überprüfte, ob er auch ja keinen Anruf verpasst hatte.

»Ich war bei einer Aura-Leserin! Es war wirklich aufregend, Anna. Sie sieht die Aurafarben als Ringe, wie farbige breite Hula-Hoop-Reifen! Erdige Menschen zum Beispiel haben eine rote Aura, sie sind auf einer konkreten, materiellen Ebene. Praktisch und bodenständig. Grün ist mit Liebe durchtränkt, diese Leute sind sehr fürsorglich auf einer höheren Ebene. Das ist so aufregend! Wenn du willst, nehme ich dich mal mit.«

»Sicher, Evelyn«, mischte sich Walter mit spöttischem Tonfall ein, »Anna geht bestimmt gerne mal zu einer Talkshow mit Gandhi, Buddha und Jesus. Oder wer war noch alles dabei?«

Doch keine Waffenruhe, stellte Christian insgeheim fest, nur ein neuer Frontverlauf.

Anna sah ihre Mutter fragend an.

Die nickte. »Die Auraleserin hat weiße Seelen zur Hilfe gerufen. Damit die sie beraten und schwarze Geister vertreiben.«

»Und? Hat's geklappt? Wie sieht Jesus denn so aus? Richtig knackig in so 'ner Windel wie am Kreuz oder eher ätherisch im weißen Wallawalla-Gewand?«

Christian fiel auf, dass Anna den gleichen spöttischen Tonfall, ja sogar exakt den gleichen hochmütigen Gesichtsausdruck wie ihr Vater hatte.

Evelyns Miene verschloss sich und die fast kindliche Begeisterung darin verschwand. Sie stand wortlos auf und holte den Hauptgang aus der Küche. Sie tat Christian leid.

Während Evelyn den Labskaus servierte, spottete Walter unverdrossen weiter: »Sie hat eine Lichtsäule angefasst, stellt euch vor. Diese Auratante veranlasste eine Lichtsäule, sich im Raum aufzubauen, und Evelyn durfte sie dann anfassen. Du hast sie doch gefühlt, mein Schatz, nicht wahr?«

Evelyn nickte. »Das habe ich. Aber mit euch kann man über so was ja nicht reden.« Sie blickte Anna enttäuscht an. »Ich hatte gehofft, du als Psychologin wärst ein wenig aufgeschlossener.«

»Die Psychologie ist eine Wissenschaft!«

»Hört, hört«, meinte Walter.

Christian beugte sich über seinen Labskaus und war gespannt auf Annas Return.

»Es gibt in der Welt Kräfte, die man nicht zertrümmern und durch einen Teilchenbeschleuniger jagen kann«, bemerkte sie trocken zwischen zwei Bissen.

»Eine Aura zum Beispiel«, flocht Evelyn trotzig ein. Zu Christians Erleichterung musste Anna lachen und gab ihrer Mutter einen Kuss auf die Wange. Nur Walter konnte offensichtlich nicht lockerlassen.

»So eine Auraleserin, wäre das nichts für die Polizei?«, wandte er sich an Christian. »Sie könnten die Verdächtigen von ihr abscannen lassen und erfahren sofort, ob die Seele, was immer das auch sein mag, kontaminiert ist mit schwarzem Schleim oder bösen Geistern. Die verhaften Sie dann gleich mit. Und wenn Sie an Resozialisierung glauben, dann rufen Sie diese Helferbande, bestehend aus Jesus und Konsorten, und die glätten dann die Aura und machen unsere Welt endlich zur besten aller möglichen.«

Christian lächelte: »Ich muss gestehen, im Moment wären wir für jede Hilfe dankbar.«

»Sie suchen den Typen, der Leute zu Tode foltert, nicht wahr?«, fragte Walter.

»Nicht beim Essen!« Evelyn hatte strenge Prinzipien.

Beim Digestif, der wieder im Salon eingenommen wurde, griff Walter das Thema erneut auf. Christian erzählte ihm vom Stand der Ermittlungen, so weit er das durfte. Dabei erwähnte er einen verdächtigen Studenten und einen nebulösen Israeli, von dem man nicht genau wusste, wer und wo er war und ob er überhaupt in Verbindung zu dem Fall stand. Walter fand diesen fraglichen Zusammenhang hochinteressant und klärte Christian sehr anschaulich über ein paar Grundannahmen der Chaostheorie auf. Während der pensionierte Physiker aufs Anregendste dozierte, fiel Christian auf, wie fasziniert Anna an seinen Lippen hing. Es musste unerträglich für sie sein, einen Vater zu lieben und zu bewundern, der über Jahre hinweg die Mutter schlug.

Auch Evelyn hörte stumm zu, doch sie grübelte über etwas anders nach. In ihr brannte ein Gedanke, den sie loswerden musste: »Ich kann einfach nicht verstehen, wieso ein Volk wie die Israelis, die eine solch unvorstellbar grauenvolle Verfolgung erlitten haben, wie können die Methoden anwenden, die gegen jegliche Menschlichkeit sind? Wie können sie foltern? Tun sie das wirklich?«

Alle schwiegen betroffen. Vermutlich gab es viele mögliche Antworten auf diese Frage, aber keine könnte und würde befriedigen.

»Sei nicht so naiv, Evelyn«, meinte Walter. »Die Israelis haben doch keine besondere Verpflichtung zur Moral, so ein Blödsinn. Sie reagieren so gut und schlecht, so klug und dumm wie alle anderen auch. Und sie foltern. Wie alle anderen. Ich glaube, es war 1987, da haben die Israelis ein Regelwerk zum ›maßvollen physischen und psychischen Druck‹ festgelegt, das Geheimsache blieb. Dabei ging es darum, Gefangene tagelang zum Stehen zu zwingen oder sie zusammengekrümmt zu fesseln, ihnen den Schlaf zu entziehen, sie mit überlauter Musik zu beschallen, sie am Gang auf die Toilette zu hindern oder sie extrem hohen und niedrigen Temperaturen auszusetzen. 1999 entschied dann der Oberste Gerichtshof Israels, dass Folter unter allen Umständen verboten sei. Nach dem Ausbruch der zweiten Intifada im Herbst des Jahres 2000 und vor allem nach der Serie verheerender Selbstmordattentate sind die Inlandsgeheimdienste zum physischen Zwang zurückgekehrt. Der ehemalige Premierminister Barak erklärte dazu vor einigen Jahren im israelischen Parlament, man lebe nun einmal nicht in Holland oder in Luxemburg. Israel sei ein Land, das unter der ständigen Bedrohung des Terrors lebt. Andererseits sei Israel eine Demokratie und Teil der internationalen Gemeinschaft. Man müsse also beide Seiten sehen. Es ist wahrlich kein Geheimnis, dass der israelische Inlandsgeheimdienst Shin Bet palästinensische Häftlinge mit Wissen und Billigung der Regierung foltert. Von den rund zehntausend palästinensischen Gefangenen, die jedes Jahr die israelischen Militärgefängnisse durchlaufen, werden zwanzig bis fünfundzwanzig Prozent Opfer von Misshandlungen bei Verhören. Geheimdienste sind überall parasitäre Systeme in offiziellen Strukturen von Polizei und Gefängnisverwaltungen, und sie nutzen die Macht dieser Institutionen für die eigenen illegalen Zwecke.«

Walter nahm einen Schluck von seinem Cognac, aber er schien ihn nicht zu genießen. Keiner sagte etwas, denn Walter war noch nicht fertig mit seinem Vortrag: »Es gibt weltweit zwei Arten von Staaten, in denen gefoltert wird. Die einen bestreiten diesen Umstand rigoros, die anderen bemühen sich um seine Legitimation. Israel ist auf dem Wege von einem leugnenden zu einem legitimierenden Staat. Das ganze Problem ist aber wahrlich kein israelisches, sondern das eines jeden Rechtsstaates, der versucht, sich mit legitimen Mitteln gegen Bedrohungen von außen zu wehren. Irgendwann bleibt die Legitimität auf der Strecke. Was hätten Sie denn anstelle des Frankfurter Kollegen getan, der einen Entführer vor sich sitzen hatte, der den Ort nicht verraten wollte, an dem ein kleiner Junge seinem baldigen Tod entgegensah?«, wandte sich Walter an Christian.

»Ich hätte meine Androhung von Gewalt nicht öffentlich zugegeben«, antwortete Christian. »Sie sind im Übrigen bestechend gut über das Thema informiert.«

»Walter gehört zur aussterbenden Spezies der Universalgelehrten. Aber trotzdem, ich bin auch überrascht«, stimmte Anna zu, »Gewalt war für meinen Vater zwar schon immer ein Thema, aber ich dachte bislang, dass seine Beschäftigung damit rein praktischer Natur sei.«

Walter sah Christian an, der den Blick ungerührt erwiderte. Da begriff Walter, dass Christian Bescheid wusste. Es war, als sei ihm plötzlich das Gesicht entrissen worden, er war kein Universalgelehrter mehr, er war nicht mehr Herr in einem noblen Haus, er war nicht mehr als ein gewalttätiges Schwein, er lag bloß, ein unversehens Vertriebener aus dem Paradies, der sich plötzlich seiner Nacktheit bewusst wird und Scham empfindet.

»Es ist die Angst«, meinte Evelyn leise, »es ist die Angst, die den Menschen entmenschlicht. Dadurch wird er zum Tier.«

Walter schüttelte den Kopf: »Bewahre dir deinen Glauben, Evelyn, aber der Mensch, der Grausames tut, tut es nicht gegen seine Natur. Der Mensch ist das Untier. Der Mensch ist eine Bestie. Das siehst du doch auch so, Anna?« Er stand auf, aschfahl im Gesicht, und ging hinaus.

Evelyn sah Anna vorwurfsvoll an: »Du musst dich bei deinem Vater entschuldigen.«

»Ich denke nicht mal im Traum daran.«

»Wenn du dich nicht mit ihm versöhnst, wird in dieser Familie nie Frieden herrschen. Und auch du wirst keinen finden.«

Eine halbe Stunde später befanden sich Anna und Christian auf dem Rückweg in die Stadt. Christian sprach kein Wort, während Anna den Wagen durch den Verkehr lenkte.

»Du bist so still.«

»Ich denke nach. Über dein seltenes Talent, Menschen mit wenigen Sätzen mundtot zu machen.«

Anna fuhr auf: »Ach, jetzt bin ich schuld? Ich soll Rücksicht nehmen auf meinen armen, alten, hilflosen Vater?«

»Vielleicht musst du die Frage nach der Schuld nicht immer in den Mittelpunkt rücken.«

»Jetzt komm mir bloß nicht psychologisch!«

»Tu ich nicht.« Christian grinste. »Du bist einfach nur ein ganz garstiges Biest. Ich liebe dich.«

Anna wandte den Kopf und lächelte ihn an: »Tust du das?«

»Ja«, sagte er. »Und jetzt achte bitte auf die Straße!«

Anna ließ Christian an der Einsatzzentrale im Schanzenviertel raus. Sie wollte noch bei Yvonne vorbeifahren, um nach ihr zu sehen, und dann nach Hause, ihre nächste Vorlesung vorbereiten. Am Abend würde Christian zu ihr kommen, falls es keine neuen Entwicklungen in Sachen Abendroth gab.

Bislang gab es die nicht. Volker und Pete waren bei der Familie Abendroth gewesen, doch weder Vater noch Mutter wussten etwas über den Verbleib ihres Sohnes zu sagen. Sie hatten sich erschüttert gezeigt über den Tod der jungen Studentin und hofften, dass ihr Sohn, den sie offensichtlich sehr liebten, etwas zur Aufklärung des schrecklichen Verbrechens würde beitragen können. Pete hatte ihnen erklärt, dass Martin dringend als Zeuge gesucht wurde, woraufhin die Mutter bei allen ihr bekannten Freunden und Freundinnen von Martin angerufen hatte. Ohne Erfolg. Keiner hatte ihn in den letzten vierundzwanzig Stunden gesehen. Nicht ganz ohne Stolz vermeldete der Vater, dass sie natürlich nicht alle Freunde und vor allem Freundinnen von Martin kennen könnten. Martin habe viel zu großen Erfolg bei Frauen, als dass er ihnen jede einzelne vorstellen würde. Zumal er es mit den meisten nicht ganz ernst meinte. Die Mutter seufzte bedauernd. Sie wünschte sich nichts so sehr wie eine Schwiegertochter und Enkelkinder, fand aber auch, Martin sei noch zu jung für eine verantwortungsvolle Ehe. Und junge Männer müssten sich erst mal die Hörner abstoßen. Pete und Volker sahen keinen Grund, Frau Abendroth über die speziellen Orte und Praktiken zu informieren, an und mit denen sich ihr Sohn seine ganz speziellen Hörner abstieß. Falls Martin der Mörder von Uta Berger und den anderen war, würden sich die Eltern noch früh genug mit allen Details über das Liebesleben ihres Sohnes auseinandersetzen müssen. Falls Martin aber nicht der Mörder war, sollte man die Eltern besser vor dem Intimleben ihres Sohnes bewahren.

Pete hatte vor Martins Wohnung einen zivilen Streifenwagen zur Standobservation beordert, der Martin sofort abgreifen würde, sobald er seine Nase in die Straße steckte. Außerdem war Martin im INPOL-System zur örtlichen Fahndung zwecks Aufenthaltsermittlung ausgeschrieben. Für eine überörtliche Fahndung gab es bislang noch keine Veranlassung, auch wenn Christian das Gefühl nicht loswurde, dass Martins Verschwinden wenig mit spontanen Wochenendvergnügungen eines amüsiersüchtigen Studenten zu tun hatte. Eine zusätzliche Fahndung über ZEVIS, das zentrale Verkehrsinformationssystem, brachte nichts, denn Martin besaß kein Auto. Er fuhr, wie seine Eltern sagten, meist mit Bus, Bahn oder auch gerne mal mit dem Taxi, was Christian genauso hellhörig werden ließ wie zuvor Pete und Volker.

Mehr konnten sie im Moment nicht tun. Die Fahndungsdienststelle würde ihnen sofort Bescheid geben, falls sie Martin Abendroth festsetzten, und bis dahin, fand Pete als offizieller Chef der Truppe, konnten die Mitglieder der Soko gerne mal so etwas ähnliches wie ein Restwochenende genießen.

Tag 9: Sonntag, 5. November

Dunkel. Ganz dunkel. Kalt. Kalt? Zähne klappern. Meine Zähne. Ich. Also kalt. Wach. Ich bin wach. Nackt. Stirn. Stirn an Mauer. Kalt. Rau. Feucht. Vögel. Draußen. Amsel? Egal. Wo ist drinnen? Egal. Tut weh. Bewegen. Ein Zentimeter. Noch einer. Matschig. Strecken. Bein. Schmerz. Brennt. Heiß. Stillhalten. Ruhig. Kalt. Kalt und heiß. Atmen. Luft. Luft. Zu wenig. Röcheln. Lunge röchelt. Mund gurgelt. Warm. Warmes Blut am Kinn. Schön warm. Wunderschön. Stirn kratzt an Mauer. Nichts spürt. Stirn schlägt Mauer, Kopf schlägt Mauer. Beton. Beton. Beton. Kalt. Nichts. Warm übers Auge. Blut. Gut. Warm. Ich lebe. Ich. Durst. Vogel. Dunkel. Es raschelt. Es. Ich. Raschelt. Gut. Nicht allein. Tropft. Pling. – Pling. – Plong. – Wasser. Durst. Raschelt. Vogel. Schwindlig. Will Licht. Pfeift. Dunkel. Dunkelgrau. Fuß. Kalt. Schmerz. Fuß zerrt. Schmerz. Metall. Pfeift. Raschelt. Müde. Durst. Schlafen. Nein! Nicht schlafen. Hänschen klein, ging allein, in die weite Welt hinein, Stock und Hut, steht ihm gut, ist auch wohlgemut. Hänschen klein, ganz allein, Welt hinein, sehr viel Blut, wärmt ihn gut ...

Christian und Anna hatten die Nacht in Annas kleiner Stadtvilla im Generalsviertel verbracht. Es war eine sehr schöne Nacht gewesen, sternenklar, ohne Nieselregen, kalt und frisch. Eine Nacht, die roch wie neu erfunden, wie noch nie dagewesen, eine leidenschaftliche und zärtliche und innige Nacht, in der sie beide für mehrere Stunden die Welt und all die Kümmernisse da draußen vergessen konnten. Sie schliefen aus, eng aneinandergeschmiegt, und begannen den Sonntag leichten Herzens. Nach dem Frühstück wollten sie an der Elbe spazieren gehen, parallele Fußspuren im Sand hinterlassen, gemeinsam schweigen, um das Geschrei der Möwen nicht zu übertönen, die Trockendocks und Kräne grau in grau hinter den milchigen Morgennebeln erahnen, sich an den Händen halten und die flüchtige und wiederkehrende Atemsäule vor dem Mund des anderen mit Blicken liebkosen.

Während Anna das Frühstück vorbereitete, telefonierte Christian mit Pete und der Fahndungsdienststelle. Es gab nichts Neues, keine Spur von Abendroth. Auch die Eltern waren inzwischen irritiert. Zwar bemühten sie sich weiterhin, an einen Wochenendtrip mit einer jungen Frau zu glauben, doch die Umstände erschwerten ihnen die Sorglosigkeit, an die sie sich klammerten, immer mehr. Das abgeschaltete Handy, der Vandalismus in Martins Apartment, die Fahndung der Polizei, ein diffuser Zusammenhang zu einem Mord … langsam wurden sie nervös, riefen jede Stunde bei Pete an und begannen, detaillierte Fragen zu stellen. Pete hielt sich bedeckt, doch aufkeimendes Misstrauen vergiftete die Gesprächsatmosphäre, und es stand zu befürchten, dass Martins Eltern, falls er sich denn bei ihnen meldete, die Polizei nun nicht mehr über das Auftauchen ihres Sohnes informieren würden.

Als Anna Kaffee eingoss und sich zum Frühstück hinsetzen wollte, klingelte ihr Telefon. Sie seufzte, zögerte und ging ins Wohnzimmer. Christian hörte sie sprechen, sie sagte nicht viel. Kurz darauf kam sie in die Küche zurück, nahm im Stehen ein paar Schlucke von ihrem Kaffee und meinte: »Ein schnelles Croissant passt noch. Den Rest essen wir später. Elbe ist auch verschoben. Wir müssen in die Imam-Ali-Moschee. Das war Frau Hamidi. Mohsen ist zurück und will mit uns reden.«

Es war nicht weit bis zur Moschee, nur einmal um die

Nordspitze der Alster herum bis zur »Schönen Aussicht«. Die blaue Moschee war durch ihre Kuppel und ihre markanten Minarette weithin sichtbar und gehörte längst zum Hamburger Stadtbild. Dennoch waren weder Anna noch Christian je drin gewesen.

»Wundervoll«, meinte Anna, als sie davorstanden. »Wenn die Sonne scheint, leuchtet und schimmert das helle Blau sicher wie der Himmel selbst.«

Christian stimmte zu: »Die Moslems haben schon phantastische Paläste, Gotteshäuser und Bibliotheken gebaut, als wir hier in Europa noch in schmutzigen Windeln auf Bäumen saßen und Misteln schnitten für irgendeinen Zaubertrank.«

Anna lachte. »Ganz so ist es wohl nicht. Aber trotzdem schade, dass die Entwicklungen unserer Kulturkreise so wenig parallel und immer unter Streit verlaufen sind. Vielleicht würden wir uns heute besser verstehen.«

»Daran sind seit knapp tausend Jahren die Kreuzritter schuld. Damals wie heute. – Gehen wir rein?«

Ein Angestellter der Moschee brachte sie durch den Innenhof in einen Seitentrakt, wo Frau Hamidi mit Mohsen im Büro des Ayatollahs auf kunstvoll bestickten Sitzkissen saß und Tee trank. Mohsen war ein Bild des Schreckens. In den wenigen Tagen seiner Abwesenheit hatte der bisher schon schlanke Mann noch etwa weitere zehn Kilo verloren, seine Augen lagen dunkel und stumpf in den Höhlen, der Blick flackerte unruhig hin und her. Seine Hände konnten kaum das Teeglas halten. Frau Hamidi wirkte ruhig und beherrscht. Auch wenn Mohsens Anblick Anlass zu großer Sorge bot, so spürte man doch ihre Erleichterung darüber, dass er überhaupt zurückgekehrt war.

Mohsen erhob sich mit wackligen Beinen, begrüßte Anna und Christian und bot ihnen Platz an. Frau Hamidi goss zwei Teegläser ein und reichte sie ihren Gästen. Sie wartete höflich, bis alle einige Schlucke getrunken hatten, dann begann sie zu sprechen: »Vielen Dank, dass Sie gekommen sind. Wir wissen nicht, ob das, was Mohsen Ihnen nun erzählen wird, für Sie von Belang ist. Das müssen Sie selbst beurteilen. Mein Sohn ist letzte Nacht aus dem Iran zurückgekommen. Er hat Schuld auf sich geladen und sich deshalb auf mein Anraten hin unter den Schutz der Moschee und unseres Ayatollahs hier begeben. Im Iran wurde eine Fatwa gegen meinen Sohn ausgesprochen, ein Gerichtsurteil, das seinen Tod verfügt. Unser Ayatollah hier ist ein Mann von großem Gerechtigkeitssinn und ebenso großem Einfluss. Wir hoffen, er kann die Fatwa umwandeln.«

Frau Hamidi schwieg und sah Mohsen auffordernd an. Mohsen nickte ihr dankend zu. »Wie Sie vermutlich wissen, bin ich in den Iran gereist, um Menschen zu finden, die in der Vergangenheit Schlimmes getan haben, was meiner Mutter und damit meiner Familie unendlichen Schmerz und unsägliches Leid zugefügt hat. Mein Onkel in Teheran hatte schon seit Jahren nach den Missetätern geforscht und eine Akte angelegt. Er hat nichts Konkretes unternommen, weil ihn meine Mutter darum gebeten hatte und er Sorge um seine eigene Familie hatte. Als ich nun kam, hat er mir die Akte übergeben. Drei Männer, die damals in die Geschehnisse verstrickt waren, hat er ausfindig gemacht. Einer war im ersten Krieg gegen den Irak gefallen, der zweite bei einem Autounfall gestorben. Den dritten habe ich gesprochen. Er hat mir erstaunliche Dinge berichtet.«

Mohsens Miene wurde noch bitterer. »Wir Iraner sind ein sehr altes Kulturvolk und haben schon immer großen Wert auf Stil, Bildung und Perfektion gelegt. Deshalb haben die Iraner unter dem Schah Unterricht genommen. Das Fach hieß Folter, der Lehrer CIA. Das Schah-Regime war ein zentraler Stützpfeiler der US-Strategie im Nahen Osten und verlässlicher Ölproduzent, der vor allem für Israel und Südafrika unverzichtbar war. Das amerikanische Militär und die CIA unterhielten Stützpunkte auf iranischem Boden, von denen aus sie die benachbarte UdSSR ausspionierten. Die Armee des Schahs wurde gegen nationale Befreiungskämpfe in der Golfregion eingesetzt. Und die Savak, die Geheimpolizei des Schahs, die Verschleppungen, Mord und Folter Tausender auf dem Gewissen hat, wurde von amerikanischen Beratern ausgebildet. Vielleicht ist Ihnen die SOA ein Begriff?«

Anna und Christian schüttelten den Kopf. Frau Hamidi goss Tee nach. Das friedliche Plätschern der Flüssigkeit klang eigenartig in der Stille.

»Die ›U.S. Army School of America‹ hat seit 1950 Zehntausende lateinamerikanische Militärangehörige in US-Militäreinrichtungen ausgebildet, in Repressions- und speziell in Foltertechniken. Natürlich haben die Amerikaner immer bestritten, dass die SOA in Folter schulte. Sie haben sich aus der Affäre gezogen mit dem Argument, was die Südamerikaner mit der Ausbildung anfingen, wenn sie wieder zu Hause wären, würde sich ihrer Verantwortung entziehen.«

»So einfach, so plump?«, fragte Anna bitter.

Mohsen nickte. »Es wurde aber auch Unterricht vor Ort, in den befreundeten Staaten erteilt. In Brasilien beispielsweise gab es einen Ausbilder, der am lebenden Objekt unterrichtete. Er holte Bettler von den Straßen und folterte sie in eigens eingerichteten Unterrichtsräumen, damit die einheimische Polizei lernen konnte, welches die empfindlichsten Körperteile sind und wie man sie am wirkungsvollsten traktiert. Das plumpe Argument gegen diese Vorwürfe war damals, dass die Südamerikaner selbst am besten wüssten, wie man foltere. Trotzdem ließ sich die Öffentlichkeit nicht ewig Sand in die Augen streuen. 1996 sah sich das Pentagon gezwungen, Auszüge aus sieben Trainingsbüchern zu veröffentlichen, die als Anleitung gedient hatten. Schon damals haben die USA die Methoden nie im eigenen Land angewendet, immer nur im Ausland. Diesem Grundsatz sind sie anscheinend bis heute treu geblieben.«

Christian nickte: »Deshalb diese geheimen Gefangenenflüge in nicht so zimperliche Länder.«

Mohsen fuhr fort: »Es wurde aber nicht nur ausgebildet, sondern auch ausgetauscht. Erfahrungen, Techniken, Gerätschaften, wissenschaftliche Erkenntnisse, die von Nutzen waren. Im Iran habe ich erfahren, dass damals eine international besetzte Gruppe existierte, zusammengesetzt aus US-Amerikanern, Südamerikanern, einigen Europäern, Asiaten und Israelis, die in den verschiedenen Ländern Folterungen beiwohnten und auch durchführten, um sich gegenseitig über ihre Spezialitäten und deren Wirksamkeit zu informieren. Es gibt zwei Haupttypen von Folterern: Die einen sind komplett abgestumpft, haben keinerlei Gefühle mehr und arbeiten mit der Präzision und Kaltblütigkeit von Maschinen. Die anderen haben Spaß an ihrer Arbeit. Der Mann, der mir das alles sagte, erinnerte sich an einen jungen Deutschen, der Anfang der Siebziger einmal mit ein paar CIA-Leuten im Iran war. Er gehörte zum zweiten Typus. Besonderes Vergnügen bereitete ihm ganz offensichtlich das Foltern von attraktiven Frauen. Und er erzählte gerne von den Nutten auf der Reeperbahn.«

»Wissen Sie einen Namen?«, fragte Christian.

Mohsen schüttelte den Kopf: »Ich habe Ihnen alles berichtet. Ob das was mit diesem Mädchen, Uta Berger, zu tun hat...« Mohsens Stimme zitterte. Anscheinend saßen ihm neben den Erlebnissen im Iran auch noch die Bilder seiner letzten Obduktion in Hamburg im Gewebe. »Da glaube ich selbst nicht dran. Das ist alles viel zu lange her. Andere Zeit, anderer Ort. Trotzdem... ich... ich... Das alles wird mich nie wieder loslassen.«

Frau Hamidi legte ihrem Sohn beruhigend die Hand auf die Schulter.

»Darf ich Sie fragen, warum eine Fatwa gegen Sie besteht?«, fragte Anna.

Mohsen gab keine Antwort. Er erhob sich, ging zum Fenster, drehte Anna und Christian den Rücken zu und blickte hinaus in den orientalisch angelegten Garten, friedvolles Sinnbild des Paradieses.

»Der Mann, von dem mein Sohn all das erfahren hat«, antwortete Frau Hamidi an seiner Stelle, »war Folterer unter dem Schah. Er hat während der Revolution unerkannt die Seiten gewechselt und war dann ein Pasdaran, ein Revolutionswächter. Mein Sohn hat ihn getötet. Nachdem er ihm das angetan hat, was der Mann damals mir angetan hat.«

Frau Hamidi erhob sich beherrscht. »Und jetzt gehen Sie bitte.«

Eine halbe Stunde später saßen Anna und Christian beim verspäteten Frühstück am Goldbekufer und brachten doch beide keinen Bissen herunter.

»Was für ein Kreislauf des Grauens. Ein Staat foltert eine Frau, und Jahre später wird dadurch ihr Sohn selbst zum Folterer. Mir ist ein Rätsel, wie er das fertiggebracht hat«, bemerkte Anna fassungslos. »Ich könnte es nicht, ich könnte es einfach nicht. Einem Menschen solche Schmerzen zuzufügen, einem, der schreit, bettelt und fleht, einen Körperteil abschneiden … Das ist so ein großes Tabu, ich begreife einfach nicht, wie man sich fühlen muss, um diese Grenze zu überschreiten.«

»Hass ist immer ein starkes Motiv.«

»Man kann doch keinen Menschen hassen, den man nicht mal kennt. Man hasst das, was er getan hat. Oder den Apparat dahinter. Aber einen völlig fremden Menschen? So sehr, dass man ihn in Stücke zu schneiden vermag? Da muss man doch Eis in den Adern haben statt Blut!«

»Rache. Rache ist in Mohsens Wertesystem eine festgefügte Größe, eine Verpflichtung.«

»Die ihn selbst zerstört. Hast du in seine Augen gesehen? Er ist kaputt, völlig fertig, total traumatisiert.«

Beide schwiegen eine Weile und sahen hilflos auf das Frühstück vor sich. Neben dem Rührei mit Speck waren grüne Salatblätter angerichtet, rote und gelbe Paprikastreifen, hübsch gekräuselte Sprossen ... Das Essen wirkte aufdringlich optimistisch.

»Was hältst du von dieser ganzen Sache?«, wollte Anna wissen.

»Abgesehen von der schrecklichen Familientragödie der Hamidis? Ich weiß nicht. Ich finde immer noch keinen Zugang. Aber mir geht immer dieser Begriff von der Synchronizität der Ereignisse im Kopf herum.«

»Die liegt hier doch gar nicht vor. Mehr als dreißig Jahre und ein paar tausend Kilometer dazwischen.«

»Zwischen der Folter von Frau Hamidi und Uta Berger ja. Aber ich habe dir doch von dem verschwundenen Israeli erzählt. Abgetaucht, in Hamburg, im Januar. Ort und Zeit stimmen. David Rosenbaum, Interrogationsexperte beim Mossad. Irgendwas Mitte fünfzig. Deutschstämmig. Aus Hamburg.«

Anna sah Christian verwundert an. »Du glaubst doch nicht, dass es Rosenbaum war, der in den Siebzigern im Iran die Geschichten von den Hamburger Nutten erzählt hat?«

Ratlos zuckte Christian mit den Schultern: »Ich weiß zu wenig, viel zu wenig. Trotzdem, ich habe so ein nerviges Gefühl ... dass ich vor einer Wand stehe, in der eine geheime Tür ist. Nur, verdammt noch mal, ich kann sie nicht sehen! Aber sie ist da, ich weiß es!«

Wach. Wieder wach. Schmerz. Überall Schmerz. Licht. Ein wenig. Grau. Hellgrau. Umrisse. Rascheln. Pfeift. Durst. Bewegen. Fuß. Metall. Augen auf. Blut spucken. Atmen. Da, Fuß. Metallring. Schelle. Stahl. Gefesselt. Kein Gefühl. Zwei Ratten. Nagen. Am Fuß. Weg! Weg! Huschen. Durch die Maden, über die Maden. Madenberge. Riesige Madenberge. Zwei Berge. Ein Meer. Wimmelt. Überall! Weiße und gelbe. Große und kleine. Fleisch. Matschig. Nass. Stinkt. Faul. Verwesung. Oh Gott! Oh Gott! Nicht. Nicht. Nicht ich. Ich. Schrei. Schrei einfach. Schrei.

Draußen auf einer bemoosten Lichtung, zwischen den Bäumen, zuckten drei äsende Rehe zusammen und sprangen mit eleganten Sätzen davon.

Nein, Schluss. Raus hier. Ich will das nicht. Nicht sterben. Reiß dich zusammen! Spuck das Blut aus. Hol Luft. Atme. Sieh dich um. Du kannst. Doch, du kannst! Die Tüte, nimm die Tüte. Beide Hände frei. Weg mit den Maden. Ratten. Schieb die Maden weg. Spuck die Kotze aus. Atme. Hol Luft. Durst. Müde. Ruh dich aus. Nur nicht sterben.

Die Rehe ästen inzwischen am Waldrand. Wo das Gras schön grün und fett war. Wo es sich in einem langen, breiten, gewundenen Streifen an den Wald heranrollte wie ein Teppich mit akkurat geschnittener Wolle. Lange würden die Rehe hier nicht mehr grasen. Es war eigentlich schon viel zu spät für den Teppich. Die Bunten würden kommen, die Rehe gehen. Und sie kamen. Gleich drei. In bunt-karierten Hosen, mit schwarz-weißen oder braun-weißen, flachen Schuhen, Polohemden mit warmen Jacken darüber, Schals, albernen Mützen und einem Schläger in der Hand. Der Caddy fuhr mit einem Wagen hinter ihnen her und transportierte die Golftaschen mit den Eisen und Hölzern.

Musst es tun. Musst. Sei froh. Tolle Tüte. Mama. Lippenstift. Mama. Quatsch. Lüge. Alles Lüge. Hänschen klein, ganz allein... Tu es. Musst einfach. Blut ausspucken. Atmen. Tut weh. Alles tut weh. Verscheuch die Ratten. Nimm das Messer. Nimm den Fuß. Nicht sterben. Nicht krepieren. Tu es, du Feigling. Hänschen klein, ganz allein, ging er in die Welt... Tut nicht weh, tut gar nicht weh, geht, geht, ist doch okay, spuck das Blut aus, atme, mach weiter, tut gar nicht weh... in die Welt hinein, Stock und Hut, noch mehr Blut...

»Liebes, es ist wirklich toll, dass du mich überredet hast, heute mit rauszukommen.«
»Ich habe dir doch gesagt, es regnet nicht.«
»Aber das Gras ist nass, ruiniert mir meine neuen Callaway-Schuhe. Und mit diesen hässlichen Mudskippern, wie du sie trägst, kann ich mich einfach nicht anfreunden. Ich kann übrigens nachher nicht mehr mit euch im Club essen, seid mir nicht böse. Und kein Wort zu meinem Mann, okay?«
Helles Lachen perlte über das Green. Der Caddy fuhr gelangweilt und in angemessener Entfernung mit dem Cart hinter den drei Damen her und bemühte sich, wegzuhören. Dabei war es nun wirklich ein offenes Geheimnis, dass diese schlecht geliftete Frau Von und Zu ihren Mann mit dem Golflehrer betrog. Der Caddy hasste seinen Job. Er hasste diese arroganten Geschäftsmänner, die sich in Jovialität gefielen, und ihre aufgeblasenen Weiber, die nie mit ihm ins Bett gehen würden, denn er war hässlich und auf der untersten sozialen Stufe des Golfclubs.

»Wo ist denn bloß dieser blöde Ball?«
»Du hast ihn dahinten hingeschlagen... wo eben noch die Rehe waren.«
»Was, so weit? Ein phantastischer Push-Slice.«
»Ja. Nur zu weit nach rechts abgedreht.«

Kriech weiter. Schaffst es. Raus aus den Maden. Weg von den Ratten. Spuck das Blut aus. Müde, so müde. Weiter. Nicht aufgeben. Weiter. Noch einen Zentimeter. Noch einen. Schmerzt. Alles. Durst. Nasses Laub. Laub lecken. Kühlt. Blut warm. Spuck. Kriech. Noch einen. Luft, ja, Luft. Licht! Noch einen. Nicht krepieren. Weiter. Müde. So müde. Weiter. Noch einen Zentimeter. Lacht. Da lacht es. Es lacht! Mama, bist du das?

»Kann ich nicht einen neuen Ball schlagen? Von hier aus?«
»Spinnst du? Das ist gegen die Regeln.«
»Seit wann hältst du dich an Regeln?«
»Sei nicht so faul. Lauf rüber und such den Ball.«
»Blödes Spiel.«

Gleich. Gleich bin ich da. Horizont. Licht. Hell. Luft. Noch einen Zentimeter. Nur noch einen.

Ein spitzer Schrei gellte über das Green. Die beiden Frauen sahen zu ihrer Freundin am Waldrand.
»Was hat sie denn?«
»Wahrscheinlich eine Feldmaus, die mit ihrem Golfball spielt.«
Am Waldrand die Frau schrie und schrie. Sie sah mit ge-

weiteten Augen hinab auf den nackten, blutigen Klumpen Fleisch, der vor ihr lag, bewusstlos, wie von einem Tier gerissen, kaum noch als Mensch zu erkennen.

Christian zahlte gerade das Frühstück, das sie nicht angerührt hatten, als sein Handy klingelte. Es war Pete: »Beweg deinen Hintern nach Reinbek. Dort ist in der Notaufnahme ein schwer verletzter junger Mann eingeliefert worden, ihm fehlen ein paar Körperteile, vermutlich abgeschnitten. Volker ist schon unterwegs zu dem Golfplatz im Sachsenwald, wo er gefunden wurde, ich fahre ins Krankenhaus. Dort treffen wir uns. Soll dich Herd mitnehmen? Der holt gerade Karen ab.«

Christian warf einen schnellen Blick zu Anna: »Kannst du mich nach Reinbek fahren? Blödsinn, lass, das ist nichts für dich, sorry. – Pete, sag Herd, er soll mich in Winterhude ...«

Anna nahm ihm den Hörer aus der Hand. »Pete, ich bringe Chris. Wir sind schon unterwegs.«

Eine gute Dreiviertelstunde später trafen sie im Reinbeker Krankenhaus ein, wo Pete vor dem Büro der Aufnahme mit einem Arzt sprach. Als Christian und Anna zu ihm stießen, informierte er sie hektisch: »Es ist Martin Abendroth. Er sieht zwar reichlich entstellt aus, aber ich habe ihn sofort erkannt. Seine Eltern sind benachrichtigt und unterwegs. Eberhard und Karen treffen sich mit Volker auf dem Golfplatz.«

»Hast du mit ihm gesprochen?« Christian folgte Pete mit großen Schritten Richtung Intensivstation. Anna hatte Mühe, ihnen zu folgen.

»Das wird schwerfallen. Aufgrund extrem hohen Blutverlustes ist er ohne Bewusstsein. Außerdem ist ihm der vordere Teil der Zunge abgeschnitten worden. Die linke Ferse wurde weggesäbelt. Ansonsten Brandverletzungen, weitere

Schnittwunden, herausgebrochene Zähne und abgezogene Fingernägel. Bislang nicht näher definierte Verletzungen überall. Der Arzt meinte, Abendroth sähe aus wie achtzig Kilo rohes Hackfleisch. Ein Wunder, dass er noch lebt. In der rechten Hand hielt er ein Messer und in der linken einen Lippenstift. Beides so krampfhaft, dass man es ihm nicht hätte wegnehmen können, ohne die Finger zu brechen. Er braucht dringend eine Konserve oder zwei, hat aber eine extrem seltene Blutgruppe. Gottseidank sind seine Eltern unterwegs.«

Anna spürte, wie ihr Herz zu rasen begann. Ihr wurde schwindlig, Schweiß brach ihr aus, die Angst schnürte ihr die Kehle zu. Vor der Intensivstation hielt sie an und öffnete ein Fenster. Nasskalte Luft strömte herein und half ihr, die Kontrolle zurückzubekommen. Mit einem Blick zu Christian bedeutete sie ihm, hier warten zu wollen.

»Alles in Ordnung?«, fragte er. Sie nickte.

Es dauerte kaum zehn Minuten, bis Christian wieder bei ihr war.

»Wir können erst mal gar nichts tun. Pete wartet auf die Eltern, ich werde von der Streife vorm Krankenhaus zum Golfplatz gebracht. Du solltest hier bei Pete bleiben, du bist blass.«

»Nein, ich will bei dir sein.« Anna sah ihn so energisch an, dass Christian nachgab.

Der Streifenbeamte fuhr sie durch den trüben, aber immerhin trockenen Sonntagmittag zum Sachsenwald im Herzogtum Lauenburg, Schleswig Holsteins größtem zusammenhängendem Waldgebiet. Er parkte vor dem Vereinshaus des Golfclubs. Ein unter seiner Bräune bleich wirkender, älterer Club-Mitarbeiter karrte sie mit einem leise surrenden Elektro-Cart über den Achtzehn-Loch-Platz zum Waldrand.

Dort war ein kleines Aufgebot an Polizisten versammelt, die den Fundort mit Band absperrten. Es gab zwar keine Leiche – noch nicht – aber der Polizeiobermeister aus dem nahegelegenen Aumühle hielt die Spurensicherung für geboten. Weniger für geboten hielt er Volkers und Herds Einmischung, die seit einer viertel Stunde die drei kaum zu beruhigenden Golferinnen und ihren Caddy befragten, die Martin gefunden hatten. Karen stand am Absperrband und ließ sich gleichgültig von einem jungen Beamten anflirten. Langsam schlenderte Anna zu ihr. Sie vermied es, auf die rostbraune, noch feucht glitzernde Stelle inmitten der Absperrung zu blicken. Auch wenn sie Martin nicht ausstehen konnte, ein solches Schicksal hatte sie ihm nicht gewünscht.

Als Christian sich auswies, schien der Polizeiobermeister dankbar, nun offiziell die Verantwortung für die verstörende Angelegenheit abgeben zu dürfen. Er schüttelte Christian die Hand: »Hab schon viel von Ihnen und Ihren Fähigkeiten gehört. Entschuldigen Sie, dass ich Ihre Mitarbeiter etwas unfreundlich behandelt habe, aber ihre Zuständigkeit war mir nicht ganz klar. Das hier ist gemeindefreies Gebiet.«

»Schon okay. Wo führt diese Blutspur hin?« Christian wies auf einen breiten Streifen, der aus dem Wald bis zu dem größeren rostroten Fleck auf dem Green führte.

»Wir hatten noch keine Zeit, der Sache nachzugehen. Die erste Sicherung hat uns voll in Beschlag genommen. Wir haben hier nicht so viel Personal. Brauchen wir normalerweise auch nicht. Scheußliche Sache. Was da wohl passiert ist? Ich habe den Jungen gar nicht gesehen, aber er soll ja entsetzlich zugerichtet sein.«

Christian gab keine Antwort.

»Aber wir haben penibel darauf geachtet, dass hier keiner die Spuren zertrampelt.«

»Das war sehr umsichtig von Ihnen, vielen Dank.«

Christian ging zu Karen und Anna. Er bat Anna, im

Wagen auf ihn zu warten. Dann rief er Volker und Eberhard zu sich. Die beiden hatten inzwischen die ersten Aussagen und Personalien aufgenommen. Eberhard steckte die Notizen in seine vollgepackte Umhängetasche.

»Wollen wir doch mal sehen, wo Martin Abendroth herkam. Sieht nicht so aus, als hätte ihn jemand abgelegt. Der wurde oder hat sich selbst hierher geschleppt.« Christian wies auf die Blutspur und trat vorsichtig hinter das Absperrband. Ein einsamer Golfball lag etwa einen Meter neben dem Blutfleck auf dem Rasen. Die Augen aufmerksam auf den Boden und die umstehenden Pflanzen geheftet, folgten Christian, Volker, Eberhard und schließlich Karen in großem Abstand der Blutspur in den Wald hinein. Eberhard schoss ein Foto nach dem anderen, um für die angeforderte Spurensicherung den ersten Eindruck zu dokumentieren.

Nach etwa dreißig, vierzig Metern endete die Spur in einem Dickicht aus vertrocknetem Brombeer-Dornengestrüpp, meterhohen Brennnesseln und einem quer auf dem Boden liegenden verfaulten Baumstamm. An den Brennnesseln und am Baumstamm klebte eine Menge Blut. Vorsichtig ging Christian in die Hocke. Er zog sich Handschuhe über und arbeitete sich zu dem Gestrüpp vor.

»Herd, hierher.«

Eberhard bückte sich und ließ die Kamera surren.

»Es stinkt«, sagte er.

»Bestialisch«, kommentierte Volker knapp. »Und wir wissen, was es ist.«

Christian bog das Dickicht auseinander. Hinter dem Gestrüpp war der Eingang zu einem halb unterirdischen Bunker zu sehen. Die Öffnung, aus der rechts und links nackte, zerborstene Stahlstreben ragten, war zum großen Teil verschüttet. Nur noch ein etwa achtzig Zentimeter hohes Loch wurde vom Waldboden freigegeben. Man würde sich bücken und kriechen müssen, um hineinzugelangen.

»Warten wir auf die Spurensicherung?«, fragte Eberhard.

Christian sah sich genau um. Blutige Schleifspuren wanden sich durch das Gestrüpp und führten in den Bunker hinein.

»Nein«, meinte Christian. »Mach ein paar Fotos, dann gehen wir rein.«

Volker nahm eine Taschenlampe aus seiner Jacke und schaltete sie ein. Er beugte sich hinunter und leuchtete die Öffnung aus. Der Waldboden senkte sich sanft hinab. Von hier aus war nichts zu erkennen. Christian zwängte sich als Erster durch das Loch, die anderen folgten ihm. Ihnen war klar, dass sie dadurch die Spurenlage veränderten, aber wenn es hier etwas gab, dann würden sie es finden. Und zwar sofort.

Der Gestank im Bunker war unerträglich. Karen reichte ihre Dose mit Tigerbalsam herum, die sie immer bei sich trug. Alle schmierten sich davon unter die Nase, doch es half kaum. Langsam stellten sich ihre Augen auf das schummrige Licht ein. Zwei kleine, in der Form undefinierte, fast miteinander verschmelzende Hügel, waren im Inneren des Bunkers vor der gegenüberliegenden Wand zu erkennen. Sie schienen sich in ihren Konturen zu bewegen, wogten langsam auf und ab wie träge Wellen. Volker richtete den Lichtkegel seiner Taschenlampe darauf. Es waren wimmelnde Haufen von Maden, die zwei kaum noch als Körper erkenntliche Leichen in einem extrem fortgeschrittenen Verwesungsstadium fast vollständig bedeckten.

»Ich brauche einen forensischen Biologen«, sagte Karen. »Den besten.«

Martin Abendroth war bereits für die Bluttransfusion vorbereitet, als seine Eltern eintrafen. Als sie die vorgeschriebene sterile Kleidung und den Mundschutz übergestreift hatten, durften sie die Intensivstation betreten, wo Pete, ebenfalls in grüner Schutzkleidung, vor Martins Zimmer auf sie wartete. Beim Anblick ihres Sohnes brach Frau Abendroth zusammen, ohne auch nur den geringsten Laut von sich zu geben. Pete half einer Krankenschwester und dem Arzt, die füllige Frau auf eine Pritsche im Flur zu hieven, während Herr Abendroth wie gelähmt durch die Glasscheibe auf den dahinterliegenden Martin stierte, den Blick nicht von ihm abwenden konnte und gar nicht wahrzunehmen schien, was mit seiner Frau geschah. Die Krankenschwester brachte schnell etwas Wasser und einen scharfen Riechstoff, der Frau Abendroth in Sekundenschnelle wieder zurückholte. Sie erhob sich gegen den Rat des Arztes wacklig von der Pritsche und stellte sich neben ihren Mann. Zittrig suchte ihre Hand die seine. Er merkte es nicht. Seine Hand hing leblos an seiner Seite herunter.

Ohne Zeit für Sentimentalitäten zu verschwenden, aber mit möglichst beruhigendem Ton wandte sich der Arzt an die Mutter: »Wir kriegen ihn durch. Die Vitalfunktionen Ihres Sohnes sind den Umständen entsprechend schwach, aber überraschend stabil. Wir haben alles für eine Transfusion vorbereitet. Wie Sie wissen hat Ihr Sohn die äußerst seltene Blutgruppe AB negativ. Was ist Ihre?«

»A positiv«, antwortete Frau Abendroth, ohne den Blick von Martin abzuwenden, der immer noch nicht das Bewusstsein wiedererlangt hatte. Der Arzt sah verblüfft zum Vater. Auch Pete war überrascht. Frau Abendroth konnte mit dieser Blutgruppe unmöglich die leibliche Mutter von Martin sein.

»Ich stehe als Spender zur Verfügung. Ich habe A negativ«, sagte Herr Abendroth leise.

»Dann los. Wir haben keine Zeit zu verlieren. Folgen Sie mir.« Der Arzt nahm Herrn Abendroth sanft beim Arm und zog ihn mit sich.

Pete blieb neben Frau Abendroth stehen und sah zu Martin. Eine Zeitlang schwiegen sie. Doch Pete hielt es nicht lange aus.

»Verzeihen Sie, Frau Abendroth. Aber... Sie sind nicht die leibliche Mutter von Martin, nicht wahr?«

»Ich habe ihn großgezogen. Ich bin seine Mutter.«

»Und Ihr Mann? Er ist der leibliche Vater, nehme ich an?«

Frau Abendroth wandte langsam den Blick von Martin ab und sah Pete zum ersten Mal an: »Der Onkel. Er ist der Onkel. Spielt das eine Rolle? Für uns nicht. Sagen Sie mir lieber, wer meinem Sohn das angetan hat. Und warum?«

Christian hatte inzwischen den Weg vom Golfplatz entlang der Blutspur wie auch das Gelände um den Bunker weiträumig absperren lassen. Die Spurensicherung, die Volker aus Hamburg angefordert hatte, durchkämmte mit seiner und Eberhards Unterstützung das Gebiet. Den Bunker würden die Männer erst betreten, wenn Christian ihn freigab. Karen wartete in Annas schweigender Gesellschaft am Waldrand auf Doktor Rainer Peters, eine Koryphäe der forensischen Biologie, der mit dem Hubschrauber aus Berlin eingeflogen wurde. Der Golfplatz bot ideale Landebedingungen, was der Betreiber des Clubs, der um die Unversehrtheit seiner Fairways fürchtete, allerdings erst eingesehen hatte, als Volker ihn mit eisenhartem Blick und zwei, drei deutlichen Worten dazu aufforderte. Sein Widerspruch war im Keim erstickt, da die Grüns zu seinem großen Entsetzen sowieso schon erheblich unter Beamten in schweren Stiefeln und dem rücksichtslosen Transport von Gerätschaften gelitten hatten.

Karen war wenig überrascht, als Christian, nachdem er versucht hatte, abseits der Absperrung ein nicht gegessenes Frühstück herauszuwürgen, wieder zurück in den Bunker kroch. Sie kannte seine Art, einen Tatort sinnlich auf sich wirken zu lassen, bevor er kühl-systematische Überlegungen anstellte. Keiner von den anderen jedoch hatte Lust verspürt, ein zweites Mal in diese Höhle des Grauens hinabzusteigen, und Christian hatte ihnen diesen Akt der Solidarität erspart, indem er größtmögliche Rücksicht auf die Spurenlage einforderte.

Er hatte sich eine zweite Ladung Tigerbalsam unter die Nase geschmiert und Karens Seidenschal vor den Mund gebunden. Jetzt, wo er wusste, was ihn da unten erwartete, traf ihn der Ammoniakgeruch nicht mehr ganz so hart. Er stand mit dem Rücken zum Eingang und leuchtete mit dem Kegel der Taschenlampe den Raum aus. Ratten huschten kreuz und quer und verschwanden in dunklen Ecken und Löchern. Der Bunker war etwa vierzig Quadratmeter groß, aber nicht mal ein Meter neunzig hoch, zu viel Erde war im Laufe der Jahre hereingeschwemmt worden und hatte den Betonboden aufgeschüttet. Christian konnte nur gebückt stehen. Die beiden Leichen lagen vor der Wand gegenüber, dorthin führte deutlich eine noch relativ frische Blutspur. Eine zweite, parallel dazu verlaufende Blutspur war etwas dünner und älter. Martin war also offensichtlich schon blutend hier hereingeschafft und inmitten dieser Madenberge abgelegt worden.

Christian näherte sich den Leichen und entdeckte hinter ihnen jeweils eine aufgerissene Plastiktüte. Eine dritte lag in der Mitte. Hinter der einen Leiche war winterliche Männerkleidung verstreut, daneben eine Armbanduhr, ein goldener Füllfederhalter und ein verrostetes Handy, aus der anderen Tüte war Frauenkleidung herausgezerrt worden und eine Handtasche, deren Inhalt ebenfalls verstreut im feuchten Dreck lag. Die mittlere Tüte war noch verpackt und enthielt nach Christians erstem Augenschein Martins Klamotten. Zehn Zentimeter daneben, säuberlich aufeinander, zwei Ausweise. Christian nahm sein Taschenmesser und öffnete damit den obersten Ausweis vorsichtig. Er war auf einen Mann namens Joachim Gerrig ausgestellt, geboren 1951 in Krefeld. Der zweite Ausweis war der der Frau. Sie hieß Elfriede Gerrig, 1960 in Flensburg geborene Bachmann. Christian ließ die Ausweise so liegen und suchte mit dem Schein seiner Taschenlampe die Umgebung ab. Zwischen den beiden Leichen ragte eine Stahlverstärkung aus der Wand hervor, an beiden Enden jedoch im Beton verankert. Daran war eine Fußschelle befestigt, ein Ring in der Stahlstrebe, der andere hing frei herunter, beide Ringe geschlossen. Unter den herabhängenden Fußschellen entdeckte Christian einen noch frischen, erheblichen Blutfleck, in dem große Stücke zerfetzten Gewebes schwammen. Als Christian klar wurde, was er da sah, wollte sein Magen sofort wieder rebellieren: Martin hatte, vermutlich in der Tüte des Mannes, das Messer gefunden, das er noch im Krankenhaus umklammert hielt, und sich damit Stück für Stück die linke Ferse weggesäbelt, um aus der Fußfessel zu entkommen.

Anna saß im Clubhaus und wärmte sich bei einer Tasse Tee auf. Sie war vom stundenlangen Warten vollkommen durchgefroren. Der Golfclub war auf polizeiliche Anweisung für die nächsten Tage geschlossen worden, der Pächter des Clubhauses jedoch hielt seinen Betrieb in reduzierter Besetzung aufrecht. Vermutlich hoffte er, seinen Verdienstausfall durch hungrige Polizisten auffangen zu können. Auch Anna war hungrig, hatte aber das Gefühl, nie wieder einen Bissen herunterbekommen zu können. Gesehen hatte sie nichts, weder Martin noch die Schrecknisse im Bunker, doch die knappen Informationen, die Karen ihr gegeben hatte, und das Getuschel der Clubangestellten zerrten genug an ihren Nerven.

Langsam senkte sich die Abenddämmerung herab, die fahle Novembersonne am Horizont besaß nicht mehr genug Kraft, sich gegen den Einbruch der Nacht zu stemmen. Anna sah aus dem Fenster und war in den Anblick der sich vor ihr ausbreitenden Hügel und Wiesen versunken, sanft geschwungen, teppichbedeckt, dahinter Bismarcks Sachsenwald, in durch den Sonnenuntergang ausgewaschenen Farben, nur noch Graustufen und ein einsetzender leichter Schnürlregen, der die Sicht nun vollständig zu verwischen drohte. Sie bemerkte nicht, wie Christian sich ihrem Tisch näherte.

»Tut mir leid, tut mir wirklich leid. Ich hätte mich nicht von dir herfahren lassen dürfen.«

»Schon okay. Du siehst furchtbar aus. Setz dich. Trink einen Tee.«

Christian schüttelte den Kopf. »Keine Zeit. Ich muss noch mal ins Krankenhaus. Karen ist jetzt mit dem Biologen im Bunker. Herd und Volker nehmen mich mit. Fahr du bitte nach Hause, das hättest du schon längst tun sollen.«

»Ich habe versucht, dich auf dem Handy zu erreichen.«

»Kein Netz im Bunker, tut mir leid.«

Anna lächelte: »Hör auf, dich zu entschuldigen. Ich habe den ganzen Nachmittag auf dich gewartet, jetzt wirst du mich nicht mehr los. Ich fahre mit nach Reinbek und kutschiere dich dann nach Hamburg zurück.«

Martin war zwar immer noch bewusstlos, aber sein Kreislauf hatte sich nach der Bluttransfusion ein wenig stabilisiert. Neben seinem Bett saß Frau Abendroth in einem unbequemen Sessel. Sie mühte sich redlich, die Augen aufzuhalten, der Arzt hatte ihr eine starke Beruhigungsspritze gegeben. Früher oder später würde sie einschlafen und das Pflegepersonal nicht mehr mit ihren ängstlichen Fragen von der Arbeit abhalten. Ihr Mann lag zwei Stationen weiter und erholte sich von seinem Blutverlust.

Christian sprach mit dem Arzt, bekam aber von ihm keine verlässliche Aussage, ob und wann mit Martin Abendroths

Aufwachen zu rechnen sei. Der Körper sei zwar erst mal über den Berg, doch kein Mensch konnte wissen, welchen Schaden Martins Psyche genommen hatte und wie stark sein Überlebenswille war. Während Christians Gespräch mit dem Arzt stand Volker auf dem Flur, die ganze Zeit den Blick unverwandt durch die Glasscheibe auf den blutverkrusteten jungen Mann geworfen, der nur noch von Verbänden zusammengehalten schien.

»Ich bleibe über Nacht hier«, sagte er plötzlich zu Christian, und sein entschlossener Ton ließ weder Fragen noch Diskussionen zu.

Die anderen fuhren nach Hamburg zurück. Pete und Eberhard jeweils in ihren Dienstwagen, Christian mit Anna. Schon kurz hinter Reinbek bemerkte Christian, dass ihnen ein Wagen folgte. Nur mit einiger Mühe konnte er in dem inzwischen stärker gewordenen Regen die Autonummer entziffern. Er gab sie telefonisch an Daniel zur Überprüfung durch. Es dauerte keine zwei Minuten, dann hatte er den Namen.

»Fahr einfach in deinem ganz normalen Tempo weiter«, meinte er zu Anna, »es ist Lars. Lars Berger.«

»Oh, mein Gott, was macht der hier? Glaubst du …?«

»… dass er sich Martin geschnappt hat, um Uta zu rächen? Ich weiß nicht. Aber ich werde ihn fragen, darauf kannst du Gift nehmen.«

Lars folgte ihnen bis nach Hamburg in die Schanze zur Einsatzzentrale. Dort sprang Christian blitzschnell aus Annas Auto und sprintete zu Lars' Wagen. Er riss die Fahrertür auf und zerrte Lars, noch bevor der wusste, wie ihm geschah, aus dem Auto. Anna sah zu, wie Christian Utas verdutzten Bruder am Oberarm ins Gebäude zog, dann legte sie den ersten Gang ein, wendete und fuhr nach Hause.

Tag 10: Montag, 6. November

Es war weit nach Mitternacht, selbst auf der Intensivstation im Krankenhaus von Reinbek herrschte relative Stille. Nur das Quietschen von krankenschwesterlichen Gummisohlen auf dem Flur war dann und wann zu hören. Volker saß in dem Sessel an Martins Bett, den die Mutter vor wenigen Stunden widerwillig geräumt hatte. Der Arzt hatte sie und ihren Mann überredet zu gehen. Sie brauchten selbst Ruhe. Nach einigen Diskussionen und der Versicherung des Arztes, sofort Bescheid zu geben, sobald sich bei Martins Zustand auch nur die geringste Änderung ergeben würde, hatten sich die Abendroths in einem nahegelegenen Hotel eingemietet. Sie wollten das Krankenhaus innerhalb weniger Minuten erreichen können, falls Martin aufwachte.

Volker wusste selbst nicht genau, warum er hiergeblieben war. Die Bewachung des Zeugen übernahm offiziell der Streifenbeamte, der auf einem Stuhl vor der Station japanische Mangas las, um sich wach zu halten. Volker konnte nicht mal behaupten, dass ihm Martin sonderlich sympathisch gewesen war, als er ihn auf Christians Geburtstagsfeier im R&B kennengelernt hatte. Martins zuvorkommende Art und seine charmanten Small-Talk-Fähigkeiten waren ihm allzu glatt und aufgesetzt erschienen, um den jungen Mann als eigenständigen Charakter wahrzunehmen. Volker hatte sogar ein deutliches Unbehagen empfunden, als ihm klar wurde, dass zwischen Yvonne und ihrem Kommilitonen ein intimes Verhältnis bestand. Unwillkürlich hatte er den Impuls verspürt, Martins manikürte Hand von Yvonnes Oberschenkel wegzuwischen wie ein ekliges Insekt, und er hatte bemerkt, dass Anna ähnlich empfand.

Doch er saß hier, betrachtete Stunde um Stunde diesen zusammengeflickten Körper, der im Bett vor ihm aufgebahrt lag, hin und wieder leise stöhnte und unter seinen geschlossenen Lidern immer wieder hektisch die Augäpfel hin- und herrollte, als würde er die Gesamtheit aller möglichen Ereignisse des unendlichen Universums simultan ablaufen sehen. Es war kein Mitleid, was Volker für diesen geschundenen Studenten empfand, es war eher eine seltsame Verbundenheit mit diesem Rest von Mensch, mit der Reduzierung auf das von der Natur Bereitgestellte, Haut, Fleisch, Knochen, Blut, ein wild pumpendes Herz und der unergründliche Wille zu leben. Martin lag da wie frisch in die Welt gespuckt: blutig, geschockt und ohne Ich-Bewusstsein. Eine Tabula rasa. Volker wollte dabei sein, wenn sich der Mensch wieder erhob in diesem verbissen kämpfenden Körper. Deswegen war er hier. Er wartete auf ein Wunder.

Um drei Uhr morgens bekam Christian einen Anruf von Karen aus der Rechtsmedizin. Es dauerte eine Weile, bis das Telefonklingeln ihn weckte. Er lag erst seit zwei Stunden im Bett, das Handy direkt neben sich auf dem Nachttisch.

»Du hast gesagt, ich soll dich anrufen, egal, wie viel Uhr es ist«, begann Karen.

»Alles bestens. Ich bin wach, auch wenn ich mich nicht so anhöre. Also?« Christian setzte sich auf und knuffte sein Kissen im Rücken zusammen. Er stellte das Telefon auf laut, legte es auf den Nachttisch und griff nach einer Flasche Mineralwasser. »Selbst der Spitzenforensiker Doktor Peters hat Schwierigkeiten mit dem Bestimmen des genauen Todeszeitpunkts. Die Faulleichen lagen schon Monate, es ist kaum was von ihnen übrig. Kurz vor der Skelettierung. Wir hatten einen extrem heißen Sommer und bislang einen sehr feuchten Herbst. Die ammoniakalische Fäulnis, das Gewebe ist nahezu vollständig aufgelöst, und die beginnende Schwärzung weisen auf eine Besiedlungswelle hin, die ...«

»Karen«, unterbrach Christian, »erspare mir den Jahreswetterbericht und euer Entomologen-Gequatsche. Wie lange?«

»Mindestens seit dem Frühjahr. Das lässt sich nicht mit Bestimmtheit sagen. Sorry für den wiederholten Wetterbericht, aber da war auch dieser lange, eiskalte Winter. Das heißt, die Leichen könnten sozusagen tiefgekühlt seit Anfang des Jahres ohne Insektenbefall in dem Bunker gelegen haben. Unterhalb von zehn Grad Celsius legen viele mitteleuropäische Insekten keine Eier ab. In solchen Fällen kann es passieren, dass eine Leiche austrocknet und mumifiziert, ohne von Insekten besiedelt zu werden. Das ist hier nicht der Fall. Wir können daraus schließen, dass die Leichen nicht den ganzen Winter da lagen, sonst wären sie vertrocknet. Als es anfing zu tauen, waren sie noch lecker genug für Käfer und Schmeißfliegen, die ihre Eipakete massenweise abgelegt haben. Die Leichen liegen mindestens seit Ende Februar, eventuell sogar schon seit Januar. Präziser geht's kaum, tut mir leid.«

»Sonst noch was?«

»Alter bei dem Mann Mitte fünfzig, bei der Frau ein wenig jünger. Genaueres kann ich sagen, wenn ich die Ergebnisse der DNS-Analysen habe. Fingerabdrücke kannst du natürlich vergessen, aber Zahnabdrücke und Röntgenaufnahmen liegen bereit.«

»Dass die Ausweise gefälscht sind, weißt du?«

Im Hintergrund hörte man das Geklapper von Porzellan.

»Schwarz, ohne Zucker«, rief Karen. »Ja, Pete hat mich angerufen. Ist wohl exzellente Profiarbeit, sagt er. Jedenfalls habe ich deswegen schon mal alle bislang verfügbaren Fakten für eine Identifizierung zusammengestellt.«

»Gut. War's das?«

Karen zögerte kurz. »Es wird dich nicht überraschen, dass beide Leichen vor ihrem Tod gefoltert wurden. Wie in allen Einzelheiten, können wir nicht mit Bestimmtheit sagen, aber Finger- und Fußnägel fehlen bei beiden, und das lässt sich nicht auf Insekten oder Tierfraß zurückführen. Dem Mann fehlen außerdem beide Hände, sie wurden mit einer offensichtlich stumpfen Säge abgenommen. Wir haben sie bei der Frau gefunden. Die Hände, meine ich. Also eher… in der Frau. Vaginal und rektal.«

»Aha.« Christian hatte keine Ahnung, was er sonst zu diesem grausigen Detail sagen sollte. Es hatte ihm kurz die Sprache verschlagen.

»Das war's fürs Erste. Ich geh jetzt ins Bett. Schlaf schön.«

»Sehr witzig«, meinte Christian belegt. Er hörte ein kurzes Lachen von Karen, dann legte sie auf.

Die tägliche Morgenkonferenz war von zehn auf acht Uhr vorverlegt worden, die Truppe reduziert. Volker hielt sich immer noch in Reinbek auf, Yvonne war nicht da. Dafür tauchte kurz vor neun Anna auf, in der Hand eine große Tüte vom Bäcker. Dankbar stürzten sich Daniel und Pete auf die frischen Brötchen, Eberhard und Christian hatten schon gefrühstückt.

»Ich war gestern Abend noch bei Yvonne und habe versucht, ihr möglichst schonend beizubringen, was passiert ist«, erzählte Anna, während sie den bitteren Kaffee schlürfte, den Christian zusammengebraut hatte.

»Mist. Ich habe Yvonne komplett vergessen. Danke, dass wenigstens du daran gedacht hast«, erwiderte Christian mit schuldbewusstem Blick.

»Schöne Grüße von ihr. Sie fährt heute Morgen für eine Woche zu ihren Eltern. Ich soll euch Bescheid geben und Brötchen bringen, damit ihr ohne sie nicht verhungert.«

»Yvonne ist ein Schatz. Meinst du, ich kann sie mal anrufen?«, fragte Daniel.

»Darüber würde sie sich bestimmt riesig freuen, mach das.« Anna wollte nicht länger stören und verabschiedete sich, zumal sie zur Uni musste. Christian brachte sie hinaus, nahm sie in die Arme und bat sie, falls sie Lust hätte, gegen Mittag wieder reinzuschauen. Vielleicht konnten sie zusammen essen gehen. Anna versprach es.

Grübelnd ging Christian zurück in das Besprechungszimmer. »Wo waren wir stehengeblieben?«

»Du hast mal wieder über Koinzidenzen und Synchronizität von Ereignissen spekuliert«, sagte Pete, »und ich gebe dir recht. Das Alter und auch der mögliche Todeszeitpunkt passen zu dem mutmaßlichen Verschwinden von diesem Mossad-Agenten.«

»Kann auch Zufall sein«, gab Eberhard zu bedenken. Aber man sah ihm an, dass er selbst nicht daran glaubte.

»Den müssen wir ausschließen«, sagte Christian.

Eberhard verschränkte die Arme hinter dem Kopf und wippte ungeduldig mit seinem Stuhl: »Wenn uns das gelingt, ist der Mossad-Fuzzi von der Liste, und wir haben mal wieder keinen Verdächtigen und stehen ganz am Anfang. Scheiß-Spiel.«

Pete nickte: »Das ist es. Trotzdem kommen wir immer ein Stückchen weiter. Widersprecht mir, aber meiner Meinung nach sind die beiden Leichen aus dem Bunker der Anfang unserer Serie. Jedenfalls haben wir bislang keine gegenteiligen Infos. Dann kam die asiatische Prostituierte, danach Uta Berger und Georg Dassau, jetzt Martin Abendroth. Die einzige Verbindung, die wir bis jetzt erkennen können, ist Folter. Professionelle Folter.«

Christian mischte sich ein: »Es gibt Zusammenhänge zwischen all diesen Opfern, wir sehen sie nur noch nicht. Fangen wir von vorne an. Was der Killer mit dem Paar aus dem Bunker gemacht hat, was er mit den Händen des Mannes gemacht hat, um genauer zu sein, deutet für mich auf eine sehr persönliche Beziehung hin. Zwischen den Opfern untereinander und dem Täter zu den Opfern. Ich glaube nicht, dass diese Obszönität aus einem Anfall perverser Kreativität zustande kam. Das ist eine Botschaft, und wir müssen sie lesen.«

»Dabei würde uns sehr helfen zu wissen, wer die beiden sind«, kommentierte Eberhard.

»Das haben wir bald, da verwette ich meinen Kopf. Wenn mich nicht alles trügt...« Christian griff nach seinem Handy und wählte eine gespeicherte Nummer.

»Hallo, Fred, sag mal, muss ich dich jetzt so einen Geheimdienst-Müll fragen wie: Ist die Leitung sicher?... Okay, pass auf. Wir haben hier eine Leiche, und ich werde das Gefühl nicht los, dass es sich um deinen verlorengegangenen Mossad-Mann handelt... Nein, reine Intuition... Wir bräuchten irgendwas, um ihn zu identifizieren, der Ausweis, den wir gefunden haben, war gefälscht, und zwar von Profis... Habt ihr nicht ein Foto, Röntgenaufnahmen, irgendwas aus Israel... Wie, kriegt ihr nicht?... Ach, stell dich nicht so an, das wird keiner erfahren...«

Christian hörte zu und blickte zu Daniel. »Ja, der ist da... Wieso das denn?... Okay, okay... Danke, ich halte dich auf dem Laufenden... Jaja, du kriegst alle Details, logisch... Mach's gut, Fred.«

Christian legte auf: »Daniel, schönen Gruß von Fred Thelen, Sergeant Ripley möchte den Dekonstruktivisten gerne im ›Douglas Adams‹ auf ein Bier treffen. Jetzt gleich.«

»Wie cool ist das?!« Daniel erhob sich und wollte mit seinem Laptop in sein Zimmer.

Missbilligend schüttelte Eberhard den Kopf: »Bier um die Uhrzeit? Ekelhaft. Wer ist dieser Sergeant? Und wo ist die Kneipe?«

»Im World Wide Web. Virtuelles Bier in einer virtuellen Kneipe. Schwer reinzukommen, das schaffen nur echt gute Hacker. Wenn die wüssten, dass eine vom BND unter den Stammgästen ist!« Amüsiert ging Daniel in sein Kabuff.

Kaum war er draußen, klingelte es an der Tür. Eberhard öffnete. Eine aufgebrachte Manuela Berger raste an ihm vorbei in den Flur und rief lauthals nach Christian. Eberhard deutete auf das Besprechungszimmer. Wütend wie eine Furie stapfte Manuela ins Zimmer, ignorierte Pete und baute sich, die Hände in die Wespentaille gestemmt, vor Christian auf: »Was fällt dir ein? Was hast du mit Lars gemacht? Wieso ist er im Gefängnis? Tickst du noch richtig?«

Christian hasste es, angeschrien zu werden. Genervt erhob er sich.

»Halt die Luft an, Manuela! Du gehst mir auf den Wecker! Ihr geht mir beide auf den Wecker! Dein feiner Sohn treibt sich in S/M-Schuppen rum, schnüffelt seit Tagen hinter mir her, ist bis oben hin voll mit Aufputschmitteln, total neben der Spur, und hat zu alledem eine nicht registrierte Wumme in seiner Jacke, als ich ihn mir vorknöpfe. Der Idiot wollte Charles Bronson spielen. Sei froh, dass ich ihn aus dem Verkehr gezogen habe. Betrachte es als eine Art Schutzhaft. Er tut sich sonst noch selbst weh.«

Manuela tobte unbeeindruckt weiter. »Du hast nicht das Recht!«

»Und ob. Das Recht und die Mittel. Lars wurde in der Nähe eines Tatorts gesehen, und er hat ein Motiv: Rache für Uta. Basta. Das reicht für eine vorläufige Festnahme, die Untersuchungshaft wird beantragt.«

»Ich gehe zu Oberstaatsanwalt Waller und beschwere mich über dich.«

»Bitte«, flehte Christian sie an, »bitte tu das. Am besten jetzt sofort. Husch, weg mit dir! Wir müssen hier arbeiten, okay?!«

Manuela warf Christian einen verächtlichen Blick zu und ging hinaus. Dabei rempelte sie fast Eberhard um, der die Diskussion mit verschränkten Armen in den Türrahmen gelehnt angehört hatte.

»Wow«, meinte Pete sarkastisch, als Manuela die Haustür mit einem lauten Knall hinter sich zugeschlagen hatte. »Ist die im Bett auch so temperamentvoll?«

Christian würdigte Pete keiner Antwort. Daniel kam herein und legte den Ausdruck eines Gruppenfotos auf den Tisch. »War ein kurzes Bier mit Ripley, aber durchaus erfreulich. Sie hat mir ein Foto mitgebracht. In der zweiten Reihe, der Dritte von links, das ist David Rosenbaum.«

Alle beugten sich neugierig über den Ausdruck. Es waren sechs Männer darauf zu sehen, alle Mitte bis Ende Zwanzig. Der Kleidung nach zu urteilen, stammte das Foto aus den siebziger Jahren. Riesige Hemdkragen, breite Krawatten und hochgeföhnte Vokuhila-Frisuren sprachen eindeutig dafür. Die Männer hatten sich zum Foto aufgereiht, blickten fröhlich in die Kamera, und alle hielten stolz einen goldenen Pokal in der Hand. Im Hintergrund war ein palmengesäumter Strand zu sehen. Freunde, die sich im Urlaub amüsierten, indem sie aus großen Pokalen soffen, eine frühe Variante der mallorquinischen Sangria-Eimer, nichts weiter.

»Na toll. Was sollen wir denn damit anfangen? Der Typ da hat nicht mal im Entferntesten mehr Ähnlichkeit mit unserer Leiche«, maulte Pete.

»Abgesehen von dem unglaublich schlechten Passfoto, das neben der Leiche lag, ist das hier das einzige Foto, das es von Rosenbaum gibt«, erwiderte Daniel fröhlich, »aber ich bekomme gleich noch was viel Besseres. Ripley hat mir gesteckt, dass sie manchmal unerlaubterweise im Mossad-Server spazieren geht. Und da der Mossad ein sehr moderner Geheimdienst ist, haben sie von all ihren Leuten im Außendienst, die sich zwecks angelegentlicher Neuerfindung der

Identität gerne mal einer Gesichts-OP unterziehen, die DNS gespeichert. Falls einer verloren geht und nur noch als Matsch wieder auftaucht.«

»Großartig!« Christian rieb sich zufrieden die Hände. »Sobald das Material da ist, leite es an Karen weiter, damit sie es mit unserer Leiche vergleicht. Ich fresse einen Besen, wenn ich unrecht habe.«

»Und wenn du recht hast? Was dann?«, wollte Eberhard wissen.

»Haben wir ein Puzzleteilchen mehr, von dem wir nicht wissen, wo es hinpasst. Noch nicht.«

Volker wurde von einem qualvollen Stöhnen aufgeweckt. Er fuhr in seinem Sessel hoch und sah nach Martin. Martin hatte die Augen geöffnet. Sofort wollte Volker nach dem Pflegepersonal klingeln, doch ein weiterer Blick auf Martin hielt ihn davon ab. Die Geräte zeigten einen schnellen, aber stabilen Herzrhythmus an. Doch Martin war nicht da. Er war zwar wach, aber nicht anwesend. Seine Augen waren leer, stierten ins Leere, zuckten plötzlich hin und her, als wollten sie verzweifelt dem ausweichen, was sie sahen. Dabei sah Martin weder die weiß getünchten Krankenhauswände, dessen war sich Volker sicher, noch sah Martin seine Bettdecke, noch seine dick verbundene linke Hand noch Volker oder sonst irgendetwas in diesem Zimmer, in dieser Welt. Martins Seele befand sich in einer anderen Welt, irgendwo in der Hölle, und er sah sich selbst darin und konnte nicht weg.

Volker erhob sich und ging ans Bett. Ganz vorsichtig ergriff er Martins rechte Hand, drückte sie leicht, um Martins Aufmerksamkeit zu erregen. Doch der reagierte nicht, stöhnte nur, riss seine Augen auf, weiter und weiter, als könne er nicht begreifen, was er sah, schloss sie, riss sie wieder auf, blickte in blitzschneller Abfolge nach rechts, links, oben und unten und atmete immer schneller. Volker rief den Arzt, der Martin Calcium verabreichte. Ein Beruhigungsmittel wollten sie ihm nicht geben, jetzt, wo er endlich erwacht war. Dann ging der Arzt hinaus, um die Eltern zu benachrichtigen.

Martin zeigte kaum eine Reaktion auf das Calcium. Seine Atmung beruhigte sich zwar etwas, aber Volker spürte, dass er immer noch weit weg war.

»Du wehrst dich, weil du nicht in dir sein willst.« Volker sprach leise, ruhig und monoton. Er wählte seine Worte nicht bewusst, sie flossen aus seinem Inneren hervor, von jenem obskuren Ort der Verbundenheit, die ihn hier an dieses Bett bannte und auf das Wunder der Menschwerdung warten ließ.

»Du willst weg von dort, wo du bist, aber du bist in dir. Es ist schwer wegzukommen von da. Du willst nicht in dir sein, weil die Hölle in dir ist. Ruh dich aus. Ruh dich in mir aus, da ist Ruhe und Stille. Du kannst durch meine Augen eintreten. Sieh mich an.«

Während Volker sprach, flirrte Martins Blick weiter durch seinen eigenen Abgrund. Er fiel und fiel, Martin begann wieder schwerer zu atmen, strengte sich an, schwitzte, stöhnte, röchelte und plötzlich, während Volker seine Worte wiederholte, streifte Martins Blick über Volkers Augen, flirrte weiter, kehrte zurück, verlor ihn wieder, kehrte zurück und fand zitternd Halt.

Kurz vor eins kam Anna in die Einsatzzentrale, um Christian fürs Mittagessen abzuholen. Pete saß konzentriert mit Eberhard am Konferenztisch, auf dem alle sichergestellten Fundstücke aus dem Bunkergelände ausgebreitet waren. Bedauernd teilte er ihr mit, dass Christian mit Eberhards Dienstwagen nach Reinbek gefahren war. Er hatte von Volker eine SMS bekommen, die ihn über Martins Aufwachen informierte hatte. Anna tat es zwar leid, Christian zu verpassen, freute sich aber über Martins Rückkehr ins Leben und beschloss, für alle einen Döner zu holen. Sie stellte ihre Handtasche ab, nahm ihr Portemonnaie heraus, zählte ihr Bargeld, stellte fest, dass sie zu einem Bankautomaten musste, nahm einen Zwanzig-Euro-Schein von Pete an, steckte ihre Geldbörse wieder weg, nahm ihre Handtasche, und plötzlich fiel ihr Blick auf das darunterliegende Foto von David Rosenbaum und seinen Freunden am palmengesäumten Strand. Sie erstarrte. Sie nahm das Foto in die Hand, betrachtete es genauer.

»Was ist das für ein Foto?«, fragte sie mit brüchiger Stimme.

Pete blickte nur kurz von seiner Arbeit hoch. »Der rot Umkringelte ist David Rosenbaum, der verschwundene Typ vom Mossad. Bringt uns aber nichts, das Foto ist viel zu alt.«

Anna sah verunsichert zu Pete und Eberhard, die beide in den Bericht der Spurensicherung vertieft waren. Sie nahm das Foto, ging auf den Flur zum Kopierer, ließ den Ausdruck durchlaufen, ging zurück in das Besprechungszimmer, legte das Foto zurück auf den Tisch, nahm ihre Handtasche, steckte die Kopie ein und ging ohne ein Wort. Anna wirkte verwirrt und angespannt, aber weder Pete noch Eberhard bemerkten es.

Als Christian in Reinbek ankam, war Martin eingeschlafen. Er hatte kein Wort gesprochen, nur unverwandt in Volkers Augen geblickt, sich darin festgehakt, verankert, um ruhiger und ruhiger zu atmen, die Angst loszulassen, als würde er tatsächlich durch das Tor der Augen in Volkers innere Stärke eintauchen können und Frieden finden. Christian war enttäuscht, dass es keine neuen Informationen gab, immerhin war Martin der Einzige, der die Folter des Mörders bislang überlebt hatte und ihnen einen Namen sagen oder zumindest eine Beschreibung geben konnte. Am liebsten hätte er Martin aufgeweckt, ihn geschüttelt und angeschrien, er solle endlich reden, und wenn er wegen seiner fehlenden Zungenspitze schon nicht reden könne, so solle er stammeln oder doch wenigstens einen Namen aufschreiben, eine Zeichnung machen, irgendeinen Hinweis geben, damit sie das Schwein endlich schnappen konnten. Doch sowohl der Arzt als auch die Eltern sowie Volker hatten eine Menge gegen Christians Ungeduld einzuwenden.

Also nahm er sich, so gut es ging, zurück, saß ruhig neben Herrn Abendroth auf dem Flur, und trank mit ihm dünnen Kaffee aus Pappbechern, während Volker und Frau Abendroth am Bett Wache hielten. Herr Abendroth war überglücklich, dass Martin kurz aufgewacht war, und hoffte auf eine schnelle Genesung. Die psychischen Schäden, die Martin davongetragen hatte, würden nach seiner Meinung ebenso verheilen wie all die Narben auf dem Körper. Christian mochte ihm die Illusion nicht nehmen, aber nach allem, was er im Bunker gesehen hatte, teilte er diese Ansicht ganz und gar nicht. Der unbeschwerte, rücksichtslose, arrogante, hübsche junge Mann existierte nicht mehr. Martin Abendroth würde nie wieder so sein wie früher, da war sich Christian sicher.

»Sie wissen ja gar nicht, was für ein guter Junge unser Martin ist«, sagte Herr Abendroth, »jeder Vater, jede Mutter wäre stolz auf ihn. Er sieht gut aus, ist hochintelligent, sportlich und hat extrem gute Manieren ...«

Christian sah keinen Anlass, das Bild dieses vermeintlich so wohlgeratenen Sohnes zurechtzurücken. Die Geschichte mit Yvonne musste nicht unbedingt in Zusammenhang mit den Vorkommnissen im Bunker stehen. Dennoch brauchte Christian Informationen, selbst wenn es nicht ohne Verletzungen abging.

»Dass Ihr Sohn auch Feinde haben könnte, sollte Ihnen

klar sein. Sie haben sein verwüstetes Apartment gesehen. So was geschieht nicht ohne Grund.«

»Neider. Das waren irgendwelche Chaoten, die ihm seinen Wohlstand nicht gönnen. Glauben Sie mir, auch meine Frau und ich kennen widerlichste Formen von Sozialneid, obwohl wir alles Mögliche fürs Gemeinwohl tun und mit unseren Verhältnissen wahrlich nicht protzen ... Missgünstige Idioten, die vor nichts zurückschrecken, gibt es überall.«

»Haben Sie irgendeine Idee, was Martin mit dieser ganzen Geschichte zu tun haben könnte?«

»Mit welcher Geschichte?«

»Na ja, die tote Studentin war seine oder zumindest eine seiner Freundinnen. Dann wird seine Wohnung zertrümmert und er selbst fast zu Tode gefoltert. Halten Sie das für eine rein zufällige Aneinanderreihung von Ereignissen?«

Herr Abendroths Haltung wurde kaum merklich steifer: »Ich weiß nicht, in was Martin da hineingeraten ist. Ich weiß nur, dass er nichts mit all dem zu tun haben kann. Keine schuldhafte Verstrickung. Das ist unmöglich. Mir wäre sehr daran gelegen, wenn Sie das Ganze baldmöglichst aufklären. Damit das Monster, das meinem Sohn das angetan hat, bestraft wird, und wir diese Schrecknisse vergessen können. Das wird schwer genug werden. Tun Sie Ihre Pflicht, und zwar schnell.«

Christian war immer wieder erstaunt, wie erfolgreich Menschen im Verdrängen von Tatsachen waren. Sowohl Herr als auch Frau Abendroth mussten doch im Laufe von Martins nunmehr knapp sechsundzwanzig Lebensjahren den ein oder anderen Hinweis erhalten haben, dass ihr Sprössling nicht der rundum erfreuliche Sonnenschein war, für den sie ihn hielten. Doch nicht mal der gewaltsame Tod seiner Affäre Uta Berger und sein eigenes Schicksal waren für die Eltern ein Grund, Martin in eine wie auch immer geartete Verbindung zu etwas Unlauterem zu bringen.

»Martin ist nicht Ihr leiblicher Sohn, habe ich gehört?«

Herr Abendroths Haltung wurde noch ein wenig steifer. »Ich wäre Ihnen sehr verbunden, wenn Sie darüber schweigen würden. Martin weiß nichts davon, und ich halte seinen jetzigen Zustand für denkbar ungeeignet, ihn mit derlei Eröffnungen zu konfrontieren.«

»Da haben Sie sicher recht. Er braucht vor allem Ruhe und Stabilität. Aber verzeihen Sie meine Neugier, Ihre Frau sagte, Sie seien Martins Onkel.«

Unwillig erhob sich Herr Abendroth, baute seine stattliche Größe vor Christian auf und funkelte ihn an. Zum ersten Mal zeigte Herr Abendroth, dass er befehlsgewohnt war, dass in seinem Alltag *er* die Fragen stellte. »Jetzt hören Sie mir mal genau zu, Herr Oberkommissar Beyer. Da drinnen liegt mein Sohn und kämpft um sein Leben. Und Sie nerven mich hier mit unwichtigen Detailfragen, die in keiner Weise dazu dienen, Licht in diese schreckliche Geschichte zu bringen ... «

Christian knurrte unwillig. Das war jetzt schon das zweite Mal an diesem Tag, dass ihn jemand von oben herab blöd anmachte. Er erhob sich ebenfalls, sodass er Abendroth ein wenig überragte, und unterbrach die Ansprache in schärferem Ton als beabsichtigt: »Das zu beurteilen müssen Sie schon mir überlassen, Herr Abendroth. Ich weiß, wie schwer es Ihnen fällt, meine Ihnen unwichtig erscheinenden Fragen in diesem Moment zu beantworten. Das geht fast jedem so, der mit mir spricht. Immer ist jemand gestorben oder liegt im Sterben. Wo ich bin, ist der Tod in unmittelbarer Nähe. Aber ich bin hier, um ihn zu bekämpfen, um weitere Opfer zu vermeiden. Also seien Sie bitte so freundlich, und beantworten Sie meine Fragen, auch wenn sich Ihnen die Zusammenhänge nicht erschließen. Das müssen sie nicht, das ist *mein* Job.«

Herr Abendroth und Christian standen sich in stummem

Kräftemessen gegenüber. Es dauerte einige Sekunden, bis der Sieg an Christian ging. Herr Abendroth fuhr sich mit der Hand durch die graumelierten Haare. »Verzeihen Sie, meine Nerven liegen blank. Das ist alles so... schwierig. Martin ist der Sohn meines Bruders. Er hat 1980, als er ein paar Wochen zu Besuch bei mir war, eine noch sehr junge Frau geschwängert. Abtreibung kam aus religiösen Gründen nicht in Frage, das Kind behalten sollte sie allerdings auch nicht, hatte ihre Familie entschieden. Mein Bruder hat dafür gesorgt, dass sein Sohn nicht zur Adoption freigegeben wurde. Alle Papiere wurden gleich auf uns als leibliche Eltern ausgestellt. Meine Frau konnte keine Kinder bekommen, aber wir wünschten uns sehnlichst welche. Was hätte da nähergelegen? Wenn nicht die Sache mit der Blutkonserve... Wir hätten es niemals jemandem gesagt.«

Christian zeigte sich verständnisvoll: »Wenn es nicht notwendig ist, und im Moment sehe ich keine Veranlassung, darüber zu reden, wird Martin es nicht erfahren. Nicht von uns.«

Herr Abendroth nickte dankend. »Ich möchte jetzt gerne wieder zurück zu meiner Frau und meinem Sohn.«

»Eine letzte Frage noch, reine Neugier. Martin hält also Ihren Bruder logischerweise für seinen Onkel?«

»Ja. Aber die beiden kennen sich kaum. Mein Bruder kommt nur alle paar Jahre mal zu Besuch, wenn er auf Dienstreise ist und die internationalen Börsen besucht. Er ist Broker in Israel.«

Abrupt blieb Christian stehen. »Darf ich fragen, wie Ihr Bruder heißt?«

»David. Warum?«

»David Abendroth?«

»Nein. Er und unsere Mutter sind Ende der Fünfziger nach Israel ausgewandert, ich blieb mit unserem Vater hier in Deutschland. Mutter hat nach der Scheidung wieder ihren

Mädchennamen angenommen. David wurde ebenfalls umbenannt. Er heißt David Rosenbaum.«

Herr Abendroth verschwand im Krankenzimmer, während Christian wie vom Donner gerührt auf dem Flur zurückblieb. Er stand da, eine Sekunde, zwei Sekunden, drei. Dann verließ er eilig das Krankenhaus.

»Woher kennst du David Rosenbaum?« Anna war an ihrer verblüfften Mutter vorbeigestürmt, hatte die Tür zum Arbeitszimmer ihres Vaters ohne anzuklopfen aufgerissen und stand nun vor ihm, Frage und Anklage zugleich.

»David wen?«, antwortete ihr Vater streng. »Was soll das hier überhaupt für ein Auftritt sein? Kannst du bitte mal guten Tag sagen?«

»Guten Tag.« Anna warf die Kopie des Gruppenfotos auf den Schreibtisch und lümmelte sich in den grünen Clubsessel gegenüber. »Der rot umkringelte Kerl, der dir den Arm um die Schulter legt. Woher kennst du ihn? Was ist das für ein Foto? Und komm mir jetzt nicht mit ›Was ist das für ein Ton‹?«

Walter Maybach nahm die Kopie und starrte sie lange an, ohne ein Wort zu sagen.

»Wo hast du das her?«, fragte er schließlich leise.

»Aus einem Polizeirevier. In Zusammenhang mit Mord- und Totschlag. Wer sind diese Typen, Vater? Freunde von dir? Eine lustige Studentenvereinigung?«

Walter legte das Blatt Papier sehr sachte auf den Tisch, als wolle er, dass nicht einmal ein leises Rascheln von der Existenz dieses Fotos kündete.

»Mach die Tür zu«, bat er Anna.

Als Anna die Tür geschlossen hatte, goss sich Walter einen Cognac ein. Flasche und Schwenker standen griffbereit im Bücherregal.

»Muss ja echt unangenehm sein, wenn du nicht ohne Alk darüber reden kannst«, spöttelte Anna.

»Sei nicht so arrogant!« Walter nahm einen Schluck, setzte sich wieder hin und drehte sich mit dem Stuhl nachdenklich hin und her. »Ich könnte dich jetzt anlügen. Das würde mir nicht schwerfallen und wäre für alle Beteiligten sicher besser. Aber in dieser Familie ist jahrelang genug gelogen und geschwiegen worden, und da du mich sowieso schon verachtest, kann ich genauso gut die Wahrheit auspacken.«

»Ich bin ganz Ohr.«

Walter zeigte auf das Blatt Papier: »Das Foto ist 1971 aufgenommen. Am Strand von Los Angeles.«

»Damals hattest du deinen ersten Forschungsauftrag an der Uni dort.« Annas Handy klingelte. Sie nahm es aus der Tasche und sah auf das Display. Es war Pete. Anna drückte ihn weg und schaltete ihr Handy aus.

»Eine phantastische Zeit. Die hatten Koryphäen aller Fachbereiche eingekauft. Wir bekamen Gelder bewilligt, davon konnte man in Deutschland nur träumen. Der hier...«, Walter tippte auf einen südländisch aussehenden Mann auf der Fotokopie, »Jorge Martinez, war ein chilenischer Biologe mit wirklich glänzenden Aussichten.«

»Wie du.«

Walter nickte. »Ja. Wie ich. Jorge kannte ich von der Uni. Er hat mir die anderen vorgestellt. Zuerst dachte ich, es handele sich um einen Kreis junger, ehrgeiziger Wissenschaftler. Alle waren wir ehrgeizig. Ich auch. Aber dann... An die anderen war man schon herangetreten. Von Regierungsseite. Mich haben sie dann auch angeworben. – Wir haben geforscht, Dinge gebastelt.«

Walter nahm einen weiteren Schluck Cognac und kaute ihn langsam, als könne er dadurch die Sätze desinfizieren, bevor er sie aussprach.

»Was für Dinge?«

»Ich mache es kurz und schmerzhaft. Ich habe für die Amis einen verbesserten elektrischen Stuhl entwickelt.«

Anna sah ihren Vater fassungslos an. »Du hast was?«

Er lachte bitter auf: »Kann mir schon vorstellen, was du jetzt denkst. Aber hast du auch nur die geringste Vorstellung, mit was für vorsintflutlichen Öfen die ihre Delinquenten gegrillt haben? Der erste Mensch, der auf dem elektrischen Stuhl hingerichtet wurde, war William Kemmler.«

Walter Maybach verfiel aus reiner Gewohnheit in seinen hochmütigen Dozententonfall, als er weitersprach: »Kemmler wurde 1890 auf dem präparierten Stuhl festgezurrt und mit jeweils einer Elektrode am Kopf und einer an den Füßen verbunden. Zunächst wurde eine Spannung von tausend Volt eingestellt. Nachdem der Strom eingeschaltet wurde, krampfte Kemmler unter starkem Zucken und wand sich vor Schmerzen. Sein Blut kochte und ließ die Adern platzen, ebenso seine Augäpfel, die aus ihren Höhlen sprangen. Sein Fleisch verbrannte, Qualm stieg auf, sein rechtes Schulterblatt brach durch die starke Verkrampfung. Nach siebzehn Sekunden wurde der Strom abgeschaltet. Kemmler lebte noch. Er röchelte, keuchte und erbrach sich. Man entschloss sich, auf zweitausend Volt zu erhöhen. Es dauerte siebzig Sekunden, bis Kemmler tot war. Siebzig Sekunden!«

Walter nahm einen Schluck Cognac. »Natürlich waren die Stühle Ende der Sechziger schon verbessert, aber solche und ähnlich scheußliche Dinge passierten immer noch. Es gab zahlreiche Berichte, dass die Körper der Verurteilten anfingen zu brennen oder Transformatoren überhitzten, sodass die Exekution unterbrochen werden musste. Bei der Exekution werden mindestens zwei Stromstöße vorgenommen, die je nach körperlicher Statur des Delinquenten unterschiedlich lange angewandt werden. Zunächst werden zweitausend Volt eingesetzt, um den Widerstand der Haut zu brechen. Danach wird ein zweiter Stoß mit weniger Spannung durchgeführt, um den Stromfluss zu reduzieren und Brände zu vermeiden. Bei der Hinrichtung fließt üblicherweise ein Strom von 8 Ampere, und der Körper erhitzt sich auf über 59 Grad Celsius. Der Tod tritt sowohl durch eine unkontrollierte Depolarisation wichtiger Muskeln ein als auch durch das Stocken von Eiweißen.«

Anna hatte dem Vortrag ihres Vaters stumm zugehört. »Danke, aber so genau wollte ich es nicht wissen. Und was war dein Part bei dieser angeblichen Humanisierung des Mordens?«

Walter trank seinen Cognac aus und goss sich nach. »Jorge und ich haben die Sache mit dem Hautwiderstand ausgetüftelt. Außerdem habe ich einen stufenlos regelbaren Stuhl entworfen, mit dem man weitaus schneller töten konnte als bisher. Leider haben sie meine Erfindung nicht im Sinne des Erfinders genutzt. Wie man das so kennt.«

»Sondern?«

Walter tippte erneut auf das Foto: »Ein paar von den Jungs haben freiberuflich für die SOA gearbeitet ...«

»Die School of America, die Folterschule?«

Walter nickte: »Die SOA und eine der SOA übergeordnete Organisation haben unsere, auch meine Arbeit benutzt, um effektiver zu foltern. Als ich das mitkriegte, habe ich mich verabschiedet. Von der lustigen Truppe da auf dem Foto und von den USA. Andere sind geblieben und haben Karriere bei verschiedenen Geheimdiensten gestartet. Wie Martinez. Wie Rosenbaum.«

Anna betrachtete das Foto: »Was sind das für Pokale?«

Walter lachte ein bitteres Lachen: »Einer fand die Idee ungeheuer komisch. Er nannte uns die Akademie, weil wir alle Akademiker waren und seiner Meinung nach auch kreative Künstler. In Anlehnung an die Academy, die in Los Angeles die Oscars verleiht. Die Pokale sind unsere Oscars. Ich habe meinen für Special Effects bekommen.«

»Hast du noch Kontakt zu Rosenbaum?«
»Ich habe ihn nie wieder gesehen.«
Anna erhob sich mit einer neuen, nicht gekannten Last auf den Schultern, nahm die Fotokopie und ihre Handtasche, würdigte ihren Vater keines weiteren Blickes und ging hinaus. Die Tür ließ sie offen.

Christian nahm zwei Stufen auf einmal, als er durch den Hausflur die Treppe zur Soko-Zentrale im vierten Stock hocheilte. Er hatte das Handy am Ohr, hörte zu und grüßte die alte Dame, die unter ihnen wohnte und sich erschrocken über sein Ungestüm an die Wand drückte, um ihn vorbeizulassen, nur mit einem Kopfnicken.
»Sofort in den Konfi«, rief er beim Eintreten durch die Tür. Das Handy klappte er zusammen und ließ es in die Innentasche seines Cordsakkos gleiten. Es roch nach Döner, und plötzlich wurde Christian bewusst, dass er seit Tagen nichts Warmes gegessen hatte. Er hörte Eberhards Lachen. Die anderen waren schon im Besprechungszimmer. Daniel saß wie immer vor seinem Laptop und untersuchte per Computerdateien die weißen Westen der Golfclubmitglieder, Pete ging Zeugenaussagen durch, und Eberhard pinnte seine Fotos vom Bunkergelände in chronologischer Reihenfolge an die Wand.
»Was ist los? Hast du mit Martin gesprochen?«
Pete sah Christian an, dass es Neuigkeiten gab. Christian setzte sich an den Tisch und blickte begehrlich nach einer halb vollen Schale Pommes frites, die zwischen den Papieren und Spurensicherungstüten auf dem Tisch stand.
»Leider nein, der ist immer noch mehr oder weniger im Niemandsland. Aber Karen hat gerade angerufen. Die männliche Leiche aus dem Bunker ist laut DNS-Vergleich tatsächlich David Rosenbaum. Im Übrigen der leibliche Vater von Martin Abendroth.«

»Wie bitte?« Eberhard verschluckte fast eine der Pinnnadeln, die er zwischen den Lippen festgeklemmt hatte.

In kurzen Sätzen berichtete Christian von seinem Gespräch mit Herrn Abendroth.

»Broker, wie nett«, meinte Pete. »Hübsche Tarnung für einen Geheimdienstler. Internationale Geschäftskontakte, Geld, Frauen, Reisen. Beneidenswert. Und Martin hat keine Ahnung von alledem?«

Christian nickte: »Zumindest geht der unechte Papa Abendroth immer noch davon aus. Ich bin mir da nicht so sicher. – Wem gehören die Pommes?«

Daniel überließ sie ihm mit beiläufiger Geste. Seine Diät war offensichtlich zu Ende. Dankbar griff Christian zu.

Pete beobachtete ihn leicht angeekelt: »Igitt, kaltes Fett. Aber dein Mittagessen mit Anna hast du ja verpasst. – Wie gehen wir jetzt weiter vor in Sachen Rosenkranz und Güldenstern?«

»Mist, das Mittagessen habe ich komplett vergessen. War Anna hier? Ich wollte sie eben anrufen, aber sie ist abgeschaltet.«

Pete grinste: »Schätze, ich gebe bald eine Fahndung nach ihr raus. Deine Süße hat mich beklaut!«

Irritiert sah Christian ihn an.

»Als du zum Mittagessen nicht die Güte hattest zu erscheinen, wollte sie für uns alle Döner holen. Ich habe ihr einen Zwanni in die Hand gedrückt. Seitdem ist sie flüchtig.«

»Was redest du da?« Christian schüttelte begriffsstutzig den Kopf.

Eberhard mischte sich ein. »Es ist, wie Pete sagt. Sie kommt an, steht hier rum, nimmt das Geld, betrachtet das Foto und verschwindet. Ohne uns je unser Futter zu bringen, noch sich zu melden.«

»Welches Foto?« Christian war schlagartig alarmiert.

Daniel gab ohne hochzusehen seinen Senf dazu: »Sie hat

es kopiert. Jedenfalls habe ich sie von meinem Zimmer aus am Kopierer gesehen, bevor sie weg ist.«

»Echt?«, fragte Pete überrascht. »Habe ich gar nicht mitgekriegt.«

»Welches Foto?«, wiederholte Christian nun schärfer und lauter.

Pete warf ihm den Ausdruck von Rosenbaums Gruppenfoto hin. »Das. Aber darauf steht nicht, dass sie mit meinem Zwanni oder vier Dönern verschwinden soll.«

Eberhard ließ von der Pinnwand ab und setzte sich an den Tisch: »Hast du Herrn Abendroth schon gesteckt, dass sein Bruder tot ist? Hat er eine Ahnung, wer die Frau im Bunker sein könnte?«

Christian schüttelte den Kopf. Er betrachtete das Foto und fragte sich, was Anna wohl darauf gesehen hatte. Hatte sie es wirklich kopiert? Wo war sie jetzt? Wieso meldete sie sich nicht? Plötzlich stutzte er. »Lupe!«

Eberhard reichte ihm eine. Christian besah sich das Foto noch einmal genauer unter der Lupe.

»Das gibt's doch gar nicht«, entfuhr es ihm. Er sprang auf, griff nach seiner Jacke, die er neben sich abgelegt hatte und stürmte zur Eingangstür.

»Kann mir mal einer sagen, wer oder was auf dem verdammten Foto ist?«, rief Pete ihm hinterher. Aber Christian war schon zur Tür raus. Pete und Eberhard starrten das Foto an. Pete nahm die Lupe. Er war plötzlich richtig sauer. »Da muss irgendjemand drauf sein, den Anna erkannt hat. Und Chris auch. So ein Mist, wieso rennen die weg, ohne den Mund aufzumachen?«

Als Martin zum zweiten Mal erwachte, saß nur Volker bei ihm am Bett. Herr und Frau Abendroth waren in die Krankenhauskantine gegangen, um etwas zu essen. Martin schien nicht klarer als beim ersten Mal, in seinem Blick lag Wahnsinn, lag die völlige Abwesenheit von Verstehen. Er stöhnte qualvoll und wand sich schwitzend hin und her, soweit seine Schmerzen das zuließen. Volker versuchte die Bergung der irrlichternden Seele wiederum durch das Festhalten des Blicks, durch leises, beruhigendes Sprechen, durch das Halten der Hand. Es dauerte einige Minuten, bis das zertrümmerte Ich Martins Bruchstücke seiner selbst wiederfand und wenigstens teilweise zusammenfügen konnte. Was Volker dann entgegenblickte, war wie ein kubistisches Porträt von Picasso: Alles wirkte verzerrt, verschoben, kantig, falsch komponiert, aber das Wesenhafte trat dadurch umso deutlicher hervor.

Martin sah Volker flehentlich an, als bitte er ihn um Hilfe, den früheren Zustand unschuldiger Ahnungslosigkeit wiederherzustellen, von dem er fühlte, dass er ihn für immer verloren hatte. Noch nie war Volker einer solchen Verzweiflung und Hoffnungslosigkeit begegnet. Aber es schrie noch etwas anderes, ebenfalls sehr intensives aus dem Blick: Angst. Nackte, pure Angst.

Martins Hand krallte sich in Volkers Hand, was wegen der ausgerissenen Nägel sicher sehr schmerzhaft war. Er versuchte zu sprechen, doch nur ein qualvolles Röcheln kam über seine Lippen. Die Augen füllten sich mit Tränen. Dann verlor sich Martin wieder, wurde von einem Strudel, stärker als alles, was von ihm übrig war, in den dunklen Abgrund der Angst zurückgezogen.

Volker stand auf und lief nach draußen. Er wollte etwas zu schreiben besorgen, denn er war sicher, dass Martin hatte sprechen wollen, es aber wegen seiner Verletzungen nicht konnte. Er würde ihm einen Stift und Papier besorgen, ihn zurückholen in die Welt der Lebenden und dort halten.

Als Volker nur knappe zwei Minuten später ins Krankenzimmer zurückkam, hatte sich Martin von seinem Nacht-

tisch den Lippenstift genommen, den er aus dem Bunker mitgebracht hatte. Unbeholfen, schwitzend, zitternd und mit panisch geweiteten Augen schmierte er in großen Buchstaben auf die Bettdecke. Er hielt den Lippenstift ungelenk zwischen den mittleren Fingerknöcheln und stöhnte vor Schmerz und Anstrengung. Er war beim dritten Versuch angelangt, bei der dritten Wiederholung. Volker stellte sich neben ihn, sodass er lesen konnte, was da in blutroten, fetten Buchstaben in drei Reihen untereinander stand:
ad bestias
ad bestias
ad bestias

Anna stand im Stau auf der Elbchaussee in Nienstedten. Weit war sie noch nicht von ihrem Elternhaus entfernt, dabei wollte sie möglichst schnell möglichst viele Kilometer zwischen sich und ihren Vater und dessen Vergangenheit bringen. In den letzten Monaten hatte Anna tatsächlich gehofft, sie könne ihr zwiespältiges Verhältnis zu ihrem Vater vielleicht langsam verbessern, sie könne irgendwann halbwegs vergessen, dass er jahrelang ihre Mutter geschlagen hatte in seltenen, aber umso heftigeren Anfällen von Jähzorn. Sie könne ihm irgendwann verzeihen, dass er der war, der er war, und dadurch ihre naive Liebe zu ihm unmöglich gemacht hatte. Jetzt war dieser vagen Hoffnung der finale Dolchstoß versetzt worden.

Anna brachte den liebevollen, fürsorglichen Vater, der er ihr in ihrer Kindheit gewesen war, einfach nicht zusammen mit dem Mann, der mit wissenschaftlicher Akribie Folterwerkzeuge verbesserte und Gewalt gegen die Frau ausübte, die er früher einmal geliebt hatte und es vielleicht immer noch tat. Wieder hatte sie dieses schreckliche Gefühl, von ihm betrogen worden zu sein, verlassen worden zu sein, er war wieder einmal nicht der, den sie liebte, und sie hasste ihn erneut dafür.

Der Verkehr rollte im leichten Nieselregen nur im Stop-and-go in Richtung Innenstadt. Als sich Anna nach zwanzig Minuten und mickrigen zwei Kilometern dem Haus von Professor Gellert näherte, kam sie auf die Idee, ihn über das Schicksal seines Lieblingsstudenten in Kenntnis zu setzen. Gellert würde Martin Abendroth sicher im Krankenhaus besuchen wollen. Sie würde eine Tasse Tee mit Gellert trinken, falls er zu Hause war, sich von ihrem Vater ablenken, und danach würde sich der Stau aufgelöst haben. Anna bog in Gellerts granitgepflasterte Einfahrt. Gellerts Garage stand offen, aber sie war leer. Anna überlegte, ob sie gleich wieder wenden sollte. Doch bevor sie sich entschied, kam Gellerts Haushälterin, Luise Juncker, fröhlich winkend aus dem Garten auf sie zu. In der Hand trug sie ein Bündel Kräuter. Anna stieg aus.

»Hallo, Frau Maybach, das ist aber nett, dass Sie uns besuchen. Ich habe ihr Auto gehört. Der Herr Professor ist leider nicht da, aber Sie müssen unbedingt einen Kaffee mit mir trinken.«

Die herzliche Aufforderung ließ Anna keine Wahl. Sie folgte der unaufhörlich plappernden Luise ins Haus, lernte auf dem Weg von der Auffahrt bis zur Küche alles über die Zusammensetzung und Herstellung von Frankfurter Soße, und bekam weitere fünf Minuten später zwar keinen Kaffee, aber einen heißen Kakao mit Schuss vorgesetzt, eine kleine Programmänderung, die Luise für äußerst empfehlenswert hielt, auch und vor allem in ihrem eigenen Interesse. Anna fühlte sich sofort wohl in der Obhut der alten Dame, auch der Kakao tat gut, und der Schuss Rum darin half ihr zu entspannen.

Inzwischen war Christian im Haus von Annas Eltern angekommen. Er stand im Arbeitszimmer bei Walter, genau wie Anna kurz vor ihm.

»Wo ist Anna? Und woher kennen Sie David Rosenbaum?«

Walter bot Christian Platz an. Er hatte jetzt nichts mehr zu verlieren, Anna würde Christian die Zusammenhänge sowieso erklären.

»Anna haben Sie verpasst, die ist vor etwa einer halben Stunde weg. Aber da Sie nach ihr fragen, nehme ich an, Sie sind noch nicht von ihr informiert.«

Christian fiel auf, wie schlecht Annas Vater aussah. Er wirkte fahrig, müde und kraftlos, ganz anders als bei dem gemeinsamen Mittagessen, bei dem er den intellektuellen Zampano gegeben hatte, bis Anna ihm in die Parade gefahren war. Fast erschien es Christian zwingend, dass Anna auch diesmal nicht unschuldig war am Zustand ihres Vaters.

»Anna ist seit Stunden nicht zu erreichen. Und Rosenbaum, der auf einem alten Foto an Ihrer Seite abgebildet ist, lag monatelang als Leiche im Sachsenwald herum. Unter diesen Umständen können Sie sich sicher vorstellen, wie brennend mich die Zusammenhänge interessieren.«

»Rosenbaum ist tot? Davon hat Anna nichts gesagt.«

»Sie wusste es nicht. Ich weiß es selbst erst seit Kurzem. Was haben Sie Anna erzählt?«

Walter lehnte sich zurück und wiederholte ohne Zögern seinen Bericht.

Luise Juncker zeigte sich schockiert über das Grauen, das Martin zugestoßen war, obwohl Anna ihr die schlimmsten Details verschwiegen hatte. Jedenfalls war Annas Bericht Frau Juncker Anlass genug, sowohl sich selbst als auch Anna einen kräftigen Schluck Rum in den Kakao nachzugießen.

»Was für ein Elend, der Herr Professor wird bestürzt sein.

Der junge Herr Abendroth ist sein Lieblingsstudent und war häufig hier im Hause. Auch Franziska mochte ihn gerne, sie hatte geradezu einen Narren an ihm gefressen.«

Anna kam auf eine verwegene Idee: »Verzeihen Sie, Frau Juncker, wenn ich so indiskret bin. Aber Martin hat mir erzählt, dass Frau Gellert ihren Mann wegen eines erheblich Jüngeren verlassen hat. Aber sie hatte doch kein... hatte sie ein Verhältnis mit Martin Abendroth?«

Frau Juncker lachte hell auf: »Mit dem Bengelchen? So ein Blödsinn! Das mit dem jüngeren Mann war ein Gerücht. Was die Leute sich eben so zusammenreimen, man will das gar nicht wissen. Der Mann war jünger als der Professor, das stimmt, aber älter als Franziska.«

»Aber wer war es denn? Kennen Sie ihn?«

Mit einer Geste der Verschwiegenheit beugte sich Luise Juncker nach vorne und sprach leise, als hätten die Wände Ohren: »Das ist doch das Tragische, Frau Maybach. Der Herr Professor weiß nicht, dass ich es weiß. Aber Franziska hat mir immer ihr Herz ausgeschüttet. Der Mann, mit dem sie weggelaufen ist, war ein alter Freund vom Professor.«

Christian verabschiedete sich von Walter Maybach.

»Freut mich, dass Sie mir noch die Hand geben, nach allem, was ich Ihnen erzählt habe«, meinte Walter mit aufrichtiger Dankbarkeit.

Christian sah ihn ausdruckslos an und wandte sich zum Gehen. »Danke für die Namen.«

Walter brachte ihn nachdenklich zur Tür. »Einen habe ich Ihnen noch nicht gegeben. Auch Anna habe ich ihn nicht gesagt. Den Namen des Mannes, der auf dem Foto nicht zu sehen ist, weil er es aufgenommen hat.«

Christian hielt in seiner Bewegung inne und sah Walter Maybach auffordernd an.

»Er war sozusagen der Kopf der Truppe, unser Regisseur. Er lebt inzwischen wieder in Hamburg, ganz hier in der Nähe, ich habe ihn vorletztes Jahr im Supermarkt getroffen. Wir haben kein Wort miteinander gewechselt, obwohl wir uns erkannt haben. Aber ich habe mich erkundigt. Er gibt jetzt den seriösen Anthropologieprofessor. Gellert heißt er. Erwin Gellert.«

In einem plötzlichen Anfall von Wut und Entsetzen packte Christian sein Gegenüber am Kragen und drückte ihn gegen die Wand: »Geben Sie mir sofort die Adresse! Wenn Anna irgendwas passiert... ich werde, ich...!«

Walter zuckte erschrocken zurück: »Was hat Anna damit zu tun? Ich habe ihr den Namen nicht gesagt. Außerdem kennt sie ihn nicht.«

»Und ob sie ihn kennt!« Christian schrie so laut, dass Evelyn erschrocken angerannt kam. »Und Gellerts Lieblingsstudent ist unser jüngstes Folteropfer! Geben Sie mir die Adresse! Sofort!«

Luise Juncker war nicht zu bremsen, der Rum hatte ihre eh schon lockere Zunge zusätzlich beflügelt. Betroffen ließ sie sich über all die Schicksalsschläge aus, die das Haus Gellert in letzter Zeit mitten ins Herz getroffen oder zumindest gestreift hatten. Sie nahm noch einmal die Postkarte aus der Schublade hervor, die Franziska nach ihrer Flucht aus Südamerika geschickt hatte, drehte und wendete sie hin und her.

»Wissen Sie was, Frau Maybach?«

Anna verneinte stumm.

»Ich glaube nicht, dass Franziska und ihr Liebhaber nach Südamerika abgehauen sind. Franzi hatte Angst vor Schlangen und vor Spinnen.«

»Aber wer hat dann die Karten geschickt?«

»Das hat bestimmt ihr Freund organisiert. Um den Herrn Professor auf eine falsche Spur zu locken. Damit er sie nicht findet. Franzi hatte Angst, dass der Professor sie sucht und zurückholt. Weil er es nicht verwinden kann, dass sie ausgerechnet mit seinem ältesten Freund weggegangen ist. Den er schon seit dreißig Jahren kannte. Sie hatte Angst, dass er ihnen das nie verzeiht. Und dass er sie bestraft. Dabei ist der Professor gar nicht so. Er hat einfach nur still gelitten. Ein feiner Mann, ein armer, feiner Mann.«

»Und wo glauben Sie, sind die beiden hin?«

»Nach Israel.«

»Wieso das denn? Da gibt es auch Schlangen und Spinnen.«

»Ja, aber nicht so große wie in Südamerika. Außerdem lebt er da. Der Nebenbuhler vom Professor ist Israeli.«

Anna setzte sich plötzlich kerzengerade hin. Einer spontanen Eingebung folgend nahm Anna die Fotokopie von der »Akademie« heraus. Sie tippte auf den mit einem roten Kreis markierten Mann.

»Ist er das? David Rosenbaum?«

Luise nahm umständlich ihre Brille heraus und begutachtete die Aufnahme. »Jung sieht er da aus. Aber er könnte es sein. Jedenfalls hieß er David. Mit dem Foto bin ich mir aber nicht ganz sicher.«

»Er ist es. David Rosenbaum war der Liebhaber meiner Frau.«

Anna und Luise fuhren erschrocken herum. Sie hatten beide nicht bemerkt, wie und wann Erwin Gellert in die Küche getreten war. Schuldbewusst erhob sich Luise. »Wir haben nur ein wenig geplaudert. Soll ich Ihnen einen Kaffee aufbrühen?«

»Nein, danke, lassen Sie mal.« Professor Gellert ging zur Arbeitsplatte, nahm ein großes Fleischmesser aus dem dort stehenden Messerblock, schnellte herum und schnitt

Luise Juncker mitten in der Drehung schwungvoll die Halsschlagader durch. Eine rote Fontäne schoss quer durch die Küche.

Daniel saß im Konferenzraum mit den anderen und hatte den Lautsprecher eingeschaltet, während er mit Volker telefonierte, damit auch Pete und Eberhard mithören konnten. Während er sprach, ließ er seine Finger über die Tastatur des Laptops fliegen.

»Damnatio ad bestias, verurteilt zu den Bestien, hieß es früher bei den Römern, als sie die Christen und andere Delinquenten den Löwen vorgeworfen haben, meist im Rahmen von Gladiatorenkämpfen und Tierhetzen. Brot und Spiele, ihr wisst schon«, erklärte Daniel.

Volker am anderen Ende der Leitung stimmte zu: »Das weiß ich, aber es muss noch eine zweite Bedeutung für Martin haben. Ich kann mir nicht vorstellen, dass er uns lediglich seinen Bildungsstand als historischer Anthropologe mitteilen wollte. Irgendwas steckt dahinter, er hat Angst, unglaubliche Angst. Ich bin sicher, ad bestias ist ein versteckter Hinweis, weil er den Namen entweder nicht kennt oder nicht ausbuchstabieren will. So wie bei diesem amerikanischen Horrorwesen ›Candyman‹. Wenn du den Namen dreimal aussprichst, kommt er dich holen. Magisches Denken. Martin ist gefangen in seinem Trauma, er will etwas sagen, aber da ist eine Sperre, die er nicht durchbrechen kann. Ich sehe es in seinen Augen.«

Daniel klackerte mit den Fingern über die Tastatur: »Kann sein, du hast recht, Alter, wie so oft ... warte ... da ist noch ein anderer Verweis ... Bingo! Es gibt ein Buch mit dem Titel ›ad bestias‹. Darin geht es um, ich zitiere, ›Folter in der ludischen Kultur der Römer und christliche Märtyrer als Herausforderer des gesellschaftlichen Systems‹.

Geschrieben wurde das Buch von einem Anthropologen aus ... wer sagt's denn, Hamburg. Professor Erwin Gellert.«
»Das ist Martins Doktorvater!« Volker schrie es fast.
»Dann wollen wir den Herrn Professor doch gleich mal besuchen«, meinte Pete. Seine sonst so lässig-elegante Haltung war sofortiger Körperspannung gewichen. Er wirkte plötzlich konzentriert wie eine Raubkatze vor dem Sprung.

Christian schlich im Stau die Elbchaussee lang. Es machte nicht viel Sinn, das Blaulicht herauszuholen, er musste sowieso langsam fahren, um die richtige Hausnummer nicht zu verpassen. Die Villen hier lagen alle ein Stück zurück von der Straße, und die meisten der Besitzer hatten ihre Hausnummer aus übertrieben hanseatischer Diskretion entweder gar nicht angebracht oder stilvoll zwischen wuchtigen Rhododendren oder sonstigen Ziersträuchern getarnt. Entnervt griff Christian zum Handy. »Hey, Pete, hier Chris... Nein, hör du mir kurz zu. Ich bin unterwegs zu einem Professor Erwin Gellert, Elbchaussee Nummer... Woher weißt du das?«

Christian hörte überrascht zu: »Das erkläre ich dir später... Kommt ihr gleich mit der großen Kavallerie? ... Ja, sehe ich auch so. Erst mal auf den Zahn fühlen ... Okay, ich werde vor euch da sein... Wir sehen uns.«

Fast hätte Christian die Einfahrt verpasst, denn auch hier war die Hausnummer hinter Büschen versteckt, die voluminös das schmiedeeiserne, weit geöffnete Tor säumten. Christian fuhr hinein, folgte im Schritttempo der gewundenen Auffahrt bis zur Villa, vor der Annas Wagen geparkt war. Christian fluchte leise. Er stellte den Dienstwagen neben Annas Auto ab, hastete die Freitreppe zur Haustür hoch und klingelte. Nichts war zu hören außer einem sonoren Dingdong, keine herannahenden Schritte, keinerlei Geräusche im

Haus, nur harmloses Vogelgezwitscher im Garten. Eine leise Nervosität ergriff Besitz von Christian. Vorsichtig ging er um das Haus herum, bemühte sich erfolglos, in die Fenster des Hochparterres zu sehen. Auf der Rückseite des Hauses gab es eine kleine Treppe, die zu einer halb verglasten Tür führte. Mit zwei Sätzen war Christian oben und sah durch die Tür. Dahinter befand sich die Küche. Dort lag eine ältere Dame auf dem Boden in einer riesigen Blutlache, die Kehle klaffend geöffnet, die starren Augen in ungläubiger Überraschung fixiert. Christian umwickelte die rechte Faust mit seiner Jacke und schlug die Verglasung der Tür ein. Das Klirren erschien ihm unnatürlich laut in dieser friedlichen Todesstille. Er drehte den innen steckenden Schlüssel und trat vorsichtig ein. Die Frau war unzweifelhaft tot, da kam jede Hilfe zu spät. Christian hatte gerade noch Zeit, einmal laut nach Anna zu rufen, bevor ihn ein schwerer Gegenstand am Hinterkopf traf und seinen letzten bewussten Gedanken, den an Anna, in einem bunten, schmerzhaften Funkensprühen zerbersten ließ.

Etwa zwanzig Minuten später trafen Pete und Eberhard an Gellerts Haus ein. Sie sahen Annas Auto und den Dienstwagen der Soko und nahmen den gleichen Weg wie kurz vor ihnen Christian. Als sie Luise Junckers Leiche fanden, holte Pete sein Handy aus der Sakkotasche. »Höchste Zeit für die Kavallerie«, meinte er.

Eberhard nickte. »Und wo zum Teufel sind Chris und Anna?«

Pete rief die Spurensicherung an und versuchte es erneut bei Christian auf dem Handy. Vergeblich, nur die Mailbox meldete sich. Gleichzeitig bat Eberhard Daniel per Telefon, Christians Handy zu orten. Dann zückten sie ihre Waffen und begannen, sich gegenseitig absichernd, das Haus zu durchsuchen. Es war ein großes Haus mit drei Etagen und vielen Zimmern. Ein leeres Haus. Keine Spur von Christian, Anna oder Gellert.

Der Raum ist an die dreißig Quadratmeter groß. Zwei sich gegenüberliegende Metalltüren. Nackter Betonboden, nackte Betonwände. Die Luft abgestanden, feucht, muffig. An den Wänden ringsherum bodennah eingelassene Rohre, teilweise angerostet. Ein Wasseranschluss, ein gelb-grüner Gartenschlauch von einigen Metern Länge. Aufgewickelt. Große, dunkle Flecken auf dem Boden, Schlieren in Richtung des im Raum mittigen Ausgusses. Der Boden von allen Seiten zur Mitte hin kaum merklich abgesenkt. Dunkle Spritzer an den Wänden, bis an die Decke. Nackte Betondecke, leicht rissig. Daran befestigt drei schwarze Pendellampen aus Metall in der Längsachse, gleißendes Licht, leises Surren von Elektrizität. In der linken hinteren Ecke ein Blecheimer neben einem Schrubber mit verklebten, rostbraunen Borsten. In der Mitte des Raums ein moderner OP-Tisch mit verstellbaren Kopf- und Beinplatten. Darunter Verlängerungskabel. Mehrfachsteckdosen. Rechts daneben ein höhenverstellbarer Hocker und eine Metallkommode mit Schubladen. Auf der Kommode Tabletts mit Salben, Tinkturen, Chirurgenbesteck, Desinfektions- und Verbandsmaterial. Links vom Tisch zwei ältere Metallschränke, einer gefüllt mit chirurgischen Gerätschaften, der andere mit Elektroden, Kabeln und Spezialwerkzeug. An der Wand hinter dem Tisch eine Sammlung antiker Folterwerkzeuge. Ein großes Holzrad. Lederriemen. Eine Afterbirne. Beineisen. Ein Dornengürtel. Daumenschrauben. Eine neunschwänzige Katze. Schneidwerkzeuge. Ein englisches Hemd. Haken. Zangen. Eine Doppelhalsgeige. Geißeln. Ketten. Brustkrallen. Holzpfähle in verschiedenen Größen. Eine Maschinerie des Marterns.

An der gegenüberliegenden Wand, vor dem Tisch, auf einem Stativ, eine Videokamera. Auf dem Boden ein Trafo, Kabelgewirr, daneben ein bequemer Sessel, ein Beistelltisch aus Holz mit einer gefüllten Karaffe darauf und ein schweres Kristallglas auf einem Lederuntersetzer. Zwei große Fotobände. Einige Bücher in einem Holzregal. Auf der anderen Seite des Tisches, dem Sessel gegenüber, ein Stuhl. Auf dem Stuhl Anna, die Hände nach hinten mit grobem Hanf an die Rückenlehne gefesselt, die Füße an die Stuhlbeine. Ein halb zugeschwollenes Auge, etwas Blut im Mundwinkel. Schwer atmend. Da sitzt sie. Wie damals. Auf einem Stuhl. Gefesselt. Wie letztes Jahr. In ihrer Küche. Der Mann. Das Skalpell. Anna hat Angst. Sie schwitzt kalten Schweiß. Ihr Mund ist trocken. Sie leckt Blut aus dem Mundwinkel. Es schmeckt metallisch. Anna würgt. Ihr Herz rast. Sie hyperventiliert. Ihre Augen tasten panisch den Raum ab. Suchen nach einem Ausweg. Nichts. Nur die zwei Türen. Geschlossen.

Gedämpfte Schritte, Ächzen. Die linke Tür wird geöffnet. Rückwärts kommt Gellert herein. Gebückt. Er zieht etwas Schweres. Christian. Er liegt bewusstlos auf dem Rücken und wird an den Füßen über die Türschwelle in den Raum gezerrt. Aus seinem Hinterkopf läuft Blut. Anna kann ihren Aufschrei nicht unterdrücken: »Chris!«

Gellert sieht überrascht zu ihr: »Oh, man kennt sich? Wie nett!«

Gellert zieht Christian die Jacke aus und legt sie auf den Hocker. Mit großer Anstrengung wuchtet er Christian auf den Tisch und schnallt ihn sorgsam an Händen, Füßen und am Kopf fest. Er durchsucht Christians Jacke, fördert eine Pistole, das Handy und den Ausweis zutage. Er schaltet das Handy aus, schlägt den Ausweis auf, liest und grinst.

»Wenn das mal nicht dein Freund von der Polizei ist«, meint er zu Anna. »Weinheim hat mir nach deiner Panikattacke beim Nachmittagstee angedeutet, dass es da eine amouröse Verbindung gibt. Und ein schreckliches Trauma, das dich immer noch im Griff hat.«

Gellert befeuchtet einen Tupfer mit etwas Flüssigkeit aus einer Sprühflasche von der Metallkommode und versorgt damit Christians Wunde am Hinterkopf.

»Ist er es? Ist das dein Freund?«

Anna gibt keine Antwort. Gellert lächelt: »Das werden wir bald wissen, meine Liebe.«

Sehr sorgsam stillt Gellert die Blutung an Christians Kopf. Auf den gleichen Tupfer, der schon halb getränkt ist von Christians Blut, sprüht er erneut etwas Flüssigkeit, geht zu Anna und tupft ihr damit den Mundwinkel ab. Sie weicht nicht zurück.

Gellert grinst: »Er ist es. Wie schön. Das eröffnet ja völlig neue Möglichkeiten!«

Anna sieht ängstlich zu Christian: »Lebt er?«

Gellert knöpft Christian das Hemd auf. »Keine Sorge, er wird gleich wieder zu sich kommen. Wenn es dich beruhigt, helfe ich ein wenig nach.«

Gellert nimmt ein braunes Fläschchen von der Kommode und hält es Christian unter die Nase. Christian will dem beißenden Geruch instinktiv ausweichen, doch sein Kopf ist festgeschnallt. Er schlägt die Augen auf. Er kann nichts sehen außer der nackten Betondecke, leichte Risse, und im Augenwinkel Gellert, der neben ihm steht.

»Wo ist Anna?«, presst Christian heraus.

»Hier. Ich bin hier«, antwortet Anna.

Christians Kopf will hochschnellen, doch es geht nicht. Gellert tritt mit dem Fuß auf einen Schalter unter dem OP-Tisch. Das Tisch begibt sich surrend und sehr langsam in eine leichte Schräglage, das Kopfende wird hochgefahren.

»So, jetzt könnt ihr euch ansehen, ihr Hübschen.«

Anna und Christian sehen sich an. Es gibt nichts zu sagen. Ein Blick genügt. Sie sind beide noch am Leben. Sie sind beide weitgehend unversehrt. Noch. Aber sie sind hier. Beide.

»Wo sind wir?«, will Christian wissen.

»In der Hölle«, gibt Gellert zur Antwort, »und keiner wird euch finden.«

Gellert setzt sich in den Sessel, schlägt die Beine übereinander und gießt zwei Fingerbreit von der mahagonifarbenen Flüssigkeit aus der Karaffe in das Glas.

»Deshalb haben wir alle Zeit der Welt. Wir können ein bisschen plaudern, bevor wir mit dem Spiel beginnen.«

Christian ist wütend. Er kann sich nicht bewegen. Er ist ausgeliefert. Er kann Anna nicht helfen. Er muss Zeit gewinnen.

»Wo sind wir? In Ihrem Keller? Ich war nicht lange bewusstlos. Wir können nicht weit sein.«

Gellert nippt genüsslich an seinem Getränk: »Stimmt. Wir sind nicht weit. Nur fünfzehn Meter vom Haus weg. Trotzdem unauffindbar. Lasst alle Hoffnung fahren.«

Anna zwingt sich zur Ruhe. Sie ist froh, dass Christian da ist. Auch wenn es schrecklich ist, dass er da ist.

»Wir sind in einem Luftschutzkeller«, sagt sie.

»Pete wird uns finden. Er ist garantiert schon im Haus«, sagt Christian und bemüht sich um eine sichere Stimme.

Gellert lacht leise: »Er ist vermutlich schon wieder weg.«

»Man muss durch einen Geheimgang. Hinter dem Weinregal. Da ist ein Hebel. Man kann ihn nicht sehen«, sagt Anna zweifelnd zu Christian.

In Gellerts Vorgarten parkten neben Annas Mini und Christians sowie Petes Dienstfahrzeug inzwischen drei Einsatzwagen, Karens Cabriolet und ein Fahrzeug des Rechtsmedizinischen Instituts. Karen sorgte für den sachgerechten Abtransport von Frau Junckers Leiche, während Eberhard und Pete mit fünf Beamten das Haus erneut auf den Kopf stellten. Sie fanden keinerlei Hinweis auf den Verbleib von Anna und Christian, weder in den Wohnräumen noch im Dachgeschoss noch im Keller. Frustriert trafen sie in der Küche wieder zusammen, wo drei weitere Beamte mit der Spurensicherung beschäftigt waren. Pete gab eine Fahndung höchster Dringlichkeitsstufe nach Gellert und seinem Benz heraus. Er konnte nicht fassen, dass sie zu spät gekommen waren. Eberhard telefonierte erneut mit Daniel, doch der konnte Christians Handy nicht orten, da es abgeschaltet war, ebenso wie das von Anna. Annas Handy fanden sie in ihrer Handtasche, die unter dem Küchentisch auf dem Boden stand, mitten in der Blutlache. Das Leder war hin. Aus der durchtrennten Kehle von Luise Juncker war das Blut in hohem Bogen herausgeschossen und quer über den Tisch gespritzt bis an die gegenüberliegende Wand. Die Küche sah aus wie eine Schlachtbank. Mit spitzen Fingern in Gummihandschuhen fischte Pete aus dem Blut auf dem Tisch eine Postkarte sowie die Fotokopie des Gruppenbildes mit Rosenbaum. Er las die Postkarte und reichte sie Eberhard: »Offensichtlich hat Frau Gellert ihren Mann verlassen. Die Karte ist im Januar abgestempelt worden. Rosenbaum ist im Januar verschwunden. Sein Foto liegt hier auf dem Tisch. Neben der Postkarte. Seine Leiche haben wir im Bunker gefunden. Neben der Leiche einer bislang nicht identifizierten Frau. Was schließen wir daraus?«

»Dass Christian mal wieder recht hatte. Es hängt alles zusammen. Verdammte Scheiße, wo sind die bloß?« Eberhard wollte sich nicht vorstellen, was Anna und Christian bevorstand, wenn sie sie nicht rechtzeitig fanden.

»Sie können nicht weit sein. Höchstens zwanzig Minuten Vorsprung«, sagte Pete wieder und wieder. Aber er wusste nur zu gut, dass zwanzig Minuten unter diesen Umständen eine Ewigkeit waren. Die Ewigkeit des Todes.

Gellert schneidet mit ruhigen Bewegungen Christians Hemd von seinem Leib. Die Fetzen wirft er einfach auf den Boden. Anna zerrt wie verrückt an ihren Fesseln, doch die geben keinen Millimeter nach und zerschneiden ihr bei jeder Bewegung nur noch mehr die geschundenen Handgelenke.

Christian bewegt sich nicht, zu nah ist das Skalpell seiner Haut. Er versucht zu denken, schnell zu denken, was kann er tun, was kann er tun, sein Körper schmerzt schon, weil er sich in Erahnung des Kommenden verkrampft und ganz steif macht, obwohl noch nichts passiert ist.

»Wer ist die Frauenleiche im Bunker? Die neben David Rosenbaum«, presst Christian heraus. Er muss Gellert aufhalten, mit ihm reden, ihn aufhalten, einfach nur aufhalten und reden, reden, reden ...

»Meine werte Gattin«, antwortet Gellert gleichmütig. »Die Mutter von Martin Abendroth. David hatte sie mit sechzehn geschwängert. Mitte der Neunziger hat er mir Franziska vorgestellt. Ich habe sie geheiratet. Ich hatte keine Ahnung von ihrem früheren Verhältnis mit David. Und schon gar nicht von dem gemeinsamen Sohn. Franziska war ganz aus dem Häuschen, als sie vor zwei Jahren meinen Studenten Martin Abendroth kennenlernte. Sie hat ihren Sohn sofort erkannt. Die Stimme des Blutes oder so ein Mist. Oder sie wusste von David, wo er aufwächst und hat ihn die Jahre über im Auge behalten, was weiß ich. Jedenfalls hat sie ihn ständig eingeladen. Ich dachte schon, sie hätte eine Affäre mit ihm. Dann kam David im Januar zu Besuch. Die beiden haben ihre alte Leidenschaft wieder aufgefrischt. Franziska hat mir dann reumütig alles erzählt. Dass sie David schon immer geliebt hat. Dass Martin ihr gemeinsamer Sohn ist. Dass sie mich verlassen will.« Gellert lacht bitter auf. »Mich verlässt man nicht. Mich betrügt man nicht. Mich verrät man nicht.«

Gellert zieht Christian Schuhe und Socken aus.

Anna weint vor Angst.

»Und dann? Nachdem Sie die beiden umgebracht und im Bunker im Sachsenwald versteckt hatten? Dann kam die asiatische Prostituierte. Was hat die Ihnen getan?« Christians Stimme klingt rau.

Gellert öffnet Christian den Gürtel.

»Nichts Besonderes. Schätze, ich bin nur wieder auf den Geschmack gekommen. Sie wissen ja gar nicht, wie mir das gefehlt hat. Die Nutte war eine kleine Abwechslung, nur eine Fingerübung, nicht so spektakulär wie die Bestrafung meiner Frau und ihres Liebhabers. Da fühlte ich mich seit Jahren endlich mal wieder lebendig. Dieser Professorenjob, was für eine langweilige Scheiße.«

Gellert zerschneidet Christian die Hose. Christian fröstelt. Es ist die Angst.

»Warum haben Sie den Posten dann angenommen?«

»Weil Bill Clinton, dieser pseudoliberale Wichser, zu seinem Amtsantritt 1993 meine Spezialeinheit aufgelöst hat.«

»Die SOA?«, wirft Anna ein. Sie begreift, dass Christian Zeit schinden will. Auch sie will lieber reden als zusehen, was Gellert mit Christian macht. Sie will es nicht sehen. Es darf nicht passieren.

»Wir waren der SOA übergeordnet. Wir waren die Lehrer der Lehrer. Wir waren die Besten!«

Gellert zerschneidet Christian den Slip.

»Und warum Uta Berger?« Christian spürt, wie sein Hodensack sich zusammenzieht. Er will sich verkriechen.

»Die kleine Schlampe, sie hat sich mir angeboten wie sauer Bier. Martin war ganz stolz auf seinen Billigfang, hat mir angedeutet, was er alles für Sado-Sauereien mit ihr treibt. Und dass ich sie haben könnte, er würde sie mir schenken. Was bildet sich der Scheißer überhaupt ein? Und diese Amateur-Nutte! Sie fühlte sich unglaublich verwegen und verdorben! Ich habe ihr gezeigt, was wirklich verwegen und verdorben ist. Ich habe ihr gezeigt, wo ihre Grenzen sind.«

Anna ist übel. Sie denkt an das Tagebuch der jungen Frau, an ihre wütenden Versuche, sich einen eigenen Platz im Leben zu erobern. Er wurde ihr zugewiesen. Zwei Meter unter der Erde.

»Hat Martin gleich gemerkt, dass Sie es waren?«, fragt Anna. »Hat er es die ganze Zeit gewusst? Hat er… hat er mitgemacht?«

Gellert beschmiert Christians Hoden, Puls und Brustkorb mit Kontaktgel.

»Er hat es erst begriffen, als er von einem Zeugen hörte, der Uta an jenem Donnerstagabend im Grindelhof in ein Taxi steigen sah. Eine Minute vorher hatte Martin mich auf der Straße verabschiedet. Ich war in ein Taxi gestiegen und den Grindelhof hochgefahren. Martin musste nur eins und eins zusammenzählen. Dieses kleine, arrogante Arschloch kam zu mir und wollte mich konfrontieren.« Gellert lacht leise. »Er hat einen großen Auftritt geplant. Und einen großen Fehler gemacht. Sehr schade. Als ich Martin kennenlernte und noch nicht wusste, dass er der Bastard von David und meiner Frau ist, habe ich eine Zeitlang gedacht, er sei von meinem Schlag. Hochintelligent, rücksichtslos, ehrgeizig und grausam. Ich habe gedacht, mit dem kann ich was anfangen, dem kann ich die Welt jenseits bürgerlicher Moral zeigen, er wird mein Meisterschüler. Martin gefiel sich als Grenzgänger. Aber als er meiner Freiheit ins Gesicht sah, wurde ihm schwindlig von den Möglichkeiten. Er ist zusammengebrochen und hat nach seiner Mama geschrien. Da habe ich Familienzusammenführung betrieben.«

Gellert befestigt Elektroden an Christians Brustkorb, Puls und Hoden. Christian beginnt unkontrolliert zu zittern. Seine Arme, seine Beine, alles an ihm zittert und bebt.

»Martin lebt. Auch wenn Sie uns töten, es gibt einen Zeugen! Sie müssen uns gehen lassen! Dann können wir vielleicht was für Sie tun«, fleht Anna.

»Dass Martin lebt, ist allerdings eine Schlamperei von mir. Ansonsten reden Sie totalen Schwachsinn, verehrte Frau Doktor Maybach.«

Gellert geht zu einer Armatur und dreht an einem Schalter. Christian bäumt sich auf und schreit. Anna schreit auch. Gellert lächelt. »Aber, aber, das war doch nur ein harmloser Test.« Er geht zu Anna, beugt sich nieder, bis er sein Gesicht direkt vor dem ihren hat. »Nicht heulen, du darfst gleich mitspielen.«

Volker blickte eindringlich in Martins leere Augen. »Er hat meinen Chef Christian. Ich hänge an dem Idioten. Und er hat Anna. Anna Maybach, verstehst du, Martin? Du magst Anna doch, das habe ich im R&B gesehen. Du musst uns helfen, wir finden sie nicht. Wo hat Gellert sie hingebracht? Wo hat er *dich* hingebracht?«

Martin zitterte und wich Volkers Bannblick aus. Seine Hände ruderten hektisch über die Bettdecke, ins Leere greifend. Frau Abendroth, die weinend neben Volker auf einem Stuhl saß, warf einen bittenden Blick zu ihrem Mann.

»Hören Sie auf«, wandte der sich an Volker, »Sie sehen doch, Martin ist nicht bei sich. Er kann Ihnen nicht helfen. Lassen Sie ihn in Ruhe!«

Sehr, sehr langsam drehte Volker sich um und sah Herrn Abendroth an. Er sah ihn lange an und sagte kein Wort. Volkers Blick war wie Eisen, er würde nicht nachgeben, das begriff Herr Abendroth und fügte sich. »Komm, Liebes«, sagte er zu seiner Frau, »ich würde gerne noch mal mit dem Arzt reden.« Frau Abendroth erstickte ihr Schluchzen mit einem bestickten Stofftaschentuch und folgte ihrem Mann hinaus auf den Flur.

Volker wandte sich wieder Martin zu. »Du musst dahin gehen, nur kurz. Du musst in Gellerts Haus. Dort warst du doch, oder?«

Martins Blick flirrte panisch, er hob abwehrend die Hände. Volker nahm sanft beide Handgelenke Martins in seine Hände und hielt sie.

»Hab keine Angst, es wird dir nichts geschehen. Ich bin bei dir. Du bist in Sicherheit. Wir gehen zusammen in das Haus, ich lasse dich nicht allein. Ich bin bei dir. Schau mich an.«

Martin sah ihn an.

»Du warst bei ihm zu Hause.«

Martin schloss die Augen und öffnete sie wieder.

»Dann hat er dich woanders hingebracht.«

Martins Blick wollte wieder ausweichen, wollte sich wieder ins Nichts begeben, doch Volker hielt ihn fest. Martin schloss die Augen und öffnete sie wieder.

»Seid ihr mit dem Auto gefahren?«

Martin schüttelte den Kopf. Schweiß trat auf seine Stirn, er atmete stoßweise.

»Seid ihr im Haus geblieben?«

Martin atmete immer schneller und schneller, Volker konnte seinen Blick nicht mehr festhalten, die Pupillen weiteten sich, die Herzrhythmus-Maschine begann bedrohlich zu piepsen. Martin rettete sich in die Bewusstlosigkeit.

»Scheiße«, fluchte Volker, »Scheiße. Verfluchte Scheiße.« Er lief auf den Flur hinaus, schrie nach dem Arzt. Der Arzt rannte im Laufschritt herbei, hinter ihm Herr und Frau Abendroth. Volker verließ die Intensivstation, um zu telefonieren.

Eberhard stand bei den Streifenbeamten vor der Freitreppe. Einige wollten den Einsatz abbrechen. Sie hatte nichts und niemanden im Haus gefunden und waren der Meinung, dass sie ihre Zeit vergeudeten. Eberhard schrie sie an, warf ihnen mangelndes Engagement vor, Mutlosigkeit, Faulheit, Dummheit, entschuldigte sich für seinen Ausbruch und schrie sie wieder an. Pete stand zwei Meter entfernt und telefonierte. Er hörte konzentriert zu, klappte sein Handy zusammen und rief Eberhard herbei: »Volker ist sicher, dass sich Gellerts Folterkammer im Haus befindet. Er glaubt, Martin Abendroth so verstanden zu haben.«

Eberhard schüttelte genervt den Kopf: »Er glaubt? Tolle Hilfe! Geht's auch genauer? Wir haben alles abgesucht, jedes Zimmer, jede Abstellkammer, jede noch so winzige Ecke!«

»Wir suchen weiter. Noch mal und noch mal. Bis wir sie finden.«

»Und wenn Volker sich irrt? Was dann?«

»Hast du eine bessere Idee? Daniel soll sich die Grundrisse des Hauses vom Katasteramt besorgen. Wir nehmen uns das Haus nochmals vor. Und die anderen sollen den Garten absuchen. Jeden Zentimeter des Grundstückes, hast du mich verstanden? Los jetzt!«

Eberhard nickte und ging hinüber zu den Kollegen. Er nahm es nicht persönlich, dass Pete ihn angeschrien hatte. Auch dessen Nerven lagen blank. Wie viel Zeit blieb ihnen noch? Wie viel Zeit blieb Christian und Anna?

Christian blutet aus einer Vielzahl kleinerer Schnittwunden. Keine davon ist lebensbedrohlich, aber der Blutverlust wird ihn mehr und mehr schwächen. Gellert schneidet Annas Fesseln mit dem gleichen Skalpell durch, mit dem er Christian geschlitzt hat.

»Steh auf«, sagt er zu Anna.

Anna steht auf. Es fällt ihr schwer. Die Knie zittern, die Muskulatur schmerzt.

»Zieh dich aus«, sagt er zu Anna.
»Nein«, flüstert Anna, »nein.«
Gellert geht zurück zur Metallkommode und drückt auf einen Knopf des Trafos. Christian schreit laut auf und sackt in sich zusammen.
»Zieh dich aus.«
Anna zieht ihre Bluse aus. Sie stirbt ein wenig dabei.
»Warum tun Sie das?«, fragt sie weinend.
Gellert lacht. »Du bist eine dumme Psychologin, Anna. Du stellst dumme Fragen. Du siehst Folter als Ausdruck einer neurotischen Störung, nicht wahr? Als sittliche Primitivität. Du hast keine Ahnung. Los, zieh die Hose aus.«
Anna zieht zitternd ihre Schuhe aus.
»Folter ist rechtliche Praxis. Schon immer gewesen. Und zutiefst menschlich. Gründe? Macht. Dominanz, Aggressivität. Langeweile. Neugier. Egal. Hast du eine Ahnung, wie einfach und problemlos Foltern und Töten vonstattengeht, wenn die erste Hemmschwelle einmal überwunden ist? Zieh dich endlich aus.«
»Lass sie in Ruhe, du irres Schwein!« Christians Gebrüll klingt nicht wie von dieser Welt. Anna wirft ihm einen verzweifelten Blick zu. Gellert bestraft Christian mit einem heftigen Stromstoß. Christians Körper bäumt sich auf und sackt mit lautem Krachen wieder auf den metallenen Tisch. Christian ist der Bewusstlosigkeit nahe.
Gellert gibt Anna ein Zeichen. »Weiter.«
Anna zieht die Hose aus. Tränen laufen ihr die Wangen herunter, ihre Wimperntusche ist verschmiert.
»Du musst dir mal Gedanken über den Schmerz machen, Anna. Schmerz und Angst, Anna. Beides ist nur dem Bewusstsein der unter ihnen leidenden Person unmittelbar zugänglich. Das ist dir klar, oder? Wenn du Schmerz wahrnimmst, echten Schmerz, errichtet der Schmerz zwischen dir und der Welt der anderen eine unüberwindliche Mauer.

Schmerz ist nicht formulierbar, du kannst ihn niemals adäquat ausdrücken. Zieh deine Unterwäsche aus.«

Anna schüttelt den Kopf.

Gellert schlägt ihr mit der geballten Faust ins Gesicht.

Annas Augenbraue platzt auf. Anna stürzt nach hinten, sie fällt, schlägt mit dem Hinterkopf gegen die Betonwand. Anna bleibt liegen.

Gellert ist mit einem Schritt bei ihr. Er packt in ihre langen braunen Haare und zerrt sie hoch.

Anna schreit auf.

Christian wehrt sich vergeblich gegen seine Fesseln.

Gellert reißt Anna das Unterhemd und den Büstenhalter vom Leib. Er beißt ihr in die Brustwarze, bis sie blutet. Anna schlägt mit beiden Fäusten auf ihn ein. Sie weint. Sie stirbt ein wenig mehr.

Gellert lässt sie los. Er lacht.

»Schmerz funktioniert vollkommen autonom von kulturellen Bedingungen. Das macht ihn für mich so interessant. Ich erforsche das menschliche Geheimnis jenseits der Gesellschaft. Und ihr dürft mir heute dabei helfen.«

Gellert reicht Anna ein Schälchen mit Salz. »Das reibst du jetzt in die Schnittwunden deines Freundes.«

Anna weicht einen Schritt zurück. Die Scham über ihre Nacktheit hat sie vergessen. Sie starrt Gellert fassungslos an.

»Glotz nicht so blöd. Wenn du es nicht tust, dann ...«

Gellert verpasst Christian einen weiteren Stromstoß. Christian schreit laut auf, lauter als vorher. Sein Körper krümmt und bäumt sich heftiger als vorher.

»Stufenlos regelbar«, grinst Gellert.

»Tu es«, fleht Christian Anna an.

»Ich kann nicht.«

Ein Stromstoß. Christian schreit. Christian fleht Anna an.

Anna tritt an den OP-Tisch. Sie nimmt Salz aus dem Schälchen und betupft damit eine von Christians Wunden.

Christian beißt die Zähne zusammen, Anna hört die Zähne knirschen. Anna wimmert und weint.

»Nicht tupfen, reiben«, befiehlt Gellert.

Anna reibt. Christian knirscht und stöhnt.

Gellert tritt hinter Anna und zieht ihr einen Lederriemen quer über den Rücken. Annas Haut platzt auf. Sie schreit und stürzt hin.

»Dein... Ich... wird... erschüttert..., und... ich... entledige... mich... meiner... gesellschaftlichen... Natur.« Mit jedem Wort versetzt Gellert Anna einen Hieb mit dem Lederriemen.

Anna kriecht auf dem Boden. Sie kommt nicht vorwärts. Sie bewegt sich nur. Aber sie kommt nicht vom Fleck. Es ist wie in einem Traum. Vielleicht träumt sie nur? Ja, das muss es sein, denkt sie, sie träumt das alles nur.

Christian schreit wie im Spieß: »Hören Sie auf! Hören Sie auf! Sie sind ja wahnsinnig!«

Gellert lässt den Lederriemen fallen und bringt sein Gesicht ganz dicht vor Christians Gesicht, Nasenspitze an Nasenspitze: »Nicht wahnsinnig. Nur entgrenzt. Frei mithin. Aber so viel Distinktion kann ich von einem einfachen Bullen vermutlich nicht erwarten. Bleiben wir auf dem begrifflichen Teppich. Wie findest du dieses immense Gefälle von Macht und Ohnmacht?«

Christian spuckt Gellert ins Gesicht.

Gellert lacht. Er zerrt Anna wiederum an den Haaren vom Boden hoch. Anna linst zur Metallkommode. Dort liegt Christians Pistole. Gellert folgt ihrem Blick und lächelt.

»Du denkst noch, Anna. Du kannst noch denken. Dann wollen wir jetzt mal richtig loslegen. Ich werde das, was denkt, zertrümmern. Du wirst nur noch fühlen. Nichts als Schmerz fühlen. Bis du nichts mehr bist als Schmerz. Und übrig von dir bleibt die Faktizität des Körperlichen in der Formlosigkeit von Schmerz. Sonst nichts.«

Gellert schubst Anna an den OP-Tisch, auf die linke Seite, wo die Schränke stehen. Die Pistole liegt auf der rechten Seite, weit weg von Anna.

»Du kennst sicher das Milgram-Experiment.«

Anna schlägt mehr mit dem Kopf auf und ab als dass sie nickt. Sie hat beide Arme um ihren Oberkörper geschlungen und bedeckt so ihre Brüste. Sie friert und schwitzt dabei.

»Erklär's ihm«, sagt Gellert.

»Das Milgram-Experiment«, beginnt Anna stockend, »wurde in den Sechzigern an der Stanford Universität in den USA von Stanley Milgram durchgeführt. Es belegt, dass etwa drei Viertel der Durchschnittsbevölkerung durch eine vermeintliche Autorität dazu gebracht werden können, einen ihnen unbekannten, unschuldigen Menschen zu foltern. Oder sogar zu töten.«

»Sehr schön zusammengefasst«, lobt Gellert in professoralem Tonfall. »Wir werden den Versuchsaufbau ein wenig abwandeln. Ich bin die Autorität. Anna, deine Aufgabe ist es, dem Bullen hier einen Finger nach dem anderen abzuschneiden. Dann die Ohren. Dann die Nase. Wenn du es nicht tust, wirst du bestraft. Indem ich dir die Finger abschneide. Und die Ohren. Und die Nase.«

Anna bricht zusammen. Sie schluchzt auf und lässt sich fallen. Gellert packt sie am Oberarm und verhindert dadurch, dass sie wieder auf dem Boden aufschlägt.

Christian wirft sich in seiner Fesselung hin und her. Seine Augen sind weit aufgerissen. Christian hat schreckliche Angst. Er weiß nicht, um wen er mehr Angst hat. Um sich oder um Anna.

Anna steht vor dem OP-Tisch und sieht Christian an. Sie sieht seine Angst. Sie weiß nicht, ob er Angst um sich hat oder Angst vor ihr. Anna hat Angst vor sich selbst. Anna nässt sich ein. Anna will sterben, sie will auf der Stelle sterben.

Pete rannte vom Dachboden hinunter ins Hochparterre.

»Herd!«, schrie er. Eberhard kam aus der Küche, wo er bei der Spurensicherung half. Pete lief an ihm vorbei zur Kellertür. »Daniel hat angerufen! Der Vorbesitzer des Hauses hat in den Fünfzigern einen Luftschutzkeller unter dem Grundstück einbauen lassen. Es muss einen Geheimgang vom zweiten Kellerraum links geben.«

Eberhard hastete hinter Pete her. »Da ist der Weinkeller. Alles voller Regale!« Abrupt hielt Eberhard inne, während Pete schon auf der Kellertreppe war. Eberhard rannte zum Fenster. Draußen suchten die Streifenpolizisten das Grundstück ab.

»Alles in den Keller! Bringt Spitzhacke, Hammer, Brecheisen, egal, was, alles!«, schrie Eberhard hinaus. Dann sprintete er Pete hinterher.

Gellert geht auf die rechte Seite des OP-Tisches. Er legt seine rechte Hand auf den Schalter für die Elektroschocks. Mit der linken reicht er Anna über den Tisch und Christian hinweg ein Skalpell.

»Jetzt pass schön auf, Anna. Wenn du mit dem Skalpell auf mich losgehst, bekommt dein Freund hier einen Stromstoß, der ihm das Hirn wegschmort, klar? Er wird tot sein, bevor du um den Tisch herum bist. Du kannst es natürlich riskieren. Wenn du eine Chance siehst, dich dadurch zu retten ... Du musst ihn nur opfern. Es ist ganz einfach. Kannst du das?«

Anna schüttelt den Kopf. Sie kann nicht mehr sprechen, sie kann ihre Hände nicht mehr kontrollieren, die zittern zu sehr, sie hat ihren Körper nicht mehr unter Kontrolle, ihre Gedanken nicht, sie kann nicht mehr geradeaus sehen, sie kann Christian nicht mehr sehen, sie kann Gellert nicht mehr sehen, sie ist nicht mehr sie selbst, sie hat Angst, sie ist Angst.

Gellert sieht das alles, er kennt es, es freut ihn. »Du glaubst, du kannst es nicht tun. Aber ich versichere dir, du kannst. Und du wirst. Fang an! Schneide ihm den kleinen Finger der rechten Hand ab!«

Wie in Trance geht Anna zum Tisch. Sie hat das Skalpell in der rechten Hand. Sie hat es ungelenk in der Hand wie ein Kleinkind. Anna weiß, das ist nicht ihre Hand, die sich jetzt hebt, plötzlich ganz ruhig, und sich Christians Hand nähert, die festgeschnallt ist und nur ein wenig bebt. Anna sieht Christian in die Augen. Sie ist jetzt ganz ruhig, und sie versteht nicht, warum Christians Augen in einem Meer aus Angst schwimmen. Sie tut ihm doch nichts.

Pete geht hektisch und konzentriert die Weinregale ab. Er sucht nach Zeichen für eine verborgene Tür. Er fährt mit den Fingern über Holzleisten, zieht wahllos Flaschen heraus. Seine Bewegungen sind fahrig. Eberhard wütet auf der anderen Seite des Weinkellers wie ein Berserker. Er nimmt sich nicht die Zeit für feinmotorische Untersuchungen der Regale. Keine Zeit, um einen versteckten Hebel oder einen sonstigen Mechanismus zu finden. Er nimmt Hacke, Brecheisen und die bloßen Hände, um ein Weinregal nach dem anderen umzustoßen und zu sehen, ob dahinter eine Tür ist. Erdiger Alkoholdunst aus zersprungenen Flaschen vornehmlich französischen Rotweins füllt das Kellergewölbe.

Die Hand hebt das Skalpell. Gellert leckt sich gierig die Lippen. Anna sieht auf die Hand, auf diese fremde Frauenhand, die ein Skalpell hält, das sich der Männerhand nähert. Sie sieht die fünf Finger ganz scharf, sie sieht das Metall blitzen, sie sieht die Schneide, die sich auf die leicht gebräunte Männerhaut setzt, sie sieht den kleinen Finger, der unter dem blitzenden Metall plötzlich noch brauner wirkt, da wachsen ein paar schwarze Härchen, zwei davon werden beiläufig vom Skalpell durchtrennt und rutschen seitlich vom Finger, alles unglaublich scharf, in Großaufnahme, in Zeitlupe, der Edelstahl, der sich noch einen Millimeter an die Haut bewegt, die Poren der Haut, jede einzelne ganz deutlich zu sehen, noch einen Millimeter, in die Haut, die sich öffnet, ein kleiner Riss, der sich verbreitert, ein kleiner Tropfen Blut, der sich im Edelstahl spiegelt ...

Anna hebt wie in Trance den Blick vom Skalpell. Sie sieht zu Christian. Aber sieht ihn nicht. Sie sieht zu Gellert. Sie sieht durch Gellert hindurch. Durch die Betonwand hindurch. Auf einen norwegischen See, an dem sie letztes Jahr mit Christian angeln war. Sattes, grünes Gestade. Christian, der einen Hecht aus dem Wasser holt. Klares, durch die Luft sprühendes Wasser. Die in der Sonne schimmernden Schuppen des Hechtes. Christian, der lacht. Christian. Annas Hand zögert. Was tut sie da? Sie sieht zu Christian.

Ein weit entferntes Klirren von zerberstendem Glas lenkt Gellerts Blick von der Hand mit dem Skalpell ab. Anna bemerkt es. Sie hat höchstens eine Sekunde. Mit aller Kraft wirft sie sich über den OP-Tisch, über Christians Körper, auf dem sie landet. Christian schreit vor Schmerz auf, es passiert alles gleichzeitig, Anna rammt das Skalpell fest und tief in Gellerts Hand, die neben dem Trafo liegt, und zieht es wieder heraus, und Gellert schreit auf, erschrocken mehr durch den unerwarteten Angriff als durch den Schnitt. Blut strömt aus seiner rechten Hand, verblüfft legt er die linke darauf. Anna lässt das Skalpell fallen, reißt von der Wand die neunschwänzige Katze und zieht sie mit Schwung durch Gellerts Gesicht, aus der Drehung heraus, so wie Gellert mit Schwung das Fleischmesser durch Frau Junckers Kehle zog. Ein Auge, sein linkes, wird von einem Widerhaken an der Peitsche herausgerissen, wie geangelt, es hängt an der Angel und zappelt und glitzert wie Christians norwegischer Hecht, und Gellert schreit auf wie vorher Christian, wie vorher Anna, und hält sich die blutverschmierte Hand vors Auge, als ihn der zweite Schlag trifft und das halbe Ohr mitnimmt. Anna ist inzwischen an der Pistole, lässt die Peitsche fallen und richtet die Pistole auf Gellert, und während sich Gellert noch im Schmerz windet wegen seines Auges, steht Anna vor Gellert, nackt wie sie ist, und zielt auf ihn.

»Anna! Schneide mich los!« Christian sagt es eindringlich, doch er merkt, Anna achtet nicht auf ihn. Sie ist ganz fixiert auf die Pistole und ihr Ziel. Christian sagt es noch einmal, Anna bückt sich abwesend, lässt Gellert nicht aus den Augen, sucht mit den Fingern auf dem Boden nach dem Skalpell, findet es, und legt es Christian neben die festgezurrte Hand, ohne hinzusehen, ob er es denn erreichen kann. Christian krabbelt mit den Fingerspitzen danach, aber er kommt nicht dran. Nur mit dem äußersten Fingernagel des linken Ringfingers berührt er das Metall.

»Anna!«, sagt er wieder. »Bitte, Anna! Schneide mich los!«

Gellert achtet genauso wenig auf Christian wie Anna. Er nimmt die Hand von seiner leeren Augenhöhle und richtet sich vor Anna auf. Er grinst schmerzverzerrt. Aus der Augenhöhle quillt Gewebe. Der Sehnerv hängt ein Stück heraus.

»Na? Was jetzt?«, fragt er Anna spöttisch.

»Warum? Warum tun Sie das alles?«, fragt Anna leise.

Gellert lacht kurz auf: »Warum leckt sich der Hund die Eier? Weil er's kann!«

Seine Hand nähert sich dem Trafo, langsam, fast bedächtig. Gellert hebt die Hand über den todbringenden Knopf, und es geht ein kaum spürbarer Ruck durch seinen Arm, als würde er Schwung holen, um den Strom mit besonderer Intensität durch Christians Körper zu jagen.

Anna entlädt das komplette Magazin in Gellert. Sechs Schuss. Gellert wird von der Wucht der Schüsse einen halben

Meter nach hinten geschleudert, rammt im Fallen die Kommode, das Operationsbesteck fliegt mit metallischem Klirren durcheinander, Gellert sackt am Boden zusammen, aus der Hand, dem Auge und sechs Einschusslöchern in seinem Körper fließt Blut, dann ist es plötzlich still. Ganz behutsam legt Anna die Pistole auf die Kommode, sie ist dankbar für die Stille nach all den Schreien und Schüssen, sie wendet sich um und schneidet Christian los. Sie stützt ihn, als er unter schmerzvollem Stöhnen vom Tisch steigt.

Anna blickt Christian in die Augen. Sie ist ganz ruhig. Sie sieht, dass er es weiß. Er weiß, was sie getan hätte. Er weiß, dass sie Gellert auch deswegen erschossen hat. Nicht nur, um Christian zu retten. Schon gar nicht aus Rache für Uta Berger oder Georg Dassau oder die asiatische Prostituierte oder Martin Abendroth und seine inzwischen verfaulten Eltern. Nicht aus Rache oder Gerechtigkeit. Sondern weil Gellert recht hatte. Und Anna nicht weiß, wie sie damit leben soll. Sie sieht Christian an und stirbt noch ein wenig mehr. Sie stirbt den letzten von tausend Toden.

Als Pete und Eberhard mit den anderen Polizisten in den Raum stürmen, hebt Christian Annas Kleidung vom Boden auf und bedeckt ihre Blöße. Er nimmt sie in die Arme, küsst sie und sagt leise: »Ich liebe dich.«

Anna sieht ihm in die Augen. Sie beginnt, an ein Leben nach dem Tod zu glauben.

Textnachweis:

S. 52: Horst Hermann, »Die Folter – Eine Enzyklopädie des Grauens«. Eichborn, Frankfurt 2004.